U0492164

光尘
LUXOPUS

We Begin at the End
夏日无声

[英]克里斯·惠特克 著

吴超 译

Chris Whitaker

目录

001　引子

003　第一部分　**法外狂徒**

107　第二部分　**大天空**

279　第三部分　**复原**

431　第四部分　**心归何处**

引 子

"看见什么就举手。不管是烟纸还是易拉罐,看到任何东西,自己不要碰,举手通知我们。"

杜布瓦局长洪亮的声音响彻整片沼泽地。居民们默默遵从着号令,在浅滩上一字排开,每人相距二十步上下,全都低着头,表情凝重,但进退井然,犹如百鬼夜行。

身后的小镇已经空无一人,时值初夏,漫漫的回声淹没在令人悲痛的消息之中。

她叫茜茜·拉德利,今年七岁,一个可爱的金发小姑娘。大部分人都认识她,杜布瓦局长甚至不需要让人们看照片。

沃克步履蹒跚地走在最远一端。他今年十五岁,正是无知无畏的年纪。

众人像一支大军穿过林地,警察领头。手电筒的光芒扫来扫去。林地的另一边是大海,隔着相当一段距离,而这个叫茜茜的女孩并不会游泳。

紧挨着沃克的是玛莎·梅。两人约会已经三月有余,可他们的关系仍仅限于牵手搭肩。玛莎的爸爸是小布鲁克新教圣公会的牧师。

她瞥了一眼沃克。"现在还想当警察吗？"

沃克凝望着远处的杜布瓦，随后低下头，似乎那是他最后的希望。

"我看见斯塔尔了，"玛莎说，"和她爸爸在前面。她一直在哭。"

斯塔尔·拉德利，是失踪女孩儿的姐姐，玛莎最要好的朋友。他们几个亲密无间，不分彼此，眼下只差一个人没有到场。

"文森特去哪儿了？"玛莎问。

"之前我们还在一起呢。可能他在另一头吧。"

沃克和文森特情同手足，好到穿一条裤子。九岁时他们就把割破的手掌合在一起，赌咒发誓永不背叛。

两人不再多说，继续向前搜索。他们的目光越过日落大道，越过许愿树，脚下的匡威运动鞋分开层层落叶。尽管沃克已经加了十二分的小心，但他还是险些错过最重要的发现。

再往前走十步就是卡布里洛海滩，横亘在眼前的是加州海岸绵延上千公里的一号公路。沃克突然停住，抬头看了看依然在向前移动的搜索大军。

他蹲下身子。

浓云散开，月光洒向大地。

那只鞋子很不起眼，鞋面是红白皮革，缀有金色搭扣。

公路上，一辆小汽车缓缓降下速度，车头灯的光束扫过弯曲的路肩，直至将他笼罩在一片光亮中。

随后他看见了她。

他深吸一口气，举起了手。

第一部分
法外狂徒

一

沃克站在激动的人群外围。这些人，有些自打他出生以来便认识；有些，则是他看着长大的。外地的游客们拿着照相机，晒得黝黑的脸庞上挂着轻松惬意的笑。他们可不知道海水冲走的不仅仅是木料。

本地媒体闻风而动，一位来自 KCNR① 的记者问："沃克局长，能给我们透露点消息吗？"

他微微一笑，双手深深插进兜里，在一片议论声中见缝插针地穿过人群。

房顶坍塌坠入水中时，人群泛起一阵轻微的骚动。地基一点一点分崩离析，曾经的家园仿佛仅仅是一栋房子。自沃克有记忆那天起，这就是费尔劳恩这个地方的样子。他小时候，从这里到海边起码要走过半英亩土地。而大概从一年前开始，由于悬崖不断被海水侵蚀塌陷，这里便拉起了警戒线。加州荒野公司不时派人过来勘测评估。

石板瓦下雨似的纷纷落下，前门廊摇摇欲坠，而人们却兴致

---

① KCNR 是一家美国广播电台。

勃勃地按动着相机快门,仿佛眼前的一切与他们毫不相干。旗杆倾斜,旗帜生无可恋地在微风中摇摆,肉店老板米尔顿单膝跪地,拍下了这一瞬间。

泰洛家的小儿子靠得太近,他妈妈从身后抓住他的衣领猛地一拉,害他一屁股坐在地上。

与房子一同下落的,还有西边的太阳。余晖洒在水面上,映出一片橙色、紫色和许多叫不出名字的色彩。女记者悻悻而去,这一趟她显然没挖到什么猛料。

沃克环顾四周,看见了迪奇·达克。他面无表情地站在人群中间,两米一的个头使他看上去像个巨人。没有人比迪奇更关心房子,他在黑文角有好几套房产,在卡布里洛还开有一家夜总会——就是那种藏污纳垢,罪恶只值十块钱,几乎没有道德感的地方。

他们又驻足观看了一小时。门廊终于倒塌时,沃克的两条腿都站酸了。看客们强忍着没有鼓掌欢呼。他们意犹未尽地转过身,回去吃烧烤,喝啤酒。一堆堆篝火在黄昏中摇曳生姿,火光映在沃克的巡逻车上。人们三三两两,不紧不慢地跨过石板——那是一道灰色的矮墙,虽然风化严重但依然结实。后面便是许愿树。这棵巨大的橡树由于年代久远而成了重点保护对象,树身上打满了防护板。古老的黑文角总是想方设法保留原始的东西。

已经无法确定是多久以前,沃克和文森特·金还曾爬过这棵树。沃克一只手哆嗦着按住枪,另一只手抓着腰带。他打了领带,衣领坚挺,皮鞋锃亮。有些人羡慕他的身份,而有些人却觉得他可怜。沃克,就像一位从未出过海的轮船船长。

他看到了那个女孩儿。她正拉着弟弟的手在人群中逆行。她走得很匆忙,弟弟不得不小跑着才能跟上她的步伐。

达奇丝和罗宾,拉德利家的孩子。

沃克紧赶几步向他们走去,因为他太了解这姐弟俩了。

弟弟五岁,正默默流着泪。姐姐刚刚十三岁,是个坚强的孩子,没人见她哭过。

"你们的妈妈。"他说,不是询问,而是对这场悲剧的陈述。女孩儿甚至不需要点头确认,便转身开始带路。

他们穿过薄暮下的街道,路边的尖桩篱笆和漂亮的彩灯是那么平静祥和。月亮升上了头顶,仿佛在指引下方的人们,又仿佛在嘲笑他们。三十年来,这种感觉未曾有一日改变。他们经过一栋又一栋气派的大房子,战天斗地的玻璃、钢筋和水泥,这幅景象透出一种惊艳的美丽。

沿着杰纳西大街走上一段,沃克的家就在这条街上,他住的是父母的老房子。走到常春藤农场便能看见拉德利家了。百叶窗几乎要散架,一辆自行车倒在地上,一个轮子被卸下来丢在一旁。在黑文角,不中用的东西与垃圾无异。

沃克撇开两个孩子,沿小路跑过去。屋里没有开灯,但电视机的光亮忽明忽暗。他回头瞥了一眼,看到罗宾仍然在哭,达奇丝神情冷漠,甚至有些愤恨。

他在沙发上找到了斯塔尔,她的身边放着酒瓶,但这次没有药。她一只脚穿着鞋,另一只脚光着,脚指头小巧玲珑,还涂了指甲油。

"斯塔尔,"他跪在地上,轻轻拍了拍她的脸,"斯塔尔,醒醒。"他努力保持镇静,因为孩子们就在门口。达奇丝一只胳膊揽着弟弟,而罗宾好像没了骨头一样,整个人靠在姐姐身上。

他让达奇丝打电话报警。

"已经打过了。"她说。

他拨开斯塔尔的眼睑,除了眼白什么都看不到。

"她会醒过来吗?"弟弟的声音传来。

沃克扭过头,眯眼看着火红的天空,期待能听到救护车的鸣笛声。

"你们能到外面等着他们吗?"

达奇丝心领神会,带着罗宾出去了。

这时斯塔尔浑身抽搐,吐出一点东西,接着又是一阵抽搐,仿佛上帝或死神正把她的灵魂从身体中抽离出去。沃克以为时间能冲淡一切,茜茜·拉德利和文森特·金的事情已经过去三十年了,斯塔尔却依然耿耿于怀。过去与现在激烈碰撞,把未来搅得七零八落,再也无法复原。

达奇丝要陪妈妈去医院。罗宾暂由沃克照看。

医护人员忙碌的时候,达奇丝一直冷眼旁观。沃克没有用廉价的微笑安慰她,这令她十分感激。他头顶渐秃,时常焦虑,或许已经厌倦了去拯救那些一心求死的人。

一如既往,他们在房前待了一会儿。门开着,沃克一只手搭在罗宾的肩头。小家伙需要来自大人的安慰,需要安全感。

街对面,一个身影从窗口闪过,拉上了窗帘。邻居们早就习以为常,见怪不怪了。达奇丝看见公路远处有两个小孩儿满脸通红地骑着自行车冲过来,他们和她上同一所学校。小地方就是如此,消息传得比细菌都快,更何况这还是一个经常上头版的小镇。

两个男孩儿在靠近巡逻车的地方停住,跳下来,任由自行车倒在地上。个子高一点的那个,一缕头发贴在额前,一边喘息一边缓缓走向救护车。

"她死了吗?"他问。

达奇丝下巴一抬,恶狠狠地盯着男孩儿的眼睛说:"滚一边儿去。"

发动机轰鸣作响,车门关闭。烟色玻璃让外面的世界瞬间黯淡。

车子在山路上拐来拐去,太平洋很快被甩在后面,那些矗立在岸边的巨石,远远望去犹如溺水者探出的脑袋。

她注视着家门前的那条街,一直望到它与彭萨科拉大街交会的地方。街两旁的行道树高大茂密,粗壮的树枝像大手一样合在一起,仿佛在为他们姐弟俩祈祷。然而真正的悲剧早在他们俩出生前就已经开始。

黑夜如期而至,每每将达奇丝彻底吞噬。她相信自己一定看不到第二天的太阳,至少与其他孩子看到的不会一样。妈妈被送进了凡库山医院,达奇丝对这里再熟悉不过。护工把妈妈推走后,她就站在走廊里。脚下的地板拖得像镜子一样干净明亮,反射着天花板上的灯光。她盯着医院的门一动不动,直到沃克带着罗宾进来。她走过去拉住弟弟的手,领着他走进电梯上了二楼。他们有间陪护房,借助昏暗的灯光,达奇丝把两把椅子拼在一起。房间对面有个储藏室,她进去拿了些毯子把椅子改成一张简易小床。罗宾晃晃悠悠地站在一旁,看起来很累,困得都有黑眼圈了。

"要撒尿吗?"达奇丝问。

罗宾点点头。

她领他去卫生间,在外面等了几分钟,又看着弟弟洗过手。她找来牙膏,挤出一点到指尖,而后把手指当作牙刷,刷了一遍罗宾的牙齿和牙龈。罗宾吐出泡沫,她又替弟弟擦了嘴。

她帮罗宾脱掉鞋子,又翻过椅子扶手,给他盖上毯子。罗宾像只小动物一样蜷缩在椅子里。

他从毯子下露出眼睛。"别离开我。"

"我永远都不会离开你的。"

"妈妈会好起来吗?"

"会的。"

她关掉电视,房间里顿时暗了下来,但他们依然沐浴在应急照明灯柔和的红光里。这样的光线有助于睡眠,达奇丝还没走到门口,罗宾就已经睡着了。

她站在门诊处的光亮中,背对着陪护房的门。她不允许任何人再进去,三楼还有一间陪护房呢。

一小时后,沃克再次出现,哈欠连天。达奇丝很了解他,从黑文角开始,绵延数英里的卡布里洛海滩都是他的辖区。这里的每一寸土地都宛如天堂,许多有钱人不惜跨越整个国家跑到这里购置房产,尽管一年到头这些房子有十个月都处于闲置状态。

"他睡着了?"沃克问。

达奇丝点了点头。

"我去看过你妈妈了,她没事。"

她再次点了点头。

"那边有个自动售货机,你可以去买汽水喝——"

"我知道。"

她扭头朝陪护房里看了一眼,弟弟睡得正香,没人叫是不会醒的。

沃克掏出一块钱，她不情愿地接在手中。

她穿过走廊，走到售货机前买了一瓶汽水，却没有打开。她想留着给罗宾醒来之后喝。沿途的病房里上演着人生百态，有新生，有将死，有喜悦，有哀伤。她看到有的人骨瘦如柴，相信绝无康复的可能。她看到警察带着满脸是血的嫌疑人，那些人的胳膊上都文着花里胡哨的文身。她的鼻孔中充斥着酒味儿、消毒剂味儿，还有呕吐物和屎尿等秽物的恶臭味儿。

她和一名护士擦肩而过，对方朝她笑笑。这里大部分人都见过她，且对她印象深刻，谁让她是个可怜的孩子呢。

回到陪护房时，她发现沃克在门口放了两把椅子。她先看了眼弟弟，然后才坐下。

沃克给她口香糖，她摇头拒绝了。

她看得出来，沃克有话想说，肯定又是关于变故啊，人生的路还很长啊，今后的生活会如何不一样啊之类的废话。

"你没叫他们。"达奇丝首先开口说。

沃克瞥了她一眼。

"我是说社工。你没通知他们。"

"按理说应该通知的。"他不无愧疚地说，仿佛他做了对不起她，或者对不起自己身份的事。达奇丝说不准是哪一种。

"但你没有。"

"对。"

他的小肚腩把棕色的衬衣撑得紧绷绷的，红扑扑的圆胖脸颊像个被父母过分宠爱的孩子。达奇丝想象不出这张脸能隐藏什么秘密。斯塔尔说他是个好人，仿佛那是个永远撕不掉的标签。

"你该去睡一会儿。"

他们就这样坐了一晚上,直到曙光初现。月亮好像忘了下班,挂在天上迟迟不肯离场,仿佛在提醒人们过去的时光再也不会回来了。对面是窗户,达奇丝站在玻璃前,看着窗外的树和并无新意的风景。鸟儿晨啼。远处的大海上,有渔船正劈波斩浪。

沃克清了清嗓子。"你妈妈的事……是不是和某个男人有关?"

"肯定和某个男人有关。只要一出什么事,总少不了一个男的。"

"是达克?"

她不由得挺直了身体。

"连我都不能说?"他问。

"你是警察,我可是法外狂徒。"

"好吧。"

她头上戴着一个蝴蝶结,时不时用手碰一碰。她瘦骨伶仃,脸色苍白,但和她妈妈一样漂亮。

"那边刚才有婴儿出生了。"沃克换了个话题。

"他们给小孩儿起的什么名字?"

"不知道。"

"我赌五十块钱肯定不是达奇丝。"

沃克轻声笑笑。"你的名字很与众不同。你将来会成为艾米莉[①]那样的大诗人。"

"风暴必然会带来痛苦。"

"对。"

"她现在还经常给罗宾读那首诗呢。"达奇丝坐下来,一条腿

[①] 此处指美国传奇女诗人艾米莉·狄金森。下文达奇丝引用的便是艾米莉的诗《希望》中的句子。

压着另一条腿,按摩着肌肉,她的运动鞋不贴脚,也破得够呛,"沃克,难道这就是我的风暴吗?"

沃克抿了口咖啡,仿佛在为一个无解的问题寻找答案。"我喜欢达奇丝这个名字。"

"要不送给你吧?如果我是个男孩子,我可能会叫休。"她把头靠在椅背上,茫然注视着闪烁的条形灯管,"她不想活了。"

"没有,你不能这么想。"

"我不知道自杀到底是最自私还是最无私的做法。"

凌晨六点,护士过来叫达奇丝。

斯塔尔躺在床上,没个人样,完全没个当妈的样子。

"看谁来了,黑文角的达奇丝。"斯塔尔连笑容都虚弱不堪,"很好。"

达奇丝盯着她,斯塔尔哭了。达奇丝走过去,把脸颊贴在妈妈胸口,好像在确认她的心脏是否还在跳动。

她们一起躺着直到黎明,新的一天到来了,但依旧看不到希望。达奇丝知道,希望是很虚幻的东西。

"我爱你。对不起。"斯塔尔说。

达奇丝或许有一肚子的话要说,但此时此刻,她头脑中一片空白,只淡淡地答了一句:"我也爱你。我知道。"

二

陆地绵延，直至消失于山峰顶部。

太阳爬上蔚蓝的天空，达奇丝拉着罗宾的小手，和他并肩坐在沃克的巡逻车后排。

车子缓缓驶过大街，最后平稳停在他们的老房子前。沃克随姐弟俩一同进了屋。他本想给他们做早餐，可他们家的橱柜里空空如也，他只好让他们先在家里等着，而后一个人去罗西快餐店买了些薄煎饼回来。看罗宾一口气吃了三个，他的脸上露出笑容。

达奇丝给罗宾洗了脸，找好了换洗的衣服，便出来透口气，结果发现沃克坐在门前台阶上出神。她欣赏着小镇一点点苏醒的样子。邮递员从门外经过，隔壁的布兰登·洛克也从屋里出来开始浇草坪，他们仿佛都没看到停在达奇丝家门口的警车，这让达奇丝又伤心又高兴。

"我送你到镇上吧？"

"不用了。"她在他旁边坐下系鞋带。

"我可以把你妈妈接回来。"

"她说她会给达克打电话。"

达奇丝并不真正了解她妈妈和沃克局长之间的关系，她以为沃克只是想和她妈妈上床，因为其他男人就是这样。

她看了看满目萧条的院子。去年夏天她和妈妈把院子里收拾一番种了些东西，罗宾买了个小洒水壶，还给地松了土。他在松软的土壤中不停地摔跤，弄得满脸都是泥。他们种了粉蝶花、印度锦葵和紫丁香。

可惜因为疏于管理，它们全都枯死了。

"她有没有说为什么？"沃克温和地说，"昨天晚上的事，你知道因为什么吗？"

这么残忍的问题她还真不习惯由沃克提出来，因为大多数情况下根本没有原因。不过这一次她知道沃克为何会有此问，她知道文森特·金，知道她那葬在断崖边公墓里的茜茜姨妈。几乎所有人都清楚墓地的位置，就在被太阳晒褪色了的尖桩篱笆后面，那里埋着许多夭折的孩子。他们被上帝提前放弃，尽管上帝也曾受过他们父母的虔心祈祷。

"她什么都没说。"

他们听见罗宾从屋里走出来，达奇丝起身替他整理好头发，蘸着口水擦去他脸上的牙膏，然后检查他的书包。书包里装着罗宾的书本、笔记本和水瓶。

她把书包背带挂在弟弟肩上。弟弟笑了笑，她也笑了。

两人并排站在门口，看着警车渐渐消失在长街远处。随后达奇丝揽住弟弟的肩膀，开始步行送他去幼儿园。

邻居关掉水管，走到院子边上。布兰登·洛克生得矮壮，皮肤黝黑，一只耳朵上打着耳钉，头发像羽毛一样分层，身上穿了一件丝质长袍。有时候他会把车库门推上去，里面叮当乱响，也不知道他在忙什么。

"又是你妈妈？该有人通知社会福利部门才对。"他说话鼻音特别重，一只手里拎着个哑铃，时不时地举两下。看得出来，他的右胳膊要比左胳膊粗壮得多。

达奇丝扭过头。

微风一吹，布兰登的长袍敞开了。

她皱起鼻子。"在未成年人面前暴露身体，我该报警才对。"

布兰登瞪了她一眼，罗宾赶紧拉着姐姐走了。

"你有没有看见沃克的手在发抖？"罗宾问。

"早上比较厉害些。"

"为什么会抖呢？"

她不置可否地耸耸肩，但她心里很明白。她知道沃克和她妈妈有着相同的困扰，也知道他们是如何应对的。"昨天晚上妈妈说过什么吗？就是我在房间里的时候。"当时达奇丝在房间里整理家族树，那是她的家庭作业。后来罗宾跑去敲门说妈妈又病了。

"她在翻照片，就是那些有茜茜姨妈和外公的老照片。"自从第一次在妈妈的照片中看到那个高大的男人，罗宾就认定了那是自己的外公，尽管他从没见过真人，斯塔尔也从未提起过，但这都没关系。罗宾需要亲人，哪怕是空洞的称谓也能给他带来些许安全感。他渴望亲戚朋友，渴望有一堆表哥表姐表弟表妹叔叔阿姨，渴望周日烧烤和足球赛，这是班里其他小朋友都拥有的东西。

"你认识文森特·金吗？"罗宾问。

达奇丝拉着他的手走过马路，来到渔民街上。"怎么了？你听说什么了？"

"听说他杀了茜茜姨妈。三十年前。那是七十年代，男人都留胡子，妈妈梳着奇怪的发型。"

"茜茜不是我们的姨妈，不是亲的那种。"

"是亲的，"他自信地说，"她和你，还有妈妈都很像，你们简直一个样。"

这些年来，达奇丝已经大概了解了故事的来龙去脉。斯塔尔偶尔会说漏嘴，另一个消息来源就是位于萨利纳斯的图书馆。达奇丝偶尔会去那里查档案，去年春天她的家族树就是在那个图书馆里完成的。她把拉德利家族往前查了许多代，当查到他们家族居然和一个名叫比利·布鲁·拉德利的通缉犯有关系时，她激动得把书掉在了地上。这是让她引以为傲的重大发现，尤其当她站在全班面前陈述这一事实时，自豪的心情简直无法形容。可即便如此，关于她爸爸的身世背景依然有很多未解的谜团。她每每向妈妈问起，总是引得妈妈勃然大怒。被陌生人搞大肚子这种事，在斯塔尔身上发生过不止一次，而是两次，结果留下了两个一辈子都无法知道自己生父是谁的孩子。荡妇。她曾恨恨地小声骂妈妈，结果被禁足了一个月。

"你知道他今天要出狱吗？"罗宾悄悄地说，好像这是个天大的秘密。

"你听谁说的？"

"瑞奇·泰洛。"

瑞奇·泰洛的妈妈在黑文角警局上班。

"瑞奇还说什么了？"

罗宾把头扭到了一边。

"罗宾？"

他迅速交叠双臂。"说他该千刀万剐。可紧接着德洛丽丝老师就开始吼他了。"

"你知道千刀万剐是什么意思吗?"

"不知道。"

达奇丝拉着他的手横穿马路到弗吉尼亚街。这一带的街区明显要宽敞些。黑文角像个慵懒的巨人,把大脚伸向海边。近海与近山,地价正好相反。达奇丝知道自己的身份,他们家位于离大海最远的街上。

他们遇到一群孩子,达奇丝听他们在议论天使棒球队和选拔球员的事。

来到幼儿园门口,达奇丝又整了整罗宾的头发,另外还确保他的衬衣扣子没有扣错。

幼儿园就在山顶中学隔壁。达奇丝经常在课间趴在围栏上看罗宾。弟弟也会冲她挥手微笑,然后她就一边吃着三明治一边看弟弟。

"要乖哦。"

"嗯。"

"妈妈的事什么都别说。"

她抱了抱弟弟,在他脸蛋儿上亲了下才让他进去,看着德洛丽丝老师迎住他才转身离开。此时的人行道上全是孩子。

走上台阶时,达奇丝低着头。台阶上聚着一堆人,是内特·多尔曼和他那群狐朋狗友。

内特竖着衣领,袖子高高卷起,露出瘦骨嶙峋的胳膊。"听说你妈又差一点挂了?"

一阵哄笑。

达奇丝狠狠瞪了他一眼。

他也毫不退缩地瞪了回来。"怎么?"

达奇丝盯着他的眼睛说:"我,达奇丝·戴伊·拉德利,可是法外狂徒。而你,内特·多尔曼,是个胆小鬼。"

"你是个疯子。"

她往前逼近一步,冷酷的目光让心虚的内特直咽口水。"混蛋,你再敢议论我们家的事,我就砍掉你的脑袋。"

内特强装镇定,想用大笑挽回点面子,却没能笑出来。学校里关于达奇丝的传闻有很多,尽管她生了一副漂亮的脸蛋儿,身材也不错,看上去似乎人畜无害,可若是真把她惹毛了,恐怕身边这些哥们儿都救不了他。

达奇丝从一堆人中间挤过去,边走边听见内特·多尔曼如释重负地呼了口气。走进校园后,她想起昨晚发生的事,哭红了眼睛。

三

悬崖不断侵蚀着陆地，边线随着滨海公路弯弯曲曲足有一英里，直至消失在水晶湾那些高大的橡树后面。沃克沿着这条线小心翼翼地开着车，速度不敢超过三十英里每小时。

离开达奇丝和罗宾，他开车去了文森特·金的家，并清理掉了路上的落叶和院子里的垃圾。三十年来他每周来一次，雷打不动，已经变成他生活的一部分。

他和利亚·泰洛是最早到警局的人，两人一块儿在前台签了到。沃克恪尽职守，每天几乎二十四小时待命。从办公室的窗户，他见证了四季变迁。游客来来往往，丢下无数野餐篮。红酒、奶酪、巧克力，这些让他的腰一年比一年粗。

他们有一名编外辅警，叫路安妮。警局忙不过来的时候她就过来帮一把，比如遇到游行、演出之类的情况，她就一边嚼着口香糖，一边指挥交通，梦想着有朝一日能拿到退休金。

"今天文森特·金要回来了，你准备好了吗？"她问。

"我都准备三十年了。"他努力保持微笑，"我要出去走走，回来的时候买些甜点。"

每天早上他都会沿着小镇的主干大街，迈着标准的警察步伐走一阵,这是他在电视上看到的健身方法。他曾留过《夏威夷神探》①里那样的胡子,看《法医档案》时会记笔记,有一次他甚至还买了米黄色的雨衣。如果真的遇到案子,他立刻就能投入战斗。

路灯上悬挂着旗帜,闪亮的 SUV 几乎首尾相连地停在街边,绿色的遮阳篷把阴凉投在整洁干净的人行道上。他看见帕特森的奔驰车违规停在路边,但他不会去抄他的牌,下次见到时,善意地提醒一下就是了。

经过肉店时他加快了脚步,但米尔顿从店里出来的动作更快,随后弯腰站在门口,白衣服上全是血点子,手里拿着块抹布,好像能把手擦干净似的。

"早啊,沃克。"米尔顿毛发旺盛,浑身上下没有不长毛的地方。他每天起码要刮三次毛,每次都要刮到睫毛那里,不然万一被哪个动物园的管理员看到,说不定会拿麻醉枪打他。

橱窗里挂着一只宰杀过的小鹿,肉很新鲜,大概前一天这只小鹿还在门多西诺悠闲地吃草吧。米尔顿爱好打猎,每周都要闭店一次,戴上他的猎鹿帽,把猎枪、被子和塞满啤酒的冷藏箱装上他那辆科曼奇皮卡车。

"你和布兰登·洛克谈过了吗?"米尔顿粗声大气,说出每一个字都格外吃力,好像和警察局长说话会让他喘不过气似的。

"就要谈了。"

布兰登·洛克的那辆福特野马打火困难,噪声吵得半条街都不得安宁,从第一次开始,邻居们就抱怨不断,如今已经成了一个令人头疼的公共问题。

---

①《夏威夷神探》:二十世纪八十年代很受欢迎的美国侦探剧。

"我听说斯塔尔又差点没命？"米尔顿用沾血的抹布擦了擦头上的汗。听说他除了肉什么都不吃，看看现在身体成什么样了。

"她没事，生病而已，这次只是生病。"

"我全看见了。真丢人……可怜那俩孩子。"

米尔顿的家就在斯塔尔家正对面，他对这一家三口有着非一般的兴趣。虽然他自己声称这是邻里守望的职责——他搞了一个邻里守望小组，尽管这小组的规模正日益萎缩——但其实就是无聊害的。

"什么都逃不过你的眼睛，米尔顿。你要是当警察就好了。"

米尔顿摆摆手。"守望小组已经够我忙的了。前几天夜里又出了一次代码 10-51①的状况。"

"需要抢险车。"

米尔顿经常明目张胆地使用警方代码，可惜用得很烂。

"有你照看是她的福气。"米尔顿从兜里掏出一根牙签，开始剔门牙缝隙里的一块肉，"我最近在想文森特·金的事。是今天吗？大家都说是今天。"

"是今天。"沃克弯腰捡起一个易拉罐，扔进垃圾桶。太阳照在他后脖颈上，暖融融的。

米尔顿吹了声口哨。"三十年了，沃克。"

原本只要十年，最多十年，可他在狱中又犯了事儿。沃克没有看过详细报告，只知道自己的发小手上有两条人命。结果十年刑期变成三十年，过失杀人变成蓄意谋杀，少年变成了男人。

"我经常回想那一天，我们一起漫步在小树林里。这么说，他

---

① 美国警用无线电术语。代码 10-51 指的是需要抢险车或清障车。

仍要回镇上?"

"据我所知是的。"

"要是他有什么需要,你可以让他来找我。要不我干脆给他留几个猪蹄儿吧,你觉得怎么样,沃克?"

沃克不知道该说什么。

"对了。"米尔顿清了清嗓子,低头看着地面,"今晚有超级月亮,肯定很壮观。我新买了一台星特朗天文望远镜,只是得先组装起来,晚上你要是有空可以过来——"

"我晚上还有事,要不改天?"

"可以,不过下班后来一趟呗,我把脖子给你。"米尔顿冲挂着的小鹿歪了下头。

"哦,不用了,天呐,"沃克做出后退的架势,拍着自己的肚子说,"我该减——"

"别怕,全是瘦肉。只要炖的方法得当,说不定还能帮你减肥咧。我原本想把鹿心也给你,可我煎了一下试试,那味道绝了。"

沃克痛苦地闭上眼,胃里仿佛有什么东西直往上涌。他的手也不由自主地抖了起来。米尔顿注意到了,似乎还想说什么,但沃克急忙走开了。

他环顾左右,见四下无人,就掏出几颗药片塞进嘴里。他清楚且惶恐地意识到,他对药物已经产生了依赖性。

他快步经过咖啡馆和一众店铺,与几个人随便打着招呼,帮阿斯特太太把买的东西搬进车里,又听菲利克斯·寇克抱怨了一会儿富勒顿的交通。

他在布兰特熟食店前停了下来,盯着一排排的甜点和奶酪。

"嘿,沃克局长。"

爱丽丝·欧文的头发扎在脑后,她尽管穿着健身服,却仍顶着一脸浓妆。她怀里抱着一只小狗,大概是某种杂交的微型犬类,它太过于瘦骨嶙峋,以至于在浑身哆嗦时,沃克能数清它的肋骨。他伸手摸了摸小狗,它对着他龇牙。

"你能先替我抱一会儿莱迪吗?我去拿点东西,马上就回来。"

"好啊。"沃克伸手去牵狗绳。

"哦,不能让它下地呢,人家刚修过指甲,好嫩好嫩的。"

"它的爪子?"

爱丽丝把小狗塞进沃克怀里,转身进去了。

他透过橱窗看见她向店员下单,然后又停下来和另一个游客聊了几句。十分钟过去了,小狗不耐烦地对着他的脸直喘气。

爱丽丝终于出来时,手里拎着大包小包一大堆,于是沃克就直接把小狗抱到她的SUV旁边,等她把东西装上车。爱丽丝千恩万谢,从一个纸袋里掏出个芝士卷递给他。他客套地推让几番才接受,而后一直等到爱丽丝离开主干道,才两口吞下肚子。

他沿卡西迪街走了一段,然后抄近路去常春藤农场。到了斯塔尔的家,他在门廊前伫立片刻,侧耳聆听屋里的音乐。

他还未敲门,斯塔尔却自己开了门。四目相对,斯塔尔微微一笑,这笑容让沃克对她重新燃起了希望。虽然眼窝深陷,面容憔悴,但她依然漂亮,眼睛依然明亮。她系着一条粉色的围裙,好像在做饭。沃克知道他们的橱柜早已空空如也。

"下午好,沃克局长。"

他情不自禁地露出笑容。

屋里的电扇慢悠悠地转着,干板墙上很多地方光秃秃的,窗帘从吊环中脱落下来,好像斯塔尔急于把白天隔在窗外似的。收音机声音很大,斯金纳德乐队唱着关于亚拉巴马的歌,斯塔尔随着音乐晃进厨房,把一堆空啤酒瓶和好彩牌香烟烟盒塞进一个垃圾袋,而后像个孩子一样冲沃克咧嘴笑笑。她还是老样子,脆弱,忧愁,令人心疼。

她转了个圈儿,把一个锡箔烟灰缸丢进垃圾袋。

壁炉上面有张照片,是他们二人,年方十四,青春洋溢,对未来充满幻想。

"你的头怎么样了?"沃克问。

"好多了。我现在很清醒,沃克。昨天晚上……谢谢你了。不过我觉得,可能我正好需要这么一次,最后一次。现在我想明白了。"她用手点点自己的脑袋,然后继续摇头晃脑地忙活,"两个孩子,他们什么都没看到对吧?"

"我们要不要聊聊这件事?"

随着音乐声渐弱,她终于停住脚,擦了把额头上的汗,把头发往后扎了起来。"是福不是祸,是祸躲不过。达奇丝知道吗?"

那是她自己的女儿,她居然问沃克。

"全镇的人都知道了。"

"你觉得他变了吗?"

"我们全都变了。"

"你没变,沃克。"她本意是赞赏,但在沃克听来却是挖苦。

他已经五年没见文森特了,虽然他屡屡尝试。起初他探视得很频繁,而且通常会开着他那辆破君威,拉上格雷西·金。法官把一个十五岁的孩子判进成人监牢,这是一件很残酷的事情。斯塔尔的爸爸也曾出庭,向大家陈述了茜茜是个怎样的孩子。法庭上还展示了现场照片,小小的腿,小手上的血迹。他们叫来哈奇校长介绍了文森特的情况,而文森特的口碑……一言难尽。

随后便轮到沃克。沃克的爸爸身着棕色衬衣在一旁陪同,他是个诚实正直的人,在泰洛建筑公司当领班。他们那个工厂经常浓烟滚滚,熏得邻近两个镇的人都不得安生。那年夏天沃克曾随爸爸到工厂参观,他穿上工作服,看着满眼的灰色和犹如肠道一样错综复杂的管道和脚手架,那里简直是一座金属的大教堂。

法庭上,沃克在爸爸骄傲的凝视下,将实情和盘托出,而他的证词直接把好朋友的命运钉死在十字架上。

"我不需要再想从前的事。"斯塔尔说。

他煮了点咖啡。两人端着来到平台。一群小鸟在秋千架上拍打着翅膀,沃克在一张破椅子上坐下时,小鸟受到惊吓飞走了。

她用手朝脸上扇着风。"你要去接他吗?"

"他说不用。我给他写过信。"

"但你还是会去。"

"是。"

"别跟他说我的事。"她膝头微微颤动,手指毫无节奏地弹着椅子,仿佛在拼命压抑自己。

"他会问的。"

"我不想让他来这儿,不想让他到我家里。"

"好。"

她点着一支烟,闭上眼睛。

"呃,现在有一个……新的安排,是——"

"别说了,"她抬手止住沃克,"我说过,他已经和我没关系了。"

他们试过心理疏导。沃克每月开车带斯塔尔去一次布莱尔匹克。心理医生似乎找到了症结,疏导进展得很顺利。沃克通常会放下她,然后到附近的餐厅里等她的电话。三小时,有时更久。孩子们偶尔也会跟着,他们安安静静地坐在后排,仿佛纯洁的童真也被警车远远甩在了后头。

"不……不能再这么下去了。"

"沃克,你还在吃药?"

他想反驳,这怎么能相提并论呢?可仔细一想又找不到反驳的理由。他们都是饱受折磨之人,就这么简单。

她伸手捏了捏沃克的手,表明她并无恶意。

"你的衬衣好像沾上奶油了。"

沃克低头查看,斯塔尔却咯咯咯地笑起来。

"瞧我们,你知道吗,有时候我依然有那种感觉。"

"什么感觉?"

"就像我们回到十五岁一样啊,傻瓜。"

"我们都老了。"

斯塔尔吐出一个漂亮的烟圈儿。"我可不老,沃克。你越来越老了,而我,我的人生才刚刚开始。"

沃克哈哈大笑,斯塔尔也跟着笑起来。这就是他们,沃克和斯塔尔,纠缠了三十年,最后仍像两个孩子一样油嘴滑舌,谈笑风生。

他们在沉默中又度过了一小时的恬静时光,虽然两人都不说话,但他们很清楚,此刻他们心里只会想着同一件事。

文森特·金要回来了。

四

沃克开着车,眼睛却时刻留意着海上。金色的波浪翻腾着,咆哮着。

他还要向东继续行驶上百英里才能到费尔蒙特县监狱。

巨大的雷暴云砧①充满不祥的味道,院子里的人们纷纷驻足,翘首望天。

他把车开进一个空旷的停车场,熄了火。蜂鸣器在叫,人在吵闹,那些牢笼里的灵魂孤独的心潮在方圆数英里的平原上蔓延,却没有一个神灵能听见。

不管怎样,这里都不是一个十五岁少年该来的地方。在拉斯洛马斯的那间法庭上,法官在做出这个惊人判决时是那么正气凛然,仿佛任何残酷的事实都无法动摇他惩恶扬善的决心。有时沃克会想那天晚上发生的事情究竟造成了怎样的伤害,答案是不可估量。这伤害犹如一张大网,网住了许多人,它用旧的代替新的,用腐朽的代替新鲜的。他在斯塔尔和她爸爸的身上都看到了伤害的后果,然而受伤最严重的却是达奇丝,她在出生之前很久便开

---

① 云砧,强烈发展的雷暴云的顶部,呈砧状。

始背负那一晚的痛。

有人敲了下后备厢,沃克下车,对监狱长卡迪笑了笑。卡迪又高又瘦,同样面带微笑。他外表刚毅,看起来冷酷无情,但对沃克却一向亲和友善。

"文森特·金。"卡迪微笑着说,"对了,你要带他回黑文角,他以后就靠你了。你那边怎么样,一切都好?"

"都好。"

"说实话,我倒希望多一些像文森特这样的犯人。他很安静,很多时候,其他犯人甚至忘记了他的存在。"卡迪移步向前,沃克跟了上去。

他们穿过一道大门,接着又是一道,然后走进一栋低矮的刷着绿漆的小楼。卡迪说他们每个季节都会刷一遍。"对人眼来说这是最平静的颜色,它代表宽恕和自新。"

沃克看到几个人手里拿着刷子,正小心翼翼地清扫着护壁板。他们个个紧绷着嘴巴,全神贯注。

卡迪把一只手按在沃克的肩上。"有件事我得提醒你,文森特·金虽然已经服完了刑期,但让他从心理上真正意识到这一点可没那么容易。你有什么需要,尽管给我打电话。"

沃克站在等候室里,看着广阔的运动场。犯人们在绕着跑道跑步。卡迪教导过他们,羞愧也是一种罪过,因此他们昂首挺胸,并无自惭形秽之色。这里本可以成为一道动人心魄的风景线,只是因为那些冰冷的铁丝网,平添了许多残酷与无情。那些身穿连体衣的男人,不过是曾经误入歧途的孩子。

五年前,文森特开始不再接受探视。五年了,如果不是那双依旧湛蓝的眼睛,沃克几乎都认不出他来了。他瘦瘦高高,身形憔悴,面色蜡黄,与当初进来时那个意气风发、青春飞扬的十五岁少年判若两人。

随后文森特便看到了沃克,微微一笑。那样的笑容为他惹过不知多少麻烦,但也不知多少次帮他摆脱困境。不管人们怎么警告,也不管人们如何言之凿凿,沃克相信自己的眼睛,在面前这个男人的身体里,他童年的朋友依然还在。

沃克上前一步,本想张开双臂,但犹豫了下,缓缓伸出一只手。

文森特看着沃克的手,好像忘记了它代表的是问候。随后他轻轻握了握。

"我跟你说过不要来的。"他的语调极为平淡,"但还是谢谢你。"他的一举一动似乎都透着虔诚。

"阿文,再见到你真让人高兴。"

文森特在相关文件上签了字,一名看守全程陪同却一声不吭。一个男人三十年后重获自由,这一幕并不会引起多少感慨。对于看守而言,这只不过是加利福尼亚又一个普普通通的日子。

半小时后,他们跨出了最后一道门。当卡迪出来时,两人全都转过身。

"文森特,外面的日子会很艰难。"卡迪拥抱了他,迅速而有力,二人之间似乎发生了什么反应,也许三十年的尊卑秩序在这一刻终于打破了。

"一半以上,"卡迪握着文森特的手说,"一半以上的出狱人员,最后又回到了这里。我希望你不是他们中的一员。"

沃克很想知道,这样语重心长的话,卡迪每年要说多少次。

他们肩并肩走到警车前，文森特的一只手摸着引擎盖，看着沃克。

"我从没见过你穿警服的样子。照片我见过，可真人没有。你是警察。"

沃克笑着说："是啊。"

"伙计，我这种人可能不太适合跟警察做朋友。"

沃克大笑，他感到前所未有地轻松。

起初沃克开得很慢，文森特对周围的一切感到新奇。车窗摇得很低，风吹在脸上。沃克很想和他聊聊，可最初的几英里感觉就像在做梦。

"还记得我们偷偷藏在圣罗斯号上那次吗？"沃克竭力让自己的口气自然些，免得对方听出这是他练了一路的开场白。

文森特抬起头，神色迷离，仿佛在回忆往事，脸上似笑非笑。

那年他们十岁。夏天刚到，他们一大早跑出去，骑着自行车来到海边，把自行车藏好，然后偷偷爬上了那艘渔船。他们紧张地藏在防水布下，大口喘着气，一直等到天亮。沃克至今还记得，在马达的轰鸣声中，船长斯奇普·道格拉斯带领着他的船员们驶向一望无垠的大海。当他们两个小子从防水布下爬出来时，斯奇普一点也没有生气，他只是通过无线电报告了岸上，并说让他们跟着出一天海。沃克一辈子都没有那么累过，他擦洗木头和箱子，鱼血的腥臭味也无法抵挡疲惫的感觉。在日常之外，他品尝到了生活的滋味。

"你知道吗，斯奇普现在还干着呢，和一个叫安德鲁·惠勒的家伙给人包船。斯奇普现在应该有八十岁了。"

"那天我妈妈把我的衣服都撕烂了。"文森特清了清嗓子,"谢谢了。我是说葬礼那些事。"

沃克拉下遮阳板,挡住刺眼的阳光。

"跟我说说她吧。"文森特在座椅上换了个姿势,两条腿蜷缩着,短裤只比膝盖长一英寸。

沃克在火车轨道前缓缓停下,一辆货运机车拖着一节节遍布红色铁锈的铁皮车厢,呼哧呼哧地从他们前面驶过。

过了铁轨,便是他们那个曾经因为采矿业而兴盛一时的小镇。沃克终于说道:"她挺好的。"

"她有孩子了吧。"

"两个,女儿达奇丝,儿子罗宾。你还记得咱们第一次看见斯塔尔的样子吧?"

"记得。"

"等你看见达奇丝,肯定会有一种回到从前的感觉。"

文森特陷入沉思,沃克知道他在想什么。斯塔尔的爸爸开着他那辆别克来到黑文角的第一天,文森特和沃克专门跑过去看热闹。只见衣服、箱子、盒子把后备厢塞得满满当当,一直挤到了车窗上。他俩肩并肩,双手扶着车把,丝毫不在乎太阳把脖子晒得生疼。斯塔尔的爸爸先下车。他长得人高马大,格外魁梧。他看了文森特和沃克一眼,但并不在意。他们不过是小孩子,可能只是想从他那里搞到一张威利·梅斯[①]的球星卡。沃克有印象,文森特的魔法八号球说他们快要交好运了。

然后他抱出了一个仍在睡觉的小女孩儿。女孩儿的头枕在他

---

① 威利·梅斯(Willie Mays, 1931—),美国职业棒球大联盟的著名球手,入选美国棒球名人堂。

的肩膀上,他左右打量了一番他们的新家和街道。肩上那个女孩儿名叫茜茜·拉德利。

沃克和文森特正要转身离开,打算回沃克家院子里的树屋上继续玩他们自己的游戏,这时车后门开了,从里面伸出两条沃克见过的最修长的腿。文森特不由自主张大了嘴,眼睛直勾勾地盯着那个女孩儿,还说了句口头禅。这个女孩儿和他们差不多年龄,长得像朱莉·纽玛[①]一样漂亮。她下了车,嘴里嚼着口香糖,扭头瞥了他们一眼。"我去!"文森特再次说了句口头禅。接着她爸爸领着她进了屋,那房子以前是克雷曼家的,不过女孩进门之前扭了下头,歪着脑袋打量了一下两个小男生。她脸上没有笑,但仅仅那一个眼神,就足以在文森特的灵魂上留下深深的烙印。

"我经常想起你。要不是你不同意,我会经常来看你,每个周末来一次。"

文森特的眼睛一直没有离开窗外的风景。一个数十年只能从电视里看风景的人,对外面的东西总是充满了兴趣。

沿着中央山谷高速公路往回走,他们在汉福德附近的一家快餐店停下来吃汉堡。文森特只吃了半个,他的眼睛盯着窗户。外面有对母子,还有一个佝偻着身子的老头,仿佛过往的岁月都压在了他背上。沃克不知道文森特在看什么——看那些他叫不出牌子的汽车,还是那些只在电视里见过的商店?从一九七五年到二〇〇五年,他错过了千禧年,也仿佛错过了一生。在二十世纪七十年代的人看来,二十一世纪应该已经有了飞行汽车和机器人

[①] 朱莉·纽玛(Julie Newmar, 1933—),美国女演员,曾在蝙蝠侠系列电影中饰演第一任猫女。

服务员，但此刻，二十一世纪就在他眼前。

"房子——"

"我定期检查过。需要翻修。房顶、门廊、护墙板，有一半都腐烂了。"

"好吧。"

"有个叫迪奇·达克的开发商，每年入夏之前都会来看一次，如果你想卖——"

"我不卖。"

"好。"沃克言尽于此。倘若文森特需要钱，他随时可以卖掉房子。整个日落大道就只剩他最后一家，一句话的事儿，他就能拿到将近一百万美元。

"你做好回家的准备了吗？"

"我才刚刚离开家啊，沃克。"

"不，阿文，不是你想的那样。"

回到黑文角，镇上没有隆重的欢迎仪式，没有熟悉友善的面孔，没有派对，甚至没有看热闹的人。当一望无际的太平洋横亘在面前，当松树的尖顶和小镇上鳞次栉比的大房子映入眼帘，沃克注意到旁边的伙伴深吸了口气。

"变化真大。"文森特说。

"是啊。"

改造起初也是有阻力的，只是一听说有利可图，阻力也就一触即溃了。像米尔顿那样的生意人，日子本来就不好过，艾德·泰洛也说他的建筑公司早已举步维艰。

黑文角称得上是一座悬崖上的小镇。它宁静，保守，脱胎于阿纳海姆市。沃克深深地感觉到，这些新房子的每一砖每一瓦都建在他的童年之上，建在他不惜一切希望抓住的回忆之上。

"许愿树。"经过那棵高耸的老橡树时，文森特望着它说道，"这可能是我唯一还认识的东西了。你还记得吗，我们以前经常把烟藏在树下。"

"还有整提的山姆啤酒。"

沃克瞥了眼朋友的手，指关节上遍布伤痕。文森特一向好勇斗狠。

爬过一道坡，他们终于上了日落大道。即便在如此明媚的日子里，文森特家的房子仍像恐怖的幽灵一样矗立在那里。

"一个邻居都没了。"文森特说。

"塌陷。和杜梅岬一样，这里的悬崖也在崩塌。本来还有一处，费尔劳恩，昨天也掉下去了。你的房子离悬崖较远，而且几年前他们设置了防波堤。"

文森特看着眼前的景象，处处可见的警戒线把这里变得像犯罪现场一般。后面其实还有些房子，距离不近不远，既不会让这条街显得太过孤立，也不会破坏了此处壮观的视野。

文森特下车，站在房前，打量着腐朽的山墙和摇摇欲坠的百叶窗。

"我除过草。"沃克说。

"谢谢。"

沃克随着文森特走过弯曲的小路，踏上台阶，走进阴凉的门廊。彩花墙纸充满二十世纪七十年代的味道，透着浓浓的怀旧气息。

"床我已经铺好了。"沃克说。

"谢谢你了。"

"冰箱里也备了些吃的，有鸡肉，还有——"

"谢谢。"

"别这样谢个不停。"

壁炉上方有面镜子，文森特从它前面走过时连头都没有扭一下。沃克注意到了文森特的姿态，或许是监狱生活改变了他的走路习惯，现在的他每一步都走得小心翼翼，如履薄冰。沃克知道，监狱里的最初几年相当痛苦，不是说时常哭泣和睡不着觉那种痛苦，而是把一个英俊的少年丢进一堆虎视眈眈的大老粗中间的那种痛苦。沃克和格雷西·金曾分别致信法官、最高法院，乃至白宫。他们请求至少对文森特实行隔离关押，可寄出的信却石沉大海。

"需要我留下来多陪你一会儿吗？"沃克问。

"你已经把我接回来了，去忙你的吧。"

"那我回头再来看你。"

文森特将沃克送到门口，伸出一只手。

沃克却一把抱住了他。他的朋友，回来了。他感觉到了文森特的紧张，但竭力克制着自己内心的颤抖。

听到汽车的声音，两人同时转过身。沃克看到那是一辆凯迪拉克凯雷德，知道是迪奇·达克来了。

达克跳下车。他垂头丧气的样子就像穿了一件极不合身的衣服。他耷拉着肩膀，眉头紧锁。他每天都是一身黑——夹克、衬衫、裤子，全是黑的，样子也从来都是心不在焉，或愁容满面。

"文森特·金。"他声音低沉，给人一种严肃的感觉，"鄙人迪奇·达克。"即便与人寒暄，他也不会露出一丝笑容。他从来不笑。

"我收到你的信了。"文森特说。

达克终于抬起头，与沃克的目光相遇，但他的眼神中透着冰冷。随后达克扫了一眼房子。"滨海最后一家了。后面的土地也是你的吧。"

文森特瞥了眼沃克。

"我愿意追加百分之十。"

"这房子不卖。"

"要不你开个价。"

沃克笑着打圆场道:"别这么急嘛,达克。人家才刚回来。"

达克又看了会儿,随后转身,从容不迫地走开了。他巨大的影子拖得老长。

文森特目不转睛地盯着达克,好像他能看到沃克看不到的东西。

罗宾每天会比其他人在幼儿园多逗留三小时,直到达奇丝放学来接。如此安排,达奇丝已经和幼儿园老师商量妥当。德洛丽丝小姐之所以能答应,一方面因为罗宾乖巧听话,带着省心,更重要的是沃克局长也帮着说话,得给他个面子。

看见姐姐,罗宾就开始收拾东西,背起书包跑过来。达奇丝屈膝抱住他,而后冲德洛丽丝小姐挥手道别。

她帮罗宾把书包背在肩上,查看他的故事书和水瓶有没有忘记带。

"你的三明治怎么没吃啊?"她板起脸问。

"对不起。"

校车徐徐驶过,还有开着 SUV 的家长。老师们在草地上聊天,几个孩子在一旁踢足球。

"你得按时吃饭,罗宾。"

"可是……"

"怎么了?"

"三明治里什么都没有。"他一脸嫌弃地说。

"胡说。"

罗宾委屈地低下头。

达奇丝打开背包,掏出三明治。"见鬼!"她骂道。

"没关系。"

"有关系。"她扶着弟弟的肩膀说,"待会儿回家给你做热狗。"

罗宾笑了笑。

两人边走边踢着一个小石块,一直踢到哈尼东街街尾,最后罗宾一脚把石块踢到了排水沟里。

"你的同学中间有人议论妈妈的事吗?"当姐姐拉着他的手过街时,罗宾问。

"没有。"

"瑞奇·泰洛说了,他说是他妈妈告诉他的。"

"他妈妈说什么了?"

他们弯腰躲避低垂的柳枝,在福德姆街和杜邦街中间抄了条近路。

"她说不让瑞奇来咱们家,因为我们的妈妈不会看孩子。"

"这话倒也不假。"

"他爸妈也天天吵架。"

达奇丝拨弄了一下他的头发。"你想让我找她谈谈?"

"是。"

达奇丝认识利亚·泰洛。黑文角警察局就三个人。利亚·泰洛,沃克,还有一个叫路安妮的辅警——老得半截身子都入了土。

达奇丝打死都不相信他们谁有本事破得了真正的案子。

"瑞奇说,等他哥哥去上大学后,他就会搬进他哥哥的房间。他说他哥哥有个水族箱,我们也能弄一个吗?"

"你不是有潜水面罩嘛,想看鱼可以到海里去看。"

来到主街,他们看到罗西快餐店外聚着一群女孩子。每回都是她们,占据两张桌子,在太阳底下喝奶昔。姐弟俩经过时,她们小声嘀咕着什么,不时有人偷偷地笑。

他们走进杂货店,亚当斯太太站在柜台里面。

达奇丝挑了一条法兰克福香肠,罗宾拿了些圆面包。达奇丝掏出钱包,倒出她仅有的三块钱。

罗宾仰着脑袋问她:"能买点薯条吗?"

"不行。"

"至少得买点番茄酱吧,要不然会很干的。"

达奇丝把香肠和面包放在柜台上。

"你们的妈妈还好吗?"亚当斯太太从镜框上面看着他们说。

"挺好的。"

"我听说的可不是这样。"

"那你还问个毛啊?"

罗宾拉着姐姐的手。亚当斯太太一定说了让她出去的话,不过达奇丝还是把那三块钱丢在了柜台上。

"别那样说脏话。"回到主街上时,罗宾说。

"你们的妈妈还好吗?"

达奇丝扭过头,只见米尔顿正从他的肉店里探出脑袋。他血淋淋的双手在围裙上不停地擦着。

罗宾走到橱窗前,看着被钩子钩着脖子的兔子。

"她很好。"达奇丝说。

米尔顿上前一步,他身上浓浓的血腥味扑面而来。那是死亡的气息。

"你知道吗,你跟她长得实在太像了。"

"嗯,这话你以前就跟我说过。"

她留意到米尔顿胳膊上茂盛的汗毛里粘着一些肉屑。他盯着达奇丝,好像忘了自己要干什么。看到她手里提着的购物袋和里面的东西后,他突然恢复常态。

他喷了几声。"那叫什么香肠啊,都是实验室里弄出来的玩意儿。你等着。"

达奇丝看着他转身往店里面走去,恨不得每走一步都要停下来喘一阵。

几分钟后,米尔顿出来了,手里拿着一个折叠着的沾满血手印的牛皮纸袋子。"这是血肠。告诉你妈妈是谁送的。要是她不知道怎么做就让她来找我。"

"煎一下不就可以了吗?"罗宾说。

"那是监狱里的吃法。要想味道好,你得用荷兰锅①。这关系到火候和压力之类——"

达奇丝接过袋子,拉住罗宾的手,在米尔顿炽热的目光中匆匆离去。

一直走到罗西快餐店,达奇丝才停下来喘了口气。她领着罗宾来到店内,省得被外面那群八卦的女生指指点点。店内人声鼎沸,熙熙攘攘。桌子前坐满了游客,空气中弥漫着咖啡的香气。

---

① 荷兰锅(Dutch oven)是欧洲国家较常见的一种带盖儿的厚壁煮锅,通常用铸铁制成,也可用铝、瓷等其他材料制成。实际上它源自英国而非荷兰。

人们高谈阔论,聊着什么第二故乡、夏日计划之类。

达奇丝站在柜台前,盯着装有番茄酱的罐子——如果在店里买了东西,番茄酱是可以免费自取的。她扫了一眼老板娘罗西,后者正忙,注意力全在收银机上。

达奇丝只给罗宾拿了一袋番茄酱,正欲转身。

"番茄酱是买了东西才能免费拿的哦。"

她抬起头,发现是她的同班同学卡西迪·埃文斯。罗宾不由得紧张起来,站在原地手足无措。

卡西迪得意扬扬,噘着嘴巴,唇彩明晃晃的,头发也油光发亮,关键是那表情,一副欠揍的嘴脸。

"就一袋而已。"达奇丝说。

"罗西小姐,难道不是买了东西才能拿番茄酱吗?"卡西迪声音很大,但又娇滴滴的,装得像一朵圣洁的白莲花。

店里突然安静下来,无数双陌生的眼睛一齐望向达奇丝。她感觉自己都快被人们的目光烧着了。

罗西放下手中的杯子,回到柜台前。达奇丝把那一袋番茄酱猛地丢回罐子里,然而因为用力过猛,罐子从柜台上掉下来,摔了个粉碎。

她抓住罗宾的手,领着他穿过满地狼藉。卡西迪踮着脚直退,罗西大叫。

他们默默走过一条条安静的街。

"我们不用番茄酱,"罗宾说,"没番茄酱也会很好吃的。"

在日落大道上,他们看见几个小孩儿在下面的沙地上玩球。罗宾看得心无旁骛,眼神之中尽是向往。达奇丝经常陪他玩——各种玩具,玩具兵,玩具汽车,还有一根他觉得很像魔法杖的棍子。有时罗宾也会喊妈妈出来，但大多数时候她都躺在昏暗的客厅里，开着电视，关掉声音。达奇丝从别人口中听到过各种各样的说法：躁郁症，焦虑症，毒瘾。

"出什么事了？"罗宾忽然说。

前面有三个男孩儿一阵风似的朝他们这边跑来，经过他们身边时更是加快了速度。

"是金家。"达奇丝说。他们在街对面停下来察看情况。只见屋子的前窗上有个边缘参差不齐的窟窿，应该是石块儿砸的。

"我们要不要去告诉主人？"罗宾问。

达奇丝看见屋里有人影闪动，摇摇头，拉着罗宾走开了。

五

沃克坐在看台后排,望着橄榄球凌空五十余码旋转着飞入球门区,而接球手却并未接住。四分卫举起一只手,那孩子微笑着把它甩开了。他们得重新组织进攻。

沃克从小就是黑文角橄榄球队的球迷。文森特也打过橄榄球,担任外接手。他有这方面的天赋,据说有希望进州队。可惜他们的球队赢的次数不多,从来没有连续赢过几场。但即便如此,沃克还是会选择在某个周五的晚上来到球场,坐在一群脸上涂着油彩,扯着嗓子大呼小叫的女孩子中间欣赏比赛。如果赢了球,他们就去罗西快餐店大肆庆祝。球员、啦啦队,以及置身他们中间的那种畅快淋漓使沃克浑身轻松。

"那小子打得不错。"文森特说。

"的确。"

沃克带了一提六瓶滚石啤酒,可文森特碰都没碰。他下班去找文森特时,文森特正在暮色中收拾房子。他已经用沙土回填了屋后露台的大部分,为此手上都磨出了泡,脸上也尽是疲倦之色。

"他将来会成为职业选手。"文森特看着那个开球的孩子说。这一次接球手稳稳接住,兴奋得大叫。

"就像你当年一样。"

"你要问我吗?"

"问什么?"

"所有的事。"

沃克喝了口啤酒。"我无法想象。"

"你可以,只是你不想。不过没关系,反正都是我咎由自取。"

"不,不是这样。"

"我去她的墓地了。我没有……没有给她带花或别的。我不知道我应不应该带。"

灯光下,球传来传去。顺着球场望下去,在最远处的角落里,沃克看到了反戴着球帽的布兰登·洛克。每次比赛沃克都能看到他的身影。

文森特循着他的目光。"那是布兰登吗?"

"是。"

"我以为他会打下去,当年他的技术也是很不错的。"

"膝盖出毛病了,有点突出,复不了位。他现在在泰洛建筑公司上班,好像是搞销售。他走路有点瘸,应该用手杖的,可你也知道布兰登的性格。"

"现在不好说还知道。"

"他还留着他老爸的那辆野马跑车。"

"我还记得他老爸买车那天,半条街的人都跑过去看热闹。"

"你还想偷来着。"

文森特笑笑。"沃克,话可不能乱说,我是借。"

"他特别喜欢那辆车。我估计他一定看出你的心思了。那是他人生最辉煌的时候。你瞧他,头发,衣服,还是一九七八年的样子,他一点儿都没变。阿文,我们都没变,至少变化不大。"

文森特揭去啤酒瓶上的标签,但还是一口没喝。"玛莎·梅呢?她变化大吗?"

听到这个名字时沃克愣了一下。"她在比特沃特当律师,主要打家庭纠纷之类的官司。"

"我一直以为你们俩会走到一起。我知道那时候我们还小,可你看她的眼神……"

"估计和你看斯塔尔的眼神差不多吧。"

接球手再次失手,球弹起来,飞向了看台。布兰登一下子跳起来,对于一个瘸子来说,他敏捷得简直像只兔子。他接住了球,但没有还给接球手,而是抛给了四十码开外的四分卫,后者跳起来接住。

"他的球技不减当年啊。"沃克说。

"估计这才是最痛苦的。"

"你能不能去看看斯塔尔?"

"她不是跟你说过不希望我去吗?"

沃克皱了皱眉,而文森特却微笑着说:"沃克,你在我面前是藏不住事儿的。之前你说她需要一点时间……该死的,难道几十年的时间还不够吗?不过后来我想了想,她说的没错。我们之间发生的事情太多了。可你和玛莎不一样。"

"她……我们已经不联系了。"

"跟我说说吧。"

沃克又打开一瓶啤酒。"判决结果出来的那天晚上我们在一起了,结果她怀了孕。"

文森特两眼放空,盯着球场。

"而她爸爸,恰好是个牧师。"

"真见鬼,沃克。"

"是啊。"

"那时候她是想继承她爸爸的衣钵的,也当牧师。"

沃克清了清嗓子。"她爸爸让她把孩子……打掉了。毕竟我们年纪太小。可出过一次那样的事情,我在他们家人心中的形象就可想而知了。问题不在于她爸爸的态度,而在于她对我的态度。我在她眼中就是一个错误。"

"那她在你眼中——"

"她是一切。我都能想象出我们在一起后的生活,就像我爸爸妈妈一起生活了五十三年那样。房子,孩子,人生。"

"她嫁人了吗?"

沃克耸耸肩。"六年前我给她去过一封信,圣诞节的时候,还寄了些老照片。但她没回我。"

"亡羊补牢,还不算晚。"

"你也一样啊。"

文森特站起身。"不,我已经晚了三十年。"

斯塔尔上班的酒吧位于圣路易斯,距离不算远。一条宽阔的公路从休耕地中间切过去,沿着山坡顺势而下,直通阿尔塔农峡谷。

斯塔尔借了对门米尔顿家的那辆破科曼奇。车子空调坏了,所以达奇丝和罗宾只能像小狗似的把头伸出窗外。他俩一肚子不乐意,但也无可奈何,这样的旅程每月至少有一次。

达奇丝带了作业,紧紧攥在手中。斯塔尔领着他们穿过停车场,从两辆皮卡中间挤过去,又走进一道后门。斯塔尔提着一个破旧的吉他盒子,下身穿着几乎要露出屁股的超短裤,上身则穿着几乎要露出胸脯的紧身背心。

"你怎么能穿成这样?"达奇丝不满地说。

"我也不想啊,可这样子能多挣些小费。"

达奇丝只能在心里暗骂。这时斯塔尔转过身。"求你了,就今天晚上。看好你弟弟,别惹麻烦。"

达奇丝领着罗宾来到后面的一个台子旁,让罗宾坐里边,自己坐外边挡住他——这不是他们该来的地方。斯塔尔给他们每人拿了一瓶汽水。随后达奇丝把作业铺开,给了弟弟几张白纸,掏出他的文具盒,把笔摆在外面。

"她会唱那首关于桥的歌吗?"罗宾问。

"每次都唱。"达奇丝说。

"我挺喜欢那首歌的。你要和她一起唱吗?"

"才不呢。"

"那就好,我最讨厌听见她在上面喊了。"

塞满烟头的烟灰缸里冒出缕缕青烟。酒吧上方全是深色木头,且挂满小旗,因此光线十分昏暗。达奇丝听到一阵笑声,她妈妈和两个男人喝了几杯酒。她要靠那杯中之物来热身。

罗宾伸手去拿桌子上一个装着坚果的碗,达奇丝拨开他的手。"全是尿。"

她盯着自己的作业,家族树上爸爸那一枝仍是一片空白。前一天,卡西迪·埃文斯在全班同学面前讲述自己的家世,而且还得意扬扬地让大家看她的家族树,只见上面有一条弯弯曲曲的线把她和杜邦家族连在一起,除了炫耀,挑衅意图也不言自明,达奇丝甚至能闻到浓浓的火药味儿。

"我发了你。"

"不是发,是画。"

他把画推过来,达奇丝不禁笑道:"我的牙有那么大吗?"她拿手戳罗宾的肋下,逗得他咯咯直笑,直到笑声太大惊动了斯塔尔。她瞪着眼睛望过来,示意他们保持安静。

"跟我说说比利·布鲁·拉德利吧。"罗宾说。

"我看过的资料说,他是个天不怕地不怕的家伙。他抢了一家银行,警长追了上千英里都没抓到他。"

"听起来可不像好人啊。"

"他也是为了生活嘛,为他自己,还有他的同伙、家人。"她的一只手放在弟弟胸口,"这就是我们家族的血统。我们是法外狂徒。"

"也许你是。"

"咱们一样。"

"可我爸爸和你爸爸,他们不一样啊——"

"嘿,"她轻轻捏了捏罗宾的脸蛋儿,"拉德利家的血统,我们是一样的。因为咱们的爸爸都不中用……反正就是一样。快说。"

"我们一样。"

时间一到,灯光暗下来,斯塔尔坐在台前的一个凳子上,翻唱了几首,也唱了几首自己的歌。斯塔尔陪过酒的一个男人,在每段歌曲结束后都要嘘一阵,又是吹口哨又是大呼小叫。

"一群混蛋。"达奇丝小声骂道。

"都是混蛋。"罗宾附和。

"你不要说。"

这时那个男的站了起来,手抓着下身冲斯塔尔做出不雅的动作，嘴里还叽叽歪歪说着什么，好像他和斯塔尔有什么私情。他骂斯塔尔是个狐狸精，还说她可能是蕾丝边。

达奇丝听不下去了。她霍地站起身，抄起桌子上的汽水瓶丢了过去。可惜她丢的力度还不够，瓶子落在男子脚边，摔了个粉碎。男子吓了一跳，目瞪口呆地看着达奇丝，而达奇丝毫无惧色，不仅拿恶狠狠的眼神回敬对方，还两手一摊，大有拉开架势干一场的意思。

"快坐下，"罗宾拉了拉姐姐的手，"求你了。"

她瞥了眼弟弟，罗宾眼中满是恐惧，而后又看了看妈妈，斯塔尔的口型在说着同样的意思。

男子依旧瞪着眼。达奇丝不屑地冲他竖了竖中指，随即坐下。

罗宾刚喝完汽水，斯塔尔在台上开始喊她的女儿："达奇丝，快上来。我女儿唱歌比我还要好听呢。"

达奇丝恨不得缩进凳子里，不管周围有多少人扭过头——有的在招手，有的在鼓掌，她盯着妈妈直摇头。曾几何时，她也是个爱唱歌的小姑娘呢。只不过那时她还小，对这个世界还不够了解。她在家唱，洗澡时唱，也在院子里唱。

斯塔尔略显尴尬，向客人解释说女儿不太识趣，随后便开始演唱最后一首歌。就是这首歌，让罗宾放下了手中的笔，如痴如醉地盯着妈妈，仿佛她是天使降临。"我喜欢这首歌。"他说。

"我知道。"达奇丝说。

演唱结束，斯塔尔下台收钱，包里的信封很快装得鼓鼓囊囊，大概有五十块。这时，之前起哄的那个男的又来了，伸出大手在斯塔尔的屁股上抓了一把。

罗宾还没来得及阻止，达奇丝已经蹿了出去。她飞快地穿过大堂，弯腰从地上捡起一片玻璃。

斯塔尔想把那男的推开，但他极力抗拒，甚至还握起一个拳头，直到他看见斯塔尔的眼睛，不是盯着他，而是盯着他身后。他立刻转身，只见达奇丝气势汹汹地站在面前，手里的玻璃片对准了他的咽喉。

"我达奇丝身上流着法外狂徒的血，而你只不过是一个下流的人渣。你信不信我能割下你的脑袋。"

她听见弟弟微弱的哭声，斯塔尔抓住她的手腕拼命摇晃，直到她松开玻璃片。其他人见状也纷纷上前将他们分开，避免事态升级。还有人赶紧端上免费的酒水。

斯塔尔把达奇丝推出门外，然后拉着罗宾跟了出去。

停车场一片黑暗，他们摸索着爬上皮卡车。

上车之后，斯塔尔便怒不可遏地教训开了。她厉声呵斥达奇丝，说她没脑子，说她不是那个男人的对手，弄不好就会自讨苦吃，还说知道自己在干什么，不需要一个十三岁的小姑娘来保护。达奇丝一声不吭，默默等待暴风雨过去。

终于安静下来，斯塔尔发动了车子。

"你现在不适合开车。"

"我很冷静。"斯塔尔瞥了眼后视镜，整理了一下头发。

"你现在这种状态不能开车，罗宾还在车上呢。"

"我说了我很冷静。"

"像当年的文森特·金一样冷静？"

达奇丝看见了飞来的手掌，但却不避不闪，而是让脸颊结结实实地承受了那一巴掌。

后排的罗宾哭了起来。

达奇丝俯身从点火开关上拔下钥匙，爬到后排去陪弟弟。她抚摸着罗宾的头发，帮他擦眼泪，还帮他换上睡衣。

达奇丝睡了一个钟头，然后才爬回前排，把钥匙还给了斯塔尔。他们这才开车回家。

"你知道吧，这个周末就是他的生日。"达奇丝淡淡地说。

"我当然知道。"

斯塔尔回答之前，达奇丝内心经历过一次痛苦的波动，这波动的原因在于囊中羞涩。她周末兼职送报纸挣点零花钱，每次骑着自行车累得满身臭汗，到头来也拿不了几个子儿。

"要是你给我点钱，我就帮你搞定。"

"我自己处理。"

"可是——"

"该死的，达奇丝，我说了我自己会处理。能不能对我有点儿信心？"

她很想说这很难，因为达奇丝的每一次生日都是在无声无息中度过的。

车子颠簸着驶上了九号公路。

"你饿不饿？"斯塔尔问。

"我在家做了些热狗。"

"买番茄酱了吗？你知道罗宾最喜欢番茄酱了。"

达奇丝扭过头，用无神的双眼注视着妈妈。

斯塔尔伸手摸了摸她的脸。"今晚你该上台的。"

"唱给一群醉鬼听，我还没那么专业。"

斯塔尔从包里掏出一支烟，用嘴叼着，然后笨手笨脚地点火。"如果我把广播打开，你能唱歌给我听吗？"

"罗宾在睡觉呢。"

斯塔尔一手揽住达奇丝的肩膀,把她拉向自己。车子缓缓行驶在公路上,她吻了吻女儿的头。"今晚酒吧有个家伙说他在峡谷里有个工作室。他给了我一张名片,让我抽空打给他。也许这是个机会。"

达奇丝打了个哈欠,眼皮越来越沉重。街灯渐渐朦胧起来。

"你应该知道你的名字达奇丝是女公爵的意思,所以你就是黑文角的女公爵。我曾经一直渴望有个女儿,头发上戴着漂亮的蝴蝶结。"

达奇丝知道。

"你知道比利·布鲁·拉德利吗?"她问。

斯塔尔笑着说:"你外公以前经常跟我讲他的事,我觉得那是他瞎编的。"

"他是真的。拉德利血统,妈妈。"她打算趁机再问问自己爸爸的事,但想了想还是算了,现在实在没心情。

"你知道我是爱你的,对不对?"

"嗯。"

"真的,达奇丝。我努力生活,拼命挣钱,为的都是你们两个。"

达奇丝凝视着车窗外的黑夜。"我只是希望……"

"希望什么?"

"我只是希望能有一个中间地带。因为人都活在中间地带。并非除了拥有一切就是一无所有……要么游在水面要么沉在水底,不是的,大多数人都是踩着水浮浮沉沉,这就够了。如果没有中间地带,一旦你开始下沉,你就会把我们全都拖下去。"

斯塔尔擦了把眼睛。"我在努力,会好起来的。今天早上我又大声宣读了我的箴言,以后我每天都会读。为了你,我会坚持。"

"坚持什么?"

"我想做一个无私的人。达奇丝,只有无私才能让人变得伟大。"

回到镇上时已是半夜,看到停在车道上的达克的那辆凯雷德,达奇丝的心猛然一沉。

他们停住车,大门是开着的。达克估计在院子里,门廊下,等待着,眼睛盯着某处。达奇丝最怕他那样的眼神,好像他能在黑暗中看到什么似的。她不喜欢他。他太安静,块头太大,又他妈的太喜欢盯人。她在学校见过他,隔着一道栅栏。他就坐在车里,盯着她。

"我以为你今天不用值夜班了。"达奇丝说。

斯塔尔一直在比特沃特给人做保洁。

"他们……昨天晚上我旷工,所以他们说我不用去了。别担心,我可以到达克的酒吧去干活,可能他就是为这个来的。"

"我不喜欢你去他那儿。"

斯塔尔笑了笑,随即再次拿起那张名片,好像那能证明什么。"咱们要交好运了。"

达奇丝抱起弟弟。罗宾很轻,细胳膊细腿。他的头发已经老长,可她没钱带他去主街上的马克斯·罗杰斯理发店剪头发,那里很受小男孩们的欢迎。她庆幸弟弟还小,尚未到在乎仪表容貌的年龄。其他小孩儿也一样,但这种情况很快就会改变,她不禁有些担心。

罗宾的卧室贴满了她亲自挑选的海报,科技,天文,代表着她对弟弟的殷切期盼。架子上有本书,书里的麦克斯饥寒交迫,但罗宾很喜欢结局,因为最后的晚餐证明还是有人关心麦克斯的。这本书是达奇丝从萨利纳斯的小图书馆里借来的,每隔一周她都会骑着自行车跑两英里去续借一次。

屋外传来说话声。这房子是达克的,斯塔尔已经交不起房租了。以达奇丝的年纪,她知道这意味着什么,只是还无法完全理解。

她的心思又回到作业上,如果不能按时完成那就麻烦了。她承受不起留堂的处罚,否则就没人去接罗宾了。指望斯塔尔那是白日做梦。

但她还是决定先把作业放一放,准备眯一会儿,等明天天亮再继续。她拉开窗帘。街道已经入睡,对面的米尔顿家,门廊灯总是彻夜长明,无数飞蛾在灯光下飞来飞去。她看到一只狐狸,优雅地从亮处闪入黑暗。随后,在布兰登·洛克家的房子旁边,她看到一个人。那人正注视着她的窗户。他看不见她,因为她站的位置足够靠后。那人很高,虽然没达克高,但仍算是大高个儿。他头发凌乱,肩膀低垂,不像是讲究体面之人。

她没管那么多,兀自在床上躺下。

就在眼皮快要撑不住的时候,她忽然听到一声尖叫。

妈妈的尖叫。

她迅速冲出卧室。对于一个习惯了夜晚的恐惧,习惯了妈妈总是招惹人渣的孩子,她的反应早已化作本能。她顺手锁上罗宾的房门。他睡着呢,就算醒来他也记不住什么。他从来不记得。

她听见达克的声音,一如既往地沉稳。"别激动。"

她透过门缝悄悄看,就像在窥探地狱。台灯位于一侧,妈妈躺在小地毯上,恰好处于阴影中。达克目不转睛地盯着斯塔尔,仿佛她是一头刚刚被他注射了镇静剂的野兽。达克的块头可真大,别说椅子,就连这栋小房子都几乎装不下他。达奇丝显然不可能打倒这样一个人。

不过她知道该怎么办。她蹑手蹑脚地从走廊来到厨房,尽量避开会发出声音的地板——对,她连哪块地板会发出声音都门儿清。她不能直接报警,否则会有记录。就在她拨打沃克的手机时,她听到了声音,转身时已经晚了,达克从她手中一把夺过电话。

她在达克的手上狠狠抓了一把,锐利的指甲划破皮肉,直到她感觉到流了血才住手。达克按住她的肩膀,把她推出厨房。她拼命挣扎,踢翻了靠墙的桌子,一张罗宾的照片掉在她面前——那是他去幼儿园的第一天。

达克高塔般站在她跟前。"不要报警,我不会碰你的。"他的声音低沉得几乎不像人类。达奇丝零零碎碎地听说过一些关于达克的事情,一次在彭萨科拉大街上,有个人超他的车,结果他就把那人从车里拖出来,把人家的脸踩了个稀巴烂。关键是他这样做时极为平静,旁观者全都惊呆了,像被施了咒。

他盯着达奇丝,眼神一如既往。他端详着她的脸、她的头发、她的眼睛、她的嘴,仿佛不愿漏掉任何一处细节。达奇丝被他盯得心里直发毛。

但她也毫不示弱地瞪着他,小小的鼻子皱成一团,明确地表达着自己的无畏与愤怒。"我达奇丝身体里流着法外狂徒的血。我不怕你,迪奇·达克,你不过是一个只会欺负女人的垃圾。"

达奇丝的身体倒下去了,头冲着门、玻璃和街灯,身体沐浴在橙色的灯光下,这时她看见妈妈大叫着扑向达克。

她用不着起身去帮忙,因为她知道那样做无济于事。正当她愣在那里手足无措时,她透过玻璃看到了一个人影。

在她身后,妈妈挥舞着拳头,但手立刻被达克牢牢抓住,动弹不得。

达奇丝当机立断:不论外面有什么,总不会比屋里更凶险。她拉开插销,抬头看着门外那人的脸。随后她闪到一旁,那人进屋,抓住达克,一拳揍向他脑袋一侧。

达克没有退缩,他看清来人是谁,停止扭打,冷静地瞪着对方,仿佛在权衡。论身材他占优势,高一些,也壮一些,但对手的样子让他心里打鼓,那分明是要拼命的架势。

达克从口袋里掏出钥匙,不慌不忙地向外走去。男子跟了出去,达奇丝紧随其后。

她看着凯雷德开走,直至尾灯消失在视野中。

男子转身看着她,接着又看向她的身后。斯塔尔站在破旧的门廊下面,气喘吁吁。

"回来吧,达奇丝。"

达奇丝没说什么,乖乖跟着妈妈回屋。她回头看了一眼,男子站在原地,就像有人专门派他来保护她。

在刚才的冲突中他的衬衣被撕破,月光下达奇丝看到,纵横交错的伤疤像愤怒的浮雕覆盖着他的身体。

六

倦意如潮水，不可抑制，她索性放弃抵抗。步履沉重，呼吸低沉，眼睛里布满血丝，耳朵里充斥着令人窒息的声音，那声音十分遥远，她无暇顾及。

一只小手钻进她的手心，弟弟一脸关切。他这一夜倒是睡了个好觉。

"你没事吧？"他担心地问。

达奇丝背着两人的背包。她额头上有块瘀青，是昨天夜里磕的。书包里装着作业，她的家族树只完成了一半。达奇丝在班里成绩中等，而且她刻意保持在这个段位。如今她已经不再干自残的傻事，她不能惹麻烦，尤其不能冒险把斯塔尔牵扯进来。遇到开家长会的时候她就找个借口搪塞过去：我妈妈抽不开身，你也知道她嘛。她独自吃饭，因为怕同学看见她吃的什么。有时候她只带几片抹了黄油的面包，而面包也往往不知剩了几天，碰一下就恨不得碎成渣子。有些人的条件可能比她更苦，但她不希望因此就加入他们的行列。

"昨晚我睡你床上了，你不停地踢我。"达奇丝说。

"真对不起。"

他朝前小跑几步，溜进邻居家的前院儿，像小狗一样捡起一根长长的棍子又溜了出来。他把棍子当手杖，假装自己是个小老头儿，直到达奇丝忍不住笑起来。

这时隔壁的临街大门开了。布兰登·洛克对他那辆野马跑车的感情并非常人所能理解，用斯塔尔的话说，比对他前妻还上心。

他穿着一件褪了色的夹克，除了旧，还小，袖子只到前臂中间。他瞪着罗宾说："你离我的车远点儿。"

"他本来离得就很远。"达奇丝回应道。

布兰登踩着草坪走过来，站在离达奇丝不远的地方。"你知道下面罩的是什么吗？"他示意车子，车身被一张蓝色的防水布罩得严严实实。她每天晚上都能看见布兰登在这儿忙活半天，像伺候一个刚出生的婴儿。

"我妈说是阴茎增长套。"

她看见布兰登的脸红了。

"那是一台六七年的野马。"

"一九六七年，你身上这衣服也是那年造的。"

"那是我的号码，不信问你妈。我可是州队的，以前人们都喊我猛牛。"

"猛牛？"

罗宾走过来拉住达奇丝的手。她能感觉到布兰登的双眼一直注视着她，直到她走完这条街。

"他干吗那么生气？我离他的车子还远着呢。"

"他生气是因为他想泡咱们的妈妈，可咱们的妈妈不待见他。"

"昨天夜里达克来了吗？"

前面一片日光，百叶窗拉起来了，店主们已经做好了准备。

"我没听见。"她撒谎道。

达奇丝喜欢冬天的黑文角,因为没了那些虚头巴脑的装饰,这里看上去和其他小镇并无二致。她也喜欢夏天,漫长,美丽,同时也丑陋不堪。

她看见卡西迪·埃文斯和她的死党们坐在罗西快餐店外。大长腿,短裙,故意把头发弄得乱蓬蓬,嘟着嘴互相调笑。

"咱们走佛蒙特街吧。"罗宾说。达奇丝任由他领着离开了主街,也远离了那些肯定会嘲笑他们的女孩子。"今年夏天我们怎么过?"

"老样子。四处闲逛,去沙滩上玩儿。"达奇丝回答。

"哦。"

达奇丝偷瞄了一眼弟弟,只见他失落地低着头说:"诺亚要去迪士尼,梅森要去夏威夷。"

她伸手捏了捏弟弟的肩膀。"我也会给咱们找点事做的。"

罗宾跑向福德姆街旁边的林子。她看着他分开柳枝,钻到树下。他会尝试爬上一些低矮的树干。

"早上好。"

达奇丝转过身。可能因为实在太困了,或者因为心神不宁,她竟然没听到车子的声音,更没注意到沃克把警车停在了自己身边。

沃克熄掉车子,摘下太阳镜,仔细地打量了她一番。

"没什么事儿吧?"

"没事啊。"她眨巴眨巴眼睛,想暂时忘掉达克的手和妈妈的尖叫。

沃克没有立即接话,先是鼓捣了一会儿广播,然后才拍着车门说:"昨天晚上,也没什么事儿吗?"

见鬼,什么都瞒不过他。"我刚不是说了嘛。"

他微微一笑。沃克从来没有逼问过她什么,他只是处处留心。但达奇丝知道,有时候大人们认为的处处留心也意味着干些影响广大的傻事。

"那好吧。"他说。

他比了个 OK 的手势,晃了晃。

沃克注意到达奇丝在打量他,遂缩回车里。达奇丝很想问问他喝了多少酒。

"达奇丝,如果有什么事,你是可以告诉我的,明白吗?"

她很累,面对着这样一张肥胖慈祥的脸和浮肿的眼泡儿,她什么都不想说。他是个温柔的家伙,像果冻,或者布丁。温柔的笑容,温柔的身体,温柔的眼睛看着她的世界。可温柔对她不起作用。

来到学校,她首先目送罗宾走进幼儿园,和德洛丽丝老师挥手致意,而后才转身离开。临近放假,她得尽量低调,可作业还是个问题。她那未完成的家族树会给她惹麻烦的。她可从来没有耽误过家庭作业。肚子一阵疼痛,她用手捂住,感觉到里面有一团东西纠结在一起,仿佛预示着即将有不好的事情发生。她总不能当着全班同学的面说她不知道自己的父亲是谁吧?不能。

她在走廊找到了自己的储物柜,努力朝旁边的女生笑了笑,可对方无动于衷。这样子已经有段时间了,好像其他同学都知道,她这个人要什么没什么,不值得当朋友来交。

她来到教室,坐在自己的座位上。她在中间靠窗的位置,可以看见整个操场。一群小鸟正在泥土中刨食儿。

她想到了罗宾,万一她被留堂,谁去接他呢?没人。没人。

她吞了口唾沫,眼睛潮红起来,但她没哭。

教室门开了,但进来的并不是刘易斯老师,而是一位步履缓慢的老太太。她手里端着个一次性杯子——里面冒着热气,应该是咖啡。她的眼镜腿上绑着绳子。哦,是临时代课的老师。

当她让同学们拿出课本自习时,达奇丝如释重负地趴在了课桌上。

沃克在空地上找到了他。费尔劳恩的房子只剩下一片残砖碎瓦。为保证安全,塌陷附近已经清理。挖掘机移走了木头和石板,装载卡车正准备运走人们最后的一点回忆。

达克看着他们,单单他一个人的存在就足以使工人们加快干活儿的节奏。看到沃克,他微微挺起胸,沃克不由得后退一步。

"天气不错啊。利亚说你给警局打过电话,怎么,夜总会那边又出什么状况了?"沃克问。

"不是。"

一句废话没有,不管沃克多么努力。总之谁都不可能让眼前这个家伙多说一句可有可无的话。

沃克一只手哆嗦着伸进口袋。"那你因为什么?"

达克指着后面的房子。"那个地方是我的。"

他所指的那栋小房子已经破烂不堪,百叶窗剥落,门廊腐朽,虽然处处可见维护的痕迹,但看着仍像待拆建筑。

"那不是迪伊·莱恩的家吗?"沃克看见她站在窗口。他挥挥手,但迪伊·莱恩的目光不在他身上,而在他身后的大海。这可是花多少钱都买不到的自然美景啊。

"她是租的,可她不愿搬走。我及时发过通知函了。"

"我会和她谈谈。你也知道,她在这儿已经住很久了。"

沉默。

"况且她还有孩子。"

达克望向天空,也许这个理由他终于听进去了。

沃克瞥了他一眼。他穿着黑色西服,手腕几乎和沃克的脚踝一样粗,上面戴着一块样式极为简约的手表。沃克很好奇那表值多少钱,说不定抵得上一辆小轿车呢。

"那地方,你打算用来干什么?"

"建房子。"

"你申请许可了?"沃克负责监管申请程序,凡是要改变原貌的事情,他每每都反对,"听说昨晚有点小麻烦?在拉德利家。"

达克看了他一眼。

沃克笑笑。"毕竟咱们镇就这么大点儿地方。"

"这种情况不会持续太久的。你和文森特·金又聊过了吗?"

"他说……我想说的是他才刚出来,所以眼下……"

"有什么话不妨直说。"

沃克干咳两声。"他说请你哪儿凉快哪儿待着去。"

达克的脸像戴了一张悲伤的,又或是失望的面具。他把指关节捏得咔咔直响,那声音就像打枪。沃克看着他的大皮靴,能想象他能造成怎样的伤害。

沃克继续向前,来到工地上,原来的地址面目全非。工人们操作着机器,嘴里叼着烟卷儿,眼睛被太阳照得眯成一条缝。

"沃克局长。"

沃克应声转身。

"莱恩女士可以再住一周。我有个仓库,如果她有什么东西需要存放,让她收拾出来即可,我帮她拉过去。不收钱。"

"你真是太仗义了。"

迪伊的院子里有个小平台,外边围着一圈的花。尽管房子小得可怜,这些花却着实为她的家增色不少,这从侧面反映出主人的修养。沃克认识迪伊有二十年,这些年她一直住在命运大道上。她结过婚,不幸的是她丈夫游手好闲离家而去,撇下一屁股债和两个孩子。

隔着纱门,迪伊对沃克说:"我他妈的真该杀了他。"她身材娇小,可能只有一米五五,长得挺漂亮,就是有点冷冰冰的感觉,可能因为丈夫的抛弃加上这些年生活的磨砺寒了她的心吧。就体形而言,她与达克简直相差悬殊。

"我能给你找个地方——"

"拉倒吧,沃克。"

"达克说的是真的?就是今天?"

"是今天,那又怎样?我租他这个房子三年了,他刚还完贷款……处理好银行的事儿,我就租了。费尔劳恩的房子一塌,我们家的视野再无阻挡,结果我就收到了这个通知。"她从一堆文件中抽出一封信,甩给沃克。

沃克很认真地看完信。"真的很抱歉,你能找人谈谈吗?"

"我不正和你谈着吗?"

"我觉得……法律上……"

"他说过我可以住这儿。"

沃克又看了一遍信,还有通知函。"我可以帮你打包东西。孩子们,她们知道吗?"

迪伊闭上眼,再次睁开时,泪水滚滚而下。她摇了摇头。她的两个女儿,凯特琳和露西,一个十六岁,一个八岁。

"达克说你可以再住一周。"

迪伊深吸了口气。"你应该知道吧,我们交往过一段时间……是在杰克之后。"

沃克知道。

"我以为……我是说达克,他长得蛮帅,但你知道吗,沃克,他妈的这家伙不正常。他肯定有毛病,虽然我不知道是什么毛病。他冷淡得很,像个机器人。他不愿意碰我。"

沃克蹙了蹙眉。

"你明白我的意思。"

他的脸有些发烫。

"不是说我有多饥渴,可一个男人和女人约过五六次会之后,有些事就是自然而然的了。但他不是。迪奇·达克这家伙不太正常。"

院子里有几个箱子,他想过去帮忙把它们搬进屋里,但迪伊说就放那儿好了。"都是些没用的垃圾。我今天早上开始收拾的,你知道我意识到什么了吗?"

她哭了,无声地哭,只有眼泪扑簌簌往下落。

"我对不起她们,沃克。"

他想开口,但迪伊抬手止住,她离崩溃似乎只有一步之遥。"我辜负了我的孩子,现在我连一个安定的家都给不了她们。我一无所有。"

那天夜里,罗宾和妈妈都睡着之后,达奇丝骑着自行车出了家门。

忧郁的一天拉下帷幕,街上的垃圾桶张着嘴,空气中弥漫着烧烤的味道。达奇丝很饿，可家里没什么可吃的，能吃的都被罗宾吃光了。

她拐上麦尔街，低矮的山丘渐趋平坦，自行车轻快了些，一侧车把上的彩色丝带飘扬起来。她没戴头盔，上衣拉着拉链，下身短裤，脚踩凉鞋。

在日落大道路口，她放慢了速度。

文森特·金家的房子一直是她的最爱。她喜欢它孑然而立的样子，喜欢它的残缺，喜欢它的与众不同。

她一眼便看见了他。

车库门敞着，他站在梯子上，小心地拆着墙板，看样子已经拆了一半。地上放着一卷防水膜，以及锤子、凿之类的工具，还有一辆装满碎石的手推车。车库里亮着一盏台灯，光线刚刚够用。

达奇丝见过茜茜的照片，她们是同一类女孩儿。浅色的头发和眼睛，小小的鼻头上有点儿雀斑。

她缓缓骑过大路。车座不牢固，硌得屁股疼。她索性不坐，岔出一只脚蹬着地滑行。

"你去我家干什么？"她说。

对方扭过头。"我是文森特。"

"我知道。"

"我以前认识你妈妈。"

"这我也知道。"

他微微一笑，但笑得极不自然，好像他只是觉得此处应该微笑，而他尚在学习阶段。达奇丝没有笑。

"你妈妈还好吗？"

"她一直都好。"

"那你呢?"

"你用不着问这么多。我是法外狂徒。"

"我是不是应该担心啊?法外狂徒可都是坏人。"

"野比尔①在当上警长之前还杀过两个人呢。也许有朝一日我也能改邪归正,也许不会。"

她又骑近了点。文森特浑身大汗,T恤的胸口和腋下位置都已变成深色。车库上方有个篮筐,但是没了篮网。达奇丝很想问问他还记不记得怎么玩球,或者他还记不记得从前的事情。

"自由,"她说,"是不是天底下最糟糕的东西?比什么都糟糕。也许真是这样。"

文森特爬下梯子。

"你胳膊上有道疤。"

他低头看了眼自己的胳膊,那道疤几乎和他的前臂一样长。

"你全身都有疤。在里面你挨了很多打吗?"

"你和你妈妈很像。"

"那只是表面。"

见他打量自己,达奇丝后退了几步,无所事事地摆弄着头上的小蝴蝶结。"全是借口。男人看见小姑娘就只看见小姑娘,看不出其他任何东西。"

她往前往后来回推着车子。

文森特找到一把螺丝刀,缓缓走过来。"刹车太紧了,骑起来会很费力。"

达奇丝警惕地看着他。

---

① 野比尔(Wild Bill Hickok,1837—1876),美国西部拓荒时期的传奇警长比尔·希考克,其枪法精准,有西部第一快枪手之称。

他跪在她的腿旁边,尽量不挨到她的皮肤,只是默默修好了刹车,而后起身退开。

她又推了推车子,发现轮子确实轻便了不少。月亮隐去了踪影,文森特和他的老房子笼罩在布满星斗的夜空下。她掉转车头准备回去。

"别再去我们家了。我们谁都不需要。"

"好的。"

"别逼我对你不客气。"

"我也不想。"

"把你窗户打烂的那个小孩儿叫内特·多尔曼。"

"谢谢你告诉我。"

达奇丝转身骑上车子,朝着家的方向慢慢地离他而去。

刚一骑上她家门前那条街,她就看到了那辆车。长长的车头从车道上伸出一截。达克又来了。

她猛蹬几脚,慌乱地把自行车丢在草坪上。她后悔自己跑出来。她从屋子一侧绕过去,从厨房后面进了屋。她蹑手蹑脚,一道道汗水沿着脊梁骨滚下去。她摘下挂在墙上的电话,这时她突然听到一阵大笑。是妈妈的声音。

她躲在他们看不见的昏暗角落里观察。咖啡桌上有个酒瓶,酒只剩一半,旁边是一束红花,彭萨科拉加油站里卖的那种。

于是她不再理会,小心翼翼地绕过小地毯,溜进了弟弟的卧室。她脱掉短裤,亲了亲罗宾的小脑袋,然后拉开窗帘,在弟弟的床尾躺了下来。

楼下那个大块头不走,她是不会睡的。

七

"跟我聊聊那个小姑娘吧。"文森特说。

他们坐在老教堂的后排。窗外是墓地,远处即大海,都透过玻璃染上了暗淡的色彩。他们刚去看了茜茜的坟墓,沃克特意让文森特单独在那里待了一会儿。文森特带了花,他还跪在地上看墓碑上的铭文。他一个人在茜茜墓前逗留了一个小时,直到沃克过来把一只手搭在他的肩上。

"她叫达奇丝,一个让生活逼得不得不提前长大的孩子。"沃克自认为他比任何人都了解她。

"那罗宾呢?"

"达奇丝照顾他。她做了他们妈妈该做的一切。"

"他们的爸爸呢?"

沃克看着周围的旧长凳,凳子上刷着白漆,石地板上还有点点滴滴的漆痕。拱形房顶很高,结构复杂精致,每到周日都会吸引大批游客来这里拍下无数照片。

"两个孩子的爸爸都不知道是谁。斯塔尔同时和几个男人交往,经常出去,有时候我见她早上才回家。"

"也太不检点了。"

"和检不检点没关系。你什么时候见斯塔尔在乎过这些?"

"我都不敢说我了解斯塔尔。"

"你了解。她还是你中学毕业舞会上带的那个女孩儿。"

"我给她父亲哈尔写过信。"

"他回过信吗?"

"回过。"

十分钟过去了,沃克心里还想着这个问题,但又不想知道答案。斯塔尔的父亲是个铁石心肠的人。他在蒙大拿州有几英亩地,黑文角对他来说是个令人伤心的地方,所以他基本不来,而且他到现在还没见过他的外孙和外孙女。

"起初他劝我自行了断。"

沃克注视着圣墙,那上面有关于审判和宽恕的描述。

"我差一点就真的如他所愿了,但后来他又改主意了。让我死简直是便宜我了。他给我寄了一张她的照片。"文森特的喉头上下动了动,"茜茜的。"

当阳光射进窗户,照在讲道台上时,沃克闭上了眼睛。

"你去过镇上了吗?"

"它已经不是我熟悉的那个地方了。"

"你会重新熟悉的。"

"我去詹宁斯家买油漆,发现那地方现在是欧尼的了。"

"他有没有跟你过不去?我可以找他谈谈。"欧尼当年也参加了搜索,他是第一个看到沃克举手、第一个跑回来、第一个看到尸体便僵在原地,继而弯腰大吐特吐的人。

两人同时起身,并肩出了教堂,走过草地,穿过一片斜立在地面的墓碑。在悬崖边,他们望着海水不断冲击着下方一百英尺处嶙峋的石头。

这景象让沃克有点头晕。"我经常想起咱们以前的事情。当我看到黑文角的孩子们，比如达奇丝，我就想到了我自己，想到了你、斯塔尔和玛莎。斯塔尔曾跟我说，她感觉自己好像还活在十五岁。我们仍然可以一起玩，我们三个。也许我们真能回到从前，那时的我们多单纯啊，那——"

"沃克，你听我说，你以为自己知道或可能知道这些年所发生的事情。可不论我以前是什么样，现在已经不是了。"

"你妈妈的事情之后，为什么你就不让我再去探视了？"

文森特望着眼前的风景，好像没听到沃克的话一样。"他给我写信，我是说哈尔，每年都写，每次都在茜茜的生日那天。"

"你不该——"

"有时信很短，好像只是为了提醒我。而有时他却能写十几页。也不全是发脾气，有时候也聊聊改变，聊我能干些什么，以及我怎么做才能不打扰其他人的生活，不把其他人都拖下水。"

此时沃克终于明白，文森特的理由并非只是自我保护的本能。

"如果不能纠正错误，如果永远不能……"

他们注视着一艘渔船，"流浪太阳号"。沃克知道那艘船，蓝色涂装，锈迹斑斑，钢铁船身的曲线与缆绳相连。海上风平浪静，船静静地从他们下方驶过，划开一道柔波。

"有些事就是如此。理由永远存在，空谈无济于事。"

沃克很想问问老友这三十年是如何过来的，但文森特手腕上的伤疤告诉他，实际的痛苦可能远远超乎他的想象。

他们默默走回镇上，文森特专走小巷，且一直低着头。"斯塔尔，"他说，"她和很多男人交往过？"

沃克耸耸肩，有那么一瞬间，他怀疑自己从文森特的口气中听出了醋意。

他注视着老伙计往日落大道走去——他要回去继续修缮他那栋空荡荡的老房子。

午饭后，沃克开车来到凡库山医院，路上花了三十分钟。他坐电梯到五楼，在候诊室找了个位子，翻阅着一本页面光滑的杂志，里面都是些风格冷峻的房子，和它们的主人一样，走的是极简风。房子经过卫生灰泥的粉刷，亮闪闪的。他低着头，尽管候诊室里除了他便只有一个和他一样身体抱恙且灵魂无处安放的年轻姑娘。

听到叫自己的名字，他迅速走向诊室。尽管周身疼痛，但他步履稳健，丝毫没有生病的迹象，要知道几小时之前他几乎连站都站不稳。

"开的药不管用。"他一边坐下一边说。医院里的诊室都一个样，唯一带点个人风格的东西是一个相框，但朝着另一个方向。接诊的医生是肯德里克。

"还是手的问题？"肯德里克问。

"哪哪儿都不对劲。我每天光起床就要花半小时。"

"但其他方面没有出现迟钝的情况吧？比如走路、微笑？"

他笑了笑，尽管和开心没关系。肯德里克也回之以微笑。

"只是双手，还有胳膊。感觉很僵硬。其他就没了，我知道会出现这种情况。"

"你还是谁都没告诉？"

"他们说我应酬太多，喝酒喝的。"

"你认同吗?"

"干我们这行的,应该也算正常吧。"

"你应该知道这事儿不能瞒着吧?"

"告诉别人又怎样呢?我可不想坐办公室。"

"你可以试试干点别的。"

"这么跟你说吧,你要是见过我哪怕有一天不干活出去钓鱼玩儿,我就任凭你一枪崩了我。作为警察……我热爱我的工作,也热爱我的生活。我想两者兼顾。"

肯德里克苦笑一下。"身上还有别的地方不舒服吗?"

沃克望着窗外,与其说是看风景,不如说是为了缓解他陈述个人困扰时的尴尬。大小便都有点困难,夜晚有点失眠。肯德里克说这很正常,并提了一些建议,比如减肥,注意饮食,改变治疗方案,调整用药剂量,适当吃点左旋多巴①。这些事项不需要医生说他也知道。他可不是盲目求医。平常闲暇时候他也泡图书馆看看书,什么疾病的六个阶段,布拉克假说,甚至詹姆斯·帕金森的著作,他都翻阅过。

"他妈的。"他骂道,但随即立刻举手道歉,"不好意思我说了脏话。我一般不说的。"

"他妈的。"肯德里克附和道。

"我不能不工作。不能。人们需要我。"他不知道事实是否如此,"其实就只有右胳膊。"他撒谎道。

"我们有个小组。"

他开始起身。

---

① 左旋多巴:抗震颤麻痹药,主要用于治疗帕金森病。

"算我求你。"肯德里克说。沃克接住了小册子。

达奇丝坐在沙滩上，抱着双膝，看着罗宾踩在齐踝深的海水里找贝壳。他已经收集了不少，口袋装得满满当当，尽管大部分都不完整。

左边不远处有一群年轻人，是和她同一所学校的学生。女生们穿着泳衣，男生们在互相丢球玩耍，不时飘来一阵欢声笑语。她有这个天赋，即便在人潮涌动的海滩，或在喧哗吵闹的教室也能备感孤独。这可能遗传自她的妈妈，但她一直在想方设法改变自己。罗宾需要稳定的陪伴，而不是一个毛手毛脚自顾不暇的姐姐。

"又找到一个。"罗宾喊道。

她起身走过去，在踩到水的那一刻感受到了一丝凉意。崎岖的海岸线向两边延伸，一眼望不到头。她替弟弟整了整遮阳帽，又摸了摸他的胳膊，热乎乎的。他们没钱买防晒霜。"可别晒伤了。"

"我知道。"

她帮着弟弟寻找，并在最清澈的水域找到一枚漂亮的海胆，弟弟乐开了花。

罗宾看见瑞奇·泰洛，于是向他跑过去。两个小家伙抱了抱，达奇丝会心一笑。

"嘿，达奇丝。"利亚·泰洛的声音。她是个朴素的女人，各方面的特征都很平常，有时候达奇丝倒希望自己的妈妈能这么普通就好了。做一个简简单单的妈妈，不是酒吧里袒胸露乳翘着屁股卖弄风骚的歌手，不是走在沙滩上会被男人色眯眯地盯着看的那种女人。

"我们该走了。"达奇丝说。罗宾一脸不乐意,但没说什么。

"如果你不介意的话,待会儿我们可以捎他回去。你们住哪儿?"

"常春藤路。"瑞奇的爸爸替达奇丝说道。他头发花白,而且头发太长了,与他的年龄很不相称。他的眼袋尤其夸张,达奇丝感觉每次见他时都大了一些。

利亚瞪了丈夫一眼。他把头扭开,从背包里掏出一堆沙滩玩具。

罗宾看得眼都直了,可他依然不吭声。他是不会开口求达奇丝的,对此达奇丝又爱又恨。

达奇丝考虑了一番,说:"这方便吗?"

"当然方便。瑞奇的哥哥待会儿也要来,他可以教两个小家伙玩皮球。"

罗宾抬头看着达奇丝,眼睛里充满了期待。

"晚饭前我们会把他送回去的。"

达奇丝把罗宾拉到一旁,跪在沙地上,捧着他的小脸儿说:"那你要乖乖的哦。"

"嗯。"他斜着眼睛往身后看,瑞奇已经开始在沙地上挖沟了,"我会乖的,我保证。"

"不要离开大人的视线,不要跑远,要听话有礼貌。还有别说任何关于妈妈的事。"

罗宾一边拼命点头,一边拿出最认真的表情。达奇丝亲了亲他的额头,和利亚·泰洛挥手告别,而后踩着滚烫的沙子去骑她的自行车。

来到日落大道时她已经大汗淋漓,下车推了最后五十米,到文森特·金的家门口时,她停了下来。

文森特正在门廊铺沙子,他弓着腰,下巴尖儿往下滴着汗。达奇丝看了会儿。文森特倒也结实,胳膊上有点肌肉,虽然不是她在海滩上经常看到的那种胀鼓鼓的类型。她过了街,在文森特家的车道尽头站住。

"你想搭把手吗?"文森特已经不再铺沙子,而是坐在门廊下,手里拿着一个砂纸板,说话时,他递出另一个。

"我干吗想搭把手?吃饱了撑的?"

文森特不再说什么,继续忙自己的。达奇丝把自行车往篱笆上一靠,走近了点。

"要不要喝点儿什么?"

"你可是陌生人。"

文森特抬胳膊的时候,达奇丝从他T恤的袖管下瞥见了一处文身。他又自顾自地忙活了十分钟。

达奇丝又走近了一点。

文森特停住,重新坐下。"那个……那天晚上的那个男的,你认识他?"

"他看我的样子倒像是认识我。"

"他经常去你们家吗?"

"最近来的次数越来越多了。"她用手背擦了擦头上的汗。

"用不用我跟沃克打个招呼?"

"我什么都不用你干。"

"你有其他可以找的人吗?"

"我也不是好惹的。"

"如果再遇到那种事,你愿不愿意打电话找我?"

"达拉斯·斯道得麦尔五秒钟就能打死三个人[①]。我想我应付一个人应该是没问题的。"她换了个姿势,用一条腿支撑体重,随后靠近了一点,坐在最下一级台阶上,与文森特隔着五级。

文森特转过身,弯下腰继续弄沙子,并用手把沙子铺平压实。达奇丝伸手拿过另一张砂纸,就近打磨起身边的台阶。

"这破房子你怎么不卖掉啊?"她好奇地问。

他双膝跪地,仿佛在对着这栋老房子祈祷。

"人们说……我也是在罗西快餐店里听人说的,你要是愿意卖的话,能拿到一百万呢。可你却坚持住在这里。"达奇丝继续说道。

他注视着房子,许久一动不动,好像能看到达奇丝看不到的东西。"这房子是我曾祖父盖的。黑文角。当沃克开车送我回到这个小镇时,我很高兴还能看到一些我熟悉的东西。变的不仅仅是那些游客,还有……"他顿了顿,好像不知道接下来该说什么,"即便在当初,我也不认为我是个十足的坏人。真的,我仔细想过。"

"那现在呢?"

"监狱能阻挡光明,而这栋房子……也许它只是一点星星之火,可它总归亮着。如果我放弃了这栋房子,放弃了这最后一点光明,那剩下的就只是一片黑暗,我就什么都看不见了。"

"你要看什么?"

"你有没有想过,有时候一个人看着你,实际上却并没有看见你?"

达奇丝琢磨着这句话的深意。她摆弄了一会儿头上的蝴蝶结,

[①] 出自美国老西部十大经典枪战之一的埃尔帕索枪战,实际上他并非如达奇丝所说在五秒钟内打死了三个,而是四个,这四个人也并非都在五秒钟内死亡,有的是随后不治而亡。

然后低头把鞋带塞进运动鞋里。"茜茜究竟出了什么事?"

文森特再次停住,这回他干脆坐下,一只胳膊抬起来挡住阳光,眯起眼睛看着她。"你妈妈没告诉你吗?"

"她不愿意回顾往事。"

"我开着我哥哥的车出来玩。"

"那你哥哥呢?"

"他去打仗了。你知道越南吗?"

"知道。"

"我想追一个女孩儿,就开车带她出去兜风。"

达奇丝知道这女孩儿指的是谁。

"把她送回家后,我就开车沿着卡布里洛海滩走……你知道咱们镇入口指示牌旁边的那个弯道吧?"

"知道。"

他的语调平和下来。"我都不知道我撞到了她。我甚至没有减速。"

"她跑出来干什么了?"

"她去找她姐姐。你外公有时会上夜班,就在泰洛建筑公司的那个工厂。那厂子现在还在吧?"

达奇丝耸耸肩。"好像在。"

"所以他白天睡觉,斯塔尔负责照看妹妹。"

"可斯塔尔并不在现场啊。"

"她跟我们出去玩了。我们喝了点啤酒。除了她,还有沃克和玛莎·梅。你认识玛莎·梅吗?"

"不认识。"

"我忘了时间。她留茜茜在家里看电视。"他的声音毫无感情可言。死记硬背式的复述令达奇丝不由得怀疑这个男人的心里还剩下些什么。

"他们是怎么找到你的呢？"

"沃克那时候就已经像个警察了。那晚他去我家找我，看到了车身受损的部位。"

他们沉默片刻，各自埋头干活。达奇丝咬牙打磨着木板，不一会儿肩膀就酸疼起来。

"你们得小心一点，"他说，"像达克那种人我见得多了。他的眼神很不对劲。"

"我不怕。我也不是吃素的。"

"这我知道。"

"你知道才怪。"

"你还有个弟弟要照顾呢。这可是很大的责任。"

"我把卧室门锁着，他什么都看不到。就算听到什么，他也以为是做了噩梦。"

"你把他锁在房间里，那样安全吗？"

"总比在外面强。"

她看着文森特，他给她一种深不可测的感觉，仿佛他背负着特别重的东西。

终于，他抬头迎着达奇丝的目光，问道："你说你是法外狂徒？"

"对啊。"

"那你等一下，我有东西给你。"

达奇丝注视着文森特走进屋里，不由得想到是否该宽恕他的罪过。她知道这只是她一时的念头，而且这念头转瞬即逝。果然，当文森特从屋里出来时，他在她眼中仿佛又变成了一具行尸走肉。

八

"有时候我觉得她恨我。"

沃克看了一眼说话的斯塔尔,但斯塔尔没有理会他的目光。这天上午她很平静,但沃克知道这种状态不会持续太久。

"她还是个孩子。"

"你真以为就这么简单吗,沃克?我不想听屁话,尤其你的。"

经过布兰登·洛克的家时,沃克看见窗帘动了动,随后布兰登走了出来。他紧绷着嘴,一瘸一拐地走过院子。沃克放慢速度,斯塔尔叹了口气。

"早啊。"布兰登微笑着对斯塔尔说。

"布兰登,你又把半条街都吵醒了。你那台车最好修一修,要不然达奇丝非跑出来帮你修理不可。"

"那可是一台一九六七年的——"

"我知道它是什么车,你爸爸的车,你都开了二十年了。我甚至还在咱们本地的报纸上见你谈过那辆车。"

虽然上过报,但位置着实寒酸。本地生活版块,分类广告旁边。布兰登用了半页的篇幅谈活塞,随后配了一张照片——他本人横躺在车子的引擎盖上,头发像羽毛,嘟着嘴。达奇丝把那张照片剪了下来，用记号笔涂鸦之后贴在了布兰登的院门上。

"国庆日之前会修的。我在想你们要不要去清水湾，我可以安排野餐。我打算准备些夹心面包，对了，你喜欢夹心面包。还有菠萝鸡。我还搞了一个做奶酪火锅用的锅。"他手里拿着哑铃，不停地举上举下，右胳膊上的血管一根根凸显出来。

"我不想和你约会，布兰登。从中学起你就一直想约我，我都觉得累了。"

"斯塔尔，你要清楚总有一天我会对你死心的。"

"那麻烦你到时候给我发个书面通知。"

她挽住沃克的胳膊，继续向前走去。

"他还以为现在是中学那时候呢。"斯塔尔说。

"我看他是不甘心你跟了文森特。"

走到常春藤路的尽头，沃克回头望了一眼，看见布兰登·洛克依然站在原地，目光灼灼地盯着他们。

他们只管走自己的路。这样的散步每周一次，已成定例，且坚持了将近十年。每周一的早上沃克会到斯塔尔家，让她从屋子里走出来，和他说会儿话。虽然他待的时间不会太长，但有时候他觉得这样的例行见面对斯塔尔是有好处的。如果她有话不想和心理医生说，倒可以和他说说。

"他怎么样？"

"还行。"

她把眼睛一斜。"还行？沃克，这算什么啊？给我说得具体点。"

"那天晚上的事，我听说了。"

"他英雄救美是吧。谁稀罕啊。我自己应付得了，才不需要文森特·金过来多管闲事。"

"以前都是他替我们出头。你还记得约翰逊家那小子说我偷了他的自行车那次吗?"

斯塔尔不由得笑了。"诬陷人也不看看对象。你是那种偷东西的人吗?"

"他个头可不小。"

"那他也不是文森特的对手。这是我喜欢他的一个方面。他是硬汉型男生,很多人看到他的样子就害怕,可只有我们真正了解他的性格。茜茜以前也很喜欢他。我们在沙发上坐着时,她总是跑过来挤在我俩中间。你知道他们相处的时间也不短,他还把茜茜画的画带回家保存起来呢。"

"我记得。"

"你什么都记得,沃克。"

"你干吗还让他在你身边晃悠啊?我是说达克。他可不是什么正经人。"

"没什么,其实不是你想的那样。我生着他的气呢。都是我自己引起的,原因已经忘了。今天晚上我换班。"

在日落大道拐角处,沃克慢下来。斯塔尔的目光越过他,望向文森特的家。接下来要往哪里走,他让斯塔尔决定,于是她朝海滩走去。汽车一辆辆从身边驶过,这时来了一辆 SUV。

沃克看到开车的是艾德·泰洛,便挥手致意,但艾德的眼睛却牢牢盯着斯塔尔。

斯塔尔踢掉脚上的凉鞋,光脚踩在沙滩上。沃克也松了松领带,跟在后面,但鞋子里很快就灌进了沙子。斯塔尔冲向水边,由于沙地滚烫,她不得不踮着脚尖跑。站在齐踝深的海水中,看着沃克拖着沉重的脚步慢慢走来,斯塔尔乐得哈哈大笑。

他们沿着海岸线继续散步。

"沃克,我知道我已经一败涂地。"

"你没——"

"唯一一件我本该做好的事情,也被我搞砸了。"

"达奇丝爱你。虽然她有点叛逆,但我看得出她很关心你。还有罗宾——"

"罗宾好说。他……他身上有我最好的那部分。他是个小王子。"

两人坐在沙地上。

"三十年了,沃克。突然一下子他就回来了。我想过他,这些年想过很多次。我知道这是你非常乐意看到的,你想和我聊他,就好像我们还是曾经的我们。"

沃克感受到了热度,汗水沿着脊背顺流而下。"你喝酒,嗑药,拿自己的命不当回事儿。几番折腾,我们依然能像现在这样一起散步、聊天,好像一切都没变。"

"你这人诚实得近乎病态,沃克。你甚至都不知道自己对别人有多大的影响。达奇丝尊敬的人不是我,是你。"

"不,不是——"

"你带给她的都是积极正面的东西。你才是她人生中真正可以信赖的男人。你不撒谎,不欺骗,为人正直。她嘴上不说,但其实她很需要你。你永远都不能让她失望,否则她的天就塌了。"

"你会好起来的,你也能成为她生命中的那个人。"

她抓起一把沙子,让沙粒从指缝间缓缓流下。"我该怎么办?怎么做才不像现在的我?"

"去见他。"

"原谅他?"

"我没这么说。"

"每次遇到什么挫折,我都会想起他。我没那么坚强,面对不了这样的状况。你不知道这意味着什么,你不知道让他重新回到我的生活中意味着什么,更何况现在不仅仅是我的生活。"

"他总比迪奇·达克强吧。"

"该死的,沃克,你说这话就像个孩子。谁比谁强,谁比谁好,难道就这么简单吗?非黑即白那一套你觉得可信吗?我们每个人都一样,有好的一面也有坏的一面。文森特是杀人凶手,他害死了我的妹妹。"她声音发颤,"我真该搬到别的地方去,像玛莎那样,离开黑文角。"

"我一直都很留意你,还有孩子们。"

她抓住沃克的手。"我很感激。你是我最好的朋友,沃克。宇宙的力量无处不在。世间因果,都有天数。"

"你真的相信这些?"

"宇宙总有办法维持善与恶的平衡。"她站起来,拍了拍身上的沙子,"如果他问起,你就说我很早以前就把他放下了。以后不要再提他,沃克。至于达奇丝和罗宾,现在他们对我来说才是最重要的。我会竭尽所能向他们证明。"

沃克注视着离去的斯塔尔,随即又转身面向大海。同样的话他已经听过许多遍了,他暗暗祈祷,但愿这一次她是认真的。

午夜时分,伴随着发动机低沉的轰鸣声,明亮的汽车灯光扫过房间。橱柜上没有门,梳妆台的抽屉已经破损得难以顺畅地推拉。

墙上没有她喜欢的海报,没有漂亮的装饰,仿佛这房间与这个十三岁的小姑娘没有半点关系。地毯已经磨得像纸一样薄,仅剩可怜的几道尼龙绳维持着大体的架子。弟弟的床旁边是一张小床,她在上面已经辗转反侧地熬了几个小时。

她看了一眼罗宾,弟弟睡得很沉,可能因为天气热的缘故,他蹬开了被子,头发看上去滑溜溜的。她把卧室门关紧,来到前门口,打开锁。

斯塔尔躺在干枯的草地上。

达奇丝小心翼翼地走过去。

她朝街上望去,看到了凯雷德转弯时亮起的尾灯。

达奇丝帮妈妈翻了个身。斯塔尔的裙子半卷着,样子十分不雅。

"斯塔尔。"

她一只眼睛上有明显的瘀青,嘴唇也肿着,把皮肤撑得晶莹剔透,好像里面的血随时都可能喷涌而出。

"斯塔尔,醒醒。"

街对面的窗帘动了动,那屠夫的身影一闪而过。他简直是个偷窥狂。紧接着,隔壁布兰登·洛克家的声控灯也亮了起来,一团光笼罩着他那辆被防水布覆盖着的野马跑车。

"快醒醒啊。"达奇丝拍打着妈妈的脸。

她花了十分钟才把妈妈扶起来,又花了十分钟把妈妈拖进屋里。斯塔尔在门厅里吐了,伴随着一阵痛苦的干呕,那阵势像是要把她胸膛里那颗黑心吐出来一样。

达奇丝扶她上床,让她躺着睡下,随后脱掉她的高跟鞋,把窗户打开一道缝,好让她身上呛人的烟味儿、酒味儿和香水味儿能散出去一些。这一系列动作对达奇丝来说早已驾轻就熟。斯塔尔在达克的酒吧上夜班,经常三更半夜才跌跌撞撞地回来,难免吵醒达奇丝。但今天她还是第一次被人打。

达奇丝到厨房接了一桶水，把妈妈吐的东西清理干净，免得弟弟早上看到，然后她洗漱一番，穿上牛仔裤和运动鞋。

回到卧室，达奇丝看到弟弟坐在床上，一脸茫然。她安抚他重新躺下，而后关了灯，锁上门，打开窗户爬了出去。

整个黑文角都在沉睡。达奇丝骑着自行车小心翼翼地走在街上。她避开主街和日落大道，因为沃克有时候夜里不睡觉喜欢往大街上看。她想到了妈妈和沃克，想到了麻醉心灵的酒精和毒品。

半小时，她沿着卡布里洛海滩骑了一英里，两条大腿很快酸疼起来。

夜总会进入了视野，"八度空间"，连小孩子都知道，别说达奇丝了。每隔几年，也就是市长选举开始拉票的时候，都会有一批人叫嚷着要关停这里。

周一的深夜，停车场空空荡荡，夜总会一片黑暗，霓虹灯不再闪烁，碎石地面上到处都是空瓶子。

穿过卡布里洛海滩，达奇丝看到了断崖，看到了嶙峋的怪石和在微风中轻轻摇摆的成片的树丛。夜色中的海面，黑暗遥远，仿佛在规定着她的世界的边际。海上没有来往的船只，陆上也没有经过的汽车。她丢下自行车，穿过停车场，虽然明知道那扇木制的大门定会紧锁着，还是过去推了推。窗子黑乎乎的，一边起了皮。一块招牌上写着"快活时间两点到七点"。达奇丝很不解，什么人会在这个时间段光顾？

招牌上面的霓虹灯勾勒出女人屁股和大腿的造型，只不过此刻黯淡无光。达奇丝从近旁找到一块小石头，用力丢向其中一扇玻璃窗。玻璃裂了,她又捡起一块丢过去。玻璃碎裂的时候她屏住了呼吸,甚至觉得那声音震耳欲聋,可随后什么也没有发生。她又砸了几次,直到警报声响起,刺耳的声音催促着她不得不抓紧时间。她背包里有一盒折叠火柴,从玻璃窗上犬牙交错的窟窿中钻过时,玻璃划破了她胳膊上的皮肉,可她一声都没吭。她有目的而来,所以很快就进了后面一个昏暗的房间。这里有许多镜子反射着微光,有凳子,有化妆用品和各式各样她没见过的服装。空气中充斥着汗味儿和消毒水的气味。

房间里有很多储物柜,每个柜子上都有一张照片。她看着那些脸,或嘟着嘴,或向后撩着头发。照片旁边有名字,还有寥寥几句夸赞她们如何天真如何纯洁的评语。达奇丝边看边往前走,随手抚摸着路上的羽毛和紧身衣。

吧台上,酒杯整整齐齐排列在一个镜面墙前。她拿起一瓶酒,全部倒在一个裹着皮革的卡座上。随后她从包里掏出火柴,划着,丢下,看着充满魅惑的蓝色火苗蔓延开去。

她不知道站在那里看了多久,直到脸庞被火焰熏得发烫,呛得开始咳嗽才缓过神来。火舌像有生命的怪物舔舐着周围的一切,达奇丝跟跄着后退。她捂住胳膊上的伤口,手指顿时沾满鲜血。火焰耸动着,循着台灯和桌椅逼近过来。

眼看就要出来了,她忽然想起一件事。

她用T恤捂住鼻子,扭头冲进浓烟。她推开一扇又一扇门,直至找到办公室。红木办公桌,绿色皮面,小型吧台,水晶酒杯,还有一盒雪茄。她走到旁边的一堆显示屏前,打开下面的机柜,从机器中抽出监控录像带,塞进包里。

火势不等人,她弯着腰迅速逃了出去。

她气喘吁吁地冲进黑夜,扶起自行车就走。她的T恤上印着星星和半个月亮,还有一张微笑的脸。身后,大火燃烧的声音愈发响亮,警报声终于撕心裂肺地鸣响起来。

达奇丝拼命踩着脚蹬,沿着海滩时而下坡时而上坡。经过一辆车子,她把头压得低低的,而后从树林中抄小路回到黑文角。从日落大道拐上命运大道,她在一堆等待清运的垃圾旁边停了下来。随便瞥一眼,她看到一张破烂的床头柜、几个箱子和数不清的垃圾袋。就地放倒车子,她在那些废品中间踅摸了片刻,最后把录像带塞进了一个垃圾袋。

销毁证据。她很聪明。

她轻手轻脚地从街上回到院子,尽量不发出大的动静。她踩在自行车上爬进窗户。屋里静悄悄的。她溜进卫生间,脱掉衣服。她对身上的伤口似乎毫不在意,赤裸着身体把衣服塞进洗衣机。

洗上衣服,她跳进浴缸,用花洒从头顶淋水,打一遍香皂,随后对着镜子从胳膊上拔出一块半英寸长的玻璃碎片。她注视着从伤口汩汩而出的鲜血,注视着自己亲手留下的道道伤疤,脸上没有露出半点惊慌的神色。法外狂徒的血统使她变得刚强起来。

像他们这样的家庭是没有药柜也没有急救箱的,不过达奇丝找到了一包她前年买的儿童创口贴,从中选了最大的一片贴在伤处,看着创口贴一点点变成红色。

她在弟弟的床尾躺下,像猫一样蜷缩着身体,等待着困意自己找上门来。

黎明来临,激动的夜晚终于过去。达奇丝不知道她将迎来怎样的一天。她不指望会是好日子。

内心深处,她痛恨这样的自己。

九

沃克在悬崖边找到了他。

护栏已被推倒,文森特站在崖边,脚尖悬空,恐怕最微弱的一阵风也能把他带到近百英尺的悬崖之下。他身穿牛仔裤和一件旧T恤,眼神中充满疲倦。沃克理解他的感受。他自己也是凌晨一点多就被人叫醒,说达克的夜总会出事了。他穿上警服就上了车,路上远远地就看到半边天被映得通红,就像国庆日又来了一遍。他很快感受到了现场的火光、热浪和嘈杂的声响。他把警车停在两个车道之外的路对面。道路被掐断,两边都出现了堵车情况,不过大部分司机还是明智地选择了原路返回。

当时的夜总会上空已经浓烟滚滚,达克站在远离围观者的地方,面无表情。

"阿文,你能不能往后退一点?你这样子让我很紧张。"

两人一同回到屋后阴凉的地方。

"你那样站在那里是要干什么?祈祷吗?我都怕你跳下去。"

"祈祷和许愿有没有分别?"

沃克摘下帽子。"想要的东西靠许愿,需要的东西靠祈祷。"

"看来对我来说都一样。"

他们坐在后院露台的台阶上，旁边是新装的栏杆，倾斜着，还没有粉刷。文森特可能要花上一辈子的时间才能把房子里里外外彻底修葺一遍。

"你应该认识那个迪奇·达克吧？"

"沃克，我其实谁都不认识。"

沃克没有急着反驳。

"那个拉德利家的小姑娘，还有斯塔尔。这个叫迪奇·达克的找她们的麻烦，我只是路见不平而已。其他人好像都无动于衷。"

沃克相信这是真话。"斯塔尔说他们是朋友，所以她不会起诉。"

"朋友。"

沃克再次从他的话语中听出了醋意。看来文森特对斯塔尔还是很在乎的。

"他的地方昨天夜里失火了。"

文森特不作声。

"他在卡布里洛海滩附近开了一家夜总会，那是他的摇钱树。达克提到了你的名字，所以我必须得——"

"没关系，沃克，你不用放在心上。"

沃克抚摸着栏杆。"昨天晚上你在家里？"

"我觉得像他那种人，得罪的人应该不少吧。"

"我大概已经知道该找谁了。"

文森特扭头看着他。

"我们接到过一个电话，是个司机打来的，说他看见过一个骑自行车的孩子。"

"你能不能，我是说，你能不能别管？我知道这么说有点强人所难，我也没资格提这样的要求，可她还是个孩子啊，斯塔尔的孩子。"

"是啊。不管怎样吧，纵火的人很可能拿走了监控录像，这就死无对证了……"

"是。"

文森特没再说别的，沃克也没有多问，他们的谈话到此为止。沃克只是履行职责，职责对他很重要。

离开文森特的家，沃克在距主街很远的萨伊尔街上找到了姐弟俩。他们正走在上学的路上。罗宾在前，时不时回头看看姐姐是否跟着。达奇丝则仍然是那种小心谨慎的样子，好像在时刻提防可能遇到的麻烦。看见沃克的车子在旁边停下，她转过身，神色泰然，和文森特一样。

沃克熄火下车，此时太阳刚刚爬上街边的铁皮屋顶。今天早上他的手没有抖，因为他服用了和往日剂量不同的多巴胺。但这种缓和的状态不会持续多久。

"早啊，达奇丝。"

她一脸倦容，肩上背着她自己和弟弟的书包，穿着牛仔裤，脚上的运动鞋有些破旧，T恤衫在胳膊下面的位置有个小洞。她金色的头发和她妈妈的一样，只是有点乱，上面一如既往扎着个蝴蝶结。她是个名副其实的美女，追求她的男孩子恐怕能排起长队，前提是他们不知道她的身世。

"达克的夜总会出事了，你知道吗？"

他想从她的反应中寻找线索，可她并未表现出任何异样。沃克很满意。他希望达奇丝能给他一个让他放心的答案。

"他的夜总会昨天夜里失火了。有人看见一个骑自行车的孩子在那里出现过，这事儿你知道吗？"

"我不知道。"

"不是你？"

"我一整晚都在家里，不信你可以问我妈。"

他双手摸着隆起的肚腩。"这些年我可替你打了不少掩护。每一次我都质问自己该不该那么做。你偷东西被逮到的那几次——"

"吃的，"她打断说，"只是些吃的而已。"

"可这次不一样。这次的损失太大了，况且万一屋里有人，是会出人命的。有些事情，就算是我也保不了你。"

他们站在路边说话的工夫，一个街坊开着车子从他们身边经过。那人飞快地瞥了他们一眼就开过去了。斯塔尔的女儿，没什么奇怪的。

"我了解达克的为人。"

她用手掌揉了揉眼睛，可能是太累的缘故，连肌肉都表现出紧张的样子。"你了解个屁，沃克。"她语气虽然温和，但沃克还是浑身一震，"你干吗不去主街上转转，让那些来这儿度假的人管好自己的狗？"

沃克一时无话，只好低头看着路边的野草，拇指在警徽上绕来绕去，仿佛那是他的第二层皮肤。

达奇丝转过身，头也不回地走了。沃克知道，如果没有罗宾，达奇丝恐怕早就涉案累累了。

在学校门口她又看到了那辆凯雷德，黑色车身，车窗紧闭，车内车外两个世界。它就静静地停在那里，不知情的行人从它旁边悠然经过。黄色校车像花坛里的花一样排成整齐的队列。

一切都在达奇丝的预料之中。斯塔尔经常在她耳边说些平衡啊因果啊之类的话。她和弟弟挥手告别,看着他走进红色的教室门。

空气中依然弥漫着火灾的气息,飘浮的灰烬落在她的胳膊上、鼻子上。她在想昨天夜里究竟是谁看见了她,按道理那时人们早该回家睡觉了呀。只能说太倒霉了吧。可她心里又不免喜滋滋的,因为她报复了迪奇·达克。

她穿过大街走向那辆车。这是学校门口,她在这里不会有危险,因为老师和其他人对校园周边的陌生人都很警惕。

车窗徐徐降下,露出达克浮肿的就像刚从海里捞上来的双眼,只不过这海里不是水,而是金钱和贪欲。

达奇丝站着不动,双腿却在牛仔裤里瑟瑟发抖,但表面上她并没有露怯,两只眼睛冷冷地盯着达克。

"上车。"声音不大,也听不出愤怒。

"去你妈的。"

她的几个同班同学从身边走过,但他们谁都没有注意到她,他们正兴致勃勃地聊着上个星期的事。有时候她会想,做一个默默无闻的普通人是什么感觉。

"熄火,拔掉钥匙。"她说。

达克照做了。

她绕到车子另一边。"我要开着车门。"

达克握着方向盘——粗粗的手指,硕大的关节。

"你和我,咱们心知肚明。"

达奇丝看了看天。"没错。"

"你知道什么叫因果律吗?"他表情黯然,那么大的块头,那么忧伤的脸,好像不属于这个世界。

"你倒是说说看。"

"你还没有意识到自己干了什么吧?"

车里的脚垫上有个烟屁股,是几乎吸到过滤嘴才掐灭的,但香烟的牌子依然清晰可见,是她妈妈常抽的牌子。

"你和你妈妈很不一样。"达克说。

达奇丝注视着一只在空中完美滑翔的鸟儿。

达克一只手在方向盘上摸了摸。"她好不容易找到一个挣钱的门路。她得交房租,而我恰好需要人。"

"她不是鸡。"

"你看我像拉皮条的吗?"

"反正不像个好东西。"

空气停滞了一瞬间。

"无所谓,只要不像真的我就行。"他平淡的语气令达奇丝不寒而栗。

"昨天晚上你拿走了一样东西。"

"你赚得已经够多了。"

"够多的标准是由你来定的吗?"

达奇丝瞪了他一眼。

"这事儿怎么解决,你妈妈的态度也很重要。你得去问问她。"

"去你妈的,达克。"

"监控录像,达奇丝,我需要拿回监控录像。"

"为什么?"

"特伦顿七号,你知道什么意思吗?"

"保险公司嘛,我在广告牌上见过。"

"他们不愿赔偿,因为监控录像不见了,他们怀疑火灾和我有关系。"

"难道没关系吗?"

达克深吸了一口气。

达奇丝狠狠地咬着牙。

"我会记住的。"

达奇丝正视着他的眼睛。"你不该忘。"

"我实在不想再来找你。"他语气中透出的无奈使达奇丝相信了他。

"但你会的。"

"会的。"

他朝达奇丝这边伸出手,拉开副驾的手套箱,拿出太阳镜。等达奇丝扭头时,这家伙正直勾勾地盯着她。

"我给你一天时间,把你干的好事告诉你妈,她有办法解决,否则我就只能自己来。另外你把监控录像还给我。"

"你会把它交给沃克。"

"不。"

"保险公司的人肯定会报警。"

"也许吧,但你得摸着心口问问你自己,达奇丝。"

"什么意思?"她怀疑达克察觉了她在发抖。

"你是希望警察来找你呢,还是希望我来找你?"

"听说你把一个人活活踹死过?"

"没死。"

"你干吗那么狠?"

"生意上的事儿。"

"我看监控录像我还是留着吧。"

达克恶狠狠地瞪着她,那两只眼睛深不可测。

"你离我妈妈远点儿,说不定哪天我还能还给你。"

她跳下车子,随即又转过身。达克看着她,明目张胆地打量着,仿佛要把她浑身上下的特征全都记在心里。

走进教学楼时达奇丝还在想,达克从她身上究竟看到了些什么?在其他同学跟前,她自惭形秽,他们的人生光鲜得令她目眩神迷。

时间似乎在和她对着干,这一天过得极为缓慢。她不知看了多少次时钟,而不看时钟的时候,她的眼睛就盯着窗外,老师的话一个字也没有进到她的耳朵里。她一个人吃午饭,隔着栅栏看罗宾。她忽然觉得好无助,她以为自己能够掌控局面,可这微乎其微的掌控正从她的手心一点点滑脱出去。达克是个危险人物。她需要那盘监控录像带。她相信达克不会把监控录像交给沃克。按照她的理解,这个世界上有两种人,一种是遇到事情会找警察的,另一种则不会。

上课铃响起,她看着其他同学争先恐后地拥进教室,有几个玩球的学生还在抓紧时间再投最后一次。卡西迪·埃文斯也领着她的那群跟班儿返回了课堂。达奇丝偷偷溜到主教学楼一侧,随后迅速冲向停车场,在挤挤挨挨的福特、沃尔沃和日产车中间做战术走位。她很有可能会被学校抓住,但她早有准备。她会对妈妈说她身体不舒服,毕竟到了生理期,这种事学校是不会为难她的。

她走得很快。她能感觉到从自己身边经过的每个人都盯着她。她有意避开主街,免得沃克又从警局里向外张望。天气很热,热得她几乎喘不过气。她浑身是汗,T恤都快湿透了。

来到命运大道,她很快找到了那栋老房子。她庆幸自己当时过于慌乱,没有来得及毁掉那盘录像带。

可当目光落在房前的院子时,她傻眼了。所有的垃圾已被清理干净,垃圾车比她早到了一步。

录像带不知所踪。

她慌了,喘着粗气四下搜寻,最后的一线希望也离她而去。

整个下午她都待在海滩,坐在沙地上望着海水发呆。她捂着肚子,疼痛的感觉猛烈且持久,即便到了该接罗宾的时候也没有半点缓解。

罗宾说了一路的话,因为他的生日要到了,六岁生日。对于六岁以后的生活他充满憧憬。他说他总算有资格拥有一把家里的钥匙了。达奇丝笑着摸了摸他的头,可她一直想着别的事,她只希望弟弟没有看出她的心不在焉。回到家,妈妈不在,她炒了几个鸡蛋,两人坐在电视机前一起吃。入夜,她催促弟弟早早上床,读故事给他听。

"咱们改天能不能尝尝绿鸡蛋①?"罗宾说。

"可以。"

"还有火腿?"

她在弟弟额头上印了个吻,替他关了灯。她闭了一会儿眼睛,再睁开时已经适应了黑暗。她摸黑走出去,打开一盏台灯,这时她听到外面有音乐声。

达奇丝在露台上找到了斯塔尔,她正坐在那张尚未油漆的旧

---

① 绿鸡蛋一般指乌鸡蛋,但此处绿鸡蛋和下文的火腿算是一个梗,源自一本名为《乌鸡蛋和火腿》的儿童图画书,书的主题是要不要尝试新事物。该书作者苏斯博士是二十世纪最受欢迎的儿童图画书作家之一。

长凳上。月光如水,妈妈弹着她的破吉他,轻声唱着歌。她们的歌。她闭上眼,歌词刺痛了她的心。

她得把自己干的事情告诉妈妈。她只用一根火柴就烧掉了他们赖以逃出苦海的小船。现在他们落入浅滩,可深水区就在眼前。他们很快就会沉入连月光都无法照射到的深不可测的海底。

达奇丝走近几步。她光着脚,但对地上的碎片毫不在意。

一段温柔的和弦过后。"跟我一起唱吧。"妈妈说。

"不。"

达奇丝凑过去,头枕在妈妈的肩膀上。不管她平日里多么我行我素,桀骜不驯,她终究都需要妈妈。

"你唱歌的时候怎么哭了?"达奇丝问。

"不好意思。"

"没什么不好意思的。"

"我给那人打电话了,酒吧里认识的那个。他约我见面。"

"你去了?"

斯塔尔缓缓点了点头。"男人啊。"

"昨天晚上出什么事了?"她不常问这种问题,但这一次她需要搞清楚。

"有些人就是不能喝酒。"斯塔尔朝邻居家瞥了一眼。

"布兰登·洛克?是他打的你?"

"意外而已。"

"恐怕他脱不了干系吧?"

斯塔尔摇摇头。

达奇丝望着夜幕下大树的轮廓。"这么说,这次跟达克还真没关系?"

"我只记得他把我扶到车上。"

事实如此冰冷,达奇丝一时说不出话来。她忽然想到达克,他已经盯上了自己。她咬咬牙,抖擞精神。善有善报,恶有恶报。

"你知道明天是罗宾的生日吧?"达奇丝说。

斯塔尔顿时一脸难过,好像马上就要忍不住哭起来。她的嘴唇还有点肿,眼睛上的瘀青也仍未消退。她的表情加上这副惨样,看得达奇丝心都凉了。显然妈妈忘记了弟弟的生日,她没有准备礼物。

"妈,我干了一件坏事。"

"每个人都会干坏事。"

"这次我应付不了了。"

斯塔尔闭上眼睛,继续弹着,唱着,任女儿轻轻靠在她身上。

达奇丝很想和妈妈一起唱,可她的声音颤抖得厉害。

"不怕,有我呢。当妈的就得保护孩子。"

达奇丝没有哭,但和哭已经非常接近。

十

沃克摔了一跤，幸亏没人看见，不然这人就丢大了。

谢天谢地。前一刻他还走着路，下一刻却仰面躺在地上，眼睛望着天。他的左腿好像不存在了。

凡库山医院的停车场上，他已经在警车里坐了许久。他不想下车，更不想进医院。肯德里克医生说他可能会出现平衡问题。这种对身体失去控制的后果让他害怕。

对讲机里的声音低沉，伴随着许多静电杂音，但仍能听出通话内容：布朗森出现2-11警情；圣路易斯出现11-54警情。旁边是印着罗西快餐店字样的咖啡杯，脚垫上是汉堡包装纸。肚腩紧紧顶着衬衣，双手放在上面，他慢慢欠了个身。沃克刚从文森特那里过来，房子修得有条不紊，百叶窗已经拆下，等待重新上漆。

他抬头寻找北极星，心里想的却是自己的病。他已经能切切实实地感觉到，他的病在骨头里，在血液里，在他心里。他的反射弧越来越长，末梢神经与大脑的联络虽然没有中断，却大大地延迟了。

午夜刚过，对讲机的声音把他从浅睡中惊醒。

常春藤路。

他舔了舔干裂的嘴唇。

接着呼叫又至。

他一边拿对讲机一边发动车子。车灯照亮了大街,他很快就开上了回黑文角的路。报警人没有提供细节信息,只说需要警察过去。他祈祷别出什么事,也许又是斯塔尔喝多了。

他很快就过了艾迪森街。主街上安安静静,连一盏亮的灯都没有。

来到常春藤路,他放慢了车速。可除了一片沉睡的房子他什么也没有发现,悬着的心稍微放下了些。

开到斯塔尔家门外,在路边停车。一切如常,他很欣慰。可当他看到斯塔尔家临街的门是开着的时候,心骤然收缩起来。他再次体验到那种紧张到无法呼吸的感觉。匆忙下车,拔枪时他才意识到自己已经好久没有做过这个动作了。

他先扫了一眼洛克家,而后是街对面的米尔顿家,都没动静。猫头鹰在不知什么地方叫了一声,一个垃圾桶忽然倒下,可能是浣熊在找吃的。他一只脚踏在门廊上,轻轻推开门。

门厅里,靠墙的桌子上放着一本电话簿。地上的运动鞋摆放凌乱,墙上贴着画儿,都是罗宾的作品,达奇丝钉上去的。

镜子上有裂纹,沃克看着自己的眼睛——圆睁着,神色惊恐。他紧紧握着枪,子弹已经上膛,保险也已打开。他想过呼叫支援,可这会儿他不想出声。

沿着玄关继续往里走,两间卧室的门都开着,满地衣物,梳妆台倒在地上。

卫生间里,水龙头缓缓流着水,水池已经蓄满,水溢出来,流得满地都是。他过去关掉水龙头,双脚已经站在水中。

来到厨房,除了时钟嘀嗒嘀嗒打破夜的宁静,其他并无异常。他仔细查看了一遍,这里一如既往乱七八糟。刀上粘着黄油,水槽里堆着没洗的碗碟。这都是达奇丝的活儿,一向都是。

一开始沃克并未注意到他。他就坐在小桌子前,双手摊开,仿佛在故意亮明自己没有武器。

"你最好去客厅看看。"文森特说。

沃克察觉到了额头上的汗,意识到自己正用枪指着自己儿时的伙伴,但他没有放低枪口,此刻的他完全归肾上腺素支配。

"你干什么了?"

"沃克,你来晚了。但你得赶紧去打电话。我就坐在这儿,不会动的。"

枪在手里颤动起来。

"按照程序,该把我铐起来。你得这样做。如果你能把手铐丢过来,我可以自己铐。"

沃克口干舌燥,说不出话。"我不——"

"把手铐给我,沃克局长。"

局长。哦,他是警察。沃克从皮带上取下手铐,丢在桌子上。

他走进客厅。汗水流进了眼睛,蜇得他难受。

眼前的情景让他倒吸了口凉气。

"见鬼,斯塔尔!"他冲过去,跪在地上,"天啊,斯塔尔。"

斯塔尔躺在地上,起初沃克以为她只是摔了一跤,因为这种事儿以前有过。可当他意识到这一次的不同时,他吓得一屁股坐在地上,还骂了一句。

血,到处都是血。他本能地抓起对讲机呼叫总部,可手上滑溜溜的，差点把对讲机摔在地上。

"天啊！"他在斯塔尔的衣服上来回翻找，很快找到了伤口。就在心脏上方，有一个洞，还有撕裂的皮肉。

他拨开斯塔尔脸上的头发，发现她面色苍白，毫无血色。他试了试脉搏，没有找到，但还是开始做心肺复苏。他一边按压一边环顾四周——台灯倒了，地毯上有张照片，一个小书架翻倒了。

墙上血迹斑斑。

"达奇丝！"他大声喊道。

他不停按压斯塔尔的胸口，累得满头大汗，胳膊酸痛。

增援的警察和急救人员很快赶到，他们把他轻轻拉到一边。显然，斯塔尔已经死了。

他听到厨房里传来吼声，是文森特，随后那声音跑到了外面。

沃克站起身，头晕目眩，整个世界都在跟着旋转。他走到屋外，街上已经聚集了不少人。他坐在门廊下，在红蓝交映的光芒中大口喘着气。他拍拍脑袋，揉揉眼睛，在胸口打几下，好确认这一切都是真的。

文森特还没跑到车子前就被抓住了。他只跑了几步就气喘吁吁，跪在地上。历历往事浮现在眼前。

一队警察迅速控制了现场，他们拉起警戒条，把围观人群赶到足够远的地方。新闻车、聚光灯、媒体记者，他们已经把这里团团围住。技侦车穿过人群在路边停下。这场面难得一遇，但他们掌控得很好。这时，沃克突然听到屋里乱起来。

他立刻起身，虽然头还有点晕，但仍晃晃悠悠地往屋里走。他猫腰钻过警戒条，进屋首先看到了州警局的博伊德，另外还有萨特勒县的两名警员。

"怎么了?"沃克问。

一名警员转过身,眼里仿佛冒着火。"孩子……那个小男孩儿。"

沃克大惊失色,不由自主地向后退去,直到撞在墙上。他感觉双腿软绵绵的,眼睛也失去了焦点。

博伊德摆手让两名警员退到一旁。

这时沃克才看见他,罗宾眯着眼睛,身上裹着一条毯子。

"他没事?"沃克问。

博伊德仔细检查了一番。"卧室门锁着,我估计他一直在睡觉。"

沃克在孩子面前蹲下,孩子的目光四下游移,就是不看他。"罗宾,你姐姐呢?"

达奇丝沿着通往小镇外的公路摸黑一口气骑了三英里。一有汽车经过,她就紧张得屏住呼吸。他们或减速,或闪几下灯,或鸣几声喇叭。她本可以走一条有照明的路,可那要多走一英里,她已经够累了。

彭萨科拉大街上的雪佛龙①加油站已经进入视野,架在灰色柱子上的蓝色标志牌格外醒目。她把自行车靠在一个煤槽上,徒步穿过停车场。一辆破旧的轿车斜停着,车主拿着油枪正要加油。

明天是罗宾六岁的生日,她不想弟弟一觉醒来却收不到礼物。

她从斯塔尔的钱包里拿了十一块钱。达奇丝大多数时候都恨妈妈,偶尔也爱她,但又离不开她。

加油站的咖啡机旁站着一个警察,系着黑色领带,穿着宽松长裤,胡子修得整整齐齐,胸前别着盾形徽章。他瞥了达奇丝一

---

① 雪佛龙是世界最大的能源公司之一,总部位于美国加州,其业务范围渗透至石油和天然气工业的各个方面。

眼,但达奇丝没有理会他。随后他的对讲机嘶啦响,他往柜台上丢了几块钱便离开了。

达奇丝沿着过道往里走,经过一排高大的冰箱,上面贴着啤酒、汽水和能量饮料的牌子。

没有生日蛋糕,只有一盒恩滕曼纸杯蛋糕,上面撒着粉色的糖霜。罗宾一定会气坏的,即便嘴上不说,心里也必然难过不已。她拿起一盒,又找了几根蜡烛。手里只剩六块钱了。

柜台后是个小伙子,十八九岁的样子,一脸青春痘,浑身上下不知道穿了多少孔。

"你们这儿有玩具吗?"

他指了指一个货架,那上面摆着一堆不上档次的塑料玩意儿。她仔细翻了翻,有个超级兔子魔法套装、一个公仔兔子、一包五颜六色的缎带,还有一个山寨版的美国队长玩偶。她在手中掂量了一下玩偶,勉强算个像样的礼物,可它居然要七块钱。

她拿着玩偶回到蛋糕区,发现她选的是唯一一种还算特别的,忍不住又在心里把妈妈抱怨了一番。她站在那里左右为难,暗黄的灯光从头顶洒下,她不由得动起了歪脑筋。她想偷偷把蜡烛塞兜里,来个顺手牵羊,可扭头发现柜台后那小子正盯着她,好像已经看出了她的心思。于是她改变策略,在蛋糕的盒子上捏了下,力道刚好,盒子扁了一点,但没有破损。

来到柜台,她把变形的蛋糕盒拿给小伙子看,非要他优惠一块钱。起初小伙子不答应,可达奇丝不依不饶,最后他只好气呼呼地收钱了事。

达奇丝将购物袋挂在车把上开始往家走,她骑得很慢,这时又一辆警车从身边驶过。闪烁的警灯和刺耳的警笛给这个温暖的夜晚增加了一些不安的气氛。

稍后，当她得知发生了什么事的时候，回想自己跑出去的这段时间，她后悔不已。假如知道会是这样的结果，她一定会选择那条更长的路线，沿着海边，看看那一望无际的海面，聆听夜晚的歌声，欣赏主街上美丽的灯火。她一定会用心感受她作为正常人的最后时刻，因为当她回到自己家的那条街，看到邻居们纷纷为她让出一条路，仿佛她是全能的神灵，用无声的命令指挥他们时，她的人生已经彻底改变了——尽管此前她的人生并没有好到哪儿去。

看到警车，她的第一反应是掉头逃走。一小时前她推着自行车从屋子一侧溜出来时，曾在布兰登·洛克家的房子前稍作停留。她找了一块有棱角的石头，走上洛克家的车道，掀开罩在野马跑车上的油布，用石头从车门到挡泥板划了长长的一道。她划得很深，划痕处能看到车漆下面银色的铁皮。布兰登·洛克。去他妈的！谁让他打她的妈妈呢。

可如果只是因为划了邻居的车子，应该不至于来这么多警察，聚这么多人吧。还有沃克看她的眼神。不对劲。

她丢下自行车，丢下购物袋。一个警察试图阻拦，她毫不客气地抬脚就踢，那人立刻知难而退。达奇丝顿时觉得这不正常。

她跑向房子，弯腰钻过警戒条，躲开另一名警察，并用她已知的所有脏话咒骂他们。

看到弟弟，她稍微安心了些。沃克注视着她，嘴巴紧绷着，但眼睛却说明了一切。他们不让她进客厅，不管她如何冲沃克挥舞胳膊，不管她如何冲他瞪眼睛，不管她用如何难听的话语羞辱他，也不管她弟弟哭得多么撕心裂肺。

105

沃克几乎是把达奇丝硬扛到了后院,这里人们看不见。他把她放在地上,她一句接一句地骂他,旁边的罗宾抽抽搭搭,仿佛明天就是世界末日。

放眼全是陌生人,有穿警服的,有穿西装的。

当众人都以为她总算平静下来时,她突然一骨碌爬起来,躲过数人的阻拦,冲到屋里,冲进了客厅。

她看见了。

她的妈妈。

当沃克两条有力的胳膊伸过来时,她没有再挣扎,没有踢打,也没有叫骂,而是任由沃克抱住她,像她小时候那样。

"你和罗宾今晚先住我家吧。"

走向沃克的警车时,罗宾紧紧攥着达奇丝的手。邻居们注视着他们,摄像机的补光灯照着他们。达奇丝没心情理会。她看见米尔顿站在他家的窗边,和她对视了一眼后,他立即转身躲进了阴影。

她捡起院子里的购物袋,里面有她买的纸杯蛋糕、玩偶和蜡烛。

他们在车里坐了好久。罗宾实在熬不住,昏沉沉地睡着了。达奇丝轻柔地抚摸他的头发时,他仍会发出阵阵呓语和抽泣声。

沃克把车慢慢地开走了。达奇丝望着后面,那一片光亮的地方是她的家,它越来越暗,越来越暗,正如她的人生。

第二部分
大天空①

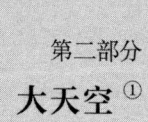

① 大天空代指蒙大拿州，该州绰号为大天空之乡，因为在那里地平线往往不间断地伸展，一眼望去无边无际。

十一

沃克开着车,一只胳膊搭在窗外晒着太阳。车外是一望无垠的平原,伴随着起起伏伏的牧场、草原。东边那条大河蜿蜒流经四个州,最后流入太平洋。

他关掉广播,安安静静地开了好几英里,耳边只有蟋蟀的叫声,偶尔会有一些光膀子的司机开着大卡车隆隆驶过。他们有些会冲他点头致意,有些则直勾勾地盯着前面的路,看都不敢看他一眼,好像干了什么不法勾当似的。沃克开得很慢,他已经很长时间没休息了。昨天夜里他们住的是汽车旅馆,开了两个房间,但中间有道门相连。他一整晚都没敢关上那道门,始终留一条缝。他本来提出要搭飞机的,但由于罗宾害怕,只好作罢。这倒称了沃克的心,因为他也不喜欢坐飞机。

姐弟俩坐在后排,两双眼睛都望着窗外的景色,好像没见过似的。关于那天晚上发生了什么罗宾始终没有开口,他既没有对沃克说一个字,也没有对他姐姐说,更没有对来调查的警察说。警察们也可怜这孩子,特意把他带到一个五彩缤纷、墙上画满漂亮的画和动物笑脸的房间。他们给他纸和笔,在他周围说话的时候谨小慎微,仿佛他是个一碰就碎的玻璃花瓶。达奇丝全程看着,但抄着手，皱着鼻子，显得特别百无聊赖，好像她对警察嘴里的那些说辞不屑一顾。

"你们在后面还好吧？"沃克问。

没有回应。

他们经过城镇，水塔，生锈的脚手架。一条铁道与他们并行了五十英里，烧焦的横木上长出了棕色的野草，看样子已经好久没有跑过火车了。

经过一栋卫理公会的小教堂时，他放慢了车速。白墙板，浅绿色石板瓦，尖顶像箭头一样指着天空。

"你们饿不饿？"他知道姐弟俩不会回答。这是一段漫长的旅程，全程要上千英里。他们将沿着看不到尽头的八十号公路一直走，穿过烤炉一样炎热的内华达州，这里的土地都干成了粉末。窗外是满眼的橙黄，要过上好久好久才能看到一点点绿。接着就是爱达荷州，还有黄石公园，然后是怀俄明州。达奇丝暂时还不觉得无聊。

到双子河磨坊时，他们在一家快餐店门前停了下来。

沃克在一个破档口点了汉堡包和奶昔。他们边吃边看着对面的加油站。那里有一个开着搬家公司卡车的年轻家庭正在加油桩之间走来走去。一个小女孩儿身上被巧克力弄得惨不忍睹，她的妈妈一边唠叨一边微笑着用湿纸巾帮她擦干净。

罗宾看着，忘记了吃。沃克一只手放在他的肩膀上，他低头盯着自己的奶昔。

"会好起来的。"

"你怎么知道？"达奇丝立刻顶了回去，好像她早就料到沃克会这么说。

"我记得你们的外公,那时我还小。他是个好人。听说他有一百英亩地,也许你们会喜欢的,那里空气清新,"他不知道自己在说什么,心里盼着嘴巴能停下来,"土地肥沃。"真不如闭嘴。

达奇丝翻了个白眼。

"你找过文森特·金?"她头也不抬地问。

沃克用纸巾擦了擦嘴。"我……我会协助州警局。"

案发第二天上午,沃克就被排除在办案人员之外了。他们让他负责保护现场,直到勘查结束。整整两天,技侦车辆进进出出,围观人群来来往往。沃克协调当地有关部门,封了半边公路。后来他们去了文森特·金的家,沃克依然负责外围保护。他们根本没把他放在眼里,一个小小的黑文角警局,不值得他们合作。但沃克没说什么。

"他们会判他死罪。"

罗宾望着姐姐,眼神疲惫又热切,那是他仅有的一点精神头儿。

"达奇丝——"

"他们就是这样。像他那种人,江山易改,本性难移。开枪打死一个手无寸铁的女人。哼。沃克,你相信以牙还牙吧?"

"不知道。"

达奇丝拿薯条蘸了蘸番茄酱,好像对他很失望似的连连摇头。她经常提到文森特,这个人杀了她的妈妈,毁了她本就不幸的家。

"吃你的汉堡吧。"达奇丝对罗宾说,弟弟很听话,"蔬菜也要吃哦。"

"可是——"

她瞪了弟弟一眼。

他捏起一片生菜，不情愿地在边上咬了一小口。

又走了一小时，沃克看到了迪尔曼的标志牌。铁丝网足足扯了四分之一英里长，把里外隔成两个世界。

警戒塔上有个警卫，大檐帽压得低低的，看不见眼睛，一只手抓着步枪。沃克看了眼倒车镜，只见车后尘土飞扬，他们这些不速之客搅乱了这里的平静。

罗宾在座位上睡着了，依然蹙着眉绷着脸，好像连做梦也在忍受不幸。

"那是监狱呢。"达奇丝说。

"对。"

"文森特·金就是被关在这种地方吧？"

"嗯。"

"他在里面会挨打吗？"

"监狱可不是什么好地方。"

"搞不好他会被人鸡奸。"

"女孩子家不该说这种话。"

"去你的吧，沃克。"

他理解达奇丝对文森特的恨，但他担心这恨意会影响她。仇恨就像地上的灰烬，即便最轻的风也能迷得人睁不开眼睛。

"我祝愿他挨最毒的打。我看见他了，夜里我一躺下就能看见他。我希望他挨打，最好打得什么都不剩。"

沃克在座位上向后靠了靠。他浑身的骨头都在疼，两只手也哆嗦得厉害。这天早上他差点起不来，身子不听使唤，他真担心自己一命呜呼，那剩下这姐弟俩可怎么办哟。他回想了下，一开始也就是肩膀疼，仅此而已。

"我怕我会忘了黑文角。"她对着窗外的景色说。

"我可以给你写信，给你寄照片。"

"那里现在已经不是家了。我们要去的地方也不是家。他把我们的家毁了。"

"会……"他突然打住，现在似乎说什么都显得苍白。

达奇丝回头望着迪尔曼，直到它消失在飞扬的尘土中。随后她闭上眼睛，不看沃克，也不看外面变化的世界。

这是一天中最难熬的时段，热浪如潮水般涌来。两个孩子都睡着了。达奇丝眼窝深陷，但眼泡浮肿，因为她没有哭过。她穿着短裤，露出破了皮的膝盖和苍白的大腿。

开了上百英里，地貌终于有所改变，干旱荒芜的景象变得苍翠繁茂起来，西风吹来海上的气息，口干舌燥的感觉有所缓解。蒙大拿州已经为他们吹响了欢迎的号角，虽然只是一块蓝、红和黄色相间的广告牌。沃克揉揉脖子，打了个哈欠，挠挠满脸的胡楂。启程之后他一直吃得不多，到现在已经瘦了足足五磅。

一小时后，他在密苏里河边拐了个弯。蒙大拿首府海伦娜就在他们后边。天空像一块大帆布，这天下午尤其蓝得剔透，蓝得醉人。此时此刻已经没有什么东西能迫使他把目光从天空移开。公路、铁路、农场，好像天生就属于这片土地，又好像是某个技法高超的画匠把它们画在了这片风景中。三个红土色的谷仓，上面是白色的盖子；两个高大的筒仓矗立在茂密的雪松中间。房子又大又宽，门廊下有座椅和秋千，用的都是顶漂亮的木料。沃克注意到达奇丝也在欣赏外面的景致，她心里肯定有很多疑问，只是一直闭口不言。

"到了。"他说。

"这一带还住人吗?"

"科珀福尔斯镇离这儿只有几英里,那儿有家电影院。"他前一天晚上查过。

挺拔的桉树从两边伸出枝杈,为他们搭起一路阴凉,白色的尖木桩已经很久没有粉刷。沃克循着弯道看见了哈尔,他站在那里,脸上没有笑,也没有挥手致意,就是一动不动地看着。

达奇丝解开安全带,伸长了脖子朝沃克前面张望。

停了车,沃克首先下来,达奇丝却没有动。

"哈尔。"沃克说着走上前去,并伸出一只手。

哈尔欣然握住。他的手粗大有力,长满了老茧。他有一双蓝色的眼睛,眼神中透着岁月的沧桑,但脸上没有笑容,直到看见自己的外孙女从车里下来,他的脸上才泛起波动。达奇丝站在车旁一动不动,这一刻哈尔仿佛看见了女儿。

沃克看着祖孙二人,他们互相打量着对方,谁也没有做出下一步动作的意思。他招呼达奇丝上前,但哈尔摇了下头。等她决定要来的时候自然会来。

"这一路可不近,罗宾睡着了,我不知道要不要叫醒他。"沃克说。

"明天一大早他就会醒的,农场的早上可热闹了。"

沃克跟着哈尔向房子走去。

这老头子人高马大,身体强健,走起路来大步流星,一点儿也不像个老年人。而且他还昂首挺胸,威风凛凛,生怕别人不知道这是他的地盘。

后面的达奇丝无所事事地走来走去，望着广阔的新世界，心里却禁不住失望，新的生活还没开始就已经枯燥起来。她弯腰摸摸地上的草，走到一个谷仓前，望着黑沉沉的谷仓里面。味儿可真大，动物身上的，还有粪便，但她没有转身离开。

哈尔拿出啤酒，很冰，沃克没有拒绝。他穿着警服，两人就坐在硬邦邦的木椅子上。

"时间过得真快啊。"沃克说。

"是啊。"

蒙大拿，像一幅栩栩如生的风景画。广袤的大地挑战着人的目力，在它面前你会情不自禁地屏住呼吸。

"真没想到会出这种事。"哈尔身穿格子花呢上衣，袖子高高卷起，露出结实的手臂。

他平淡的语气中透着无奈和凄凉。

"她看见了？"

沃克看了眼哈尔，但老人家却目不转睛地盯着自己的土地。

"应该看见了。事后才看见的，她挣脱警察，自己跑进了客厅。"

嘎巴。哈尔捏响一个指关节。他的手上有不少疤痕。此刻他的声音中已经有了愤怒的意思。"她弟弟呢？"

"那倒没有。但估计他听到过一些声音，叫声、枪声，但他什么都不说。当时他被锁在自己的房间里。我们带他看过几次医生。在这儿可能还得定期找医生看看，我可以帮忙联系。他需要心理疏导。有些事他可能会记得，但愿别记那么多。"

哈尔一口喝下了半瓶啤酒。他粗粗的手腕上戴着一块朴素的手表，由于常年下地劳作，他的皮肤晒得黝黑。"我们基本上没见过。上次见我女儿时，达奇丝还是个婴儿。至于罗宾……"他没再说下去。

"他们两个都很懂事。"沃克说的是真心话,但他自己听着却那么空洞、虚伪,好像这世界上还有和他们不一样的孩子似的。

"我想去参加葬礼来着,可我有承诺在先。"哈尔说,但他没有进一步解释。

"时间太紧了。警方一结束验……他们把斯塔尔一送回来就举行了葬礼。仪式很简单,在小布鲁克教堂办的,墓地和她妹妹的挨着。"当时达奇丝拉着弟弟的手,她没有哭,只是呆呆地看着棺材埋入土中。

这时他们看见达奇丝走出谷仓,后面跟着一只小鸡。她回头看了看,好像那小鸡在跟踪她。

"她和她妈妈很像。"哈尔说。

"是。"

"我收拾出了一个房间,他们姐弟俩先一起住。那小孩儿,他喜欢棒球吗?"

沃克笑了笑,他并不知道答案。

"我买了棒球和手套。"

他们看见达奇丝往警车里瞥了一眼,大概是想看看罗宾有没有醒来,随后她又转身走回谷仓,只是眼睛一直盯着那只小鸡。

哈尔清了下嗓子。"文森特·金。我已经好久没提过这个名字了,但愿以后不用再提。"

"他还什么都没说。我是在现场遇见他的,我到的时候他在厨房,是他报的警。至于凶手是不是他,我现在还持怀疑态度,具体要看他们的调查结果。"他不知道哈尔能否听出他的无能为力,州警肯定不会让他参与案件的实质性调查。

"他们把他抓起来了？"哈尔说。

"是，但目前还没有正式起诉。他本身就处于保释期，夜里外出是违法的。"

"可是，文森特·金到底……"

"我也不知道，不知道他都干了什么，也不知道案子的具体细节。"

"我平时会去教堂，但我不信上帝。他进了监狱，但却不是罪犯。"

哈尔脸上的皱纹一道道挤在一起，仿佛在诉说一个三十年前就开始了的故事。

哈尔又捏响了指关节。"牧师说我们都是从结束处开始的。如果我真能相信茜茜是去了一个更好的地方，而不是被装在一个小木盒子里，那我的日子可能会比现在好过得多。可我做不到。我试过，每个星期天都试。"

"我很遗憾。"

"这跟你没——"

"不仅仅是对茜茜。还有你的妻子。事后我也没有说过一句安慰的话。"

当年那件事在黑文角轰动一时。他们直到开庭那天才见到斯塔尔的妈妈。玛姬·戴伊是坐着轮椅上的法庭。她有着漂亮的头发和眼睛，走到哪里都能成为众人关注的焦点，但从那时起，她身上显露出一种堕落的气息，那股气息正一点一点驱散她的美丽。

"她很替文森特难过。说因为一个孩子让一个人坐牢，她心里不好受。"哈尔喝掉剩下的啤酒，"那天晚上斯塔尔找到她时，你知道我们家有一幅画吧，无畏号。"

"那艘船是吧？知道。"

"她就坐在那幅画下面，仰着脖子，望着画里阴沉沉的天空，仿佛她成了画的一部分。"

"真的很遗憾。"

"她想跟茜茜一块儿死。"他说得云淡风轻，好像自杀是件不值一提的小事，"文森特·金是我们家的灾难。"

沃克拿啤酒瓶冰了冰额头。"你听我说，哈尔。有个叫迪奇·达克的家伙，他……他和斯塔尔……他对斯塔尔很粗暴。"他注视着眼前这位紧绷着下巴的老人，"我不知道达奇丝干了什么，但有人放火烧了这家伙的夜总会。那是个脱衣舞夜总会。"

哈尔望着站在远处的外孙女，由于距离的关系，她显得更加娇小。

"出了这档子事儿，我估计他应该不会再来找你了。"沃克说。

"你觉得他可能追到这里？"

"我觉得不会，可达奇丝觉得会。"

"她自己说的？"

"倒也没有直说。她只是问达克会不会找到他们。她没说原因。我怀疑达克和斯塔尔的死可能有关系。"

"如果他真找到这儿来呢？"

沃克看着车子吸了口气。罗宾还在车里酣睡，他可能是凶案唯一的目击者。

"他找不到这里的。我的身份信息没有登记，这里的土地……抵押了。我走过几年背运。不过我能保证她和她弟弟的安全。这一点我还是有把握的。"

沃克顺着房子的山墙走下去，走过一排尖桩篱笆。房子不远处有片水，说是池塘吧显大，说是湖吧又显小。水面很清，像镜子一样。他在水中看到了天空、树木，和他自己憔悴脸庞泛起的涟漪。

"我不想待在这里。"达奇丝说。

沃克转向她。

"那老头儿都老成什么样了，我甚至都不知道他是谁。"

"可除了这里你也没地方可去啊。要么留在这儿，要么被人找到。你能不能……就当为了罗宾？"

他想拉住她的手，说点安慰人的谎话。

"别往这里打电话，沃克。也许可以写信。那个心理医生说罗宾得尽量忘掉发生的事。这可能需要时间。这件事对他的影响太大了。他毕竟还是个孩子。"

沃克想说她也是个孩子。

稍后，沃克跪在地上，拨弄着罗宾的头发，看着他惊恐的眼睛。而罗宾的视线则落在沃克身后的哈尔和那栋老房子上。接着沃克站起身，面对达奇丝，思索着要说的话。

"我是法外狂徒。"达奇丝说。

沃克吸了口气，悲哀的情绪涌上心头。

"而你是执法者。"

他点点头。"对。"

"那你就赶快滚吧。"

他钻进警车，从他们身旁开走了。

太阳已经收敛了光芒，他在水塘边的桉树下减缓了车速，远远地望着达奇丝。她一只手搭在弟弟的肩膀上，两人迈着小心翼翼的步伐，一起慢慢走向那位对他们来说完全陌生的老人。

十二

来到农场的第一个晚上,达奇丝一口饭都没有吃。

然而她却监督罗宾把碗里的饭吃得干干净净。他们吃的是某种炖菜,罗宾眼巴巴地望着她,分明想哭。但她还是亲自喂他吃完了最后一口。

哈尔站在旁边看了片刻,可能觉得尴尬,遂走到水槽前,望着窗外的土地。在达奇丝面前他已然是个庞然大物。肩宽体阔,身强力壮,威风凛凛。在罗宾面前他简直是个巨人了。

达奇丝把碗拿到水槽前。

"你需要吃点东西。"哈尔说。

"你不知道我需要什么。"她把吃的倒进垃圾桶,领着弟弟离开厨房,来到外面的门廊下。

日落西山,暖烘烘的雾气席卷田野,汇集在水塘上。远处有群麋鹿迎着余晖聚在一起。

"去跑着玩吧。"她对弟弟说。

于是罗宾走向一座小丘。他从地上捡起一根棍子拖着走,而他的另一只手里则拿着美国队长玩偶。自从他在沃克家醒来的那天早晨,这个玩偶就一直没有离开过他的视线。

她曾在半夜——沃克睡着的时候——问过弟弟,她问他妈妈出事那天晚上的事,说如果他听到什么就说出来。可罗宾什么都不说,关于那天晚上的记忆可能藏在某个阴暗的角落里了。

达奇丝同样未从妈妈死去的悲伤中走出来。葬礼,小布鲁克崖边与茜茜之墓相邻的妈妈的新坟。她想哭,尽管她很清楚,倘若真让悲伤占据了心房,那么当她需要力量的时候,定会痛得无法呼吸。她要守护弟弟。现在只剩他们两个了——法外狂徒,和她的弟弟。

"我给他买了一个棒球。"哈尔说。

达奇丝没有扭头,也没有表示感谢。一想到他作为家人,作为流淌着同样血液的家人,在他们最需要他的时候却不在,而且这种不在持续了许多年……她朝地上吐了口唾沫。

"我知道一时半会儿谁都难以接受。"

"你知道个屁。"她愤愤地说。夜幕下降的速度很快,好像所有的色彩在她眨一下眼的工夫就被黑暗吞噬了。

"我不想在我的家里听到脏话。"

"你的家。沃克说这是我们的家。"

哈尔脸上露出痛苦的神色。达奇丝很满足。

"明天,你们会面对一个完全陌生的世界。有些你们可能会喜欢,有些可能不喜欢。"

"你怎么知道我喜欢什么不喜欢什么?还有我弟弟。"

哈尔坐在秋千座上,他示意达奇丝也坐,但她没有理会。固定在杉木上的铁链仿佛要把这栋老房子的灵魂给揪出来。达奇丝的妈妈曾经和她说过灵魂之事,从植物的到理性的。她很想知道生命的最基本形式能有什么理性可言。

哈尔抽着烟,烟气飘进达奇丝的鼻孔。她想挪开,却又心有不甘,她的凉鞋像在地上生了根。她抑制着强烈的冲动,想问问哈尔她妈妈的事,还有她的姨妈,以及文森特·金。她还想问问这里到底是他妈什么鬼地方,为什么这里的景色如此不同,天空如此广阔。她料想哈尔一定十分乐意回答她的问题。和自己的外孙女聊聊天,说不定他会以为他们的关系更进了一步。达奇丝又朝地上吐了一口。

离睡觉时间还有一个钟头,哈尔就让他们上楼了。达奇丝费力地拖着箱子,她拒绝让哈尔帮忙。

她给罗宾换上睡衣,在狭小的卫生间里给他刷了牙,然后领他回到他们共同的卧室。

"我想回家。"罗宾说。

"我知道。"

"我害怕。"

"你是小王子啊。"

木地板凹凸不平,但达奇丝还是努力把床头柜拖了出来,而后又是推又是拉地把两张小床合并在一起。

"你们现在可以祷告了。"哈尔在门口说道。

"祷告就祷告!"她像吃了枪药。她看着哈尔忍受着她的话,期待他能表现出震惊的样子,或知难而退。可他没有,他只是不动声色地站在那里。达奇丝审视着他的脸,寻找他与她、与弟弟以及妈妈相似的地方。也许他和每个人都有那么一点点相似之处,也许他只是一个陌生的老头儿。

罗宾磨蹭了几分钟后终于上床,他拉过姐姐的胳膊搂在自己身上,然后昏昏睡去。

持续的蜂鸣声突然闯入她的梦乡。她伸手拍了一下闹钟，而后迅速坐起。有那么一刻，她甚至想喊妈妈。

罗宾睡在旁边，她给他掖了掖被子，随即听到楼下哈尔的声音。烧水壶发出啸叫，沉重的皮靴踩在木地板上。

她重新躺下，试着睡个回笼觉，但这时她看到走廊里有光亮，哈尔爬上楼梯，打开了他们的房门。

"罗宾，"老人的声音惊得孩子一激灵，"该喂牲口了，你要不要来帮忙？"

达奇丝看了眼弟弟，他的心思全都写在了脸上。她早就看见弟弟好奇地观察谷仓，对里面的小鸡、奶牛和马充满了兴趣。只见罗宾一骨碌从床上爬起来，转身眼巴巴地望着她，直到她起身去拿他的牙刷。

早餐是粥，达奇丝又把她那碗倒进了垃圾桶。她找到白糖，用勺子往罗宾的碗里添了些。小家伙安安静静地喝起来。

哈尔走到门口，他身后缭绕的薄雾像从地底下冒出来的火。

"准备干活。"这是命令，而非征求他们的意见。

罗宾喝完粥，跳下椅子。哈尔伸过来一只手，罗宾欣然拉住。达奇丝从窗户里看着他们走向谷仓，老头子一边走一边絮絮叨叨地说着些什么，罗宾仰着头，听得饶有兴致，好像过去那六年全都不算数了。

达奇丝穿上外套，系上运动鞋的鞋带，一头扎进黎明清新的空气中。

身后，太阳慢吞吞地翻过山顶。她和弟弟说过他们会过上新的生活，如今这承诺正重重压在她的胸口上。

沃克连夜驱车回去,不同的州,不同的风光,在黑夜里都变成相同的样子——仿佛没有尽头的公路和不断提醒他休息的里程牌,疲劳驾驶是会出人命的。回到家,他拔掉电话线,拉上窗帘,躺在床上。但他没睡,脑子里不停想着斯塔尔、达奇丝和罗宾。

早餐是两片儿布洛芬加一杯水。他冲了个澡,但没刮胡子。

八点钟,他到停车场见了一个记者——《萨特勒县论坛报》的奇普·丹尼尔斯。奇普旁边有几名游客和本地人。路上沃克已经听说,加州当局打算以谋杀斯塔尔·拉德利的罪名起诉文森特·金。但他不相信这是真的,怕是某些媒体无中生有制造新闻。

"不好意思,我也没什么新消息可透露的。"沃克说。

"凶器调查有没有进展?"奇普问。

"没有。"

"那起诉理由?"

"别相信你听到的那些传闻。"

文森特已经回到费尔蒙特县监狱。当然,沃克不会把这个告诉记者,他也不会说文森特在现场的事,关于这一点他自己也有疑问。这个案子暂时还没有涉及其他人。他的警局里,州警——博伊德和他的随员们把后勤办公室挤得满满当当,他们不时把一些本地人传过去问话,吵吵闹闹,搞得整个警局鸡犬不宁。不过现在事态已经平息下来了。

沃克在警局前台遇见了利亚·泰洛。她忙得不可开交,电话机上的小灯疯狂闪烁。"疯了疯了,今天早上电话就没断过。你听新闻了吗?"

沃克看着她又接了另一个电话,没说什么。

他们临时叫了路安妮·米勒到警局帮忙。这是一个比沃克大十来岁的老太太，此刻她正坐在自己的办公桌前吃坚果，桌上的电话机旁整整齐齐放了一堆壳子。与前台的忙碌相比，她这儿的电话倒安静得很。

"早啊，沃克。今天挺忙的，他们把肉店老板叫来了。"

沃克站住，挠了挠脸上的胡楂。"在哪儿？"

"审讯室。"

"他们叫他来干什么？"

"你觉得他们会告诉我吗？"路安妮往嘴里塞了一颗坚果，差点噎到，急忙喝口咖啡顺了顺。"你得注意休息，沃克。脸也该刮了。"

他环顾四周，一如往常。利亚的姐姐在主街上开了家花店，她每周都给警局送些鲜花装点门面。蓝色绣球花、六出花，还有尤加利。有时候沃克觉得警局就像拍电视剧用的布景，比如警察题材的真人秀，而他们只是背景中各司其职的临时演员。

"博伊德呢？"

路安妮耸耸肩。"他说在他回来之前谁都不准和肉店老板说话。"

沃克在警局后头那个被设定为审讯室但却从未真正用过的小房间里找到了米尔顿。米尔顿用手揉着胸口，好像心脏受不了了似的。尽管米尔顿今天没系围裙，但沃克依然闻到了血腥味儿，或许这味道早就钻进了米尔顿的头发和身体里。

沃克双手插兜——他发现自己最近经常做这个动作。唉，吃药也没用。

米尔顿站起身。"我搞不懂他们干吗让我在这儿干等。要知道，是我主动来提供线索的。"

"什么线索？"

米尔顿低头看了看自己的鞋，松了松衣领，整了整袖口。他似乎特意换了身衣服才来的。"我想起了一些事情。"

"想起什么了？"

"你也知道我在家没事儿的时候喜欢往外看。看看海啊，看看天什么的，我有一台天文望远镜，而且连着电脑呢。有空你该到我家瞧瞧去，咱们可以——"

沃克抬手止住米尔顿，他太累了，实在没工夫听对方瞎聊。

"那天夜里，枪响之前我好像听到了喊叫声。我开着窗户呢，当时我正在家里烤兔肉，你知道吧，烤一烤骨头会酥脆些。"

"你听到什么了？"

米尔顿仰起脖子看了看头顶的灯。"我听到喊叫声，应该是吵架。"

"你到今天才想起来？"

"出了这么恐怖的事情，脑子一时短路也是有可能的。搞不好我现在就开始忘了。"

沃克盯着他。"那天晚上你看见达克了吗？"

他愣了愣，随即摇摇头。虽然他只是犹豫了一两秒钟，但这没有逃过沃克的眼睛。沃克早就说过这件事十有八九和迪奇·达克有点关系。达奇丝不愿意说，沃克怀疑她是因为害怕。

"布兰登·洛克，"米尔顿吁了口气，"他的车子……今天早上。我起得早，那家伙回家根本没个准时候。我需要休息，沃克，可他……"

"我会找他谈谈。"

"你大概知道我们又有一个人退出了邻里守望小组，这些家伙好像根本不在乎咱们的社区。"

"你们现在还剩几个人了？"

米尔顿轻哼了一声。"只剩下我和埃特·康斯坦斯。可她一个人顾不了那么多啊。周边那么大。"好像单凭语言还不够分量，他又挥了下手。

"知道有你们两个照看着，我能睡个好觉。"

"我都有记录呢，放在我床底下的一个大箱子里。"

沃克只能想象出一大堆便笺纸。

"我最近看了一个电视节目，里面有个警察开车带一个平民一起巡逻。你有没有考虑过，沃克？我可以带上肉肠，那样巡逻多有意思啊，下班咱们还可以——"

听到外面有动静，沃克转身，只见博伊德站在门口。他身材魁梧，留着寸头，做警察之前他是个军人。

沃克跟他走了出去。

博伊德领沃克去了他的办公室，然后一屁股重重坐在椅子上。

"能不能告诉我案情进展如何了？"沃克说。

博伊德靠在椅背上，伸了伸胳膊和腿。他十指交叉搂在后脖颈上，肩膀显得更宽了。"我刚从地方检察官那儿回来。我们准备以谋杀罪指控文森特·金。"

沃克早就料到会是这样的结果，可听博伊德亲口说出来还是吃了一惊。

"肉店老板说他几天前看见文森特·金和迪奇·达克起过冲突，还说文森特好像把迪奇·达克赶出了死者的家，并且威胁过迪奇·达克，原因可能是争风吃醋。"

"达克是怎么说的？"沃克问。

"达克承认了这件事。他和律师一起来过。那家伙是个混蛋。

听他的意思，他和死者似乎在处对象，但他说他们只是朋友。"

"米尔顿这人……我是说那个肉店老板，这些年他没少往警局打电话。他喜欢留意镇上的事。这家伙……容易头脑发热。他看见的东西，未必真的存在。"

博伊德一会儿舔牙，一会儿噘嘴。这是个闲不住的家伙，好像一动不动会让他肚子变大，发际线后退。他不知道喷了多少古龙水，呛得沃克喘不上气。沃克瞄了眼窗户，很想过去打开它。

"文森特就在案发现场，有他的指纹，死者身上也有他的DNA。死者断了三根肋骨，而文森特的左手也肿了。他否认不了的，沃克，这事儿明摆着，没什么好说的。"

"没有残留，"沃克说，"枪械的火药残留。我们没在他手上发现残留，也没有找到枪。"

博伊德搓了搓脸。"你说过水龙头是开着的，他可能洗过手。至于作案的枪支，我们已经派人搜索，全方位搜索，会找到的。他杀了人，把枪扔到别的地方，然后又返回现场打电话报警。"

"这不合常理。"

"我们已经拿到了弹道报告。他们从死者体内取出的是一颗点357口径的马格南大威力子弹[①]。我们查了档案，文森特·金的爸爸在二十世纪七十年代中期曾经登记过一把枪。"

沃克注视着眼前这个家伙，对话题的走向十分担忧。这件事沃克是知道的，当年文森特·金他们家曾遇到过数次非常严重的威胁，所以文森特的爸爸买支枪也在情理之中。

[①] 原文为".357Magnum"，是一种左轮手枪的子弹规格。

"沃克，看你能不能猜出那把枪的口径。"

沃克面沉如水，但内心却纷乱如麻。

"地方检察官要求提供更翔实的材料。现在我们已经有了杀人动机，也锁定了凶器。我们会提请法院判他死刑。"

沃克连连摇头。"我们还需要找一些人了解下情况。我想复核一下迪奇·达克的不在场证明，还有米尔顿，我不敢保证——"

"别瞎忙活了，沃克。这事儿没那么复杂。这个周末我就打算把案子提交给地方检察官。我们的证据已经够充分了。案子一结我们就可以撤了，省得天天鸠占鹊巢。"

"可我真的认为——"

"听我说，我非常理解你在这里无案可办的心情。但你何不换个角度考虑，我有个表弟在阿尔松湾做事，他就过得逍遥自在，因为那里生活节奏慢，工作轻松无压力。这无可厚非嘛。你想办案是好事，可你自已想想上一次你经手真正的案子是什么时候的事了，我说的可不是扰乱治安那种小案子。"

沃克甚至连正儿八经的刑事案都没有遇到过。

博伊德伸手按住沃克的肩膀。"别给我们找麻烦了。"

沃克咽了口唾沫，心里乱糟糟的。"如果他辩护，如果我能找到人为他辩护呢？"

博伊德注视着他的眼睛，用不着说话，沃克已经明了。

文森特·金必死无疑。

十三

浓云从后山滚滚而下,将农舍团团围住,此情此景像一幅画。

达奇丝咬牙干着活儿,两条腿沉重得犹如灌了铅。尽管戴着手套,手上的皮肤依然撕裂般疼着。

不管哈尔给她派什么活儿,打扫卫生、清理房子周边的藤蔓,或者修剪车道上乱生的树枝,她都怀着恨意默默接受。妈妈深埋地下,如今他开始扮演外公的角色了。

斯塔尔的葬礼低调得令人难堪。沃克给罗宾找来一条旧领带,那是当年他自己的妈妈去世时他戴过的。整个葬礼,罗宾一直拉着姐姐的手。牧师试图安慰他们,说上帝需要一个天使,所以才带走了他们的妈妈,显然他对死去的那个人的灵魂一无所知。

"歇一会儿吧,该吃午饭了。"哈尔的声音把达奇丝从回忆深处拉了出来。

"我还不饿。"

"不饿也得吃点儿。"

她背过身去,拿起扫把,像泄愤一样在遍布裂纹的车道上划拉起来。

十分钟后,达奇丝丢下扫把,慢慢走了回去。她先走到门廊下，隔着窗户朝屋里窥探。哈尔背对着她，弟弟正在吃三明治，桌面以上只露出个小脑袋，他面前还有一杯牛奶。

达奇丝从后门进了厨房，脸红得发烫。来到餐桌前，她拿起罗宾的牛奶随手倒进水槽，然后洗了洗杯子，转身从冰箱里给他拿了一盒果汁。

"中午喝牛奶也没关系，我不介意。"罗宾说。

"不行，中午你得喝果汁，就像在——"

"达奇丝。"哈尔打断了她。

"你闭嘴。"她扭头看着哈尔，"不要叫我的名字，永远别叫。你对我和我弟弟一无所知。"

罗宾哭了起来。

"够了。"哈尔平静地说。

"别在我面前说'够了'。"她激动得气喘吁吁，浑身发抖。愤怒的火焰越烧越旺，她已经快要控制不住了。

"我是说——"

"去你的吧。"

哈尔霍地一下站起身，举起手一掌拍在桌面上，他面前的碟子被震落在地，摔了个粉碎。达奇丝吓了一跳，立刻转身跑了出去。她甩开胳膊，跑过水塘和车道，穿过高高的草丛，跑进荒地，跑向林子。

她不停地跑，直到跑不动，直到不得不跪在地上大口呼吸那温暖厚重的空气。她气得破口大骂，一脚踢向一棵粗大的橡树，随即却疼得差点站立不住。她冲着那些树歇斯底里地大叫，惊得林中的鸟儿纷纷扑棱着翅膀飞上云霄。

她想家了。葬礼结束的第二天，沃克就把他们那点儿可怜的家当全部装箱打包。银行账户里没有存款,妈妈的钱包里只有三十块钱,她什么都没有给孩子们留下。

她往前走了一英里,直到周围的花旗松逐渐稀疏。她蓬头垢面,浑身是汗,于是放慢脚步,来到公路中央,沿着中心线边走边数着虚线。

路边的野草和林木格外茂盛,仿佛在争着往路上挤。远处有条河,蜿蜒不知流向何方。蔚蓝的天空纯洁得让人心无杂念。有时候她很渴望老天给她一点暗示,比如枯萎的植物、灰暗的天空,或失灵的什么机器,总之能让她感觉这个世界因为她妈妈的死已经变得不一样的东西。

她看到了写有小镇名字的标志牌。蒙大拿州,科珀福尔斯。商店整齐地排成一排,屋顶都是平的,遮阳篷褪了色,旗杆上的旗帜无精打采,唯独橙色的砖墙新得扎眼。无人问津的广告牌上还留有布什和克里①的名字,以及掉了色的星条旗。这里有饭店,有打猎用品店、便利店、药店,还有自助洗衣店。一家面包房看得她口水直流。她站在店外朝里面张望,看到每张桌子前都坐着一对老夫妻,吃着点心,喝着咖啡。店外有一名男子坐在那里看报纸。达奇丝经过一家理发店,老式的带玻璃理发店杆的那种,能提供刮脸服务。隔壁是一家美容店,女人们坐在椅子里,敞开的门口涌出滚滚热浪。

街的尽头是座山,巍然屹立在地平线上,仿佛在提醒人们山外还有更广阔的世界。

达奇丝在街上见到一个瘦得皮包骨头的黑人小子。他站在人

---

① 指乔治·沃克·布什(小布什)和约翰·克里,两人曾在二〇〇四年竞选美国总统。

行道上，大热的天气居然还穿着长袖，脖子里扎着领结，下身穿着宽松长裤，裤子吊带拉得老高，露出醒目的白色袜子。他眼睛一眨不眨地盯着达奇丝，不管她怎么瞪他，他连头都不扭一下。

"你他妈的看什么看？"

"我在看天使。"

达奇丝摇了摇头，似乎明白了这小子扎领结的原因——大概是个神经病吧。

"我叫托马斯·诺布尔。"

他依然盯着达奇丝，嘴巴微微张开。

"别再看了，你这个死变态。"达奇丝推了他一把，那小子一屁股坐在地上。

他仰起头，隔着厚厚的镜片看着她。"能被你的手碰到，摔一跤也值了。"

"喂，这个镇上的人是不是脑子都有问题？"一直走到街尾时她仍能强烈感受到那小子的目光。

她在一张长凳上坐下，看着来往的行人。他们步履缓慢，看得她眼皮下沉，昏昏欲睡。

一位六十来岁的老太太在一旁停下，她迷人的魅力像星星一样放射出不可阻挡的光芒，达奇丝不由得偷看了几眼。高跟鞋，红嘴唇，浑身香得驹人，头发像瀑布一样翻着波浪垂到肩上，看着像刚从美容店里出来。

她放下手中的香奈儿手提包，在达奇丝身旁坐了下来。

"这个夏天啊。"

达奇丝听不出她是哪里口音。

"我一直让比尔给我修空调，可你猜他修了没？"

"我猜老娘才不在乎呢。估计比尔也不在乎。"

她没有生气，反倒笑了笑，掏出一支烟塞进烟嘴儿，点上火。"听口气你好像很了解他，或者可能你爸爸也是那种人？做事三分钟热度。亲爱的，这就是男人。"

达奇丝呼出一口气，她希望自己粗鲁的态度能让这个老太太知难而退，离她远远的。

然而老太太伸手从购物袋里掏出一个更小的纸袋子，从里面拿出一个甜甜圈，接着又拿出一个递给达奇丝。

达奇丝不想理会，可老太太晃了晃袋子，像故意逗引小动物似的。"你吃过彻丽面包房的甜甜圈吗？"她又晃了晃袋子，坚持要给达奇丝一个。无奈，达奇丝只好接过，小心翼翼地咬了一口，不过糖浆还是滴在了她的牛仔裤上。

"是不是你吃过的最好的甜甜圈啊？"

"一般般。"达奇丝说。

老太太笑得很开心，好像达奇丝刚刚讲了个出彩的笑话。"就算有一打都不够我吃的。你有没有试过吃完一个甜甜圈却不舔嘴唇的？"

"哼，我为什么要那样？"

"不妨试试。听上去很容易，其实不然。"

"也许对一个老太太来说是很难。"

"我还没老到比尔的程度。"

"比尔多大了？"

"七十五。"说完老太太又笑了一阵。

达奇丝吃掉了甜甜圈，感受着黏在嘴唇上的糖浆，但却没有舔。她看着老太太也把甜甜圈吃完，起初老太太也没舔，但过了一会儿,好像忍不住痒似的,伸出舌头舔了舔嘴唇。达奇丝立刻抓了她的现行,老太太哈哈大笑,达奇丝也勉强笑了笑。

"我叫多莉,和歌星多莉·帕顿一个名字,只是没她的胸大。"

达奇丝没有接话,她感觉到多莉瞥了她一眼,又把视线移开了。

"我是法外狂徒。也许最好不要让人看见你和我说话。"

"净吹牛。我可不吃你这一套。"

"克莱·艾利森①的墓碑上说'他从未杀过不该杀之人',那才是吹牛。"

"那这个法外狂徒有名字吗?"

"我叫达奇丝·戴伊·拉德利。"

多莉看了她一眼,虽然没有可怜她的意思,但也很接近了。"我认识你外公呢,你妈妈的事情我很遗憾。"

达奇丝忽然感觉心口绷得慌,有点喘不过气。她望了望街上,立刻发现了那个跟踪者。

多莉踩灭了烟头,她还一口都没吸呢。

"你还没吸呢。"

多莉微微一笑,露出整齐洁白的牙齿。"吸烟有害健康,不信你问问我的比尔。"

"那你这是干什么?"

"有一次我吸烟被我老爸抓了个正着,他把我痛扁了一顿。可我没改,还是偷偷地吸。其实我并不喜欢烟味儿。你肯定觉得我是个招人嫌的疯老太婆吧。"

---

① 克莱·艾利森(Clay Allison,1841—1887),美国西部传奇人物,传言说他曾杀过十五个人。

"没错。"

达奇丝感觉一只手按在自己的肩膀上,扭头看到弟弟满头大汗地站在一旁。他的指甲缝里全是泥。

"我叫罗宾。"

"很高兴认识你,罗宾,我叫多莉。"

"多莉·帕顿那个多莉?"

"是,但没人家胸大。"达奇丝随口说道。

"我妈妈就很喜欢多莉·帕顿。她经常唱她的歌,尤其那首什么朝九晚五工作的歌。"

"讽刺的是,她从来没有干过一份稳定的工作。"达奇丝说。

多莉和罗宾握了握手,还夸赞说罗宾是她见过的最帅的小伙子。

达奇丝看到哈尔就在街对面,靠在一辆破卡车的车头上。

"咱们有缘再见吧。"多莉递给罗宾一个甜甜圈,起身走了,和哈尔碰面时,她礼貌地点了点头。

"外公很担心,求求你别惹事儿。"

"我是谁啊,法外狂徒啊,小子。我不惹事儿,事儿会主动惹我。"

他忧伤地注视着姐姐。

"尝尝这个甜甜圈吧,看你能不能做到不舔嘴唇。"

罗宾瞧了瞧手里的甜甜圈,自信地说:"这太简单了。"

"那你试试啊。"

罗宾咬了一口,立刻就舔了下嘴唇。

"你舔了。"

"才没有。"

他们回到人行道上,漫卷的乌云铺天盖地,天很快就暗了下来。

"我想妈妈。"罗宾说。

达奇丝捏了捏弟弟的手,她还不确定自己是否有同样的感受。

三十年,待在同一个小房间里。不锈钢马桶,不锈钢脸盆,墙上坑坑洼洼,画得乱七八糟。房门每天会在特定的时间打开和关上。

沃克站在费尔蒙特县监狱外面。都这个月份了,太阳还火辣辣地悬在头顶。他瞥了一眼摄像头,看着院子里那些戴着脚镣的犯人,他们就像放在哪里都不合适的拼图碎片。

"这里的颜色看着真别扭,什么东西都像褪了色一样。"

卡迪笑着说:"是啊沃克,还是你们那身蓝色看着舒服。"

卡迪点着一支烟,随手也递给沃克一支,但沃克摆手拒绝了。

"你不抽烟?"

"尝都没尝过。"沃克说。

他们看着一群投篮的犯人,这些人个个袒胸露乳,身上汗如雨下。一个人摔倒在地,又立刻爬起来,摆出和人干仗的架势,但瞥见卡迪,一下子就老实起来。游戏继续,这游戏的名字叫残酷。生存或者死亡,没有中间地带。

"这个犯人很让我刮目相看。"卡迪说。

沃克转身,但卡迪依旧盯着篮球场。

"但那个时候我还天真得很,我觉得有些人是不该到这种地方的。刚开始干这一行的时候我也在基层,我见他们送进来一个白领,可能是律师,也可能是银行从业者,或别的什么,我当时就想,那种人是不属于这里的。可后来我又想,也许恶根本不分等级,也许不管你跨过善恶那条分界线多远都无关紧要。"

"大多数人都在接近那条线,一生中起码会有一次。"

"但你没有,沃克。"

"现在还言之尚早。"

"文森特十五岁那年越过了那条线。他们送他进来的那天夜里正好是我父亲值班。当时有很多记者,我记得是陪审团耽误了时间。"

沃克也记得。

"我父亲说那是他一辈子最糟心的一个晚上。至于他见到了什么,你只能想象。接收一个未成年的孩子,看着铁栅后面那些犯人们伸着胳膊大呼小叫。个别人还好,甚至还能鼓励一下新来的,可大部分都……你也知道里面的情况。他们嗷嗷乱叫,美其名曰欢迎那孩子。"

沃克抓着围栏,手指伸进菱形的铁丝孔。另一边的空气同样难以呼吸。

"第一天来这里上班时我十九岁。"卡迪掐灭了烟,但烟蒂还捏在手中,"比文森特大四岁。我就在他那个监区当值,三号区。该死的,那时候我看他就是一个小孩儿,跟其他小孩儿没什么两样。就像跟我上同一个学校的低年级学生,或一个小弟弟。从第一眼起我就喜欢他。"

沃克微微一笑。

"在家的时候我会想起他,度假的时候会,跟我喜欢的女孩子去看电影的时候也会。"

"是吗?"

"他的人生和我的人生并没有太大不同，只不过他犯了一次错误，仅此而已。他夺去了一个孩子的生命……天啊。如果算上文森特，就是两个孩子的人生。如果他又回到这里，如果他一事无成，那就太悲剧了。简直是浪费生命。"

沃克想过同样的问题。

"你来带他走的时候我很高兴。一个漫长的篇章结束，新的篇章开始。他还有时间，沃克。我们还没那么老。"

"我知道。"沃克想着自己的病，它正把他变成一个他尚未做好充分准备去面对的人。

"有时候一些人嫌我对他太照顾，说我给他的放风时间比别人长。我不否认。我尽最大努力帮他，把人生还给他……或部分人生，随便怎么说。我们不该质疑别人的罪行，我们只管做好自己的本职工作，对吧？"

"对。"

"我从没问过这个问题，三十年中一次也没有。"

"卡迪，他没杀人。"

卡迪喘起了粗气，好像这问题被他压抑了许久。随后他转身打开了大门。

"我给你们准备了一个房间。"

"谢谢你。"沃克不想通过电话和文森特说话，隔着玻璃容易让人产生距离。

卡迪把他带进一间办公室，里面除了一张铁桌和两把椅子，什么都没有。这是律师和委托人单独交流的地方。

文森特被带了进来，卡迪给他打开手铐，看了眼沃克，随后便出去了。

"你搞什么鬼啊？"沃克问。

文森特在沃克对面坐下，跷起二郎腿。"你瘦了，沃克。"

又瘦了两磅。他每天只吃一顿早餐，其他时间仅喝咖啡。他经常胃疼，虽然疼得不算厉害，但频率让人受不了，且每次都很持久，好像他的身体在故意针对他。新开的药暂时还算管用，他没怎么摔倒过，也能放心走动。

"能不能告诉我究竟怎么回事？"

"我给你写过信。"

"我收到了。但是对不起……"

"我说的都是真心话。"

"可里面你还说了别的。"

"那也是真心话。"

"我不会替你卖房子的。也许等审判之后，等一切盖棺定论再说。"

文森特露出痛苦的神色，好像他托付给沃克的事情遭到了残忍的拒绝。他在信上已经说得很清楚，而他优美的字体也让沃克忍不住读了两遍。把房子卖掉，接受迪奇·达克一百万的报价。

"我已经拿到支票了，只不过还需要你帮我处理合同那些事。"

沃克摇摇头。"再等等吧，我们——"

"你脸色很吓人。"文森特说。

"我没事。"

两人陷入沉默。

"达奇丝和罗……那个男孩儿，她弟弟。"提到姐弟俩的名字时他特别谨慎，好像他觉得自己不配似的。

"文森特，你肯定有事。我们可以聊聊，总能找到解决办法的，但你得在这上面花点时间。"

"时间我倒有的是。"

沃克从兜里掏出口香糖，递给文森特一片。

"私带东西不合规矩哦。"他说。

"知道。"沃克盯着文森特，试图找到些蛛丝马迹。没有内疚，没有懊悔。他甚至怀疑文森特是不是怀念监狱生活，或者说已经习惯了监狱生活？可他自己不相信会是这样，因为那说不通。文森特看着别处，自始至终他也没有和沃克对视过哪怕一秒钟。

"阿文，我知道。"

"知道什么？"

"我知道不是你干的。"

"有些罪行，在你真正实施之前很久就已经犯下了，只是人们没有意识到罢了。他们以为自己可以选择。他们不断反省、矫正，可有些罪用不着他们自己动手。"

"你不愿说，是因为你知道我会戳穿你，可纸是包不住火的。"

"不——"

"如果真是你干的，那枪哪儿去了？"

文森特的喉结上下动了动。"我确实需要你给我找个律师。"

沃克吁了一口气，脸上露出笑容，用手掌拍拍桌面说："很好，我认识几个律师，辩护经验很丰富。"

"我想让玛莎·梅做我的律师。"

沃克停下拍桌子的手。"你说什么？"

"玛莎·梅。我要她做我的律师，其他谁都不要。"

"可她擅长的是离婚官司啊。"

"我只要她。"

沃克想了想。"你到底有什么目的？"

文森特低着头。

"你这家伙到底怎么回事啊？我都等了你三十年了。"沃克用力拍了一下桌子，"别这样了，文森特。不是只有你……并不是只有你的人生被改变了。"

"你觉得我们的人生曾经相似过吗？"

"我不是这个意思。大家都不好过。斯塔尔也是。"

文森特站起身。

"等等。"

"怎么了，沃克？你还有什么要说的吗？"

"博伊德和地方检察官，他们打算判你死刑。"

时间好像暂停了，屋里顿时静悄悄的。

"让玛莎来见我。我可以签合同。"

"老天，这是死刑案啊，文森特。好好想想你在干什么吧。"

文森特敲门通知外面的守卫。

"回头见，沃克。"

又是那种似笑非笑的表情，这表情使他一下子变回了三十年前的样子，也正是这个表情，让沃克无论如何都不忍心放弃这个朋友。

十四

第一个星期天,他们一觉睡到上午八点。

达奇丝首先醒来,弟弟紧挨着她,小脸儿像洗过的金子。罗宾很容易晒黑。

她轻手轻脚地下床,来到卫生间,在镜子中看到了自己的脸。她最近瘦了许多,身上的骨骼越来越明显,脸颊也陷了下去,锁骨骄傲地高高挺起。她一天比一天像她妈妈了。罗宾很担心,经常劝她吃点东西。

来到走廊,她一眼就看见了那条裙子。上面有花,可能是雏菊。旁边的衣架上挂着一件时髦的棉布衬衫和一条黑色松身裤,吊牌还在上面挂着,尺码适合四到五岁的小孩。

她踩着楼梯慢慢下楼,房子太老,稍不注意就会发出各种各样的声音。来到厨房,她站在门口看着他。他已经打扮得整整齐齐,皮鞋擦得明晃晃,领带打得工工整整,衬衣的领子要多精神有多精神。她确信自己没有发出任何声音,但他却扭过头来。

"我把衣服放在你们房间外面了。星期天要去教堂。谷景教堂,咱们不能耽误。"

"别跟我咱们咱们的。"

"小孩子都喜欢上教堂。做完礼拜有蛋糕吃。我已经跟罗宾说过,他答应了。"

罗宾这个叛徒,为了一口蛋糕,他什么事儿都愿意干。

"你去你的教堂,我们哪儿都不去。"

"我不能丢下你们单独在家。"

"你都丢下我们十三年了。"

哈尔无言以对。

"你连衣服的尺码都没有买对。罗宾六岁了,你买的是四到五岁小孩儿穿的,你连自己的外孙多大都不知道。"

哈尔只好忍气吞声。"对不起。"

达奇丝走过去,给自己倒了杯咖啡。"对了,你凭什么认为上帝存在?"

他指了指窗户的方向。达奇丝扭头看看。

"我什么都没看到啊。"

"你看到了,达奇丝。你什么都看到了。我知道。"

"我倒是很清楚自己看见了什么。"

哈尔抬起头,神情有些紧张,好像他早就料到达奇丝会说出下面的这番话。

"我看到一个只剩下一具空壳的人。他的人生简直一团糟。他没有朋友,没有家人,就算他死了也没人在乎。"她微微一笑,特别天真无邪,"他可能死在自己的地里,死在他特别钟爱的,用上帝的颜色装点的土地上。他的尸体无人问津,身上会渐渐变绿长毛,直到送油的工人过来看到麦田里成群的乌鸦才会发现他已经死了,而那时他的身体已经被动物啃噬得支离破碎。不过那也没关系,反正不管怎样他们都会把他埋进土里。没人会哀悼他。"

达奇丝注意到哈尔端着咖啡的手在颤抖。她想继续说下去，或许可以说说她的姨妈，她那亲爱的漂亮的姨妈。以后谁会给她扫墓呢？她的妈妈是指望不上了，而哈尔又不闻不问。如果不是她经常到山上采些野花放到坟前，茜茜或许就只能独自腐烂了。这时达奇丝抬起头，看见弟弟出现在门口。

罗宾爬上哈尔对面的椅子。"我梦到蛋糕了。"他说。

哈尔看着达奇丝。

"你也去教堂，对不对？"罗宾注视着姐姐，而达奇丝从弟弟的眼睛里看出了他对她的需要，"求你了，姐姐，就算不是为了上帝，看在蛋糕的分上你也要去啊。"

达奇丝上楼取下挂在卧室门上的裙子。来到卫生间，她打开小橱柜，在一堆创口贴、香皂和洗发水中间找到一把剪刀，转身忙活去了。

她把裙子剪短，露出雪白的大腿，在裙摆上随意剪了几个豁口，前露脐后露背。她不仅不梳头，还故意把头发揉得乱蓬蓬的。随后她从床下找出她的破运动鞋，换掉脚上的新凉鞋。她膝盖上有伤，是地里的庄稼割的，胳膊上有疤，且永远不会复原。要是她的胸足够大，她一定会把裙子的领口开得低低的。

下楼时，罗宾和哈尔已经去了外面。哈尔前一天就洗了车子，罗宾跟他一起洗的。两人在落日的余晖中给车子打满清洁剂，仔细清洗，而后又用一张破破烂烂的羚羊皮擦得干干净净。

"我的天啊。"罗宾看到姐姐时忍不住惊呼。

哈尔一愣，看了眼达奇丝，没说什么，扭头上了车。

他们经过另一个农场。田野中矗立着一行输电铁塔，白色的塔身上锈迹斑斑。高压线发出持续不断的嗡嗡声，但比起发动机的轰鸣要柔和得多。东边有条管道，像迎接第一场春雨的蠕虫从土里冒出来，其裸露部分足有五百码，随后才被埋入地下。

十分钟后，他们看到一个路牌孤零零地插在地上，上面写着：财富之州①。

"那两个字是念'财富'吗？"罗宾问。

达奇丝拍拍他的膝盖，算是肯定的回答。她每晚都陪弟弟读书，每天十分钟。罗宾很聪明，达奇丝现在就看得出来。这么聪明的孩子跟着她和斯塔尔实在可惜。她担心她们会拖弟弟的后腿。生活的不幸会像藤蔓一样缠住他的脚。

"这里有很多矿产资源。"哈尔一手扶着方向盘，朝罗宾扭了扭头，扬起一侧眉毛说："Oro y plata。西班牙语，金和银的意思。"

罗宾试着吹了个口哨，可他从来没有吹响过。

西边就是印第安部族的地盘，因为距离遥远，达奇丝还看不到野牛的影子。但她能看见广袤的大草原，还有成百上千的畜群，可能只是普通的牛。

"这里还是许多河流的源头，河水流经全国各地。"

这次罗宾没有吹口哨。

车子拐了个弯，一个路牌告诉他们浸礼会谷景教堂到了。可这里并没有值得称道的风景，只有更多的褐色。

教堂极具本地特色，木结构，外观白色，山墙上有许多裂缝，钟楼很低，低得让人不由自主想拿石头砸上面的钟。

"是不是找不到更气派的教堂了？"达奇丝讽刺说。

---

① 财富之州是蒙大拿州的别称。

小小的停车场上停了一些轿车和皮卡。达奇丝跳下车，站在阳光里环顾四周。五十英里外，巨大的风力发电机扇叶不紧不慢地转动着。

一位老太太微笑着走过来，她满脸黄褐斑，皮肤松弛得吓人。老归老，可她精神倒还矍铄，就像一个明明半截入土的人却还想挣扎着爬出来。

"早啊，艾格尼丝，"哈尔招呼道，"这是我的外孙和外孙女，一个叫罗宾，一个叫达奇丝。"

艾格尼丝伸出一只皮包骨头的手，罗宾礼貌地握住，但极为小心翼翼，好像稍一用力，老太太就会散架，他还得把她拼装回去。

"我的乖乖，这裙子可真漂亮。"艾格尼丝说。

"你说这破抹布啊？我觉得有点短了，可哈尔说牧师一定特别喜欢。"达奇丝仿佛抱定决心要让哈尔难堪。

尽管一头雾水，但艾格尼丝还是尽力维持着脸上的笑容。

达奇丝领着罗宾向教堂走去。窗户边有群小孩儿，一个个打扮得整整齐齐，脸上洋溢着幸福的笑。

"我有种参观邪教的感觉。"达奇丝说。

"咱们能去和他们玩吗？"

"不行，他们会偷走你的灵魂的。"

罗宾仰头看着她，想从她脸上找到开玩笑的痕迹。可达奇丝面无表情。

"怎么可能偷得走呢？"

"他们会用各种不切实际的理想扰乱你的心。"

她整理了一下弟弟的头发，把他推向其他人。罗宾回头看时，她鼓励似的点点头。

"你姐姐的裙子真恶心。"一个小女孩儿说。

达奇丝走过来,孩子们全都警觉地盯着她。说话的那个小女孩儿看着达奇丝身后并冲一个涂着紫色眼影的壮硕女人挥手。

"那是你妈?"她已经想好了挖苦的词儿。

女孩儿点点头。

罗宾抬头看着姐姐,眼睛里充满恳求。

"我们得进去了。"达奇丝只好忍住火气。

罗宾不由得松了口气。

他们在教堂最后面的长凳上落了座。

多莉趾高气扬地走进来,踩着一双恨天高的鞋,伴随着一股浓浓的香水味。她冲达奇丝眨了眨眼睛。

罗宾坐在外公和姐姐中间,他问了哈尔许多活着的人根本无法回答的关于上帝的问题。

牧师主持仪式,他讲了许多话,关于遥远地方的战争、饥荒,以及广泛存在的对仁慈的亵渎。达奇丝听得心不在焉,唯独当他提到死亡和新生时才竖起了耳朵。用牧师的话说,死亡和新生是一个无比宏大的概念的顶点,我们用不着想方设法去理解或质疑它。她看了一眼全神贯注的罗宾,显然这小子被迷住了。

当他们低头祈祷时,斯塔尔的脸庞突然浮现在达奇丝眼前。她如此清晰,如此真实,达奇丝情不自禁地想要呼唤。她感觉到了即将溢出眼眶的泪水,立刻收敛心绪。当老牧师再度开始讲话时,她依然低着头。她怕自己会忘了那张脸,而她还没有坚强到可以忘记。这使她陷入深深的恐惧,无法自拔。

一只手,一只粗壮有力的大手,越过罗宾,按在她的肩上,似乎想为她提供一点不起眼的安慰。

"去死吧!"她低声骂道,"你们都去死吧!"

她起身跑出教堂,跑得又快又远,直至再也听不到教堂里的声音。看来她注定要下地狱了。

她坐在高高的草丛中,大口喘着气,好让自己平静下来。她没有注意到多莉何时跟了过来,直到她在她旁边坐下。

"裙子不错。"

达奇丝抓起一把草扬在微风中。

"我不会问你有没有事。"

"那就好。"

达奇丝偷偷瞥了多莉一眼,鲜艳的嘴唇,烟熏似的双眼,卷卷的头发。她穿了一条奶油色的裙子,藏青色背心,领口开得很低,脖子里系着丝巾。达奇丝觉得她这身打扮一点儿也不像个老太太,倒像个青春少女。

"上个教堂而已,你把胸部挤那么大干吗?"达奇丝说。

"我要是摘了胸罩,这两坨肉能滚到过道上去。"

达奇丝没有笑,虽然那情景十分滑稽。"那里面,全是扯淡。"

多莉点上烟,烟味儿掩盖了香水味儿。"达奇丝,我理解你的感受。"

"你凭什么理解?"

"以前我也讨厌这些,有时候甚至恨得不行。"烟头闪动着,仿佛微风在抽烟。

达奇丝继续揪她的草。"你对我一无所知。"

"可我至少知道你还年轻。有些道理我是在年纪很大的时候才想明白的。"

"你想明白什么了?"

"想明白我在这个世界上并不孤单。"

达奇丝爬起来。"我知道我不孤单,我有弟弟。其他人我不需要。不需要哈尔,不需要你,也不需要上帝。"

比特沃特,一片钢筋和混凝土的丛林。店面的墙壁和橱窗上贴满了广告传单:酒吧,乐队,廉价酒水。此处距黑文角也就区区二十英里,但沃克找到这里却颇费了些周章。

他经过一排排厂房,周围处处可见成堆的集装箱,自营仓储和外贸物资,放眼皆是千篇一律的景色,好在他终于找到了地方。

玛莎·梅的律师事务所位于小镇郊区的一条商业街上,律所一边是一家干洗店,另一边是一家墨西哥小吃店,卖的是玉米卷,九毛九一个。

沃克把车停在停车场,沿街走去。

牙科诊所,电子商店,乳制品店。一家美容店里,一名戴着口罩的亚裔女子正给一个面容憔悴的宝妈做指甲,这位妈妈用一只脚晃着婴儿车。

天灰蒙蒙的,一旁的霓虹灯眨着眼睛。门上写着"玉米卷"。推开门,里面竟然一屋子人,全是女的,都带着孩子,从她们的眼神可以看出,每个人大概都有着相似的悲伤故事。仔细看,里面有张桌子,桌后坐着一位年近七十的女秘书,蓝色头发,粉色镜框,一边打字一边嚼着口香糖,耳朵和肩膀之间还夹着一个电话。她冲一个哇哇叫的小女孩儿使了个眼色。

沃克抽身退了出去。

他在车里一直坐到六点,百无聊赖地数着从律所里出来的人。最后,他看见那位秘书老太钻进一辆破野马车,花了将近一分钟才把车子发动。秘书走后,沃克再次下车。墨西哥小吃店热闹起来,累了一天的上班族坐在里面悠闲地喝着啤酒。

沃克推了推门,发现门已经锁上,于是敲了几下。

隔着毛玻璃,他听到里面的人说:"不好意思,我们已经关门了,明天再来吧。"

"玛莎,我是沃克。"

等了大概一分钟,里面传来开锁的声音,随后玛莎·梅便站在了沃克面前。

他们互相打量了一番。玛莎·梅,棕色的头发包围着一张小巧精致的脸,一身灰色职业装。但看到她脚上却穿了一双匡威帆布鞋时,沃克差点忍不住笑出来。

他本想上前拥抱一下玛莎,可玛莎却转过身去,且脸上没有笑容。玛莎领沃克进了她的办公室。这里比沃克想象中要好些。橡木办公桌,各种盆栽植物,靠墙的书架上堆满法律专业的书籍。她首先坐下,随后示意沃克也坐。

"好久不见,沃克。"

"是啊。"

"我想给你煮点咖啡来着,可我今天实在累坏了。"

"没关系,能见到你我就很高兴了,玛莎。"

玛莎脸上终于挤出一丝微笑,沃克瞬间又找到了从前的感觉。

"斯塔尔的事我很遗憾,我本来想去的,可因为赶上开庭,实在脱不开身。"

"我收到花了。"

"那俩孩子,天啊,真可怜。"

玛莎的办公桌上有许多文件,整整齐齐地堆起老高。他们的话题自然离不开斯塔尔，对于她的死大家都很震惊。沃克告诉玛莎，案子目前已经由博伊德接手，但他有意无意暗示说自己也在参与。两人聊天的氛围并不像普通朋友那样轻松自如，倒像是一对旧情人久别重逢，彼此都端着，要多别扭有多别扭。

"那文森特呢？"

"人不是他杀的。"

玛莎走到窗口，望着远处的高速公路。他们能听到来来往往的汽车，偶尔响几声喇叭，时不时还会有摩托车的轰鸣。

"你在这里干得挺不错啊，玛莎。"

她微微歪了下头。"谢谢你，沃克。你的肯定对我是莫大的鼓舞。"

"我不是……"

"我很累，咱们还是开门见山吧，你找我有什么事？"

沃克顿觉口干舌燥。他正处在一个十分为难的位置上，他知道自己要提出一个不情之请，而他根本没有可能回报对方。

"文森特点名要找你。"

玛莎转过头。"找我干什么？"

"要你做他的律师。我知道这听起来很离谱。"

玛莎笑着说："沃克，你真这么觉得吗？因为在我听来你好像根本就没搞清楚状况。"她深吸口气，平静下来。办公室西南墙上有块匾，匾的旁边是个软木板，上面贴满了卡片以及笑容满面的妈妈和她们的孩子们。

"我不是刑事律师。"

"这我知道，我也跟他说了。"

"不，这是我的回答。"

"好吧，反正我话是带到了。"

玛莎微微一笑。"文森特·金的案子你还不舍得撒手？"

"我会想尽一切办法阻止他们把一个无辜的人判处死刑。"

"成死刑案件了？"

"对。"

她颓然靠在椅子里，把穿着运动鞋的双脚翘到桌子上。"我可以给你推荐其他人。"

"我已经试过了，没用。"

她从碗里捏起一块糖果，花生巧克力。"他干吗非要找我呢？"

"坐了三十年的牢啊，许多人和事都会慢慢淡忘，如今我和你是他唯一的朋友了。"

"我现在几乎不认识他，沃克，我连你都快不认识了。"

"我的变化没那么大吧。"

"我怕的就是这个。"

沃克哈哈一笑。"要不要出去吃点东西，顺便叙叙旧？"他轻声说道，但不知为何脸却开始红了起来，"你兜里要是正好有九毛九，我倒知道一个卖玉米卷儿的地方。"

"沃克，我能实话实说吗？"

"当然。"

"我用了很长一段时间才把黑文角从我的生活中屏蔽出去。我不想回去。"

沃克站起来，微笑了一下，转身走出门去。

十五

沃克注视着慢慢苏醒的主街。

米尔顿浑身血迹斑斑,正有条不紊地把切好的肉分门别类地摆放整齐。沃克经常从他这儿买排骨,价格比给那些游客的要便宜得多。

他刚和哈尔通过电话。这样的电话他每周都要打一次,问问罗宾的近况,毕竟他是凶案当晚唯一可能听到关键线索的人。哈尔说他们联系了一个心理医生,是个女的,虽然离拉德利的农场有二十英里远,但可以出诊。通话中他们没有提到任何人名和地名,沃克保持着一贯的谨慎。

"要喝咖啡吗?"利亚在门口问道。

沃克摇摇头。"你还好吧,利亚?"

"好,就是累。"

有些日子,沃克能明显看出她哭过,因为眼睛又红又肿。估计是艾德的原因,这方面他看得很准。沃克认为,男人都是些先天缺陷的脑残白痴。

"我得赶紧把那些卷宗收拾出来。后面那间房子都快成危房了。"

关于改革警局里的档案系统,采用新的管理模式,利亚已经跟沃克唠叨了好几年。但沃克的保守人尽皆知,他喜欢所有东西都保持原来的样子。所以每次有人申请把旧房拆掉盖新房时,他都压着不批。

州警已经撤走,留下一堆汉堡包装纸和用过的咖啡杯。博伊德答应若有新的情况会及时通知沃克。

"你能不能考虑让我多加点班?我现在只上白班,有没有可能安排我值点夜班?"

"出什么事了吗,利亚?"

"你也知道我的情况,老大要上大学,瑞奇又天天吵着要玩电脑游戏。"

"行,我安排一下。"虽然局里经费有限,但他还是有办法给她挤一点出来的。艾德是泰洛建筑公司的老板,前些年利亚在他的公司里做过行政,后来因为市场不景气就跳槽了。但沃克怀疑这其中另有隐情。因为利亚大部分时间要么在警局,要么在海滩,或在别的随便什么地方,总之她在家里陪丈夫的时间少之又少,感觉她在有意回避。

沃克打开卷宗,低头凝视着照片,斯塔尔的双眼也凝视着他。现在卷宗里多了尸检报告。

旁边放着文森特的卷宗,昨天夜里他已经看过,三十年前的往事历历在目。他首先翻阅了和茜茜·拉德利死亡案件相关的转录材料,其次是文森特在监狱斗殴杀人事件的报告。死的那个人名叫巴克斯特·罗根,从读到的材料沃克知道此人是个死有余辜的人渣,他绑过票,杀过一个名叫安妮·克雷弗斯的年轻房产经纪人。沃克看采访笔录的时候,耳畔响起了文森特的声音。

人是我打死的。我们起了争执,我打了他一拳,他摔倒了,再没起来。其他的我记不清了,卡迪,不知道还能跟你说什么。你有什么需要我签字的文件尽管给我吧,我签。

后面三页,卡迪一直在解释当时的情况,旁敲侧击地提醒或暗示文森特,在沃克看来那意图再明显不过:把事件的性质从斗殴杀人引向正当防卫。因为所有人都知道那就是事实。

不是正当防卫。就是打架。谁引起的无关紧要。

结果后来文森特被判定为二级谋杀,追加二十年刑期。

他拿起电话打给卡迪,五分钟后才终于打通。

"我正在看文森特·金的卷宗。"

卡迪猛吸了口气,像感冒了一样。"博伊德不是都查过了吗?"

"是查过。"

"对。"

"关于文森特·金和巴克斯特·罗根打架那件事,尸检报告上的细节资料太少了。"

"我也没办法。罗根磕在石头地面上,然后就死了。那都是二十四年前的事了,沃克。那时候的报告能写多详细?"

"文森特现在什么情况?"

他听见电话那头的胖子往椅背上靠去,皮革发出嘎吱嘎吱的声音。"他死不开口。跟我也一句话不说。"

"他有没有在新闻上看到关于他自己的报道?"舆论一直在向地方检察官施压,要求尽快起诉。

"他没电视看。"

沃克不由得蹙了下眉。"我以为监狱里——"

"哦,他本来是有电视看的。我跟他提过很多次。"

"那他在里面都干吗?"

沉默,电话那头久久没有回音。

"卡迪?"沃克疑惑地叫道。

"他拿了张那个女孩儿的照片。茜茜·拉德利。他把照片贴在墙上,他的牢房里就只有这么一样东西。"

卡迪说有事随时联络,便挂了电话,沃克失望地闭上眼睛。随后他又看了下报告,当年的尸检是由大卫·尤达博士做的,报告上留有地址和电话。他拨了过去,结果是自动应答,无奈只好留了条消息。二十四年了,不知道此人是否还住在原来的地方。假如他还在,沃克又该问他什么呢?他只想做警察该做的事,竭尽全力破案。尽管博伊德警告过,可他还是决定一意孤行。唯一的问题是,他目前还不确定该朝哪个方向努力。

路安妮·米勒走进来,在沃克对面坐下,一句话也不说,和往常一样望着窗外。

沃克掀过一页,盯着斯塔尔的照片。她的头发呈扇形在脑后铺开,胳膊弯曲着,仿佛在伸手等着某人拉她一把。

"这办公室该收拾一下了。"路安妮看着一堆堆乱七八糟的文件抱怨说。

"我想亲自和达克谈谈。"

"怎么,你觉得你比那些州警还厉害?他们都没问出什么,你能?"

"我了解达克,我们从——"

"没用,沃克。认识多久都没用。看看文森特·金吧,我知道你看他的眼光没有变,你希望他还是三十年前离开这里的那个小孩儿。可他不是了,不管你对他了解多少,从他踏进费尔蒙特县监狱的那一刻起,就都不算数了。"

"你错了。"

"真的,沃克,我知道你没怎么变,可别人在变啊。"

窗外处处闪耀着明亮的色彩,蓝色,白色,磨光玻璃,褪色的旗帜。

"所以你想从哪儿着手?"路安妮问。

"入室盗窃。那地方全毁了。"

"可事实上没丢东西。更像是冲突失控。"

"米尔顿撒谎。"

"他没理由撒谎啊。"

"我们只管按入室盗窃理解,可能是斯塔尔坏了他们的事。"连他自己都觉得这种说法站不住脚。

"你说了这么多,却忽视了一个有目共睹的事实。我们在凶案现场发现了一个男人,他身上有死者的血,现场到处有他的指纹,他也有合乎逻辑的作案动机。"

"不可能。"他立刻反驳。

"依据呢?眼下你的判断只是直觉罢了。"

"文森特什么都不说。从他口中我们既得不到作案动机,也不知道他是如何进入案发现场的,更无法确定作案时间。该死的,他自己报的警,用的还是斯塔尔家的电话。"

"这只能说明他穷凶极恶。他打断了斯塔尔几根肋骨来着?照片就在你眼前放着呢。"

沃克又看了一遍照片。斯塔尔的胸前画着醒目的标记,颜色有蓝有紫,断骨处画有条形标线。沃克从伤势就可以感受到凶手对死者的仇恨。

"她的眼睛也肿着。"

"反正文森特在现场,不知道他是怎么进去的,门窗没有非法闯入的痕迹。也许是死者请他进屋的,然后发生了什么事,他就开始殴打死者,还朝她开了一枪。然后他跑出去把凶器藏好,又返回现场,打电话报警,而后坐在厨房里等我们去抓他。幸亏斯塔尔的小儿子罗宾锁在卧室里,他很有可能听到了些什么。"

沃克起身打开窗户,又是一个明媚的早晨。他顶多只会在办公桌前坐一两个小时。

"我得找达克谈谈,"他再次说道,"他和斯塔尔有点渊源。而且他这个人有暴力倾向。"

"可他有不在场的证据,而且非常充分。"

"所以我今天才叫了另一个人过来。"

"博伊德不是说过不要你插手吗?州里负责的案子最好别碰。"

沃克深吸了口气,他头脑昏沉,思绪纷乱,但有一点无比笃定:他了解文森特。路安妮说什么都没用。去他妈的三十年吧。他自己的朋友自己清楚。

"你该修面了,沃克。"

"你也是。"

路安妮笑了笑。这时利亚前来报告,迪伊·莱恩一直在等他。

沃克在前台见到迪伊,遂带她到警局后面的询问室。询问室里只有一张桌子、四把椅子和一个插满芬德拉玫瑰的大花瓶,透过窗户可以看到主街。这无论如何都不像个询问室,倒更像谁家老奶奶开的家庭旅馆。

迪伊的气色看起来比上次见面时好多了。她穿着一件款式简单的黄色连衣裙,头发显然做过造型,脸上化了淡妆,使面容看上去更加柔和。她手里拿着一个纸袋子,这时才递给沃克。

"桃子味儿的可丽饼,"这便是她的问候语,"我知道你特别喜欢。"

"谢谢你了。"

他没带录音机,没带平板电脑,甚至没带钢笔。

"我了解的情况都已经和州里来的警官说过了。"

"我只是在复查一些事情。来杯咖啡怎么样?"

她的肩膀微微下沉。"好吧,沃克。"

沃克出去让利亚煮咖啡,回来时发现迪伊站在窗前。

"现在看主街,"她说,"和以前不太一样了。新的店铺,新的面孔。这是一个渐变的过程。你知道他们又在申请新的房地产项目吧?"

"不会批的。"

迪伊转身坐回到椅子上,跷起二郎腿。"你以为我很软弱……对达克。"

"我只是在琢磨。"

"他找过我,还买了花。他跟我道歉,然后聊着聊着就越聊越多。"

"跟我说说你们是怎么开始的吧。"

"他来银行开一个活期存款的户头。我觉得他很……用'可爱'描述他可能不太合适。他很安静,但性格却又十分刚烈。真见鬼,沃克,我不知道该说些什么。开户之后他又来了好多次银行,每次都在我的窗口排队。我约他出去玩,他答应了。这就算开始吧?"

"之前你说过他这个人不正常。"

"那是气话,因为房子的事儿,我太生气才那么说的。现在我可以跟你说个事儿。"

"什么事儿?"

"他跟我的女儿们很合得来。他很体贴,以前经常帮我照看,带着她们荡秋千,陪着她们。有一次我进屋的时候看见莫莉坐在他的腿上,两人正一起看迪士尼动画片。很多男人对别人的孩子不会这么好。"

利亚把咖啡送进来又出去了。沃克端杯子时手抖得厉害,不得已只好放下。

"你没事吧,沃克?你看上去特别憔悴。也可能是你该刮脸了。你别见怪,我没别的意思。"

"所以,达克在你家过夜?"

"天不亮我就会让他走,在孩子们睡醒之前。"

沃克靠在椅背上,疲惫像潮水一样席卷而来。干涩的眼睛总想合上,浑身酸痛的肌肉也像在抗议。

"我知道你不想看到这样的结果。斯塔尔死了,文森特被抓。可是,尽管达克有时候很混蛋,但他并不是你想的那种人,或者说,他并不是你希望他是的那种人。"

"我希望他是什么人?"

"能为文森特·金脱罪的人。"

关好畜栏,她去清理马棚。马粪味儿已经没那么刺鼻,可能因为闻习惯了。两匹马,一匹黑色,另一匹灰色,个头稍小。这两匹马都没有名字,反正罗宾问的时候哈尔是这么说的。当时罗宾好生奇怪:因为不管是什么,都得有个名字才像话。

她从仓库拿来小袋子，把马棚里潮湿的稻草和遍地的马粪都铲干净装起来，用叉子叉到外面。她知道潮湿的地方应该留着任其自然风干，然后再覆盖新的稻草。她给马槽添上水，每天给马喂两次谷子，时间把握准确，因为太早或太晚那匹灰马都会肚子疼。她带马出去放风，有时看着它们拼命奔跑，又踢又跳，好像有人要套它们似的。达奇丝喜欢马，离经叛道的人都喜欢马。

一声枪响。

达奇丝吓得扑通跪在地上。麋鹿们一只蹄子悬空，歪着脑袋，随后轰然作鸟兽散。它们奔逃的速度如此之快，达奇丝站起来时鹿群已经跑得无影无踪了。

她不顾一切地奔向老屋，心怦怦直跳。她首先想到了达克。

看见站在门廊下的哈尔时，她稍稍平静了些，但哈尔却一脸忧虑。

"他在楼上，衣柜里。"他说。

达奇丝箭步冲上楼梯，来到他们的房间，发现弟弟蜷缩在地板上，头上蒙着毛毯。

"罗宾。"

她没有立刻去触碰弟弟，而是钻进毛毯，直到紧挨着他。

"罗宾。"她轻柔地叫道，"没事的。"

"我听见了。"罗宾的声音细若蚊蝇，达奇丝不得不把耳朵贴上去。

"你听见什么了？"

"枪声。我听见了。我又听见了。"

当天下午，哈尔带姐弟俩去了那栋红色的谷仓，并交代他们在阳光里等着。达奇丝悄悄走到门前，透过门缝偷窥里面，只见哈尔把一张地垫卷了起来。

"外公让我们在这儿等啊。"

达奇丝急忙嘘弟弟。

哈尔拉开地面上的一扇门板，走了下去。出来时，他手里多了一把枪，漫不经心地拎在身体一侧，另一只手里拿着一个小小的铁盒子。

达奇丝回到弟弟身边。

"这是一把春田1911型号的手枪，重量轻，精度高，非常好用。农民是离不开枪的，你们之前听到的是猎枪。我觉得你们应该尽快习惯这种声音，免得一有枪响你们就吓得屁滚尿流。"他单膝跪地，把手枪拿出来让他们看。罗宾退了一步，躲在达奇丝身后。

"没装子弹，而且上了保险。"

犹豫了片刻，达奇丝还是伸手拿起了枪。枪身比她想的要冰凉，而且沉甸甸的。

她仔细端详了一会儿，罗宾也终于忍不住好奇，不仅凑过来看，还用手指抚摸着枪柄。

"想不想试着开一枪，达奇丝？"

达奇丝低头看着枪，心里想到了妈妈，想到了她胸口被撕开的那个洞，还想到了文森特·金。

"好啊。"

他们来到绿色的田野，地里的作物还不及达奇丝的脚踝高。农田边缘是成片的雪松，一棵棵高大挺拔，像梯子一样搭在天上。

其中一棵树，树干比他们姐弟俩的腰都粗，树身上布满麻子一样的斑斑点点，但却整洁有序。树叶早就枯萎掉落，地上的枯枝已被青苔覆盖，小水洼明晃晃的，倒映着华盖一样的树冠。

哈尔领着他们来到五十步开外的地方，取出四颗子弹，装弹时特意让他们看了看枪膛。他检查了保险和准线，示范了双手握枪的姿势，并讲解了如何均匀呼吸和保持身体平衡。随后他递给姐弟俩一人一个耳罩。

哈尔开第一枪的时候，罗宾惊恐地向后跳了一下，达奇丝急忙扶住他。第二枪他依然吓了一跳。第三和第四枪已经好些了。

随后达奇丝重新装弹，哈尔从旁指导。她遵照哈尔的指令小心翼翼地装填着子弹，可她抑制不住加速的心跳，回忆在肆意漫流，将她彻底带回过去。沃克，警察，弟弟。警戒条，新闻车，喧闹。

她一连打飞六颗子弹，每一次都被手枪的后坐力震得向后趔趄。罗宾胆大了些，但依然拉着哈尔的手，还不敢扭头看。

达奇丝又装上子弹，这一次，她的耳边只有森林中的噪声。哈尔在旁边看着，但没有帮忙，他想让达奇丝自己找到感觉。

第一枪，她打中了树干，虽然只是擦边，但子弹将树皮撕下了一块。

接下来，她连续两枪打到了树干中间，罗宾禁不住鼓掌欢呼。

"你已经学会了。"哈尔说。

达奇丝微微一笑，但在哈尔看到之前她迅速转了身。

她打了装，装了打，直至每一枪都能正中靶心，只不过稍微高一点，或低一点。然后哈尔让她往回走二十步，她又重新学习了一遍射击技巧，调整角度，采用不同姿势射击，比如单膝跪地，或趴在地上。渐渐地，她学会了控制情绪，学会了克制飙升的肾上腺素,学会了摆脱影响射击的人类特质。

回老屋时,罗宾兴奋地跑在前面,他着急去查看他的鸡。每天早上他都去收鸡蛋,这个工作现在被他垄断了,而且他乐此不疲。

日薄西山,虽然还没有完全落下,但暑气已消。夏天正在苟延残喘,哈尔说这里的秋天十分壮美。

走到灰马跟前时她停了下来,灰马也向她走来。她轻轻抚摸着马的鬃毛。

"它从来不会主动接近我。"哈尔说,"显然它喜欢你,这是很少见的。"

达奇丝不作声,她不想和哈尔说话,不想失去支撑着她度过每一天的满腔怒火。

这天晚上她独自一人在门廊下吃了晚餐。屋里,罗宾不知说了什么引得哈尔哈哈大笑,这笑声令她备感失落。每每这种时刻她都不由得想到黑文角。显而易见,一条无形的纽带正在祖孙之间形成。

她走回厨房,打开橱柜,从最高的架子上拿了一瓶威士忌。

她拿着酒来到水塘边,打开瓶盖,独自喝了起来。尽管灼痛的感觉从口一直蔓延到心,但她连眼睛都没眨一下。想到文森特·金,她又多喝了几口,接着想到达克,继续喝。她不停地喝着,直到痛苦的感觉渐渐消解,浑身的肌肉软绵无力,整个世界开始旋转。问题消失了,矛盾化解了。她平躺在地上,闭着眼睛,想着她的妈妈。

躺了一小时,她吐了。

又过了一小时,哈尔找到了她。

朦胧的薄雾中,她醉眼迷离地看着哈尔。他那双蓝色的眼睛水汪汪的。接着,哈尔轻轻把她抱了起来。

"我恨你。"她轻声说着,把脸贴在哈尔的胸口,很快便不省人事。

哈尔亲了亲她的脑袋,没有打扰她。

十六

如果房屋有灵,那斯塔尔家的这个幽灵一定黑得犹如十二月的夜晚。

按沃克的估计,达克是不会让房子空着的,警方的封条一揭,他可能就会把房子整修一番重新租出去,或者干脆拆掉重建。可这么长时间过去了,房子却依然没有动静。临街的大门换了三合板的,突出的飘窗用木板给封上了。院子里的草密密丛丛,一片枯黄。

"我知道你想她,沃克,我也想,还有那俩孩子。"沃克不需要转身,凭气味他就知道是谁,"有文森特·金的消息吗?我觉得这么久了他们早该起诉了。报纸上说一旦他们确定他有罪,就会判他死刑。"

沃克心头一紧。不久前他还听说,地方检察官要求博伊德再找找作案凶器。反正有假释条例,文森特也跑不了,时间要多久他们说了算。

"胡子挺漂亮,真的,确实不错。越来越密了。我也想留。要不咱俩都留胡子吧,肯定很有意思,你觉得呢,沃克?"

"可以啊,米尔顿。"

米尔顿穿着卫衣,里面套着汗衫,从肩膀到手背全是茂盛的汗毛。

"这地方看起来真瘆人。毕竟出过血案。这事儿放在动物身上就没问题，可能素食主义者的看法会不一样，可他们照样吃白肉，只要肉片儿切得够薄就行。"

沃克挠了挠头。

"可这事儿放在斯塔尔身上就不一样了，"米尔顿摸着肚腩说，"别担心，我一直留意着呢，如果看见孩子或别的什么，我就给警局打电话。代码10-54。"

"那意思是高速公路上有牲畜。"

米尔顿转过身，拖着步子走到街对面，那一身的血腥味儿也随他而去。

沃克往前走几步，敲了敲布兰登·洛克的车库门。

门开了一道缝，泻出一片亮光，范海伦乐队的歌声震天动地，浓浓的汗味儿和古龙水的味道扑面而来。布兰登穿着莱卡长裤，紧身上衣好像布料不够似的，胸口以下就戛然而止。

"沃克，你刚刚是不是和那个野蛮人说话了？"

"你的发动机修好了吗？"

"他是不是又发牢骚了？你也知道我最近正申请改建房子，我想把房子的后墙打通，在车库上面搞个训练场地。你猜谁提出反对了？"

布兰登打开一瓶水，咕嘟咕嘟往头上倒了一半儿。"冷静冷静，我这是自找的。"

"早点儿把车修好，布兰登。"

"沃克，你还记得他在学校那会儿吧？当时我和茱莉亚·马丁在交往，她说米尔顿经常跟踪她回家。她都快吓死了，太变态了。"

"那都是三十年前的事了。"

布兰登从屋里出来，凝视着拉德利家的房子说："要是那晚我在就好了。也许我能干点儿什么，谁知道呢。"

沃克看过走访记录，只是内容都很简单。因为他们是挨家挨户走访的。"那晚你不在家是吧？"

"我和州里来的那位女士说过，艾德·泰洛带我去见客户了，主要是商量在郊区盖房子的事儿。你有没有听说？客户是日本人，你也知道他们多喜欢热闹。"

"是。"

布兰登锻炼着右臂。"胳膊没劲儿可不行，回头我膝盖要是做了手术，走路都不稳当。"

沃克没有接话。

布兰登在沃克胳膊上轻轻打了一拳，转身回车库去了。他关上门，熄了灯，调低了音量。

沃克走进斯塔尔家的前院儿，想起案发当晚，他抖擞精神。身体在微微颤抖，他认为这只是回忆引起的，便没有多想，沿着房屋的山墙继续走。

他打开侧门。门没锁，因为不需要，至少在黑文角不需要。这时他突然停住，一动不动，因为他清楚地听到从屋里传出来了声音。他立刻靠过去，透过窗户朝屋里窥视。他看到了手电的光束。

他迅速转至门廊，掏出手枪正要冲进去。但是……

沃克不由得后退一步，面前站着一个高塔似的人。

"达克。"

对方只是瞪着他，不说话。

"你吓我一跳。"沃克收起枪,达克在长凳上坐下。

沃克问也没问便径直在达克身边坐下。"你在这儿干什么?"

"这是我的房子。"

"那倒也是。"

虽然早已习惯了炎热,但沃克还是不停地擦着额头上的汗。"我听说你和州警谈过了。我看过报告,但还是想亲自找你谈谈。本来我要给你打电话的,现在倒省事儿了。"

"那两个孩子,他们怎么样?"

"他们……"沃克寻找着合适的词儿。

"我想和那女孩儿谈谈。"

沃克顿时僵住,疑惑地盯着他问:"谈什么?"

"我想告诉她我很抱歉。"

"你抱什么歉?"

"她没了妈妈。她是个坚强的孩子,对吧?"他说话很慢,好像每个字都经过深思熟虑。

"她还是个孩子。"

月光钻过树的缝隙找到了他们。

"他们去哪儿了?"

"一个很远的地方。"

大手按在大腿上,沃克想象着面前这个大块头过着怎样的一种生活:他强大的气场会自动分开拥挤的人群,他走到哪里都是引人注目的焦点。

"跟我说说她吧。"

"达奇丝吗?"

达克点点头。"她十三岁了,对吧?"

沃克清了清嗓子。"这几年我们接到过几次报警电话。山顶中学打来的。有人说他们经常看到一辆车停在学校栅栏外面。一辆黑色的车。只是一直没有人去抄牌。"

"沃克局长，我就有辆黑车。"

"我知道。"

"你有没有想过自己做过的那些事情？"

"当然。"

"还有那些你知道自己不得不做的事情？"

"我不太明白你的意思。"

达克抬头望着月亮。

"迪奇，你应该知道有不少关于你的传闻吧？"

"知道。"

"很多人说你有暴力倾向。"

"没错，这个我承认。"

沃克感觉嗓子里干痒干痒的。达克依然望着天。

"我在教堂见过你。"达克说。

"我没见你啊。"

"我没进去。你祷告什么呢？"

沃克把一只手放在枪上。"公平和正义。"

"希望是世俗的东西，而生命又极其脆弱。有时我们用力过猛会毁了生命。"达克站起身，巨大的影子罩住了沃克。

"如果你有机会和那女孩儿说话，告诉她，我最近时常想起她。"

"我还有很多事想问你。"

"我把一切都告诉州警了。如果你还需要问别的，给我的律师打电话吧。"

"文森特的事儿呢？他的房子。他考虑卖掉。知道他为什么改变主意吗？"

"也许遇到好价钱了。悲剧总能让人头脑清醒。我正在和银行谈，会拿到贷款的。"

说完他转身走了。沃克贴在玻璃上，伸手够里面的手电筒。

厨房里一片狼藉。物品东倒西歪，天花板被掀得乱七八糟，石膏板上有不少窟窿。不管达克干了什么，有一件事可以肯定，他在找什么东西。

蒙大拿的夏天比黑文角跑得要快些，如果说一开始像沙漏，那后来就像洪水决堤了。

达奇丝收到沃克寄来的一张明信片，虽然只是一张在卡布里洛高速公路上拍的照片。沃克在背面用蓝色钢笔潦草地写了几个字，达奇丝差一点认不出来。

想念你们。

沃克

她把照片钉在床头的墙上。

到今天，她仍然宁可对着灰马絮絮叨叨，也不愿和哈尔说一句话。和灰马的交流成了一种语言练习，她把许多不愿意对外人说的事情都告诉了灰马，比如达克的事儿，文森特的事儿，又比如她曾用手从妈妈的嘴里掏呕吐物，她和罗宾在小布鲁克的樱桃树下练习复原卧式①。

某些夜晚，她安安静静地坐在楼梯上，偷听哈尔和沃克通

---

① 复原卧式是急救时用到的一种身体姿势，一般用于伤者恢复脉搏和呼吸但尚未清醒的情况。

电话。

罗宾适应得很快。他喜欢动物,吃得好睡得香。心理医生说他的状态已经好多了。他每周都要和心理医生聊半小时,可他从不抱怨。

但随后话锋就转了,就像秋千荡到了最高处,接下来就是回落。

达奇丝……她也在,沃克。她有活儿就干,从不抱怨。只是有时候会找不到人。她跑到麦田里,转眼就消失得无影无踪。我肯定很着急啊,起初我沿着田垄找,后来开着皮卡车找,结果发现她躲在水塘边的一小片空地上。那是我预留下来准备盖间谷仓的,只是一直没有动工。她跪在地上,我看不见她的脸,但我想她应该是在祷告。

后来她就再也不去那片空地,而是找了个新地方,树林中间的一片空地,周围草木茂盛,她相信哈尔不可能再找到那里。

她回想妈妈遇害的那天晚上,也许从那之后的每一天她都在担惊受怕中度过。但现在她渐渐感受到了悲伤,这悲伤每分每秒都在加剧,在她需要坚强的时候压得她喘不过气。

有些时候她会大喊大叫。

当她独自一人远离老屋,远离弟弟和他由于帮忙翻土而累红的小脸儿,她便仰起头对着天上的云彩大叫。这叫声连灰马听了都不由得竖起鬃毛,伸着优雅的长脖子,惊诧莫名地望着她。发泄完毕,她会冲灰马摆摆手,让它继续安心吃草。

夜里,姐弟俩经常聊天。

"那些警察……"罗宾说。

"嗯。"

"他们以为我在撒谎。"

"警察都那样,怀疑这个怀疑那个。"

"可沃克就不是那样。"

她没有争论。可不管他是什么——尽管他经常给他们买东西,还开车带他们去看电影——但怎么说他都是个警察。

"今天聊得怎么样?"她问。这是每周必问的话题。

"她人很好。她让我叫她克拉拉。她养了四只猫和两只狗,你能想象吗?"

"说明她还没有找到自己的真命天子。你们聊过那天晚上的事吗?"

"没有。我做不到。我试过……可实在没什么好说的。我只记得你给我读故事,然后就睡觉,后来醒的时候就在沃克的车上了。"

达奇丝用胳膊肘撑着脑袋斜躺在床上,罗宾平躺着。"要是你想起来什么,第一个就得告诉我。让我替你拿主意。不要相信那些警察。还有哈尔。现在咱们姐弟俩没法指望任何人。"

她每天下午都练枪。每每都是哈尔领着他们来到练枪的地方。现在罗宾已经不怕了,经常兴高采烈地跑在前面。达奇丝仍然话不多,除非不得已要说。而她的话永远都是那么具有杀伤力,且每每命中要害,什么上帝啦,遗弃啦。不过哈尔似乎习惯了,一般的冷嘲热讽已经对他构不成伤害。达奇丝明确地告诉过他,她不爱他,永远不会;她不会叫他外公,等她一长大就立刻带罗宾离开这里,让他一个人孤独终老。

而他对此的反应是,教她开车。

破皮卡颠簸得厉害,到了平坦的地面,车速一下子就上去了。

哈尔紧张地抓着座椅，罗宾坐在后排的安全座椅中，头上戴着自行车头盔，胳膊上戴着护肘，因为哈尔担心达奇丝会把车开翻。她很快掌握了挂挡的诀窍，变速箱不会再吃力地顿挫，而且她按照哈尔的讲解，渐渐感受到了齿轮的咬合。有时候，比如在哈尔心事重重地盯着天空盼下雨的时候，如果他不出言阻止，她能把车速开到六十英里每小时。不到一周，她已经能把车子稳稳停住。哈尔再也不会一头撞在仪表板上，疼得只能抱怨自己没有系安全带了。

学完车，他们就一起走回家。达奇丝拉着罗宾的左手，哈尔拉着他的右手。哈尔说她学得很快，而她则说哈尔教得很烂。哈尔说她开得稳，她说哈尔的皮卡车是一堆破烂儿。哈尔说第二天还带她出去，而她不置可否，因为她确实喜欢开车。

有些日子，她注意到老头子喜欢偷偷看罗宾吃饭，或看他伺候小鸡，或看他爬上耙子。老头子的眼神很复杂，既有爱，也有遗憾。这种时候达奇丝就会发现，恨他是一件越来越吃力的事，而这件事在初到这里时曾是那么易如反掌。可现在，她必须得调动起越来越多的情绪细胞才能把他恨起来了。

她依然保持着把衣服装在箱子里的习惯，并且叠得整整齐齐。有时哈尔要替他们洗衣服，她就愤怒地冲他大吼，让他别多管闲事。有时候，她发现衣服被挂在了衣橱中，便气冲冲地取下来重新放进箱子。哈尔给罗宾买的牙膏不合适了，她就冲他吼；买的洗发水不合心意，或者早餐吃的麦片粥牌子不对了，她也会冲他吼。她天天吼，吼得嗓子都疼了。而这一切都被罗宾看在眼中。有时候他实在忍不住了就会让姐姐安静一下，而她从不和弟弟吵。她会忍着气愤的情绪独自走到地里，然后像个疯丫头一样指着落日破口大骂一通。

渐渐地，她不再时时想起文森特·金，也不再想起迪奇·达克，他们就像她人生中最黑暗的章节，已经翻过去了。她知道他们会再度出现，让她的故事变得更加跌宕起伏，悬念丛生。

最重要的是，她累了。不是因为工作太多或睡眠太少，而是因为她内心深处挥之不去的仇恨。

十七

"我上学得带把枪。"

"不行。"哈尔的担忧溢于言表。

罗宾也很焦虑。他心里有许多疑问,比如他要去哪儿找姐姐,如果姐姐没有出现,他该怎么办。穷乡僻壤之地,不通公交,哈尔说会开车接送他们,但又抱怨耽误了他的时间,于是达奇丝说让他们搭便车好了,最好遇到一个强奸犯,或者干脆她出去卖,挣了钱好搭出租车,这才让哈尔不再言语。

"其他小朋友会喜欢我吗?"

"怎么会不喜欢呢?你是个可爱的小王子。"

"肯定会喜欢的,"哈尔也说,"要是他们敢不喜欢,你姐姐也饶不了他们。"

"可就这你还不让我帮你装书包。"达奇丝喝完麦片粥,又检查了一遍罗宾的书包,确保他装了文具盒和水瓶。

哈尔让达奇丝开车,但只允许她开到桉树林那里。随后她停住车,和哈尔互换座位。两人在车尾碰面,哈尔冲她点了点头,她也点了下头作为回应。

"你们两个要互相照顾。"哈尔盯着前面的路说。

"以免那些大孩子抢走我们的午餐钱?"罗宾顿时来了精神,睁大眼睛说。

"让他们试试啊。我可是法外狂徒达奇丝·戴伊·拉德利,我会请他们吃枪子儿。"

"想当法外狂徒,那你可得学学骑马。"哈尔说。

"你知道什么。我会骑马,天生就会。"

"我偶然读到过比利·布鲁·拉德利的故事。"

达奇丝不由得扭过头,阴沉的脸色忽然开朗起来,且流露出一丝兴趣。

"如果你想听,我可以抽时间给你讲讲。"

"好。"两人虽然达成了一致,但在达奇丝看来,这并不意味着停战或让步。

转过路口,罗宾紧张起来。眼前有一辆巴士,许多家长,还有不少SUV,闹哄哄的一片。他看到一辆轮子上沾满泥土的福特车,还有一辆光亮如新的奔驰。达奇丝想到了达克,他的凯雷德,和他暗淡的誓言。

"要我送你们进去吗?"哈尔把车停在路边说。

"不用,要不然别人会以为你是我们的爸爸。回头欺负我们会更加毫不留情。"

达奇丝说完便拿起罗宾的书包,拉住他的手走到了街上。

"下午三点我在这儿等你们。"哈尔趴在车窗上说。

"我们三点十五才出来呢。"罗宾说。

"那我肯定还在这儿。"

他们穿过三五成群的学生。这些孩子在暑假里一个个晒得黑黑的,正有说有笑地分享着各自的假期见闻。随便听几耳朵达奇丝就知道他们在聊些什么,去度假,去海滩,去主题公园。姐弟俩引来不少目光,但达奇丝毫不客气地回应了对方。

她把罗宾领到他的教室,送他进去。屋里已经有一群家长,他们蹲在自己的孩子跟前,又亲又吻。有个小男孩儿正哭得伤心欲绝。

"那是个厌包,你离他远点儿。"达奇丝提醒罗宾说。

老师是个年轻姑娘,她在教室里微笑着走来走去,不时停下来,蹲在小朋友面前和他们聊上几句,或者握握手。达奇丝带罗宾来到他的座位,上面有他的名字和对应的动物画。

"画的什么动物?"罗宾问。

达奇丝斜着眼睛瞟了下。"是耗子。"

"那是小老鼠哦。"老师出现在旁边。

达奇丝耸了耸肩。"还不都一样。"

老师在两人跟前蹲下,拉住罗宾的手轻轻晃了晃。"我是蔡尔德老师,你一定是罗宾吧?我早就盼着见到你了。"

达奇丝用胳膊肘戳了戳弟弟。

"谢谢你。"罗宾说。

"你一定就是达奇丝了。"

"法外狂徒达奇丝·戴伊·拉德利。"达奇丝使劲握了握老师的手,在她手背上留下了白色的指印。

"祝你们过得愉快哦,达奇丝小姐。"蔡尔德老师拖着长腔说,"我和你弟弟今天肯定会过得很愉快的。你说是不是,罗宾?"

"是。"

蔡尔德老师起身走回到那个哭泣的小男孩儿身旁。

达奇丝蹲下来看着弟弟,双手捧住他的脸,直到他也盯着她的眼睛。"有什么事就去找我。你跑到走廊上喊我的名字就行,我离得不远。"

"好吧。"

"好吧?"

"好。"他更加坚定地说。

"那好。"达奇丝站起身。

"达奇丝。"

她又转过身。

"我真希望妈妈也在。"罗宾说。

走廊上的人已经稀少起来,几个男生抱着个足球跑过去,个个满脸通红,浑身是汗。达奇丝找到自己的教室,在一个靠窗的座位坐下。这里足够靠后,被老师提问的概率会小些。

"你坐我位子了。"

说话的是个男生,个头挺高,脸庞棱角颇为奇怪,衬衣很短,短裤却提得很高。

"你把你妹妹的短裤穿过来了?自己找位子去,混蛋。"

男生脸一红,转身去教室另一边找了个座位。

坐在达奇丝身旁的是个黑人男生,这家伙瘦得跟猴儿似的,达奇丝怀疑他肚子里肯定装满了寄生虫。他的一只手形状扭曲,已经完全没有了手的样子。男生察觉到了达奇丝的目光,迅速把手插进口袋。但他还是礼貌地微笑了一下。

达奇丝遂把目光投向别处。

"我是托马斯·诺布尔,你还记得我吗?"他说。

这时老师进来了。

"你叫什么?"托马斯问。

"安静,我是来上学的。"

"你叫安静?这名字有意思。"

达奇丝暗暗祝福他原地爆炸。

"那天我在镇上见过你,你是个金发天使。"

"你但凡打听一下也该知道,我这个人恰好是天使的死对头。所以请闭上你的鸟嘴,眼睛往前看。"

沃克坐在车里,车窗开着,闻得见墨西哥菜的味道。

天色已晚,月亮代替了太阳,比特沃特笼罩在紫色的天空下。

他又去见过文森特,在不透风的等候室里待了三小时,除了看 CNN 的节目就是对着一台破电扇发呆。随后他和文森特见了十四分钟的面。他抓住每一分每一秒劝说文森特请个律师。一个刑事律师至少还有机会帮他查出真相。文森特说除了玛莎·梅他谁都不要,尽管沃克已经说明,玛莎不想掺和他们的事,更不想和黑文角产生半点联系。随后文森特便不说话了,他主动叫了守卫,沃克眼睁睁看着他离开。

虽然已经很晚,但玛莎办公室里的灯还亮着,而且她的秘书几小时前就已经走了。沃克试过下车,可他头晕得厉害,不得不坐回去闭目养神。他给肯德里克打过电话,留了信息,随后便无所事事地看他吃的药的说明书。这种药的副作用足足有两页。

终于见她从办公室里出来,沃克挣扎着下了车,慢慢走过停车场。停车场上的车子已经所剩无几。除了墨西哥小吃店门外停的几辆破车,就只剩下玛莎的车了。她开的是一辆灰色的丰田普锐斯,保险杠上有世界自然基金会的贴纸。沃克记得玛莎喜欢动物,她十五岁生日那天,他们和文森特,还有斯塔尔一起逃课去了清水湾的儿童爱畜动物园。那里全是小孩子,闹哄哄的,但玛莎一整天都乐得合不上嘴。

"玛莎!"沃克喊了一声。

她看见了他,把箱子往后备厢一放,站在原地,一手叉腰,只等他过去。

"咱们好多年不见一次,而今一个月却见了两次。"

"我想请你吃饭。"沃克自信的口气连自己都感到意外,玛莎就更不用说了,因为她的微笑是一点一点释放出来的。

黄色墙壁,绿色拱门,桌子不大,铺着花格桌布。一台吊扇慢条斯理地转着,把后厨里的辣椒味儿一阵阵地搅出来。他们选了墙角的桌子,一面靠窗,看得见整个停车场。玛莎做主点了餐,玉米卷儿配啤酒。她还没有丢掉她那邻家女孩儿般的笑容,当她把这笑容送给服务员时,对方立刻加快了动作。

沃克喝了一口冰凉的啤酒,顿觉浑身的肌肉都放松了下来。肩膀上的紧绷感消失了些,他颓然坐进椅子。音响的声音不大不小,播放的是拉美那边的轻音乐,一切刚刚好。

他们默默地喝着,玛莎很快喝完了一瓶,随即招手又要了一瓶。"我搭出租车回去好了。"

"我又没说什么。"

"乖乖,我都忘了,我跟警察一块儿喝酒呢。"

沃克笑笑。服务员端上饭,两人开吃。玉米卷儿味道还不错,起码比沃克预想的要好,但他没吃几口就把盘子推到了一边。他实在没胃口。

玛莎在她的玉米卷儿上几乎倒了半瓶辣椒酱。"这才够味儿!

局长同志,你要不要来点儿?"

"饶了我吧,除非你想隔着厕所门和我聊天。"

"嗯,去过厕所了吗?"

"待会儿肯定会的。"

"你胡子不错。"

沃克翻了个白眼。

"上次……"她说,"很不好意思,那天实在太累了,而且我也没想到你会来。"

"该道歉的人是我。"

"那确实。"

沃克笑了。

"那你是准备现在就道歉,还是等我再喝一瓶再说?"

"我还是等等吧。"

这一次玛莎笑了,那笑声是沃克很长一段时间以来听到的最动听的声音。

他吸了口气,将所有的事情和盘托出。从文森特出狱到斯塔尔的死,加上迪奇·达克、达奇丝和罗宾。他说到前来办案的州警,说他们如何把他排除在外。他把整个案子的所有细节,不管是已经公开的还是未公开的,全都告诉了她。斯塔尔断了几根肋骨,眼睛肿成什么样,作案凶器不知所踪,文森特如何不配合问讯。说到斯塔尔的葬礼时,玛莎泪眼婆娑地拉住了沃克的手。

"天啊,"沃克说完,她长叹一声,"太可怜了,没想到斯塔尔会是这样的结果。从前我以为我们一辈子都会是好朋友。"

"所以我很理解你不愿回首往事的选择。"

"你真这么想吗?"

"对不起,我不是有意——"

"我经常回忆往事,我只是没办法再回去。"

"是。"

"文森特依然坚持要我做他的律师吗?"

"他信任你。他的另一个律师是菲利克斯·寇克,结果怎么样你应该也知道。"

"沃克,你应该知道我平时都接什么案子吧?家暴,收养,还有一部分离婚案。每个月我首先挣够养家的钱,然后再根据别人对我的需要程度选择案子。现在有一堆女人正追着我呢,她们的唯一目的就是要回自己的孩子。"

"文森特也需要你。"

"文森特需要的是刑事律师。"

沃克伸手去拿啤酒,但他感觉到手在发抖,就放弃了。

"你没事吧,沃克?"

"有点累,最近睡眠不足。"

"事情确实太多了。"

"求你答应吧,玛莎。我知道你很为难。其实我跑过来求你也很为难。"

"我相信你。"

"我不能放弃他。你只要来出席传讯就行,审讯的时候站在他旁边。然后我们再想办法让他明白这到底合不合适。我只是……我知道人不是他杀的。我也知道这听起来有多离谱,好像我疯了似的,可这是真的。所以我必须查清楚,我需要时间去调查。"

"这些年我也经常想起你。每一天,我都想着你,想着我们从前的那些事。我知道过去的事情无法改变,我也不可能让时光倒流,但现在我可以帮助文森特,前提是你跟我一起。"

沃克如释重负地靠在椅子上,他已经筋疲力尽。

"提审定在什么时候?"

"明天。"

"我的天啊。沃克,你可真行。"

十八

这一天,拉斯洛马斯的法庭比平日忙碌了许多。

这是九月的一个星期二。空调坏了,罗德斯法官松开领口,用档案文件给自己扇着风。

沃克坐在靠前的位置,和三十年前一样。

"保释恐怕没希望,毕竟是死刑案件。"玛莎说。

开庭之前他们在外面碰过头,两人还到街对面喝了杯咖啡。玛莎一身职业装,穿着高跟鞋,化了淡妆,看上去既干练又时髦。沃克不由得自惭形秽,他曾经还想过追求她呢。

环顾四周,除了律师便是他们的委托人,除了蓝色西装就是黄色囚服。有人认罪,有人抗辩,有人和解,有人许下无力的承诺。罗德斯法官忍住了一个哈欠。

文森特被带进来时,整个法庭瞬间鸦雀无声。毕竟是死刑案件,关注度极高。

罗德斯法官稍微坐直了些,重新扣上领口的扣子。记者们都在后排,因为不准拍照录像,他们拿着钢笔和笔记本。玛莎撇下沃克走到前排长凳,文森特被带到了她身边。

地方检察官伊莉斯·德尚身板挺得笔直,表情严肃,到法庭前面陈述了指控内容。沃克很想看一看朋友的反应,可从他的位置无法看清文森特的脸。

伊莉斯陈述完毕,文森特站了起来。沃克察觉到所有人都前倾着身体,屁股不自觉地挪到座位前端,眼睛盯着这个三十年前杀害了一个小女孩,三十年后又回来把小女孩的姐姐也杀害了的家伙。

文森特首先报告了自己的姓名。

罗德斯法官重申了一遍指控内容,随后补充说,如果嫌犯认罪,州法院会考虑判处终身监禁,不得保释。

沃克的呼吸沉重起来。关键时刻到了。

罗德斯法官请文森特做认罪答辩时,他扭过头,目光正好与沃克相遇。

"我没罪。"

法庭里顿时响起一片窃窃私语声,直到罗德斯出言制止。

玛莎看着法官,眼睛里充满渴盼。"金先生,你的律师担心你没有理解指控的内容和法庭的建议。"

"我理解。"

文森特被法警带离法庭时,一次也没有回过头。

沃克走出法庭,来到上午明媚的阳光下。拉斯洛马斯法庭正前方是座漂亮的广场,上面有一尊高大挺拔的雕像,展示的是一个跪在地上的女人,冲着神圣的法庭低下头颅。

下次开庭定在来年春天。

回去的路上,沃克冷汗直流,颤抖的身体搅得他心神不宁。他看着后视镜中的自己,胡子拉碴,双眼布满血丝。他的皮带又新钻了一个洞,制服仿佛大了一圈,肩膀垂到了二头肌上。

他在比特沃特找到一家卖酒的商店,买了一提六罐装的啤酒。

玛莎住在比林顿路,房子很小,离镇中心也很远。打开白色的大门,里面是一条边缘由鲜花组成的小路,鲜花后面是郁郁葱葱的草坪。院子里搭了架子,上面悬着许多篮子。这样一个小院儿,若在平日定能给沃克带来不一样的喜悦。

然而室内的情形却迥然不同。到处都是文件,这个房子里的每一寸地方都和主人的工作有关,都反映了主人为了帮助那些弱势群体所做出的努力。

他总算在门廊下找到落脚的地方,当玛莎端着一碗炸玉米片从屋里出来时,他已经喝掉了两罐啤酒。他尝了一口炸玉米片,烧灼的感觉让他的全部味蕾都麻木起来。玛莎看了直笑。

"真是猴急。"

"有的人喜欢趁热吃。"

他们坐得很近,喝啤酒时几乎肩并着肩。

就这样直到黄昏沃克才平静下来。两罐啤酒,这是他允许自己一次能喝的最大量。内心深处,他想一醉方休,他想趁着酒劲儿发泄郁积在胸中的闷气。他想大吼大叫,想骂人,想把道理硬塞进文森特·金的脑袋。

玛莎抿了口酒。"你得说服他做认罪答辩。"

沃克揉捏着僵硬的脖子——最近他脖子酸得厉害。

"文森特的案子没有赢的可能,这你应该知道。"玛莎说。

"我知道。"

"那么这就只能说明一件事。"

沃克抬起头。

"文森特·金是一心求死。"

"那我该怎么办?"

"你就坐在这儿一边陪我喝酒,一边唏嘘感叹。"

"很诱人。那有没有别的选择?"

"你来查这个案子。"

"我已经在查了。"

玛莎叹了口气。"漫无目的地寻找目击者,这不叫查案。你得另辟蹊径。如果找不到合适的切入点,你就得自己创造一个切入点。关键是你有没有这个胆量,我的局长大人。胆量。"

风吹过高速公路,卷起滚滚尘烟。时值傍晚,店外只停了几辆皮卡。还没到门口,沃克就听到了喧闹的音乐声。他停了一会儿,看着圣路易斯宽阔的商业街,想到了把孩子们丢在家跑到这里上班的斯塔尔。

店里面灯光昏暗,空气中弥漫着浓浓的烟草味儿和变质的啤酒味儿。包厢里空荡荡的,吧台前倒是有几个人,还有一小群人围在用彩色木板搭建的舞台前。唱歌的人年纪很大,曲子属于蓝草音乐[①],唱的是背井离乡的游子心情,但那些男人们依然喝着酒,拍着大腿打拍子。

达奇丝向他描述过这个人。那是一次长谈,达奇丝不紧不慢地叙述了自己这些年见到的和听到的许多事,他听得头都大了。而最令他震惊的是达奇丝竟然那么冷静,好像她从来就没有拥有过童年。

沃克一下子就找到了那个人。他头发短,胡子长,胳膊粗壮,

---

① 蓝草音乐(bluegrass):一种起源于美国南方的快节奏民间音乐。

看样子像是干农活出身。他叫巴德·莫里斯。沃克悄悄贴近时,他翻了几个白眼,好像在声明他不是好惹的主。

"我能和你说几句话吗?"

巴德上下打量了他一番,不屑地笑了笑。

沃克喝掉手里的汽水。他不是那种喜欢和人正面对抗的人,除了训练或者职责所在。玛莎的话又回响在耳畔。他紧紧抓着玻璃杯。那声音更大了。

巴德去厕所,沃克起身跟上。他深吸一口气,在巴德撒尿的时候掏出了手枪。

他用枪抵住巴德的后脑勺。

肾上腺素飙升起来,他的双手在微微颤抖,腿也不争气地哆嗦起来。

"操!"巴德尿在了牛仔裤上。

沃克拿枪的手追加了些力量,他鼻尖上已经冒出汗来。

"我操,你这人是不是有毛病?"

沃克放下枪。"我本可以在吧台当着你朋友的面这么干,让他们也看看你尿裤子的样子。"

巴德吹胡子瞪眼的,但随后立刻低头服软。好汉不吃眼前亏。外面,当老歌手准备唱《悲伤的人》时,台下响起一片倒彩声。

"斯塔尔·拉德利。"沃克说。

起初巴德一脸困惑,随即恍然大悟,酒顿时醒了。

"我听说你和她,以及她的女儿闹过矛盾。她演唱的时候你的手不老实。"

巴德的脑袋摇得像个拨浪鼓。"不是那样,不是那样。"

沃克心里也十分忐忑,自己是不是疯了,为了查案,竟然在厕所里冲别人拔枪。

"我约她出去过几次。"

"然后呢?"

"结果没戏,就这样。"

沃克的手又伸向了枪,巴德吓得连连后退。"我发誓,我们之间什么事都没有发生。"

"你对她犯过浑没有?"

"没有,绝对没有。天地良心,我对她好着呢。妈的,我甚至带她去吃二十美元一份的牛排,我还在汽车旅馆订了房间,很不错的一个旅馆。"

"她拒绝了?"

巴德低头看看自己的脚,看看尿湿的裤子,又看看沃克的枪。"何止是拒绝。我不是那种受不了别人拒绝的人。不信你可以去打听打听,和我交往过的女人也不少。我这人算是很靠谱的了。可是斯塔尔,她给人一种错觉。我以为她对我有意思,可她的拒绝非常坚决,不是暂时的,而是我们永远不可能。永远不可能?这他妈什么意思啊?我感觉她好像一直在努力扮演一个和她不一样的人。所以她对谁应该都是逢场作戏,只是表演。"

"表演?"

"我估计她对其他男人也这样。有次我去接她时,她的邻居走过来劝我说别浪费时间。"

"哪个邻居?"

"就隔壁啊,应该是个七〇后吧。"

"六月十四号你去哪儿了?"

巴德笑了笑。"我记得这个日子。那天埃尔维斯·库德莫尔在这儿演出。我就在这儿,不信你可以去问。"

沃克没再理他,而是从一小群人中间挤过去,径直来到外面。呼吸着夜晚的空气,他的心久久无法平静。

穿过停车场时,他趴在一个垃圾桶上,吐了。

十九

她在一棵橡树下吃着午餐，眼睛盯着弟弟。

第一周就这么安安生生地过去了，她没和任何人说话。不管托马斯·诺布尔如何没话找话，都被她一概无视。

罗宾在 K2 班，他们有独立的用低矮的栅栏隔开的活动区域。他每天都和相同的男生女生玩儿。他们站在想象中的沙坑厨房里，罗宾和那个女孩儿负责"做饭"，那个男孩儿则把做好的"饭"拿给不存在的另一个人。

她没有注意到有人靠近，直到什么东西挡住了阳光，一团黑影罩在她身上，于是她抬起了头。

"请允许我在你的树下借个地儿。"托马斯·诺布尔说。他那只健全的手里拎着一个鼓鼓囊囊的布袋子，那是他的午餐。

她无奈地叹了口气。

他坐下来，清清嗓子，接着说道："我一直在观察你。"

"嗯，你病得可不轻。"她说着往一边儿挪了挪。

"我在想，你愿不愿意——"

"门儿都没有。"

"我爸爸说，我妈妈第一次也拒绝了他，但她的眼睛却答应了，所以我爸爸才坚持了下去。"

"感觉像在说强奸犯。"

他在她旁边铺开一张又大又厚的布餐巾，随后摆上一袋薯片、一块夹心小蛋糕、几个里斯花生酱杯、一袋棉花糖，还有一瓶汽水。"简直是个奇迹，居然没几个人知道这个地方。"

"你没得糖尿病才是奇迹。"

他安安静静地吃起来，每一口都很小心，但每一口都会把食品包装堵到鼻子上。他那只残废的手一直插在口袋里。看他用牙齿撕开棉花糖袋子是一件非常痛苦的事情。

"你可以用另一只手啊。"她终于忍不住说道，"在我这儿不用藏着掖着。"

"短指综合征，从我——"

"跟我没关系。"

他吃了一颗棉花糖。

罗宾跑到栅栏边，举起一个紫色的小碟子，上面是圆滚滚的一个土块儿。他用口型说着"热狗"两个字，达奇丝冲他笑笑。

"他很可爱。"托马斯·诺布尔说。

"你不会是变态吧？"

"不是，当然不是，我只是……"他没再说下去。

他们身后是一片林地，平时不允许学生进入。林地边缘用木材扎了高高的围墙，上面刷着白漆。

"听说你来自黄金之州①，这个时节非常漂亮。我在红杉公园还有个表亲呢。"

---

① 黄金之州是加利福尼亚州的别称。

"国家森林公园。"

说完他继续吃东西。

"嘿,你喜欢看电影吗?"

"不喜欢。"

"那滑冰呢?我滑冰可是个——"

"没兴趣。"

他抖掉身上的夹克。"你的蝴蝶结很漂亮。我小时候拍过一张照片,头发上就别了个蝴蝶结。"

"你是不是应该有什么内心独白?"

"我妈妈一直把我当女儿养。可我的青春期一到,她的美梦就破灭了。"

他递给达奇丝一个花生酱杯。

达奇丝假装没看见。

他们看着一群男生从旁边经过,其中一个说了句什么,其他人都笑起来。托马斯·诺布尔把他那只残手往兜里插得更深了。

达奇丝忽然警觉地坐直身体,她看到一个男生从罗宾的手里抢碟子。罗宾想夺回来,但那个男生个子高些,把碟子举到他够不着的位置,而后丢在地上。罗宾弯腰去捡的时候,冷不防被对方推倒在地。

罗宾哭了,达奇丝起身冲了过去,眼睛一直盯着那个欺负罗宾的男孩子。她看到其他女生在笑,她们三五成群,捻着头发窃窃私语,她感觉和谁都不是同类。达奇丝跃过栅栏。校园里没有老师,餐厅里的老师似乎也没人注意外面。她扶起罗宾,拍拍他短裤上的尘土,替他擦干净眼泪。

"没事吧?"她问。

"我想回家。"罗宾抽泣着回答。

她抱住弟弟,直到他恢复平静。"我们会回去的,我保证。我已经想好了,等上完学我就找个工作,找个地方,然后我们就可以回家了,明白吗?"

"我是说回外公的家。"

罗宾的朋友就站在旁边,一个男孩一个女孩。那个女孩扎着小辫子,穿着粗布裤子,裤兜的位置绣了朵花。她走过来拍拍罗宾的背。

"别理泰勒,他见谁都欺负。"

"对。"男孩附和道。

"要不要继续做热狗?"

罗宾立刻转忧为喜,达奇丝微笑着松开他,看着他和伙伴重新开始玩土,好像刚刚的不愉快已经被抛到九霄云外。

达奇丝扭头看见了泰勒,拿起根棍子便向他走去。

"小子。"

泰勒转过身,一副吊儿郎当的样子。"干什么?"

达奇丝蹲在高低不平的地上,背对太阳,一把抓住泰勒的衬衣领子,把他拉到自己面前。

"'你再敢碰我弟弟一根手指头,我就把你的脑袋拧下来。你他妈的。'这是你说的吧?"杜克校长双手合十,一脸忧虑。

达奇丝坐直身体。"我从没说'你他妈的'。"

哈尔微微一笑。"哦,这还好。你说的什么?"

"我说的是'你这个狗娘养的'。"

杜克校长不由得蹙眉,好像这话骂的是他。"这样的话就麻烦了。"

达奇丝能闻到他呼吸中的咖啡味儿。他的涤纶领带上喷了大量的古龙水,以掩盖他浓烈的体臭。

"我看不出有什么过分的。"哈尔双手通红,皮肤皲裂。他身上散发着土地的清香,那是野外和森林的气息。拉德利家的土地。

"我是说她威胁人的方式。谁会说把人脑袋拧下来啊?"

"这孩子是个法外狂徒。"

达奇丝差点笑出来。

"我觉得您还没有完全明白这件事的严重性。"校长说。

哈尔站起身。"我这就带她走,今天的课先到此为止吧。我会和她谈谈,这种事不会有下次了,对不对?"他看着达奇丝。

也许她也不想看到这样的结果,可有时候她也身不由己。想想罗宾,他都已经交到新朋友了。

"要是他再敢欺负罗宾,我不敢保证——"

哈尔大声清了清嗓子。

"我不会再说那种话了。"达奇丝选择低头。

杜克校长似乎还有话说,但他只是默默地看着达奇丝站起身,跟着哈尔走出了办公室。

开车离开学校,两人都不说话。达奇丝坐在前排,在本该左转的路口,哈尔却拐向了东边。公路无限伸展着,太阳藏起来了,在幕后给云层镶了银边儿。他们经过一个奶牛场,见到一些刷成薄荷色的铁皮谷仓。随后他们驶入一座小镇,其规模甚为迷你,不过是一条主街交叉着数量不明的小街道,若从天上俯视会感觉像鱼骨。走过几段偏僻的路,他们便看到一片像摩天楼一样高耸入云的大松树。林边的小河发出云母一样的光芒,潺潺流向峡谷。

远处的高山赫然耸现，山顶上覆盖着皑皑白雪，公路盘旋而上。他们向山上开去，达奇丝伸长脖子往后看，林木地带很快过去，河水蜿蜒，自寻其路。迎面驶来一辆小卡车，司机牛仔打扮，帽檐儿压得很低。

他们在一处断崖边停下，崖下是山石，靠山一侧是挺拔的松树。

哈尔下车，达奇丝也跟着下车。

哈尔走进树林，达奇丝与他齐头并进。松枝繁茂，彼此交叉，但哈尔却游刃有余地穿梭其中，仿佛他知道每一根树枝的走向。

辽阔的蒙大拿州像一幅画在眼前展开，上千英里的自然风光，有山有水有平原。她闻着醉人的松香，看到上游一英里处有些人穿着防水连靴裤在清澈的溪水中捕鱼。旁边的哈尔点了支烟。

"这些溪流盛产鳟鱼。"他指着风景交叠的地方，那些捕鱼的人就像一块巨大画布上的点点，"五十英里外有处峡谷，特别深，人们说谷底能看到红岩。在这种偏僻的地方不管走哪条路你都很难遇到人。上百万英亩的土地荒无人烟。"

"所以你才跑到这儿来吗？就为了逃避世界？"她踢开一块石头，看着它滚落山崖。

"你要跟我休战吗？"

"你想多了。"

哈尔笑笑。

"你弟弟说你喜欢唱歌。"

"我没什么喜欢的。"

烟灰落在地上。

"本地人说这里是世界的脊梁骨。你恐怕没见过蓝绿色的水吧。这里寒冷异常……冰川融化充塞，下面什么都长不了。不过它常年清澈透明，从不浑浊，也藏不住什么东西。但你不觉得这也正是它的特别之处吗？"

达奇丝不作声。

"还有那水中的倒影，多真实啊，就像整个世界是一片蔚蓝的天空悬在它头上。等罗宾长大一点我会带他出去走走，开车，如果他喜欢钓鱼，就划船。我希望你也去。"

"省省吧。"

"怎么了？"

"将来的事连影儿都没有，说得好像你会一直在这儿，我们也会似的。"她不想吼叫，不想打破这里的静寂。

山坡上长满野果，浆果紫得透亮。哈尔摘下一颗塞进嘴里。

"这是美洲越橘。"他递出一颗说。达奇丝没有接，而是自己去摘了一颗。那果子味道很好，比预想的要甜。她吃了一大把，还给罗宾摘了满满几个口袋。

"熊也喜欢吃这个。"哈尔弯腰采摘时，达奇丝看见他带着枪，正是她开过的那把。

她吸了口气。"你为什么不回去？"

哈尔停下采摘的动作，直起腰，转身面对达奇丝。

"你不回来，是因为你了解我妈妈。你知道她是什么样的人，知道我们过的是什么日子。你知道她连自己都照顾不了。你比我强。你高大威猛，而我们需要——"

她突然止住，手足无措地摆弄着自己的蝴蝶结。她努力保持平稳的声调，因为她不想让哈尔听出她的痛有多深。

"所以当你把这里的美指给我看时，你以为我看到的和你看到的会是一样的东西。可你不知道的是,和我曾经见过的那些东西相比,这里的一切并不会给我带来美的感受。这种紫色,"她冲旁边的越橘挥了下手,"让我想到了她身上的瘀伤。蓝色的水,那是她的眼睛,清澈透明,看不到灵魂。你呼吸的空气,你以为清新醉人,可我每吸一口都像有把刀在往这里刺。"她重重捶打着自己的胸口,"我无依无靠,我会照顾弟弟,你不会管我们,因为你并不是真的关心我们。你想怎么说是你的事,你想怎么做来补偿我那也是你的事。可我只想对你说,去你的吧,哈尔。去他妈的蒙大拿,去他妈的土地,去他妈的牲口……"她的声音颤抖起来,于是她明智地闭上了嘴。

时间被无限地拉伸了,从两人之间迅速席卷松林,横扫天空和浮云,把对未来的憧憬彻底埋葬。他们又变得无足轻重,在一幅美得无止境的背景前显得那么渺小。哈尔拿着烟,但却没抽,拿着浆果却不再往嘴里塞。达奇丝暗暗祈祷,但愿她的话能把哈尔对他们的愿景击个粉碎。

她转过身,紧紧闭上眼睛好止住呼之欲出的泪水。

她是不会哭的。

二十

沃克真切地感受到，随着夏天的悄然离去，黑文角也渐渐失去了她的魅力。

这一切似乎都是从斯塔尔遇害的那天开始的。当新闻记者堵住了常春藤路，警察用警戒条封锁了拉德利的家，那时沃克就感觉到了，街上冷清了，天空暗淡了。妈妈们把孩子赶回了家，关上大门，曾经的熙攘和热情不复存在。他独自承受着这一切。在人们眼中，他这个警察是凶手的朋友。他利用每一个懒洋洋的夏日傍晚走遍了黑文角的每一条街，从盖伦区的高墙大院到郊区低矮的简易房。他挨家挨户地敲门，毕恭毕敬地和人打招呼，虽然有胡子但修剪得颇为整齐，尽管浑身上下都透着绝望，但却依然保持着不自然的微笑。他认真询问，仔细探查，旁敲侧击，把人们的记忆引向他们从未到过的地方。可惜那天晚上谁也没有看到任何异常的人，或异常的车辆。

他调看了主街上每一家店铺的监控录像，由于监控画质太烂，他没办法快进，只能按照实际时间一分一秒地看。十个小时，从日落到日出，看完的时候他的眼珠子都快掉出来了。

他去看了达克，问讯是不可能的，那会惊动达克的律师，惊动了律师就等于惊动了博伊德和州警。他打过几个电话，从萨特勒县的一个警察那里探过口风，还跑了不少远路，只为能找到一点蛛丝马迹。可结果一无所获。

玛莎到现在还没同意正式担任文森特的代理律师，不过沃克经常在晚上给她打电话，把自己的调查进展向她通报，虽然大多数时候毫无进展。一个星期天的上午，他开车带她去了费尔蒙特县监狱，两人和文森特相对而坐，一起回忆往日时光。当话题转到辩护方面时，文森特直接叫了守卫。

上百英里的回程路上，两人一直沉默不语。到了玛莎家，她邀请沃克进去坐坐。他们在门廊下喝起了啤酒。玛莎做了点吃的，一种辣得要命的炖菜，沃克吃得满脸通红，直吸凉气。玛莎笑得前仰后合，沃克干脆把舌头伸进了啤酒里。

他们聊了会儿往事，玛莎说起自己的创业经历。比特沃特这个地方，平均收入很低，犯罪率却很高。但谈起自己的职业，她的自豪之情溢于言表，沃克由衷地为她感到高兴。她拿出一堆照片让他看，那些都是在她的努力下破镜重圆的家庭；还有许多孩子给她写信，感谢她把他们从暴戾的监护人手中拯救出来。

至于他们从什么时候开始渐行渐远，还是不谈为好。他们避开了宗教的话题。沃克不清楚玛莎目前的思想状态，毕竟分开这么些年他们都经历了许多事情。他没有问及她的父母，以及他们的信仰。没关系，他们有正事儿要做，这一点沃克时刻铭记在心，即便在他俯身亲吻玛莎的脸颊，或玛莎用腿触碰他的腿时也没有忘记。玛莎偶尔也会注意到他颤抖的双手，还有他在想事情的时候头会不由自主地摇晃，可她表现得像是早就知道了一样。好在沃克始终保持头脑清醒，在两人之间的气氛改变之前，他对玛莎道了声晚安,开车返回了黑文角。那是他的小镇,他的地盘。

黄昏时分,他漫步来到常春藤路。这是案子的核心区域。

布兰登开了门,他光着膀子,只穿了条运动裤。他身后的墙上挂着他的橄榄球衣,旁边有张台球桌、一台游戏机,没什么稀奇的,只能证明一个单身汉辛苦了十年之后终于找到了对自己好的方式。

"又是对面那个家伙吗?"布兰登朝米尔顿家瞪了一眼,"你知道我在我家院子里发现了什么吗,沃克?他妈的,一个头。"

"头?"

"妈的,大概是羊头或鹿头之类的。里面掏空了,像在故意警告我。"

"我会找他了解一下情况,可我也得说你,布兰登。你那辆车发动的声音在我家都能听到。"沃克发现这家伙站的时候踮着脚,好像嫌自己不够高似的。

"实话告诉你,"布兰登说,"没了斯塔尔天天半夜回家,我们这条街安静多了。我没别的意思,可米尔顿也许能睡安稳些,毕竟他用不着每天都等她了。"

"此话怎讲?"

布兰登靠在门框上。他胸前有处文身,某种老套的日本符号。"有时候我回来得很晚,还能发现他在窗口鬼鬼祟祟地偷看。"

"他喜欢观星。"

布兰登大笑道:"是啊,观星。你自己问问他,沃克。"

"他说你在他的院子里撒尿。"

"放屁。"

"随便了,反正这事儿我也懒得管,我只是不希望你们两个对我有误会。"

"你看起来好憔悴啊,沃克。你平时不注意皮肤保湿吗?"

"听着,布兰登,我会再去找米尔顿谈谈,可有些事你们能不能各让一步?我有很多事情要忙,实在没工夫专门跑来听你们啰唆。"

"伙计,你该锻炼身体了。释放点压力。改天到家里来呗,咱们一块儿练练。我有法子……"

沃克没听他絮叨,转身朝街对面走去。他敲了敲门。

"沃克。"米尔顿笑得满脸桃花开,让沃克不由得为他难过起来。

"我能进去吗?"

"进我家?"

沃克忍住了一声叹息。

"哦,好啊,没问题。"米尔顿闪开一条道,沃克径直走了进去。

"要不要吃点啥?"

"不用了,谢谢。"

"你在减肥吗,沃克?你好像瘦了。来瓶啤酒吧?"

"好,米尔顿。"

米尔顿近乎妩媚地笑了笑,随即消失在厨房里。沃克自己来到客厅。米尔顿的家里到处堆满了东西,这家伙简直是个收集狂,他甚至连过期的电视指南都留着呢。沃克跨过一堆印着州名的杯垫,他知道这些州米尔顿一个都没去过,但这不妨碍他把它们买回来。米尔顿靠收藏这些乱七八糟的东西来填充自己的生活,有些是旅行时买的,有些是朋友送的。他的电视机上有个相框,照片里是一头黑尾鹿,从眼睛看应该是死的。

"那是在科特雷尔打的,漂亮吧?"

"嗯，漂亮。"

"不好意思啊，家里没啤酒了，只有咖啡甜酒，可我找不到生产日期，说不定已经在家里放了一阵子了。不过酒是不会变质的，对吧，沃克？"

沃克接过杯子，放下来，随后给自己腾出一块儿坐的地方，同时又示意米尔顿也坐下。

"我想和你聊聊那天晚上的事。"

米尔顿换了个姿势，他想跷二郎腿，可是没跷成。沃克抿了一口甜酒，憋了半天气才忍住没吐。

"我听说你最近又在镇上走访，问那天晚上的事，可我已经把我知道的全都告诉那些真警察了呀。"

真警察？沃克听着来气，但他相信米尔顿有口无心。"你说你听到过打斗的声音。"

"是。"

"你还说在斯塔尔遇害前几天的一个晚上，你曾看见文森特和达克进过她的家。"

听到斯塔尔的名字，他的身体明显哆嗦了一下。斯塔尔说过，她偶尔忘记倒垃圾时，米尔顿会代劳。虽然是些小事情，可对斯塔尔来说这样的帮助却是非常必要的。

"他们为什么起冲突？"

"我估计是文森特·金吃醋了。以前的事儿我还记得，沃克。上学的时候，他们俩那么如胶似漆，感觉都到了非她不娶非他不嫁的地步。我想文森特心里面是这么想的，他的未来就建立在过去那些往事的基础上。"

沃克扫了一眼屋里。墙上镶了木板，脚下是长绒地毯。壁炉前摆着卵石,看着就像二十世纪七十年代的郊区房。空气中弥漫着清新剂的味道,到处都是瓶瓶罐罐,地上还看得见血。

米尔顿清了下嗓子。"明知道是错的事情就不能做。你不能选择性地看过去的事,故意忽视不好的,突出好的。你明白吗?"

"你给我们打过很多次电话,几乎每次斯塔尔家里有男人光顾的时候你都会打,即便是达克。有没有?你说你很担心。"

米尔顿咬着下嘴唇。"这是邻里守望的一部分。可能有些时候是我误会了。达克人不错。只是因为他长得比较凶恶,才招来人们的闲话。我知道,我很理解他的感受。你以为我不知道小孩子都在背后怎么说我吗?屠夫,野人,刽子手,肉贩子。你说可笑不可笑?"

旭日形的时钟响了起来,比标准时间慢了十分钟。米尔顿扭了下头,沃克发现他两边腋下都湿了一大片。

"嘿,沃克,你还想不想去门多西诺了?"

沃克笑着说:"上次确实很过瘾,但和打猎相比,我可能更喜欢钓鱼。你要是邀请我出海,我会非常高兴。"

"那别指望了,我不会游泳。倒是上过几节游泳课,但我管不住自己的嘴,老是张着,净喝水了。我喜欢氯的味道。"

沃克不知道该说什么好。

"没事,我还有其他朋友可以约。"米尔顿一副迫切与人分享的样子,仿佛在等着沃克继续问他。

"是吗?"沃克顺水推舟。

"我和他一块儿打猎。"

"谁啊?"

米尔顿咧嘴笑笑。"达克。他开着他的凯雷德来接我。你见过吧?跟你说哦,这家伙枪法好着呢,他一次就打了两头黑尾鹿。"

"是吗?"

"你对他有误解,沃克,他这人……"

"很不一般?"

"是个很不错的朋友。"他盯着沃克,坚定地说,"他说下次还来,虽然要等到二月,但我觉得他真会来的。"

沃克隐约感觉这里面有事儿,可他脑子不太够用,想不出究竟哪里能和违法搭上关系。

"春天的时候我邀请过他。打猎一周。我还给他带了面纱、鞋罩和蜡之类的。"

沃克扫了眼旁边的架子,上面堆了好多书,大部分都是打猎方面的。"你不了解他,米尔顿,得多留个心眼儿。"

"你也该留心你自己了,沃克,看你的样子病恹恹的。"

"另外我告诉你,我和布兰登又谈了一次。利亚说你又往警局打电话了。"

米尔顿听了一愣。"哦,没用。他那么干是因为他知道我要早起。昨天晚上我趴窗户上看了眼,他又在那儿试发动机。看见我他还笑呢。我不是小孩子,沃克。这也不是在学校。你知道他以前总欺负我,把我的头往马桶里按。我其实没必要忍。我应该——"

"往他的院子里丢羊头?"

米尔顿一下子瞪大了眼睛,浑身的汗毛几乎都竖了起来。"这事儿我可不知情。"

"你说他在你的院子里撒尿。"

"对。"

"你怎么知道是他?"

"抓了个现行啊。我拉开百叶窗就看见他了。"

"我的天。"

"所以我就立刻报警了,代码 10-98。"

"那是越狱代码。"

"你知道他有艘船吧,挺漂亮,一直停在哈伯湾。我想将来也许他会卖掉汽车到海上过日子去。"

"他说如果你愿意尝试的话他也愿意。他还说你是个好邻居,他很过意不去。"

"他这么说的?"

沃克知道米尔顿没有起疑。"所以我劝你还是大度一点。"

"这不是我一个人的事儿啊,沃克。"

沃克凝视着他,眼神中充满了恳求。

"也许哪天我会给他送块儿肉。用不着太好的肉,肩胛肉就行,你觉得怎么样?"

"谢谢你了,米尔顿。"

米尔顿随他走向门口。

门廊下,沃克停住脚,望向街对面。

"我挺想她的。"米尔顿说,"真的很抱歉,我……"

"你怎么了?"

"我只是很失落,不习惯没有她。"

"为了她和孩子,我们也要把凶手绳之以法。"

"你已经做到了,沃克。"

米尔顿不敢正视沃克的眼睛,而是茫然望着夜空。他站在门外,双手插兜,感觉自己对不起沃克,对不起他们的小镇,也对不起那曾经泼洒的鲜血。

二十一

他们坐在院子里，沐浴着温暖的圣塔安娜风①。

沃克本来是想睡会儿觉的，尽管天色尚早，可结果他却盯着天花板发起了呆。随后他便听到了敲门声。

"真没想到你居然还在老家住，沃克。这可一点都不酷啊。"玛莎说。

她带了饭，在沃克的破炉子上热了热辣椒。那炉子早就闲置了，沃克一直用它存外卖菜单。

"我得在嘴里打一层蜡才敢吃这个。"

"别担心，沃克。我特意挑了不太辣的，小孩儿都能吃。"

他舔了下叉子，立刻缩回舌头，感觉像舔了口岩浆。

"有那么夸张吗？你这是病哦，得治。"玛莎笑着说，"你吃玉米面包吧，我看这比较适合你。你得照顾好自己，沃克。"

沃克微微一笑。"你有没有想念过黑文角？"

"每天都有。"

"我跟利亚说咱们俩又在一块儿了。"

---

① 美国国家气象局将圣塔安娜风定义为沿加州南部山口吹过的强风，这是一种极为强劲、干燥和炎热的离岸风，是火灾的推手。

"在一块儿？"

"我不是——"

玛莎哈哈大笑，沃克红了脸。

"利亚·泰洛。她老公还是艾德吗？"

"是。"

"哇，她倒挺能忍的。我记得艾德上学时候追过斯塔尔。"

"那时候谁没追过呢？"

"泰洛建筑，我偶尔能看见这个名字。之前我有个客户，她老公被泰洛建筑解雇后就整日酗酒。"

"行情太差。会好起来的。"

"等他们开始那些新的房地产项目后就会好了。"

沃克起身给玛莎加满酒。"我又去找米尔顿了。"

"那个卖肉的？我记得他上学时的样子。他身上还是一股血腥味儿吗？"

"没错。他很肯定地说他听到了争吵，而且他愿意做证，说文森特和达克曾在斯塔尔家外面有过争执，他推断原因应该和斯塔尔有关。"

两人有协议在先，尽管一开始他们的合作并不容易，不过玛莎已经习惯了。沃克负责调查文森特的案子，有任何新的发现他都会第一时间告知玛莎，而后由玛莎抽丝剥茧分析评估，再回过头来告诉沃克他的发现在法庭上有没有价值。不过她说得很清楚，任何情况下她都不会出庭。他们尽最大努力搜集证据，然后把证据转交给某个出庭律师。当然，倘若文森特拒绝聘请别的辩护律师，她也不是不能挺身尝试。

"你还能不能看文件？"

"能啊,反正也没别的事,我又不睡觉。"

他微笑着回答,看着玛莎从侧门出去到车上拿东西。不大一会儿她就拿着公文包回来了。沃克把餐盘收拾干净,好让玛莎把文件摊开在桌上。他们点上了香茅精油,五根蜡烛对抗黑暗的夜空,但这光亮对他们来说已经足够。

最近二十年的纳税申报单、财务报表、公司文件,所有关于迪奇·达克的资料都在这儿了。

"沃克,达克的记录清晰明了,简直无懈可击。他一年的收入大约是二十五万美元,来路很正,挑不出毛病。我是从他在波特兰的拉文纳姆大街买下一套小房子的时候开始查起的。"

"俄勒冈。"沃克仿佛在对自己说。

"我想那里应该是他的老家吧。他把房子装修了一下重新卖出,赚了三万块,这些他都如实申报过。后来他在一个街区之外又如法炮制卖过另一套房子,赚了四万五。这之后就没了。"

"没了?"

"估计是有了其他收入。连续四年没有申报记录。随后他的步子就越来越大,从一个城市到另一个城市,而且基本都是沿着海岸线,反正哪里能挣钱他就去哪里。"

"他一直都搞房地产?"

"大多数时候是。他在尤金有个项目,黄金海滩也有一个。一九九五年夏天他来到黑文角,买下了卡布里洛海滩上的一个老酒吧,而后花了一年时间办执照。"

沃克依然记得酒吧开业的那个夜晚,没什么花里胡哨的仪式,只是在黑夜里亮起灯而已。

"头一年他就赚了五十万。"玛莎抿了一口酒说,"第二年翻了一番。那简直是他的印钞机啊,沃克。这还只是他申报的部分。像那样的地方,消费都用现金对吧?总之,也许他就挣那么多,但他需要的也就那么多。"

"所以他就有资本买文森特的房子。至少有这个可能。"

"不过他也有转账支出,而且数额很大。"

"转给什么人?"

"我估计是和他一起投资的人。不是银行。"

"放高利贷的?"

"有可能。他的信用记录不怎么完整,流动性太强的人很难从正规银行贷到钱。后来他又在命运大道上买了栋房子。"

"迪伊·莱恩住的那栋。"

"还有常春藤路上那栋。"

"拉德利家。"

"都是小户型,用来出租的。他还投资了一个名叫雪松山庄的住宅小区。"

沃克在本地报纸上看到过这个小区的售房广告。

"不好意思,沃克。这些材料并没有任何异常。"

沃克叹了口气。

"他开的那个夜总会,叫八度空间对吧?"玛莎说。

"对。"

"我有个客户是在他那里上班的。这姑娘和她男朋友闹僵了。我记得她好像提到过一次达克。"

"我能找她了解一下吗?"

"也许可以吧,回头我问问。"

"我们得查清那些转账的细节。"

"我只有一个账号,没有其他信息了。"

"也许能派上用场。"

"也许毫无用处。我看过卷宗,你查的那些毫无价值。你需要的是确凿的证据,仅此而已。"

手机响了,他站起身,看到是米尔顿打来的。这家伙说话气喘吁吁,要么是在散步,要么是在烤肉。他在电话里说了一分钟。

玛莎收拾起材料。"出什么事了吗?"

"米尔顿是负责邻里守望的。"

玛莎扬了扬一边儿眉毛。

"埃特退出后,现在就剩他一个人了。他说日落大道上有10-91警情。我最好过去看看。"

"10-91?"

沃克叹了口气,解释说:"不知道谁家的马迷路了。"

他不紧不慢地开车前往日落大道,甚至还等了几个红灯。

文森特的房子外面停了一辆轿车,看不出任何特征,所以沃克怀疑是警方的车。

他把警车停在那辆轿车后面,闪了一下车灯,随后才下车走到那辆车的车窗前。

车里坐了两个人,谁也没有动手开窗的意思。沃克扫了一眼空荡荡的大街,空荡荡的停车场,整个黑文角都沐浴在如水般的月光下。这样的环境里,一辆陌生的轿车显得十分突兀。他轻轻敲了敲窗玻璃。司机缓缓扭过头,此人看上去五十岁左右,一头乌黑的头发,样子十分英俊帅气。

"有什么需要帮忙的吗?"沃克微笑着问。

司机看了看身边的朋友,那人年龄稍大,估计有六十五岁,留着胡子,戴着眼镜。"我们违法了吗?"

"没有。"

"那就请你滚开。"

沃克咽了口唾沫,克制着上升的火气和肾上腺素。"如果我不呢?"

对方嘴角不易察觉地动了动,像是微笑,但更像是提醒沃克识相一点,免得自找麻烦。

"我们在等理查德·达克。"

"达克不住这里。"沃克丝毫没有退让的意思,摆明了要管一管闲事。

"那你知道我们去哪儿能找到他吗?"

沃克想到达克的大额转账,想到他最有可能合作的会是哪种人。他说:"我不知道他住哪儿。"

"如果你见到他,告诉他我们是不会罢休的。"年纪较大的那个人说,他看都没看沃克。

司机发动了车子。

"现在我请你们下车。"

司机抬头看了看沃克,又回头看了看后面文森特家的房子。"达克很擅长玩儿手段,但手段总有玩儿砸的时候。"

"我说请你们——"

司机突然关上窗户,方向盘一扭便把车开到了街上。

沃克考虑过要不要追上去,并用无线电通知局里,但他只是站在那里,手按在枪上,无动于衷地看着那辆车在日落大道上越开越远。

打开大门，达奇丝拉着罗宾的手，一起走向那两匹正在并肩吃草的马。

"你能跟我们一块儿吃一顿饭吗？"

达奇丝轻轻地给黑马戴上笼嘴，用手背拍了拍马鼻子。"不能。"

接着她又给小灰马戴笼嘴。她想摸摸灰马，可灰马却把脸扭向了一边。达奇丝喜欢这匹马。

她在笼嘴上系好绳子，牵着两匹马不紧不慢地走回去。罗宾远远地跟在后面，最后几步他跑过去按照姐姐曾经示范的样子关上了大门。

安排妥当，达奇丝和两匹马道了晚安，而后在水塘边的一片草丛里找到了罗宾。他知道不能靠水太近，尽管他会游泳。差不多有一年的时间，达奇丝每周六都带他转三次公共汽车到奥克蒙特，因为那里免费教小孩子游泳。

达奇丝走近时，罗宾却往更远处挪了挪。

"你还在生我的气啊？"

"是。"罗宾攥着的拳头放在大腿上，他穿的是短裤，露出细细的双腿，膝盖上还有擦破的痕迹，"你不该对泰勒说那些话。"

"可他也不该推你。"

夜幕猝不及防地降落下来，热气迅速上升，把凉爽留给大地。

"就这样吧。"

"不能就这样。"罗宾用拳头击打着小草，"我喜欢这里，喜欢外公，也喜欢农场上的牲畜。我喜欢蔡尔德老师和这个新学校，我不需要……"

"不需要什么？"虽然说得不动声色，但她有不怒自威的本事。若在一个月前，罗宾一定会乖乖闭嘴。

"不需要你。我有外公，他是大人，他能照顾我们，我不需要你给我准备饭。"

罗宾小声哭了起来。他缩成一团，下巴抵着胸口，两条胳膊紧紧抱着膝盖。达奇丝深知记忆和经历对一个人的影响，她什么都不求，只求罗宾健康。他每周都去看心理医生，只是和医生的聊天内容已经不再告诉达奇丝。他说没必要告诉任何人，这是隐私。

"我知道你把自己当成法外狂徒，可我不是。我只想做个普普通通的小孩子。"

达奇丝凑过去，牛仔裤坐在了泥土上。"记住，你是个小王子。这是妈妈说的，而且她说得没错。"

"让我一个人待会儿吧。"

她想去摸弟弟的头发，可他躲开了，随即爬起来向老屋跑去。这一刻，达奇丝以为自己也会哭。让这几个月乃至最近几年的经历把她拽入泥土中腐烂吧，让她的肉从骨骼上分离，让她的血汇入水流。

她听到皮卡车的轰隆声，心里猛然一紧，但她立刻看到来的人是多莉。多莉下了车，但却让远光灯开着，照在水面上。

"介意我坐一会儿吗？"多莉不时会来家里串门儿。她穿着奶油色连衣裙，红底高跟鞋。她这样的女人是从来不会穿工作服的。

"上星期我在教堂没看到你。"达奇丝说。

"比尔病了。"她的手举在一边，手里的烟头发出微弱的火光。

"哦。"

"他的病有些日子了。时好时坏。"

"这样啊。"

"我错过了欣赏你的新裙子的机会。"

达奇丝给自己剪了一件露脐装。

"无聊的时候你可以去找我哦,如果你想找个人聊聊天什么的。我没有兄弟姐妹,没有妈妈,从小都是靠自己。"

"可你过得很好啊。"

"那是因为我善于面对,达奇丝。我是自己人生的主宰者。不管怎样,要是你想找我,哈尔知道该去哪儿。"

"我和哈尔不说话。"

"这是为什么呀?"

"要是他能去看看我们……我是说,要是我妈妈……"

水面轻轻晃动。"他去过。"

达奇丝惊愕地扭过头。

"去黑文角,"多莉压低声音,仿佛说这些话是背叛了某个人,"我只是觉得,应该让你知道。"

"什么时候?"

"每年。都是同一天。六月二号。"

"我的生日。"

多莉微微一笑。"他每次都会带个礼物。以前他还经常让我帮忙挑选呢,因为他不确定你会喜欢什么。后来有了罗宾,他就一年去两次。你要知道他这个人从来都有干不完的活儿啊。"

达奇丝扭头望着破旧的农舍。"他怎么知道的呢?我妈妈说她从来没有理过他。"

"哦,她是没有。你妈妈是个犟脾气。告诉他的另有其人。"

"别说了。"

"他现在还有个联系人呢，时不时会给他打电话，那人是个警察。"

达奇丝闭上了眼睛。

沃克。

"我从没收到过他的礼物。"

"哦，我知道，每次他都原封不动地带回来了。可这对他没影响，他依然每年都要去。只是没有你妈妈的同意他不会见你罢了。"

"我妈妈把一切都怪到他头上。"

多莉把一只手搭在达奇丝的肩膀上。

达奇丝知道一点外婆的事，那是一个富于自由精神的女性，所以达奇丝的名字中间才会有个"戴伊"。当时斯塔尔才十七岁，正准备考大学。有一天她提前回家，结果看到一张纸条：

我爱你。对不起。叫你爸爸。别进厨房。

可斯塔尔从来就不是一个听话的孩子。

多莉站起身。"我给罗宾带了糕点呢。脏脏包①。不过一看不是真的泥，他应该会失望吧。"

达奇丝随她来到皮卡车前，接过了馅儿饼。

"你外公老了。"

"我知道。"

"你犯过错吗，达奇丝？"

达奇丝想到了黑文角，想到自己纵火、打架，还划了布兰登的野马跑车。"没有。"她说。

---

① 原文为"Two-mile-high mud"，一种巧克力糕点。

这时多莉突然拉住她，随后又将她一把抱住。达奇丝闻到了甜甜的香水味，她想挣脱，但多莉抱得很紧。"别迷失了自我，达奇丝。"

她看着远去的皮卡车，直至它消失在夜色之中。

第一滴雨水落在她的肩膀上。

雨丝毫没有等人的意思，眨眼工夫便倾盆而下。地上的泥土被溅起老高，溅到她的腿上。她站在原地，仰头望着天。这点雨水显然还无法净化她。

回到家时，哈尔手拿毛巾站在门廊下。她任由他把毛巾裹在她身上，坐下，随后接过他递来的热可可。氤氲的蒸汽融化了她的抵触。雨声在耳边响成一片，淹没了她心里那头高傲的野兽。

"罗宾睡了。他的话是有口无心。"哈尔在长凳的另一头坐下。

"不，那是他的真心话。"

"我看你一直待在田野里。无垠的天空很美，即便下雨的时候也很美。"

"多莉送了个馅儿饼。"达奇丝用脚把碟子推给哈尔。

屋里电话响了，这倒不多见。她看着哈尔进去，听他说了几句让人摸不着头脑的话。

"谁打的？"

"沃克。"

"他提到达克了吗？"

"他只是确认一下这边的情况。"

"达克要来了。"

"没人这么说。"

"你不懂。"

"那你告诉我。"

"他说过会来找我。"

"找你干什么？"

她不说话了。

他们坐在门廊下，喝着热饮，呼吸着充满泥土味儿的雨气。

"我在这里经常做梦，我不想做梦。"

哈尔转过身。

"而且我的梦都很扯淡。"

哈尔没有在意她的脏话。"不妨跟我说说。"

"不。"

"那就告诉小灰马吧，它能听见。说吧，达奇丝，说出来会好受些。"

"好受些。"她怀疑地轻声重复着。

哈尔面朝大雨闭上眼睛。这一刻，达奇丝仿佛第一次真正认识了哈尔，一个为曾经的过错付出极大代价的人，一个渴望上天能给他第二次机会的人，一个一心盼着赎罪的人。

"我梦见自己飞升到了农舍的上方，看到了屋顶的石板瓦和周围绿色的田野。排水沟里的落叶提醒我时间是秋天。不管死了什么人，都挡不住四季变换。我升到了高高的天空中，像上帝一样将蒙大拿州尽收眼底。田野里阡陌纵横，像大地上的一块块补丁，拖拉机小得像蚂蚁。人们上蹿下跳，像溺水一样。"达奇丝把梦里的场景娓娓道来。

"大海无边无际，但我却能看到它的尽头。我看到了地球，曲面的另一边代表着明天，可它始终没转过来。我看到天空堆满了云，太阳在沙漠里落下，又在一片金属的东西上升起。很快我就变成了黑暗、星星,和它们的月亮。世界变得渺小不已,我伸出一根手指头就把它藏了起来。我是连我自己都不相信的神。我已经强大到可以打败一切坏人。"

她极力忍着,她是不会哭的。

哈尔专注地盯着她。"如果他敢来,我去对付他。"

"为什么?"

"我要保护你和罗宾啊。"

"我可以保护我们。"

"你还是个孩子。"

"我不是孩子,我是法外狂徒。"

他伸出胳膊搂住了她。达奇丝融化在这团温暖中,尽管她仍在心里责备着自己的懦弱。

二十二

公寓在一家廉价品店上面，有一个飘窗，但已经用木板封住。其他窗户脏得几乎不透光。门旁边是个通风口，从里面冒出浓浓的中餐味儿，虽然现在离饭点儿还早。

那姑娘名叫胡丽叶塔·富恩特斯，在好几家夜总会里跳舞。玛莎给她发过好几条信息，都没有回音，不得已她只好把姑娘的地址给了沃克。今天来这里并非沃克的意思，他没那么着急，但玛莎知道胡丽叶塔和前男友之间有矛盾，所以担心她。

沃克发现单元门开着，便踏上狭窄的楼梯。他不经意抬头看了一眼，发现斑驳的天花板上长满了霉菌，且大有向下蔓延之势。

他敲了敲公寓门，等了一会儿，又用拳头砸了几下。

胡丽叶塔个头不高，黑头发，屁股挺大，总的来说是个美女。沃克不由自主后退了一步。

胡丽叶塔气呼呼地瞪着沃克，他亮了亮警徽，结果她瞪得更厉害了。

"我儿子正在屋里睡觉。"

"不好意思，我是从玛莎·梅那里拿到你的地址的。"

胡丽叶塔这才稍微放心了些，她移步来到狭窄的走廊，随手拉上了房门。

她离沃克很近,沃克无路可退,只好下了一级楼梯,结果却发现自己的视线正好与胡丽叶塔的胸部持平。他用咳嗽掩饰自己的窘迫,看到她又拿眼睛瞪自己,脸唰的一下就红了。

"有什么事儿,赶紧说吧。"

"你在八度空间上班。"

"跳脱衣舞犯法吗?"

沃克很想解开领口的扣子,他憋得慌,血都聚在脸上下不来。"我只想问你几个和迪奇·达克有关的问题。"

瞪视的目光依然没变。

沃克清了清嗓子。"玛莎说你和一个男的有点纠葛,是孩子的……爸爸吗?"

"警官先生,我并不是那种水性杨花的女人,不是所有跳脱衣舞的女人都是鸡。"

沃克朝四下瞟了几眼,这会儿他真希望能来个后援。"对不起,我……我只想问问迪奇·达克的事儿。"

"不是他。"

"什么?"

"不管你怀疑他干了什么,他都没干。"

"这算是你们的行规吗?"

她紧了紧长袍,把门打开一条缝,竖起耳朵听了听。"我儿子喜欢熬夜,整晚不睡。"

"有其母必有其子嘛。"

她脸上第一次露出微笑的征兆。"我实话跟你说吧,大部分人都习惯以貌取人,看见达克那样子就觉得他不是好人。别误会,并不是我跟他怎么着了,我们相处过。有一次一个家伙想抓我,达克掐着他的脖子就把他提起来了,双脚离地哦,就像电影里那样。"

"但他并不暴力,对吧?"

胡丽叶塔在沃克胳膊上捶了一拳,力道还挺大。"你这就是典型的混蛋警察逻辑。"

"那我应该怎么想?"

她想了想,随后说道:"或许更像一个保护自己女儿的父亲。"

"达克在你眼里是这种形象?"

胡丽叶塔仿佛真的在跟一个混蛋警察打交道一样叹了口气。"我们表演的时候他根本不看。他从来不看,也不泡我们,更不会让我们给他提供服务,哪怕用嘴。你觉得这样的人多吗?不管我们谁遇到麻烦,或手头紧了,他都会帮我们。不信你去八度空间随便找个姑娘问问,你绝对不会听到有人说他一句坏话。"

"这个跟你有纠葛的家伙,也就是你儿子他爸,也是达克帮你摆平的吗?"

她没有回答,但她的眼睛已经给出了沃克想要的答案。

"有没有别的能告诉我的?他很可能遇到麻烦了。"

"什么麻烦?"

"有人在找他,两个男的,一个留着胡子,戴着眼镜。"

沃克从胡丽叶塔的表情判断她认识这两个人。

"我只想弄清楚是怎么回事,如果你知道什么,请务必告诉我。"

"我认识那些人,他们每月都来,每次都是第二个星期五,离开的时候会带走一个厚厚的信封。这没什么奇怪的,我干过的夜总会都会有这类人上门收钱。"

"他每次都给?"

胡丽叶塔笑了笑。"不给能行吗？要么你主动给，要么他们让你主动给。没别的选择。达克很清楚。"

"那他们现在找他……"

"八度空间被火烧了，可你觉得这些人会管那么多吗？他们才不在乎呢，他们只管收钱。"

"我觉得达克可能没钱给他们了。"

胡丽叶塔露出关切的表情。"他该跑路。"

"我相信达克会摆平的。"

"你不了解达克，这背后……"

"告诉我。"

"夜总会里有个脱衣舞娘，叫安布尔，以前做过妓女。她以为达克很有钱，就故意勾引他，结果达克对她说他没兴趣。"

"他有没有说为什么？"

"他说他对她没有那方面的想法，还说他有女朋友，就这些。但我们谁也没见过他说的这个女朋友。"

"这么说他确实在和某个女人交往？还有别的吗？即便你认为无关紧要的东西？"

"天啊，你们这些警察真会得寸进尺。"

"拜托了，这很重要。想起什么都行。"

"你是一门心思抓他的把柄，可我只能告诉你，他很照顾我们，我和另外一个姑娘。我们是他最关照的人。"

"为什么？"

"因为我们有孩子。他是个很体贴的人，甚至可以说很温柔。有天夜里我没去上班，他就找到这儿来了。他看见我，看见那天晚上我的脸，他很担心。"

"那另外一个姑娘？"

"她叫莱拉。他对她也一样好。他甚至还带她和她的孩子出去玩，去六旗游乐园。我都有点嫉妒了。他为人很正派。"

"我能找莱拉谈谈吗？"

"她走了，好像去了西部，带着她女儿。"

"哦，她有个女儿。"

"对，以前她储物柜上总贴着一张她女儿的照片，长得很漂亮。"

沃克听到屋里有声音，是胡丽叶塔的儿子在叫。

"还有别的事儿吗？"她问。

"没了。"

"祝你好运，警官大人。"

去达克家要一小时。路上，沃克给玛莎打了个电话。胡丽叶塔的前男友名叫麦克斯·科蒂奈兹，两个月前他在比特沃特的一家酒吧外面被人打了个半死。沃克让玛莎查一查相关记录。

那一次，麦克斯不知道被人踹了多少脚，而且对方穿着大头皮靴，结果他嘴里的牙掉得只剩一颗。像麦克斯这种混混，比特沃特警察局根本就懒得管。沃克直接给他打了个电话，好不容易接通之后，他开口就让沃克滚蛋。

沃克看着后视镜中的自己，胡子有些长了，脸也消瘦了许多，真是一天不如一天。时至今日，不仅仅是身体背叛了他，更令他痛心的是，他一辈子恪守的各种原则如今正被他一条条打破，关键是他对此并未产生丝毫质疑。完了，这会把他引向歧途的。

雪松山庄是一处尚未完全竣工的住宅小区，占地面积很广，看起来宏伟壮观,却给人一种没有灵魂的感觉。大门警卫室的砖墙极为崭新,就连周围的林地都透着一股人工的味道。达克在这儿投了不少钱。

沃克在栅栏前停下,一名男子走出警卫室。此人胡子拉碴,穿着时髦的马球衫,身上一股烟味儿。两只眼睛迷迷瞪瞪,好像没睡醒的样子。

"早啊,警官。"

"我来找迪奇·达克。"

男子抬头看了看天,挠挠胡子,又敲了敲一侧脑瓜,仿佛答案在里面等着。"他好像还没回家,我没看见他。"

"他在等我。"

男子随即去打电话,一分钟后,他出来说:"没人接。"

"我直接去敲门好了。"

那人又挠挠胡子。

见男子正斟酌,沃克一只胳膊搭在车窗上,问道:"你叫什么?"

"摩西斯·杜比斯。"

沃克的脸不易察觉地颤了下。

旁边有个喷泉池子,里面没有水,绿油油地长满了草,很多地方的瓷砖早已不知去向。

"要不这样吧,摩西斯,就说是我逼你的。我蛮不讲理,还威胁要去敲邻居们的门。"

"呃,说实在的,现在小区里并没有多少住户。"

"哪一户是?"

摩西斯抬手一指。"达克……达克先生目前住在样板房里。你把车停在车道上就可以了。"

进大门只有一条路，弯弯曲曲地串起十几栋住宅。有几栋已经完工，但大部分都围着封板，搭着脚手架，要么就是墙壁粉刷了一半，房前堆着粗石砾。样板房坐落在林地旁边，造型很漂亮，白色的灰泥，气派的柱子，可以上下拉动的框格窗。沃克讨厌这里，讨厌这里荒凉的氛围。他想到了黑文角，想到有不少人想把黑文角变成这里的样子。那么多人在岸边买地，期待着哪一天能够拿到建房许可。他可能无力阻挡这波房地产大潮，但他希望这波大潮能在他死后才涌到黑文角。

走近才发现样板房并没有想象中那么新。墙上有道很宽的裂缝，截断了排水系统，排水管摇摇欲坠地挂在屋檐上。草坪上的草长势茂盛，但其间也生了不少杂草。

门挺大，沃克找了半天没找到门铃，只好像电视里的警察那样用拳头砸门。重重地砸了几下，声音足以表达他的急切。随后他静静地站在那里等待，可除了几只受惊的鸟儿冲他叫了几声，屋里毫无动静。

他沿着房子前脸儿走了一趟，百叶窗都是拉着的，连个可以偷窥的缝隙都没有。房子一侧另有道门，又黑又沉的铁门。他试了试，门没锁。

房子后面有泳池，有烧烤区，椅子旁边还有电视屏幕。沃克驻足片刻，忽然看到屋后门开着。

"达克。"他喊道。

他走进屋里，禁不住心跳加速。他想拔枪，可手却不听使唤。对于目前的身体状况他很无语。

头顶的吊扇慢悠悠地转着，屋里倒也整洁干净。打开一个橱柜，里面全是罐装食品，标签一律朝外，整整齐齐，对强迫症非常友善。

沃克继续朝里走,他身上开始冒汗了。经过餐厅,一个办公间,随后是客厅。电视机开着,但处于静音状态,ESPN[①]频道,主持人卡尔·拉维奇正坐在占据了一面墙的书架前聊棒球。

样板房的装修果然不同凡响,每一样家具都是精挑细选的,每一处陈设都是精心设计的。桌上的碗里放着塑料水果,边几上摆着塑料花,相框里是和和美美的一家人,脸上全都挂着塑料般的笑容。

他想象着达克一个人住在这里是多么格格不入,且行动举止都要小心翼翼,生怕弄乱了这里的布置。

屋里的楼梯为木结构,铺着厚厚的奶油色地毯。沃克上楼时经过一面镜子,看到自己的手依然按在枪上,就像一个玩牛仔游戏的孩子,正在追捕持有塑料战斧的文森特。

他首先查看了客房,一共三间,而后才是主卧。所有物件井井有条。

"你在这儿干什么?"

他吓得魂儿都差点没了,陡然转身。

达克站在楼梯口,穿着背心短裤,戴着耳机,目光冷酷。

"我来看看你。"

他依然瞪着沃克,没有别的反应。

"有人在打听你的下落,而且看着不像是你会欢迎的那种人。"

沃克随他下楼,来到一个舒适的小房间。

"你不想把这件事解决掉吗?"沃克说着在一张柔软的真皮沙

[①] ESPN 即娱乐与体育节目电视网,是一家二十四小时专门播放体育节目的美国有线电视联播网,最初也播放娱乐节目,后来全力发展体育节目。

发上坐下。达克依旧站着，两人的反差更加巨大。

"胡丽叶塔·富恩特斯。"沃克只说了这个名字，随后看达克的反应。

达克浑身湿透，汗顺着结实的胳膊和双腿往下淌。

"你还记得胡丽叶塔吗？"

"我记得每一个给我打工的人。"

"那你还记得她的男朋友麦克斯·科蒂奈兹吗？"

沉默。

沃克起身走到窗前。院子很小，但很规整，且做了一定的景观化处理。有树，有绿化带，还有雕像——看着像是用一根木头雕成的。"你对麦克斯所做的事情，我不反对。他和胡丽叶塔一强一弱，你算是打抱不平。"

达克就那么盯着沃克，但他眼神之中不经意间流露出新的东西。像是忧伤，又或者遗憾。

"你那么做很仗义，说明你是个有正义感的人。"

"胡丽叶塔比其他人为我挣得多。"

得，这么一说就好理解了。他在保护自己的财产。迪奇·达克，他的唯一目的只有钱。

沃克口干舌燥，他决定更进一步。"可你失手了，把他打得太狠，闹不好就会出人命的。斯塔尔是不是就是这种情况？"

达克脸上的失望之情再明显不过。"我想这个问题你应该问错人了吧？"

沃克走近几步，他浑身的血又开始沸腾起来。"我不觉得。"

"你从来不敢真正面对文森特·金，你一直还把他当成曾经的那个孩子。"

沃克又逼近一步。

达克挺直身体。"你太不自量力,我看你还有点迷失自我。我知道这种感觉是什么滋味。"

"什么滋味?"

"有时候我们只想安安生生走自己的路,可有些人非要挡在你前面。"

"斯塔尔怎么挡你的路了?"

"她女儿还好吗?你转告她,我挺想她的。"

沃克听了气得直咬牙。换作别日,他可能已经拉开架势准备和这个大块头干一架了。可他的呼吸越来越重,甚至有些头晕目眩。"我该走了。"

他从小房间里出来又走进厨房,达克在后面跟着。

血一阵阵地往头上涌,沃克不得不放慢脚步,伸手扶住东西才能防止摔倒。这该死的病,还有吃的那些药,让他的身体越来越虚弱了。

走到临街门时他才注意到墙角的一个小箱子。"达克,你要去旅游吗?"

"出差。"

"去什么好地方啊?"沃克转身面对他。

"一个我并不想去的地方。"

对视片刻,沃克转身出了门。爬上巡逻车,驶回黑文角。一直等进了黑文角地界,他才靠边停下车,往蒙大拿州打了个电话。

二十三

雨下了很久很久,达奇丝坐在窗前,望着天空发呆。老哈尔和她一样,但她注意到他时不时看看她,时不时又看看外面的车道,就像在等着什么人。

罗宾得了流感,已经在床上躺了一个星期。达奇丝不时给他端些热汤热水,里里外外地瞎忙活。她心里憋闷,却也是干着急没办法。

第三天夜里罗宾发起了高烧,他躺在床上,头发湿漉漉的,睁着无神的双眼哭喊着要妈妈。他又叫又闹,那声音来自内心深处,是一种达奇丝十分清楚的痛苦。哈尔慌得六神无主,问达奇丝是不是该叫个医生或救护车。达奇丝没有理他,而是找来一条湿毛巾,脱掉罗宾的衣服给他降温。

她坐在床边陪了罗宾一整夜。哈尔也是,他守在门口,一句话不说,就是守着。

第二天早上病情好转,罗宾喝了点汤。哈尔把他从床上抱到门廊下的秋千上,这样他既能欣赏雨景,又能呼吸带有水分的空气。

"我喜欢看大雨落在湖面的样子。"罗宾说。

"嗯。"

"对不起,我之前不该那么说。"

达奇丝转身跪在粗糙的木地板上。由于天天干活,她裤子的膝盖部位已经磨烂了。"无论什么时候你都不用跟我说对不起。"

哈尔有台录像机,他们在慵懒的周日看丽塔·海华丝的电影录像带。达奇丝之前还不知道一个女人可以精致高雅到如此地步。随后她又在阁楼发现一个装满西部片的袋子。于是在罗宾慢慢康复的那些夜晚,她就坐在哈尔身边一部接一部地看,直到罗宾彻底好转。看得多了,她便掉进电影的情节难以自拔。于是她不再是达奇丝,而是电影里的人物,在收割过的麦田里追捕一票墨西哥人。哈尔在门廊下看着直摇头,好像在纳闷儿自己怎么收留了一个傻子。她管哈尔叫图科①,说他是个丑八怪,而她自己是恶人。罗宾当好人,他拍着双手,卷卷的头发上嵌着雨珠,黄色的雨衣上不停滴着水。如此他们就组成了"黄金三镖客"。

白天达奇丝仍经常练枪,现在她隔着一百码的距离也能打中树干中央了。她得意扬扬地宣称自己是圣丹斯小子②。

第一次骑上小灰马时,她感觉自己特别像布奇。这种相似深入骨髓,只不过少了一点异国气质。她的根扎在蒙大拿州的土地上。她用手抚摸小灰马,感受它的热量,轻轻拍打,温柔地对它说自己永远不会踢它。当然,作为回报,希望它不会把背上这个牛仔姑娘摔到泥里去。

哈尔牵着小灰马在牧场上绕圈时,达奇丝紧紧抓着鞍角,不

---

① 图科是电影《黄金三镖客》中的一个人物。
② 圣丹斯小子是电影《虎豹小霸王》中的主要人物,和下文的布奇一样,两个人物是一对搭档,被人称作虎豹小霸王。

时甩一甩头发上的雨水。他们只是慢跑了一小圈，达奇丝已经抑制不住狂喜的笑容了。

又过了一星期，无边无际的阴云终于出现了裂缝。雨势小了，久违的蓝色终于一点一点重现天空。一个月以来，人们第一次见到了阳光。

达奇丝望向外面的田野，看到哈尔站在耙旁，罗宾站在鸡笼子旁，两人都仰着头，笑眯眯地望着天。哈尔举起一只手，罗宾也举起手。达奇丝下了几番决心，也终于冲他们举起手。数学课上她学过，三角形是最稳固的结构。

蒙大拿的季节是渐进式的，秋天的风吹走了树叶上的绿，而它们黄却黄得千奇百怪。

星期六，哈尔开车带他们去冰川国家公园，而后徒步前往流鹰瀑布。这里的山杨林格外引人注目，尤其秋天更是美得令人窒息。他们踩在地毯一样的落叶上，罗宾把叶子拢成一堆一堆，有的几乎能到他肩膀那么高。他把叶片都聚集起来，结果堆成一座比他还要高的小山。哈尔带他们来到一片空地，光秃秃的三角叶杨林像一片会招手的黄铁矿。

"太美了。"哈尔说。

"太美了。"罗宾也忍不住附和道。

达奇丝只是看着不说话。有时候，她也无法确定自己是冷漠还是坚强。

他们在一堆石头前停下，耳畔水声隆隆。他们旁边是一个完美的四口之家。达奇丝不敢看其中的爸爸和妈妈，好像他们犯下了什么罪过。她猜想这对夫妻很快就会离婚，留给两个小天使的童年记忆只会有砰砰的摔门声和愤怒的眼泪。想到这里，达奇丝脸上露出邪恶而满足的微笑。

每周日达奇丝依然会穿着她的裙子去浸礼会谷景教堂。每一次哈尔依旧会皱眉头，其他孩子依旧侧目而视，但那些上了年纪的老人、停下来向她点头的夫妻、体面的寡妇却全都喜欢她。而最喜欢她的还是多莉。大多数周末多莉都会去找她，陪她坐坐。

教堂里光线昏暗，需要有蜡烛或灯笼才能看清。罗宾坐在三个小孩儿对面。那是三兄弟，年龄都比罗宾大，但他们愿意让罗宾跟着。他们的妈妈不时示意他们安静。罗宾充满敬畏地看着那些大孩子，感觉自己和他们毫无可比之处。

"他会来的。"达奇丝说。

"谁？"哈尔问。

"达克。你应该知道他会来的。"

"不会。"

"我是乔赛·韦尔斯①，他是联邦士兵，我的血就是奖金。他会来的。"

"你还是没有告诉我他为什么会来。"

"他认为我冤枉了他。"

"你冤枉他了吗？"

"冤枉了。"

老牧师请教众领圣餐，她看着排起的长队，这都是些渴望洗

---

① 乔赛·韦尔斯是由克林特·伊斯特伍德主演的影片《西部执法者》中的主人公。故事讲述的是在美国内战期间，乔赛·韦尔斯被流寇害得家破人亡，愤而加入南军（邦联）游击队，保护手无寸铁的人。内战结束后，他拒绝向杀害自己家人的北军（联邦）投降，走上了一条逃亡之路。

235

清罪恶的人。为了这个目的,他们不在乎廉价的葡萄酒和那么多人的口水。

"你要不要去排队?"哈尔说,他每周都会问一次。

"你想让我得疱疹吗,哈尔?"

他无奈地把头扭到一边,达奇丝将此视为小小的胜利。罗宾跟着那几个大孩子一起排队。他戴着一条他们在阁楼找到的饰扣式旧领带,和一顶起码大七个号的巴拿马草帽。

几个小子从哈尔和达奇丝跟前经过时,罗宾扭头对他们说:"约翰、拉尔夫和丹尼要去领圣餐,我也想去,可我又不想得疱疹。"

哈尔冲达奇丝直皱眉头。

大家都留下来吃了点心。达奇丝吃了一块儿巧克力和一片柠檬,她看到了梨和大枣,可惜被一个老太太抢了先。最近她的体重有所回升,看着已经不是一副病恹恹的样子了。

回到家,达奇丝看到门廊边的泥地上躺着一辆破烂不堪的自行车。

"托马斯·诺布尔来了。"罗宾的脸贴在车窗玻璃上说。

托马斯·诺布尔站在台阶最下面,残手插在绿色的灯芯绒裤子口袋里。他上身穿着时髦的绿衬衫和绿夹克。

"老天爷,他这一身简直像鼻屎一样。"

他们下车,达奇丝往那儿一站,单手叉腰,板着脸问:"我说托马斯·诺布尔,你来这儿干什么?"

被质问的那一位不由得咽了口唾沫,当他看到达奇丝的裙子时,又咽了一口。

"但愿你不是来看我的,哈尔会开枪打你的。对吧,哈尔?"

"对。"哈尔说,随后他便领着罗宾进屋,并承诺说等他换下做礼拜的衣服就让他开割草机。

"我……数学试卷。我需要一个人——"

"想都别想。"

"我只是觉得也许我们可以一起玩,毕竟我就住在那边。"他用那只正常的手指了指远处。

"蒙谁呢你?这里的环境我还不清楚吗?附近根本没有住人。你骑了多远才到这里的?"

托马斯不好意思地挠挠头。"大概四英里吧。妈妈说这也算是锻炼身体。"

"你瘦成这样明显是营养不良嘛。与其让你锻炼,还不如给你做点好吃的呢。"

他微微笑了笑。

"我可不管你的午饭,我甚至连杯水都不会给你。现在不是二十世纪五十年代。"

"我知道。"

"我要去湖边割草了。不能因为你不请自来就不干活。"

达奇丝进屋换上破牛仔裤和衬衣,出来时发现托马斯·诺布尔还在。他木木呆呆地站在那里,低头看着自己的运动鞋。

"杵在那儿当电线杆子吗?你要是没事儿的话就过来帮忙。"

"好嘞。"他立刻答应说。

他跟着达奇丝来到湖边,跪在地上照她的吩咐开始拔草。而达奇丝则从兜里掏出一支雪茄,那是她从哈尔的橱柜里偷的。

"别吸那个,会得肺癌的。"

达奇丝冲他竖了竖中指,而后咬掉雪茄的尾巴吐在地上。"你不看电影吗？杰西·约翰·雷蒙德在干掉胆小鬼帕特·布坎南的时候嘴里就叼着烟。"她把雪茄叼在嘴里，"你有打火机吗？"

"你看我像有打火机的人吗？"

"有道理。我干脆直接嚼烟丝得了，就像比利·罗斯·克兰顿那样。"

"那应该是另一种烟吧。"

"你懂个屁，托马斯·诺布尔。"达奇丝咬掉一大口雪茄嚼了起来，她使出吃奶的力气才忍住没有吐。

托马斯·诺布尔清了清嗓子，眯起眼睛看着达奇丝说："呃……我来找你是因为……有个舞会，呃……冬季舞会。离现在还有些日子，但是——"

"你不会是想约我吧？你觉得现在是时候吗？我嘴里可塞着一大堆烟丝呢。"

他把头像拨浪鼓一样摇了一阵，然后听到达奇丝说："你应该知道我是不打算结婚的，尤其不会和你结婚……你的手……"

"我的手不会遗传，那只是反常现象罢了。拉米雷兹医生——"

"我是法外狂徒，我才不会听信墨西哥人的话。"

随后他一声不吭地低头干活，过了一会儿，他再次眯起眼睛看着达奇丝说："我可以帮你做一个月的数学作业。"

"好。"

"你答应了？"

"不，我是不会跟你去参加舞会的，但我同意你替我做作业。"

"因为我是黑人吗？"

"不，因为你是个窝囊废，没有半点男人的胆量。"

"可是——"

"你什么时候才能看出来?我可不是什么正经姑娘。我是正儿八经的法外狂徒。我不会像其他女孩儿那样穿漂亮衣服,更不会和男生约会。我有更要紧的事情。"

"什么要紧事?"

"有人要找我寻仇。"她说。托马斯·诺布尔立刻聚精会神地盯着她。"那人叫迪奇·达克,开一辆黑色的凯雷德。他想杀了我。所以如果你想帮我的话,就替我留心这个人。"

"他为什么想杀你?"

"他觉得我冤枉他了。"

"报警吧,或者告诉你外公。"

"我谁都不能告诉。要是他们知道了我干的事,我就摊上大麻烦了。他们说不定会把我抓走,害得我们姐弟分离。"

"我会替你留心。"

"你这辈子干过什么特别勇敢的事吗?"

托马斯挠挠头。"在卡利溪上荡秋千算不算?"

"那不算勇敢。"

"你单手荡一个我看看。"

达奇丝差点笑出来。

"我妈妈生我的时候没用止痛药,勇敢是会遗传的对不对?"

"见鬼,托马斯·诺布尔,你出生的时候大概只有几两重吧,说不定你妈妈打个喷嚏就把你喷出来了。"

托马斯继续拔草,但一直眯着眼睛。

"你的眼镜呢?"达奇丝问。

"我用不着。"

"你把蓝铃花都给拔掉了。我最喜欢蓝铃花了。"

他小心翼翼地把蓝铃花的遗体放在岸边。"你知道吗,勇敢并不容易。我不像你。你应该也看见别人是怎么嘲笑我的了。他们是一个小团伙,领头的又高又大,一般人惹不起。"

"勇敢和体形大小没关系,关键在于你怎么表现。"

他想了想。"所以我应该装出很不好惹的样子?"

"一开始也许是这样,但时间长了就用不着装了。"

"这个来找你麻烦的人,我也可以用这招对付他吗?"

"不,你看见他就赶快告诉我。"

"好吧。不过我觉得你更应该担心的是那个被你威胁的小孩儿。泰勒。他有个哥哥,听说正在找你。"

达奇丝摆摆手。"去他妈的吧。把那棵大草拔掉你就赶紧回家吧,等你到家天都要黑了,万一你被车撞了就不好了。"

托马斯不情愿地站起来。

达奇丝看着他走到老屋前,扶起自行车,骑上去出了大门。她一直等到看不见他了,才把嘴里的烟丝吐出来。她恶心得直打冷战,用手指疯狂地刮着舌头。

二十四

艾弗县巡游日。

主干大街上热闹非凡。一个小男孩儿用绳子套稻草扎的小牛,因为没套中,嘴里嘟嘟囔囔。女孩儿们朝篮圈里丢装满豆子的袋子。卖热狗的小摊儿前围着食客,还有个玩滑板的斜坡,其实就是在一个倒扣的花盆上架了一块胶合板。哈尔带罗宾去画大花脸,达奇丝坐在人行道上,看着徐徐前进的花车。芒特考尔保险,路西银行。小女孩儿们头戴秀冠,冲着频频闪光的照相机挥手。

她看见了托马斯·诺布尔和他的妈妈。诺布尔太太是个高挑出众的女人,走在路上回头率很高。她身边是个老头儿,又矮又瘦,皮肤苍白。

托马斯往达奇丝这边走来。

"你妈妈是搞慈善的吗?照顾孤寡老人?"

托马斯·诺布尔循着她的目光看去。"那是我爸爸。"

达奇丝不由得皱起眉头。"老天,你妈妈看上他哪儿了?他很有钱?还是你妈妈昏了头?"

托马斯拉了下她的胳膊。"我有事要跟你说,很急的事儿。"

她不情愿地站起来,任由托马斯领着她离开嘈杂的人群。按照达奇丝的猜测，托马斯所谓的急事儿能急到哪儿去？她估计要么是他发现自己的老妈和邮递员有一腿，要么是他发现自己的残手变有劲儿了，也许很快就能用它捏扁易拉罐。他对捏易拉罐有种变态的痴迷。

"什么急事儿？千万别是你妈妈和邮递员搞破鞋。"她和托马斯·诺布尔的关系已经演变成一种极不对等的单边关系。托马斯对她知无不言，信赖有加，而她则有点恃宠而骄。通常是托马斯刚把自己的一个秘密告诉她，她扭头就用来针对他，且毫不留情。

托马斯这天戴着一顶太阳帽，两人走进枫树的树荫里后，他摘下帽子当扇子扇起来。"泰勒的哥哥今天也来了，他在到处找你呢。"

"你觉得这叫急事儿？"

"你不知道，那家伙长得又高又壮，我看你还是赶紧回家吧。"

"他在哪儿？"

托马斯·诺布尔咽了口唾沫。

"别这么窝囊行不行？带我去找他，我正好教训教训他。"

他乖乖地在前面带路，边走边摇头，还不停地用颤抖的手擦汗。他听说不少小孩儿都聚在彻丽面包房后面的小巷里。

"他在那儿。"

达奇丝看着之前欺负罗宾的那小子，泰勒。然后又看看站在他身边的另一个小子，个头更高，身材更胖，样子更丑。他穿着七分裤，裤腿白不拉几，像剥了皮的树干，脚上的匡威运动鞋也破得不成样子。他头发挺黑，留着难看的锅盖头，脸上星星点点地长了些雀斑。

只见泰勒朝达奇丝这边指了指，那个大个儿小子便朝她走过来。

"你他妈谁呀?"达奇丝整了整头上的蝴蝶结,一脸不屑地问道。

"我是盖伦。"

"哼,就你来充大个儿了?"

"你惹了我家的人。"他上前一步。

达奇丝翻了个白眼。

"你威胁要揍我弟弟。"

"实际上,我说的是要宰了他这个混蛋。"

此刻现场聚集了十几个小孩儿,个个虎视眈眈,就像闻到血腥味儿的鲨鱼。

"向他道歉。"

"你他妈闭嘴吧,胖子。"

一群人不约而同地倒吸口气,齐刷刷地往前逼近了一点。刚刚还站在达奇丝身旁的托马斯·诺布尔,此刻却不知跑到了哪里。

盖伦攥着肥嘟嘟的拳头,又上前一步。

这时达奇丝听到了奇怪的声音,感觉既像战争的怒吼,又像小女孩儿的尖叫。一群小屁孩儿纷纷躲开,因为托马斯·诺布尔冲了进来。他的衬衣扣子已经解开,还把裤腿塞进了袜子里,这形象让达奇丝不敢直视。

托马斯·诺布尔的动作倒也迅速矫健,他像个即将开始比赛的拳击手一样围着盖伦虎虎生风地出拳,摇头晃脑地躲闪。

达奇丝尴尬地用手捂住了脸,从指缝里看时,正好看见盖伦只一拳便把托马斯撂翻在地。

这时,面包店的后门突然开了,彻丽拎着一个垃圾袋走出来。

一群人顿作鸟兽散，泰勒和他的哥哥也消失得无影无踪。

达奇丝走上前查看托马斯的情况。

"我赢了吗？"扶他起来时，他问。

"贵在参与吧。"

他轻轻摸了摸自己的眼睛。"完了，我肯定会有黑眼圈的。"

"你本来就是黑的啊。"

"好吧，那就青眼圈吧。"

"走吧，我给你弄点冰敷一下。"她拉住托马斯那只正常的手。尽管疼得睁不开眼，但托马斯还是咧嘴笑了笑。

"刚才那算勇敢不？"他问。

"算愚蠢。"

拐上主干大街时，达奇丝的心突然一紧。她看到了她最不想看到的东西。

那辆黑色的凯雷德。

她顿时面无血色。

达克终究还是找到他们了。

她松开托马斯的手，贴着停在街边的一排皮卡车往前走。那些皮卡的保险杠贴条上写着"天鹅山""蒙大拿糜鹿""第九区"等字样。她想到达克想利用人群做掩护，可他那双冰冷无情的眼睛必然会出卖他。

达奇丝看到了哈尔的皮卡车，车窗是摇下的状态。她拉开车门，爬上副驾。托马斯·诺布尔看着她打开手套箱，从里面拿出一把史密斯威森左轮手枪。

她把枪插进牛仔裤的裤腰里。

托马斯·诺布尔连反对的时间都没有。

他们回到人行道上。太阳照着街上的人,孩子们和他们的家人脸上洋溢着幸福和无知的笑。两个人不停地往前走,来到面包店前面,然后又经过理发店。达奇丝的手扣在皮带上,目光扫过一家又一家店面。

枪身已经不再冰凉,而是热得发烫。它在等着达奇丝的召唤。

那辆凯雷德就在街对面。她料想达克就在车里面,还像以前那样偷偷地观察着她。

她来到街上,虽然心里很害怕,但她强迫自己不能退缩。她要让达克看看,她不怕他来找他们,她想尽快把他们之间的恩怨了结干净。为了罗宾,她不介意杀人,而且会毫不犹豫地杀人。

"你干什么?"托马斯·诺布尔拉住她的胳膊问,但她甩开了,还扭头瞪了他一眼。

"你给我待在这儿别动。"她说。

"你不能就这样去找他啊。"

托马斯·诺布尔都快急哭了,也许下一秒就会转身跑开,可他身体里有个逐渐长大的男子汉正努力把那个曾经的胆小鬼挤出去。

达奇丝绕到了凯雷德的车尾。

她走到车子另一侧的人行道上,一只手摸着车身向前移动。凯雷德那锃亮的车漆几乎能当镜子照。

"达奇丝,我求你了。"托马斯叫道,可她头也不回。

她从裤腰里掏出手枪,藏在身体与车之间,随后她抓着门把手猛地一拉。

车是锁着的。

她趴在玻璃上看了看,车里没人。

惊讶之余,她立即转身。巡游在继续,锣鼓喧天,丝带飞扬。

小孩子们兴高采烈地跟在乐队后面奔跑。

达奇丝从一群人中间挤过去,毫不理会其他小孩儿在背后指责谩骂。托马斯·诺布尔如影随形地跟着。此时此刻她看谁都像达克。温和的笑容,冷酷的眼神。她知道男人能干出什么事,所有男人,他们不缺能力。

正待转身时,她忽然看见了他。

她奔跑起来,全力奔跑。半路撞掉了一个小孩儿手中的可乐,撞倒了一位老太太,引得众人纷纷怒斥。终于跑到他跟前,他转过身,抬头看着她笑。

她蹲下来,一把将罗宾抱进怀里。

"怎么了?"哈尔问。

这时一位女士发现了她手里拿的东西。

"枪!"

顿时,惊慌失措的人群像炸了锅,哈尔急忙把她拉在身边。

电话是晚饭后打来的。哈尔把当天发生的事情详细说了一遍。恐慌结束时,那辆凯雷德已经不知去向。可惜达奇丝没能记住车牌号。所以究竟是谁的车还无法确定。但这件事令他们全都紧张起来。

刚刚挂断,手机又响了。

"你可真是个红人啊。"玛莎说。

本来他说好给她做饭吃的,可最终还是叫了外卖。玛莎笑着调侃说她总算松了一口气,好歹能吃到像样的东西。他拿着手机到外面听,留她自己在屋里继续翻文件。

"卡迪。"沃克对着手机说,最近他很少与卡迪联系,突然听到对方的声音他有种说不出的轻松感,"他最近怎么样?"

"我又把他关回原来的牢房了,为此不得不撵走了一个走私犯。好家伙,那牢骚发的,不过文森特看着倒挺踏实。"

"谢谢你了。"

"案子有进展吗?我问过文森特,可他什么都不愿说。这一点他还真是与众不同,别人都是哭天抢地喊冤鸣不平,不知道的还以为我们关了一个唱诗班呢。"

沃克忍俊不禁。"这么说,他没跟任何人说过话?"

"没有。实话告诉你吧,他那样子就像从来没离开过。一回来就马上适应了过去的节奏,而且好像还很怀念这里似的。"

他们又闲聊了片刻,直到沃克听见玛莎在屋里叫他。

他起身返回客厅,放在露台上的啤酒也忘了拿。

一开始玛莎什么也不说,她只是微微坐直了些,而后又倾身凑近资料,戴上眼镜专注地浏览。案子打破僵局靠的是玛莎,是她查到了达克在波特兰注册了一家公司。

"有新发现?"

"很有可能。给我拿点儿吃的吧,再来点儿刺激大脑的东西。你这儿有哈瓦那小辣椒吗?"

沃克摇头。

"那天堂椒有没有?"

"我都不知道你说的是什么东西。"

"见了鬼了,沃克,就是一种小辣椒啊。我需要刺激。记得下回给我准备些。"

挨了一通数落,沃克灰溜溜地走进小厨房煮咖啡。看着外面街上,夜已经很深。他们已经连续工作了四个小时,从吃过晚饭到现在。两人早已哈欠连天，眼睛通红。可他们知道，与其躺在床上辗转反侧，还不如干点儿活呢。玛莎已经全身心投入到这个案子中了，主要还是为了沃克，他已经被案情折磨得不成人样了。

沃克把咖啡递给玛莎，顺便还递过去一个干辣椒研磨器。

玛莎苦笑了下，朝他竖了根中指。

他看着她踱来踱去，手里拿着一份公司纳税申报表和一份登记声明。这里面的学问可大了，沃克曾见她给一个认识的税法律师打过电话，请人家帮忙分析。

"命运大道。"玛莎说。

"第二段。"

"除了一对夫妻，其他房子的产权全都属于同一个控股公司。还记得第一份报告的时间吗？关于海岸侵蚀的。公司是加州荒野。"玛莎咬着钢笔帽说。

沃克在一堆资料中翻了翻。"一九九五年五月。"

玛莎微微一笑，举起手中的文件说："这家公司于一九九五年九月购买了第一套房子。此后几乎每年一套，总共八套，而且采用的是以贷养贷的融资方式，用前一套房子抵押贷款买下一套。这种办法在前六套房子身上都很奏效，直到后来银行利率上调。"

"然后呢？"

玛莎又踱起了步子，她走到橱柜前，往自己的咖啡里加了威士忌，也给沃克加上。"也就是说这家公司买下了第二段的全部房子。加州荒野公司打的如意算盘应该是十年，对吧？"

"差不多吧。后来他们修建了防波堤，文森特·金的房子因此得以保住。"

"可第二段的房子根本值不了那么多钱。都是些小户型，售价很便宜，就算过十年也涨不了多少。"

"直到？"

"直到海岸开始塌陷，直到小镇迎来大批游客。那些位于海岸线首段的房子一栋接一栋地被海水带走，因此现在这家公司面临着一个尴尬的局面。他们能拿多少钱来着？"

"至少五百万。"

"可惜文森特·金的房子挡了他们的财路。周围的土地是不可能建房的，只要文森特的房子还在，谁也别想拿到建筑许可。"

"这家公司叫什么名字？"

"MAD 信托。"

"这算什么名字？"

"名字不重要，你猜唯一的董事是谁？"

她把文件递给沃克。为了避免手抖，沃克几乎用上了全身的力量。

在文件的最顶部，印着几个醒目的黑体大字。

理查德·达克。

二十五

当天夜里，达奇丝从睡梦中惊醒，出了一身冷汗。

她看到了人影，壁橱变成了达克的身形。等到终于冷静下来，她先看了看罗宾，随后蹑手蹑脚地来到楼下。她穿着柔软的睡袍，那是哈尔给她准备的。这就是他们如今的相处方式。她依然不会直接从他手里接任何东西，不管是吃的还是喝的。喂马的事儿她也不需要哈尔操心，即便在她为家庭作业忙得焦头烂额的日子也不例外。但哈尔会把他认为达奇丝需要的东西留给她，而达奇丝则趁他不在的时候拿走那些东西。她对哈尔的耐心感到惊讶。

她直接就着水龙头喝了几口水。

转身准备返回楼上时，她听到了奇怪的声音。

门廊下有动静。也许是秋千椅。不管哈尔涂了多少油，铁链依旧会吱吱呀呀地叫。她猫下腰，心脏仿佛要从胸口蹦出来。

她摸到抽屉那儿，找出一把长度足够令她安心的刀，紧紧握在手中。她踮脚来到门口，见门开了一条缝，洒进来的月光正好落在她光着的脚上。

"睡不着？"

"我去，你知不知道你差点死在我的刀下？"

"那是面包刀。"哈尔说。

他坐在秋千上，嘴里的雪茄忽明忽暗。达奇丝走近时才发现他脚边放着一把散弹猎枪。

"看来你相信了我的话。"她说。

"你怎么知道我不是在等着猎熊？"

"我真该留心看一下车牌，可我一拿起枪，其他事儿就全忘了。唉，还是太嫩了。"她咬牙切齿地责怪自己。

"你在保护你的家人，并不是每个人都有那样的勇气。"

达奇丝摇摇头。"多莉知道了吗？"

当时在现场，哈尔从她手里小心地拿过手枪后，多莉便出现了。她领着达奇丝钻进了附近的一个小餐馆躲避。

"她很厉害的。我想着多一个人总多一分力量吧。她经常问候你，每次和我见面时都会。我估计她是从你身上看到了自己年轻时的影子。"

"什么意思？"

"多莉也许是你见过的最不好惹的女人了。她小时候过得挺惨，只是她从来不跟别人说。我和她的比尔有天喝酒的时候听说，多莉的爸爸是个特别粗鲁的家伙，有一次他逮到多莉抽烟。"

"然后就打了她一顿？"

"不，他直接拿烟头烫她。她的胳膊上现在还留着疤呢。他说那样以后多莉就不敢再抽烟了。"

达奇丝震惊得直咽口水。"那她爸爸后来怎么样了？"

"后来多莉长大了，她爸爸竟然对她……他进监狱了。"

"哦。"

哈尔咳嗽了一声。"那时候她的穿衣风格也很与众不同，我见过照片。她穿男孩儿的衣服，松松垮垮的，像麻袋一样，可这挡不住她爸爸……"

"有些人从里到外都烂透了。"

"是啊。"

"詹姆斯·米勒是个杀手，他定期去教堂，不抽烟不喝酒。可传闻说他杀了五十个人。被抓之后人们要绞死他，你知道他最后说的话是什么吗？"

"什么？"

"他说：来吧。"

"人们成全了他。当罪恶发生时，如果好人选择袖手旁观，那他们还算是好人吗？"

天空繁星点点，下雪是不可能了。哈尔说冬天还没到，等它真的到了他们会知道的。他们会立刻忘记秋天的颜色。

哈尔往旁边挪了挪。

然而达奇丝并没有坐下。

他们沉默了许久。哈尔抽完了一支雪茄，又点燃一支。

"抽那么多烟会得肺癌的。"

"也许吧。"

"反正跟我也没关系。"

"当然。"

黑暗遮挡了他的眼睛。他望着远处，或许他在看树，或许在看水，或许什么都没看，但眼前这一切对达奇丝突然有了不同的意义。

哈尔起身走进厨房，达奇丝很快听到了烧水壶的啸叫声。

她在长凳最远那头坐下，眼睛盯着哈尔的猎枪。

哈尔回来时手里端着可可饮料,并在达奇丝旁边放下一杯。借着厨房里柔和的灯光,她看到杯子里有她喜欢的棉花糖。

哈尔抿了一小口威士忌。"有一次下暴雨,大暴雨,我就坐在这里,看着闪电从咱们地里划过。我当时想到了魔鬼,我在天空中看到了他的脸,就像毒蛇吐着信子。结果谷仓就起火了。"

达奇丝见过那个地方,一大片土地上寸草不生,黑乎乎的,大约还能看出一座谷仓的形状。

"当时小灰马的妈妈在谷仓里。"

达奇丝猛地扭过头,幸亏天黑,否则哈尔一定能看到她眼睛里恐慌的神色。

"我没办法救它。"

达奇丝屏住了呼吸,她想象着当时的情景,知道那样的经历会在人的记忆中留下怎样的阴影。

"我们那儿也经常有暴风雨,"她说,"我是说老家。"

"我经常想起黑文角,我为你妈妈,为你,也为罗宾祈祷。"

"你并不相信上帝。"

"你也不信啊,但我知道你有时候会去那片空地,还跪下来祷告。"

"那只是我想事情的地方。"

"每个人都需要一个这样的地方。储藏室,还有放枪的地方,我一般在那里想事情。只要我一坐下,外部的世界就与我无关了,我就可以集中精神考虑重要的事情。"他扫了达奇丝一眼,"我给他写过信。"

"给谁?"

"文森特·金。这些年我一封接一封地给他写信。可惜我不太会写东西。"

"为什么呀？"

他冲月亮吐了一口烟。"这个问题有点大。"

达奇丝揉揉眼睛。

"你该回去睡觉了。"

"我睡不睡觉不用你操心。"

哈尔放下杯子。"一开始我并不想把信寄出去。只是，茜茜走了以后，你妈妈和你外婆又出了那些事。可能我也需要发泄吧。于是我就想，为什么不告诉他呢？也许他觉得他毁了自己的人生，但我想让他知道他也毁了我们的人生。可能他以为我在这里有片土地，过着幸福快乐的退休生活。所以我就把我如何辛苦地劳作，我欠的债，我每月要支付的账单，以及我每天要承受的压力，一股脑全告诉了他。"

"他回过信吗？"

"回过，起初信里全是些懊悔的话。我知道那次是意外……我知道。可有什么用呢。"

达奇丝端起饮料，用勺子把棉花糖舀进嘴里。她几乎忘记了棉花糖竟如此之甜。

"他的假释听证会我也去了，每次都去。他原本可以少坐几年牢，可以趁着大好时光还在的时候出狱。"

"那为什么他没有提前出狱呢？沃克从来没告诉过我。我以为是他在牢里犯了别的事儿。"

"没有。监狱长卡迪每次都建议文森特申请减刑，可文森特拒绝请律师。沃克也在，每次都在。我们看见过彼此，但从不说话，因为被关押的那一位是沃克情同手足的朋友。我一直记着呢，他们俩好得穿一条裤子。"

达奇丝努力想象沃克小时候的样子,他是文森特的死党。可想象中的沃克永远穿着警服,怎么都脱不掉。因为从她记事时起,沃克就是警察,文森特就是犯人。

"每次听证会快结束的时候,他们都会问文森特同样的问题:如果出狱,你会不会再次触犯法律?"

"文森特怎么回答?"

"他每次都会先看看我,然后回答说,会,他会触犯法律。他对公众来说是个危险分子。"

也许他认为服完全部刑期是一件意义非凡的事情,那代表忏悔的深度,代表情感的补偿,虽然微不足道,但起码能表明心迹。可是现在,得知他做的那些事后,哈尔直截了当地承认了,他说文森特是个危险分子。

"失去你的妈妈,我的女儿,以及我的妻子,这样的痛苦……我一直以为我扛不过去。"

"这些年你是怎么挺过来的呢?"

"我来到了这里,苟延残喘。蒙大拿很适合我这样的人。将来或许你也能领悟到这一点。"

"斯塔尔说痛苦与罪恶之间是有关联的。"

哈尔微微一笑,仿佛他能直接从女儿的口中听到这些话。

"茜茜是个什么样的人啊?"

他踩灭了烟头。"死亡总能美化一个人。可话说回来,小孩子嘛……本性都是善良的。她娇小可爱,很漂亮,很完美。就像你妈妈,就像罗宾。"

他知道不该提女儿的事。

"她喜欢画画。国庆日放烟花的时候她会哭。她喜欢吃胡萝卜，但绿色的东西一概不吃。她特别喜欢你妈妈。"

"我和她长得很像。我见过照片。我，我妈妈和茜茜长得都很像。"

"确实。你们都很漂亮。"

达奇丝吞了下口水。"斯塔尔说你很严厉。她说你身上没有半点温柔的东西。还说你是个酒鬼，你甚至没去参加我外婆的葬礼。"

"我们都是从结束处开始的，达奇丝。"

"如果你真这么想就好了，可实际上你口是心非。"她的语气很平静，没有指责的意思，"她跟我说的那些事都是真的吗？"

"我对自己都感到失望。"

"我知道还有很多事。你为什么不回去呢？她为什么不让你见我们？你干什么了？"

他咽了口唾沫。"案子了结后，过了几年，我听人说坐牢满五年就可以申请假释。想想他干的事情，想想我的茜茜。"

达奇丝听到了痛苦的声音，这么多年过去了，它还是新鲜的。

"也许我确实喝太多酒了。后来有个人过来找我，他有个兄弟也在费尔蒙特县监狱，和文森特关在一起。他想跟我做交易，说他能匡扶正义，帮我报仇雪恨。他的收费并不高。所以我……如果那时我能清醒一点，或坚定一点，可能我就拒绝他了。"

"文森特在监狱杀的那个人。原来他是正当防卫？"

"对。"

达奇丝深吸了一口气，哈尔说的这些事太沉重了，她一时竟不知道如何回应。

"后来这件事被你妈妈知道了，结果我们就变成了那个样子。"

遥远黑夜中的一个小小举动,造就了我们今天的结局。"

她喝着饮料,想起了妈妈。她试图寻找一些有温度的回忆,来温暖这冰冷的黑夜,可除了斯塔尔死气沉沉的眼睛,她什么都找不到。

"你是因为这个才去教堂的吗?"

"那只是为了理解我们做过的事和可能会做的事。"

喝完饮料,她站起身来。想到即将冲他们而来的达克,看看眼前这个老人和他身边的猎枪,她忽然感觉疲惫极了。

走到门口她猛地转身。"你觉得文森特在听证会上为什么要那么做呢?"

哈尔抬头看着她,而她在他的眼睛里看到了罗宾。

"他们带走他的时候,沃克和卡迪你看看我我看看你,谁也不知道怎么回事。但文森特给我写过信,他想告诉我。"

达奇丝不由得瞪大了眼睛。

"从那一天开始,从他做了那件事开始,他就知道,我们每一个人都不可能再找到自由了。"

他们站在拉德利家的房子外面。朦胧的月光下,沃克几乎连玛莎都看不清,只能看见她脸部的轮廓,小小的鼻子和齐肩的头发。他闻着她的香水味,很是自然清淡。他们都带了手电筒,也都开着。

文森特报警的时间,验尸官推断的死亡时间,这些沃克都有记录。准确性应该有保障。当晚达奇丝骑车去了彭萨科拉的一个加油站,沃克知道她肯定会一直沿着大路走,所以才花了四十五分钟。这就给了文森特十五分钟的时间去丢弃凶器。他们只能假设文森特就是凶手,而这个假设令沃克夜不能寐。

"我们得把他可能会去的方向都调查一遍。"

玛莎带了个秒表。他们预估文森特能跑到的最远的地方,按照全力冲刺的速度,一来一回,尽管沃克也记不清楚当晚见到文森特时他有没有气喘吁吁或汗流浃背。实际上,当天晚上的许多细节他都记不清楚了,只记得斯塔尔的脸。而且他很清楚这张脸会一直停留在他的记忆中,伴随他一辈子。他最近越来越健忘,已经迫不得已拿起了笔头。只不过他假装在写东西,实际上却只是在确认自己做的事。他把自己每天要做的事项、吃药的时间,都写了下来。

他们从斯塔尔的后院儿开始,跨过凌乱的篱笆,进入那片位于常春藤路与牛顿大道之间的小树林。他们的搜索有条不紊,每条小径、每棵树、每片灌木和每一簇花都不放过。他们检查了排水沟,他们知道博伊德带着他的人和警犬已经地毯式搜索过一次,但沃克希望自己能发现新的东西,某些只有本地人才会注意到的东西。他闭上眼睛,把自己想象成文森特。

他们走了七条路线,有些路线之间的差别微乎其微,可结果一无所获。

"他没有抛枪,如果抛了我们应该能找到,起码博伊德也会找到。"

"这是案子里的一个漏洞,很大的漏洞。"玛莎说,"地方检察官肯定会恼火的。"

他们回到拉德利家,站在人行道上。玛莎抓住沃克的手。他已经濒临崩溃。每一个调查方向最终都无果而终。达克这条线也断了。他一遍一遍打手机,可对方毫不理会。他发了许多信息,估计达克的收件箱都要满了。

他看出来了,一定是达克杀了斯塔尔,栽赃嫁祸给文森特·金,这样他就有机会得到文森特的房子,如此一来,不仅他的公司有救了,还能发一笔横财。可这么想并没有充足的证据支持。至于达奇丝,让他欣慰的是哈尔非常可靠,他们所在的地方也足够偏僻,孩子们在那儿还算安全。

牛顿大道走到头,玛莎领着沃克走上街坊的车道,而后跳过一道藏在茂密的伏牛花丛中的低矮篱笆。

"这些近路你还记得。"沃克说。

"这个是斯塔尔告诉我的。"

二十分钟后,他们来到了许愿树下。星空笼罩着大海,小布鲁克的塔楼就像一座被遗弃的灯塔。

"真不敢相信它居然还在。你还记得我们以前经常在这棵树下幽会吗?"

他放声笑道:"我什么都记得。"

"你总是解不开我的内衣。"

"有一次我解开了。"

"不,那是我提前解开的,让你顺利一点。"

她在地上坐下,伸手把沃克也拉到旁边。两人靠着大橡树,望着天上的点点繁星。

"我好像从来没有道过歉。"玛莎说。

"为什么道歉?"

"为离开你啊。"

"那都多久以前的事了,我们还是孩子呢。"

"不,沃克。在法官眼里我们可不是孩子。你有没有想过那个问题?"

"什么问题?"

"我,怀孕,生孩子。"

"每天都想。"

"我爸爸就是想不通。他不是坏人,只是……他以为那么做是为我好。"

"可惜他错了。"

玛莎沉默了片刻。一艘船上的灯光随着海涛起起伏伏。

"你一直没结婚。"她说。

"当然没了。"

她轻轻笑了笑。"我们当时才十五岁。"

"可我知道。"

"这就是我喜欢你的地方。不管对好的坏的,或者是爱,你都有一种纯粹的信仰。你从来没说过我爸爸的坏话,你也没有告诉任何人。尽管我抛弃了你,斯塔尔去了另一所学校,这里只剩下你,和那件事,文森特干的恶心事儿。"

沃克咽了下口水。"我只希望你们幸福快乐。"

又是那种笑,但和怜悯无关。

"我见过你,"他说,"可能是事发一年后吧,在清水湾的购物中心。我和我妈妈一起,而你站在电影院外面排队。"

她愣了愣,回忆随之扑面而来。"大卫·罗恩,一个毛小子。我跟他没什么。"

"哦,这我知道。我不是那个意思。玛莎,我只是……我看你很快乐的样子。我想到那个男生,他不知道。他不知道我们的过去,我想那应该是好事。你们之间没有任何障碍。你不必和他分享那些事。你可以……简简单单地做你自己。"

　　玛莎哭了。

　　沃克拉住了她的手。

二十六

冬天来了，土地冻得硬邦邦的，天空被地上薄薄的积雪映得白花花的。

罗宾仰躺在雪地里看着天，直到手指都冻得发白时，达奇丝才强行把他拖回屋里。地里已经没什么农活，但牲畜依然需要照料。小灰和小黑出去放风时需要披件"外衣"。达奇丝开始每天早上单独带小灰外出，往往是天刚蒙蒙亮她就套好了马鞍，然后沿着她越来越熟悉的小道走向田野。她喜欢蒙大拿州的静谧，如此厚重，就像上帝给山林盖上了一张毯子，除了聒噪的山雀，其他一切声音都被闷在了下面。

他们都在提防着达克。哈尔每天夜里都坐到很晚。他戴着猎鹿帽，裹着毯子，猎枪就放在伸手可及的地方。有时候达奇丝半夜醒来，走到窗前，看见哈尔坐在门廊下，于是安心地继续回床上睡觉。有些时候她也会下楼转转，哈尔会给她冲杯可可饮料。两人一块儿坐在门廊下，虽然大多数时候沉默不语，但偶尔达奇丝也允许哈尔给她讲些关于比利·布鲁的故事。他讲得绘声绘色，活灵活现，好像他自己亲身经历的一样。达奇丝不由得怀疑那些故事是不是老头子瞎编的。有天夜里她靠着哈尔的肩膀睡着了，醒来时却在床上，被子盖得严严实实。

周末，她和托马斯·诺布尔还有罗宾在白色的树林里玩荒野追踪。她让两个男孩子先走，而后循着他们的足迹去找他们。天冷得很纯粹，而纯粹是最让人收心的东西。渐渐地，她不再时常想起黑文角和它一成不变的季节，而更多地把心思放在了蒙大拿州，偶尔甚至会想到未来。她小心挑选和妈妈有关的记忆，去芜存菁，在煤山上寻找钻石。

她的学习成绩明显提高。她喜欢坐在后排无人打扰的角落，专心致志地写她的作业。另外她还在写一些关于印第安人和移民者的故事。她给沃克寄过一张照片，是一次下了大雪之后她一大早从卧室的窗户里拍的。每周六她都和哈尔一起到镇上，先买东西，然后再去彻丽面包店吃甜甜圈，喝可可饮料。大多数时候他们都会遇到多莉，于是一块儿坐下来聊聊天。比尔的健康状况不断恶化，透过多莉那张完美无缺的脸庞，达奇丝看到了哀痛的前兆。这哀痛势必会在她的脸上增添几道皱纹。

有时他们会开车去汉比湖，那里的湖水深得像海一样。哈尔会租条小船，他们荡过如镜般的湖面，悠闲地钓会儿鱼。午后的太阳暂时驱走了寒冷，这是达奇丝能想到的最接近完美的时光。有一次，哈尔钓到一条漂亮的虹鳟鱼，罗宾可怜它，哭闹不休，最后哈尔不得不把鱼放生。

托马斯·诺布尔经常提到冬季舞会。有时候达奇丝直接让他滚，有时候说他图谋不轨，分明是想把她冻晕过去再干坏事。她说托马斯是个色狼，气得托马斯挠破头皮大呼冤枉。

十二月的第一天，托马斯给达奇丝带来一束他收集了很久的蓝铃花。虽然那些花早就死了，看着实在不怎么美丽，但他这份心意却是货真价实的。他骑了四英里的自行车，一路冰雪一路泥地赶到这里，他到的时候都快冻死了。哈尔让他坐在炉火前烤了好一会儿，他才缓过来。

"我是不会跟你跳舞的。"她盯着火焰说，"我不会亲你，不会抱你，也不会和你拉手。我不会穿上什么漂亮衣服，可能一整晚我都不会和你说一句话。"

"好。"他牙齿还有一点点打战。

她看见门口的哈尔和罗宾在笑，不由得冲他们竖起中指。

到了下一个周日，做完礼拜，哈尔开车带他们去逛商业街。一排十家店铺，从赛百味到信用卡套现。达奇丝发现一家名叫卡莉的女装店，遂走进去。她翻看着衣架上的衣服，拿起一条闪闪发亮的长袍来到光线下仔细观看，发现至少五个地方有磨损的痕迹。

"感觉就像到了巴黎。"

哈尔指着一条黄色的裙子让她看，她嘲笑哈尔不懂时尚。她指着哈尔的大皮靴、褪色的牛仔裤、格子衬衫和宽边帽，说他活像个稻草人。他们在这家店里转了三圈儿。罗宾拿了些花里胡哨的衣服让她试。她反问弟弟是不是希望自己的姐姐穿得像个八十年代的站街女，于是罗宾又拿着衣服跑开了。

老板娘卡莉过来一看气氛不对，立刻撤到柜台后面。她顶着个蜂窝式的发型，脚踩松糕鞋，宽宽的腰带起码为她隐藏了二十磅体重。哈尔冲她笑笑，她也充满同情地回之以微笑。

在店的最里边，达奇丝停住脚，瞪大了眼睛。她小心翼翼地拿起一顶帽子戴在头上，心潮突然澎湃起来，她想到了比利·布鲁。她身体里果然流淌着先人的血。此时此刻，一股莫名其妙的傲气和霸气油然而生。她仿佛找到了自己的位置。

这帽子很漂亮，上面缀着皮饰钉，帽檐宽窄适中，正是那种法外狂徒求之不得的帽子。

哈尔在她身后说道："很适合你。"

她摘下来，看了看价签。"天哪。"

"这叫斯泰森毡帽①。"哈尔说，仿佛同时也解释了它令人瞠目的价格。

她没勇气要这么昂贵的东西，太奢侈了，尽管往回走时她恋恋不舍地又多望了它一眼。

"看来只有这垃圾货了。"她从衣架上拿起那条黄色的裙子说。

哈尔张了张嘴，他想说那正是一个钟头之前他推荐的那条裙子。但看了看达奇丝的眼神，他把嘴闭得更紧了。

这次会面是卡迪安排的，地点在比特沃特以南的比尔连锁汉堡店。这家店一副惨淡经营濒临倒闭的样子，红色的油漆斑斑驳驳，牌子上手写着三美元的特价单品。此时店面外冷冷清清，沃克摇下车窗，把车子开到了点餐窗口。

窗户里面是个西班牙裔老头儿，戴着头罩，系着围裙，是小混混们最喜欢欺负的那类人。沃克看了看他的名牌。"路易斯。"

路易斯认出了沃克，遂指了指停车场。

沃克开过去把车停好，下车坐在引擎盖上。十分钟后，路易斯佝偻着身子，拖着步子走过来。

"我只有五分钟休息时间。"路易斯说。

"谢谢你答应见我。"

---

① 约翰·B. 斯泰森（John B. Stetson），美国著名的帽子制造商，称得上是牛仔帽的鼻祖，他设计的斯泰森毡帽几乎是牛仔的标配物件。

"卡迪的朋友就是我的朋友。"

路易斯在牢里曾和文森特做过八年的邻居。他的罪名是武装抢劫，而在那之前他还有一大串前科。他胳膊上有文身，像是某种帮派标志。沃克估计他已经改邪归正很久了。

"你问我答，然后我该干活干活。老板不喜欢我们跟警察打交道。"

"好的，跟我说说文森特·金吧。"

路易斯点上一支烟，背靠车窗，吐出烟雾时用手扇开。"他是我见过的唯一一个没给自己喊冤的家伙。"

沃克忍俊不禁。

"真的，他话不多。"

"他在那里面没朋友。"

"不，文森特不是那种。他连放风时间都不要。还有布丁。"

"什么？"

"布丁蛋糕。监狱里伙食很烂，唯独布丁挺好吃。我见过一个家伙因为一个布丁被人刺伤。可文森特每天都把他的布丁送给我吃。"

沃克搞不清这其中的缘故。

"警察朋友，你没明白。他饭只吃到刚刚好，多一口都不吃。话也只说到刚刚好，多一句都不说。该死的，他连呼吸都只是刚刚好。"

"刚刚好什么？"

"刚刚好能活着。他只需要最基本的生存条件，对其他的无欲无求。他活着只是为了服完刑期，而且他要保证这是最痛苦的刑期。没有电视，没有广播，什么都没有。要是卡迪允许的话，他能把自己关在小黑屋里永远不出来。"

路易斯憋住一口烟气。

"他在里面遇到麻烦了吧。"沃克说。

"每个人在某个时候都会遇到麻烦。他有个姑娘,对吧?在外面。其他人经常议论,可能这就是他的软肋。也许想到这姑娘跟了别人,他嫉妒。我告诉你,在牢里,嫉妒能把一个人逼疯。不过他的表现还算可以,没和什么人结下梁子。"

"可他们还是找他的麻烦了。我见过他身上的伤疤。"

"他唯一的敌人是他自己。"

"此话怎讲?"

"他让我帮他搞一把刀。这没什么大不了的,我以为他要和谁干架。"

"难道不是吗?"

"我把刀给他的同一天就听见看守嚷嚷。本来没什么稀奇的,但这次是在文森特的牢房里嚷嚷,所以我就起身去看。"

"然后呢?"沃克注意到路易斯变了脸色。

"好家伙,惨不忍睹。他都快把自己割成条条了。下刀又深又狠。他没有割动脉,都绕开了。因为他不想死,他只想让自己受罪。"

沃克震惊得无以言表,喉咙紧得几乎喘不过气。

"我可以走了吗?"

"我需要有人给他写一份人品推荐信。"

"找不到这样的人,因为没人了解文森特。"路易斯丢下烟头,踩灭,又弯腰捡起来。他冲沃克挤了挤眼,伸出一只手。天真的沃克伸手与他握住,但路易斯却蹙着眉哼了几声。

终于,恍然大悟的沃克掏出一张二十美元的钞票递了过去。路易斯接住,转身走了。

二十七

多莉站在门口,手里拎着一个硕大的匣子。她是来接罗宾的。今晚罗宾要在她家过夜。因为哈尔还要等达奇丝,以免舞会结束之后诺布尔太太没办法去送他们。他永远有操不完的心。

多莉领着达奇丝去了卧室,打开匣子,只见里面挤挤挨挨装满了化妆品和香水。

"你可别把我打扮成坐台小姐。"

"亲爱的,这我可不敢保证。"

达奇丝微微一笑。

一小时后,她来到楼下。头发打着巧妙的卷儿,嘴唇粉粉亮亮,头上的新蝴蝶结和脚上的新鞋子都是卡莉替她挑的。她最近胖了点,不再是过去瘦骨嶙峋的样子,加上经常干活儿,身上多了些硬邦邦的肌肉。

她见哈尔一脸骄傲之色,趁他还没开口就提前请他闭嘴。

"真漂亮,"罗宾赞叹道,"你看起来就像妈妈一样。"

他们跟着多莉和罗宾的车,直到他们在阿沃卡街拐了弯。小雪轻飘飘地下着,但路上已经撒过盐。多莉的家又大又气派,窗户里亮着柔和的灯光。多莉问过比尔,但比尔没有卖房的意思。

他们经过一个装饰着闪灯的慢行标志。

"紧张吗?"哈尔问。

"紧张什么?你怕我今晚会怀孕?哼,该来的谁都挡不住。"

车子驶上卡尔顿街。

"我有点担心罗宾。"达奇丝说。

哈尔瞥了她一眼。

"那天夜里他肯定知道些什么,虽然……虽然他不会天天想起,但是,我也不知道,他会梦到。我怀疑他可能全都听到了。"

"听到就听到吧,我们只能做最坏的打算。"

"就这?"

"是啊。不行吗?"

达奇丝点了点头。

车子一拐,上了海伍德大道。

"×!"

"怎么了?"但哈尔马上明白了。他试图忍着,却还是憋不住大笑起来。

通往诺布尔家的小路上,雪扫得干干净净,地上撒了一溜的玫瑰花瓣。

"一枪打死我算了。"

她在窗户里看见了他,诺布尔的脸贴在玻璃上,望穿秋水,像极了等待圣诞老人的罗宾。

"妈的,还戴了领结。你看他,打扮得跟个魔术师一样。"

哈尔缓缓停住车。临街的门开了,诺布尔太太站在门口,手里拿着一台照相机。而她身后的诺布尔先生更夸张,肩膀上竟然扛着一台摄影机,能把人眼睛闪瞎的闪光灯像大炮一样伸在前头。

"调头,回去。这一家都是神经病。"

"没事,去吧,冲人家这份热情也不能放鸽子啊。"

"我有那么无私吗?"

"我等着你,有事叫我。"

达奇丝深吸一口气,掏出镜子,整了整头上的蝴蝶结。

"玩得开心点。"哈尔说。

"才怪。"

她打开车门,寒气迎面袭来。"我的裙子太普通了,没其他女孩儿那么靓。"

"你什么时候想和她们一样了?你是法外狂徒啊。"

"我是法外狂徒。"她抬脚跨进风雪中。

哈尔发动车子,而达奇丝在关车门的时候叫住了他。

"哈尔。"

"怎么了,达奇丝?"

她盯着哈尔的眼睛,他看上去已经很老了,虽然身体还算硬朗,但达奇丝知道他在努力强撑。她想到了妈妈,想到了茜茜。

"我跟你说过的那些话,我并不后悔,"她咽了下口水,"我只是……"

"没关系的。"

"有关系。但我想可能有一天我会后悔吧。"

"别想那么多了,去好好放松放松。在镜头面前要保持微笑哦。你们两个都要。"

她竖了根中指,脸上却带着笑。

闪光球不停地旋转着，达奇丝扫视着光影中的人群。舞会的主题是"仙境"，她注视着地上的棉花雪和霜花，头顶上悬挂着白色和蓝色的气球，球身上画着星星。用硬纸板裁切的假树围着一片故意做成冰面效果的舞池。

她摆弄着胸前的花饰。"痒死了，你从垃圾桶里找来的吗？"

"我妈妈挑的。"托马斯说。

他们躲在人群后面。她看着那些身穿花裙子脚踩高跟鞋的女孩子，站在那里摇摇晃晃，不由得暗暗祈祷她们全都摔跤。

托马斯·诺布尔穿了一件大号的晚礼服，松松垮垮的，不过他的残手倒正好可以藏在袖子里。他背上还拖着一件丝绸披风。这身雷人的打扮牢牢攫住了达奇丝的眼睛。

"我爸爸说，真正的绅士在正式场合总是要有披风的。"

"你爸爸恐怕有一百五十岁了吧。"

"他还壮着呢，和我妈那个的时候总是惊天动地，我每次都得躲到后院去。"

她十分配合地瞪大眼睛以表达她的惊讶。

音乐响起，达奇丝看着女孩子们奔向舞池。

托马斯·诺布尔端了些果汁，两人在心形舞台的旁边找了张桌子，挨着摄影师坐下。

"谢谢你陪我来。"

"你都说了八百遍了。"

"想吃蛋糕吗？"

"不想。"

"薯片呢？"

"不要。"

音乐节奏加快，雅各布·李斯顿清空一小片地方，开始表演他最拿手的舞步，和他一起的那个女生尴尬地鼓着掌。

达奇丝皱起眉头。"我觉得他可能生气了。"

随后是一支舒缓的曲子，舞池中的人少了许多。"你要不要——"托马斯说。

"别逼我再次拒绝你。"

"衣服不错嘛，托马斯·诺布尔老弟。"说话的是比利·赖尔和查克·沙利文，"起码能遮住他那只废手。"一阵傲慢放肆的笑声。

托马斯·诺布尔没理他们，自顾自地喝着果汁，眼睛盯着舞池。

达奇丝伸手拉住他那只残手。"陪我跳支舞吧。"

经过那两个男生时，她侧身贴近比利的耳朵，对他说了句话。结果比利迅速溜走了。

"警告你哦，手离我屁股远点儿。"进入舞池，她半开玩笑地对托马斯说。

"你刚跟比利说什么了？"

"我说你有一根二十五厘米长的大鸡鸡。"

托马斯耸耸肩。"对了四分之一吧。"

达奇丝哈哈大笑。她已经许久没有如此开怀地笑过，这感觉好极了。

她抱着他。"天啊，托马斯，我都能摸到你的肋骨了。"

"隔着衣服呢。你绝对不会想看我光着身子的样子。"

"我可以想象。我看过一个关于饥荒的纪录片。"

"你能来这里我很高兴。"

"都是被你缠的。你爸爸应该很自豪吧。"

他们不小心撞到了雅各布·李斯顿和他的舞伴。雅各布扭扭捏捏，像憋了一泡尿。达奇丝冲他舞伴抱以同情的微笑。

"我说的不是这儿，是蒙大拿。我很高兴你搬到蒙大拿来住。"

"为什么？"

"我——"他停住不动了，有那么一刻，达奇丝以为他会试探着亲她一口，"我以前从来没遇到过像你这样的法外狂徒。"

她贴得更近了一些，随着他的舞步动起来。

沃克坐在办公室里，百叶窗虽然放下了，但镇上的灯光还是驱散了一部分黑暗。他的脖弯里夹着电话，一边和哈尔说话一边记笔记。两只脚放在一堆文件上，装文件的盒子都快挤爆了。他迟早会处理完的，只是这乱糟糟的一团任谁看了都着急，除了他。

他每周都会打电话问问情况，每周五晚上的同一时间。通话时间一般不长，主要了解一下罗宾，是不是还在看心理医生，然后是达奇丝。有时候他们只聊个四五分钟，仅够哈尔说完达奇丝干的那些坏事儿，以及他如何让自己笑笑，好确定他的气完全消了。沃克非常熟悉这波操作。

"慢热，"哈尔说，"达奇丝是慢热型的，但现在已经好多了。总体趋势在好转。"

"那就好。"

"今天晚上她去参加学校的舞会了。"

"等等，达奇丝去参加舞会？"

"是一年一度的冬季舞会。全校参加，整个常青中学灯火辉煌，恐怕从你那儿都能看到聚光灯。"

沃克露出欣慰的笑容。这孩子没让人失望。面对如此不利的境遇,她没有自暴自弃,终于开始生活了。

"至于罗宾,我怀疑他开始想起某些东西了。"

一听这话,沃克不由得放下双脚,把听筒紧紧贴到耳朵上,紧到连哈尔的呼吸声都清晰可闻。

"暂时还没有太具体的东西。"

"他有没有提到过谁的名字?比如达克?"

哈尔一定听出了沃克的迫切,遂极为平淡地说:"没有太具体的,沃克,我想他是在慢慢接受他妈妈遇害当晚他可能在现场的事实。那个心理医生很专业,她既不问,也不旁敲侧击或者故意把他往某个方向引导。"

"其实一定程度上我倒希望他什么都不记得。"

"我也跟心理医生说过,她说有很大可能罗宾什么都想不起来。"

"我经常想起你们。"

"我提防着呢,那个达克。上次达奇丝看到那辆车子时,我以为他真像达奇丝说的那样找来了。"

"那现在呢?"

"我等着呢。只要他一出现,二话不说,先吃我一枪,然后再问。"

沃克笑了,那笑容透着疲惫。长期睡眠不足搞得他精神恍惚,头昏脑涨。有时候他发现自己开车走在高速公路上,却完全不记得要去哪儿。

"晚安,哈尔,你多保重。"

放下听筒,沃克打了个哈欠。通常,累成这个样子他会打道回府,喝瓶啤酒,看着ESPN的节目直到睡着。但此时此刻他迫不及待地想见玛莎，哪怕不说话，也好过孤零零地熬过漫漫长夜。

他拿起电话开始拨号，但随即又放下。他很清楚自己在干什么，他在慢慢进入一个他无权打扰的人的生活。这很残忍，不管他感觉如何，这都是一件残忍冷酷的事情。他的出现，会令玛莎回想起自己人生中最黑暗的那段时光。每次都会。

他缓缓走过警局昏暗的走廊。

"利亚，我不知道你还在这儿呢。"

利亚抬起头，眼神疲倦，面无表情。"加班呢。总得有人把这个档案系统搞出来。我恐怕得忙到下个月，即便每天通宵达旦。"

"需要帮忙吗？"

"不用了，你忙你的。反正我回不回家都一样，艾德可能都不会注意到。"

他想再说点什么，可又不知道说什么好，而这时利亚已经转身继续忙活起来了。

沃克朝警局外走去，边走边想着达奇丝参加学校舞会的事。想着想着，不觉嘴角上扬，走入温暖的黄昏。

不幸言中，他们开车回去的时候，雪下大了。诺布尔太太问及托马斯舞会的事，他说那是他这辈子过得最美的一个晚上。

达奇丝望着雪在路边的田地里越积越厚，通常即便在黑夜里她也能望见一英里外的群山。

诺布尔太太开车载他们回来，来到通往老宅的岔路口时，他们发现路上的积雪很深。这条路太长，雪又下得太大，哈尔根本来不及清扫。

"我从这儿走回去就好。"达奇丝说。

"这行吗,亲爱的?我可以绕条路,不过我担心咱们可能会困在半路。"

"哈尔肯定在门廊下等着呢,看见你的车灯他会过来接的。你们回去吧。"

她迅速爬下车,在诺布尔太太和托马斯还没来得及下车追她之前就头也不回地走上了岔路。

走到半路她转身冲他们挥手,看着他们的车灯渐渐消失在远处。

她在雪地中艰难跋涉,每一脚都要把新鞋子高高抬起。两旁挺立的桉树,树枝被积雪压弯,感觉像走在一道白色的婚礼拱门中。她随心所欲地脸朝天空,感受着纷纷飘落的雪花。这样的美她几乎有些承受不起。她想到了罗宾,想到了他们会如何度过即将到来的周末。他们要在雪地里印出天使的形状,还要堆出和他们外公一样高的雪人。

终于过了林地,哈尔的农舍映入眼帘。它虽然破旧,但在雪地和月光的交相辉映下却也楚楚动人。达奇丝情不自禁地笑了。远远地,她看到厨房里亮着灯。

她又往前走了一步,但立刻停住,僵在原地。

雪地中有脚印,虽然几乎被新雪覆盖,但依然清晰可见。

脚印。

很大的脚印。

这天夜里她第一次感觉到了寒冷,真实的蒙大拿州的寒冷。

"哈尔。"她小声叫道。

她不由得加快了脚步,同时加速的还有那抑制不住的心跳。不对劲。她有种不祥的预感。出事了。

这时她看见了他,顿时放下心来。

他坐在长凳上,猎枪放在脚边。

快到门廊时,她朝他挥手,咧嘴冲他笑,随即踏上台阶。她要把舞会上的糗事一五一十全说给他听。

可这时她看到了他的脸,苍白,紧张,头上有汗。他呼吸有些困难,却仍努力对她微笑。

达奇丝慢慢走近,而后小心翼翼地掀开盖在他身上的毯子。

她看到了血。

"天哪,哈尔。"她低声叫道。

他一只手捂着肚子,可血依然汩汩地往外冒。

"我打中他了。"哈尔说。

奄奄一息之际,他伸出一只手。达奇丝抓住他的手,他的血就像致命的疾病。

但她立刻又松开了手,冲进厨房去打电话。艾弗县警察局的电话就在他们的快速拨号单上,她尽最大努力说明了这里的情况。

放下电话时,听筒上留下了红色的指印,那是哈尔的血。她从橱柜里迅速找到威士忌,忙不迭地跑出去。

"妈的!"她把酒瓶喂到哈尔的嘴上。

他剧烈地咳嗽起来,嘴角也开始淌血。

"我打中他了,达奇丝。他跑了,但我打中他了。"

"别说话,马上就有人来救你了,他们马上就到。"

哈尔看着她。"你是法外狂徒。"

"对,我是。"她的声音在颤抖。

"我为你感到骄傲。"

她紧紧抓着哈尔的手,头抵着哈尔的头。她闭着眼睛,努力抑制住眼泪。"该死的!"她大声叫道。她拍打着哈尔的胳膊、胸口,狠狠扇他的脸。

"外公,你醒醒啊。"

她看着沾在自己黄色新裙子上的血,又看看雪地,一行脚印把她的视线引向白色的田野。

她再一次跪下。"我们从结束处开始。"随后她毅然拿起外公身边的猎枪。

她不再感觉到寒冷,不再留意皎洁的满月。她的眼睛里没有繁星,没有红色的谷仓,没有冻结的水。

来到马厩,她给小灰套上马鞍,将它从圈里牵了出来。

她一手拿枪,一手抓着马鞍敏捷地跃上马背。缰绳一抖,小灰沿着那行足迹追踪而去。

达奇丝恨死了自己,她被所谓的新生活的承诺冲昏了头脑。此时此刻,她想到了初到这里时那满腔的愤怒,热烈而扭曲的愤怒。

她告诉自己她是谁。

她是达奇丝·戴伊·拉德利。

她是法外狂徒。

第三部分

复原

二十八

他从白天一直开到晚上,远光灯,闪烁的野花,莫哈韦沙漠里除了不断变换的形状,别无他物。

十五号公路,拉斯维加斯的灯火,辉煌得如同从天而降的外星飞船。

广告牌上,时髦的魔术师把眉毛画成奇怪的弧形,过了气的小明星带着他们年深日久的旧唱片一路奔向西海岸。

他在后视镜中看着这一切渐渐消失,它们就像从来没存在过一样。他绕开了火焰谷、比弗水坝,以及后面的大峡谷。汽车旅馆和加油站灯光闪烁,随着时间的推移,高速公路上的车辆愈发稀少。

途经锡达城,他在一家通宵营业的饭馆停车吃饭。艾恩县最有名的商业区,大部分都已沉睡。他坐在一张餐桌前,听附近几个家伙议论什么送别克拉克。他也不知道这个克拉克是死了还是要结婚。

一路上他不停地揉眼睛,时刻留心着路牌。波卡特洛,布莱克富特,爱达荷福尔斯。

卡里布-塔基国家森林公园进入了视野,在经历了上千英里一成不变的黑色之后，他终于看到了第一抹蓝。他在八十七号公路上放缓车速，看着从亨利湖上冉冉升起的太阳。湖水反射出五颜六色的光线，他又揉了揉眼睛。

抵达斯里福克斯时他第一次见到了雪。白色的原野连着白色的天。他关上车窗，打开暖气，可他既没有感觉到冷，也没有感觉到暖和。

艾弗县警察局打电话时，沃克正在家里床上躺着，由于身体处于麻痹的状态，他差点就错过了电话。不过等那边的警察挂了电话后，他把手里的听筒摔了一次又一次，直到它四分五裂。接着他又把桌上的东西哗啦一声全都扫落在地，还把电脑显示屏踢得粉碎。可过了一会儿，他又慢慢把遍地的狼藉清理干净。

那么多的明信片，多少个周五晚上与哈尔通话，他无非希望姐弟俩能过上正常人的生活，那是他们应得的，而今这幻想已化为泡影。沃克痛苦极了，三天没有和任何人说话。他请了假，把往前十年所有没休的假都一并休完。大伙儿担心坏了。路安妮过来敲他的门，他毫不理会。玛莎的电话他也不接。

第一天他待在自己的公寓里。他在电视机后面的墙上绘满了达克的生活轨迹，这么做是为了让自己永远不要忘了那个家伙。他不放过任何一条线索，有些号码古老得已经打不通，要么就是打到某些莫名其妙的人那里，结果对方从来就没听说过达克这个人。他试过喝酒，开一瓶占边威士忌，一口气干掉四分之一。酒精加上药物，可以让他昏昏欲睡。他拿着放大镜寻找自己的错误，他需要一个理由来承担所有的罪责，好让自己继续沉沦下去。可他一无所获。这是一只残酷的命运之手，看不出任何异常。达克看准时机果断出击了，而他们却找不到丝毫可以将他绳之以法的证据。没有目击者。大雪掩盖了血迹。警方发布全面通缉，在主要道路上设卡盘查，还派出一队警力尽可能深入地调查搜索。艾弗县警方推断凶手已经死亡，尸体可能早就冻成冰雕被大雪封存在树林里，而等冰雪融化之后，尸体极有可能会被野兽分食。

沃克回到警局继续工作。他照常记录违规行为，定时到小学附近巡逻，正常交接班。如此度过了四天一夜。

玛莎来看他，当他把噩耗告诉她时，她惊恐地捂住了嘴。如果说沃克之前已经崩溃，那么发生在蒙大拿的事无疑让他崩溃的碎片分离得更远了。他已经放弃了重新振作的希望。

他去找文森特，独自坐在闷热的等候室里苦等了三小时，只盼文森特能够改变心意出来见他。他和卡迪看犯人们打篮球，见有人跌倒或有人被撞掉了牙齿，他的心里依然波澜不惊。

他已经很久没修过胡子，如今胡子已经下探到他瘦骨嶙峋的胸口。短短几个月，他仿佛老了十岁，脸颊瘦得只剩一层皮。

到刘易斯和克拉克国家历史公园时，积雪更厚了。他在八十九号公路上的一个加油站停下来洗漱。盥洗室里骚味冲天，他憋着气脱下了警服。在闪烁的灯光下，他一丝不挂地站在镜子前。肚腩不见了，下垂的胸部消失了，取而代之的是一根根肋骨和突出的髋骨。他重新穿上衣服，首先是衬衣，接着是休闲裤，最后是领带。头发最近剪短了，所以用不着梳。他双手颤抖，但大脑没工夫和它们斗争。随便吧，反正它们越来越不听使唤。当他一手拿着手机时，另一只手已经连支钢笔都拿不起来了。他筋疲力尽，心里又急得抓狂。

浸礼会谷景教堂到了。

有人清扫了停车场，四面堆起的雪有墙那么高。他早到了一小时，索性放倒座椅闭上眼睛。赶了一夜的路，起码要睡半小时才能恢复一点精神，可思绪却缠着他不放。他想起达奇丝小时候，以及她看待他的方式，仿佛他是那个能解决她所有问题的人。

最早到来的车辆驶入了停车场。他看着他们，一群脸被冻得通红的老人，迈着从容的步伐缓缓走进小教堂。

管风琴演奏着平静的曲子，沃克在教堂后面找了个角落。

教堂最前面放着棺材，当所有人站起时，他也随着一同起身。

这时他不经意地扭了下头，看到罗宾拉着一个他不认识的女人的手。这孩子好像突然长大了，他的童年再一次被人无情掠夺。

这时，她来了。一袭深色长裙，简单朴素。她抬着头，目光坚定，甚至充满挑衅。她环顾教堂，人们努力冲她微笑，悲伤的微笑。她没有回应，如今的她已经不再是个孩子。

看到沃克，她怔了一下，只一下，仿佛突然想到某段不堪回首的往事，随后她便走过去了。

等她在前排就座后，沃克看到了她头发上的蝴蝶结，虽然插得很深，但能看得出来。

她后面坐着一个戴眼镜的瘦弱的男生，当牧师开始讲话，罗宾开始哭泣，那男生将一只手放在达奇丝的肩头。她没有回头，只是晃了晃身体，摆脱了那只手。

葬礼结束，沃克跟着他们回到哈尔的农舍。

屋里已经准备了三明治和糕点。多莉自我介绍了一番，递给沃克一杯咖啡。

像大多数经历类似变故的小孩子一样，罗宾失魂落魄地站在那位女士身边。多莉递给他一个甜甜圈时,他没有道谢。而后当那位女士问他要不要上楼最后看一眼自己的卧室时,他依然没有道谢。

沃克悄悄退了出来,沿着一行小小的脚印,踏着积雪找过去。她在马厩里,背对着他,用小手轻轻拍打着那匹漂亮的灰马的鼻子。马低下头,用鼻翼摩挲她的手,于是她温柔地亲了亲马。

"现在你可以走了。"她头也不回地说,"没必要在这儿多待。我看见了,屋里那些人可能早就待不住了,他们在不停地看表。好像哈尔很欢迎他们到家里来似的。"

沃克走到拱形的房顶下。"我很抱歉。"

她举起一只手。没关系?滚吧?沃克不知道是哪种意思,但这不重要。

"有个男孩儿一直在找你。"

"那是托马斯·诺布尔。他根本不了解我。"

"但多交个朋友总是好的,你说呢?"

"他就是个普通的男孩子,父母健在,成绩优良。每年夏天全家都到美特尔海滩的度假屋待六个星期。我们不是同一类人。"

"你吃得还好吧?"

"你呢?你变化很大,沃克。你那身赘肉哪儿去了?"

她只穿着裙子,但却并没有被冻得瑟瑟发抖。

"教堂里和罗宾在一块儿的那位女士——"他说。

"普赖斯太太。她习惯我们这样称呼她,免得我们和她走得太近。她来只是露一下脸。"

沃克与她对视了片刻,但她很快又看向了别处。

"我真的很抱歉。"

"该死的,沃克,别再说这种屁话了。你能帮的已经帮了。认命也好,顺从也罢,没什么区别。"

"这可不是教堂里教的。"

"自由意志只是幻想,你越早接受这一点就能越早跳出苦海。"

"农场怎么办?"

"我听他们商量过。哈尔有负债,农场会拍卖掉,所得用来抵债。什么拉德利家的地产,我们只是看守罢了。"

"那罗宾呢?"

悲伤,这是他从她身上唯一看到的东西。它深藏在她的眼底。

"他……他现在都不说话了,除了回答别人是和不是。他们会想办法安顿我们,找个家庭寄养吧。普赖斯太太和他丈夫拿了政府的钱,答应接纳我们,供我们吃穿。每晚八点让我们上床睡觉,因为他们要享受自己的时间。"

"圣诞节。"他后悔说了这三个字,好像它们还有什么意义。

"我们的社工给我们带了礼物。普赖斯太太对罗宾倒是体贴入微。"

沃克吞了口唾沫。

达奇丝转身继续爱抚她的马。"它会被卖掉的,除非有人希望它留在农场。但愿他们不会太累着它。那天夜里之后它都有点瘸了。"

"它摔着了?"

"是我摔了,"她苦笑着说,"不怪它,它是匹好马。我摔了之后它一直陪着我,不离不弃。"

雪花又飞舞起来,沃克回头看了眼农舍,那个戴眼镜的男孩子被他妈妈领了出来,正伸长脖子往达奇丝这边张望。沃克忽然想到了文森特和斯塔尔。

"你还会留在这里,上同一所学校吗?"

"有个女的负责我们的案子。对,这就是现在的我们,沃克。一个案子。我们只是数字和档案。一个记录着我们的性格特点和过错的清单。"

"你不是数字。你是法外狂徒。"

"可能我爸爸的基因太他妈弱了,冲淡了我们的拉德利基因。我不是斯塔尔或哈尔,罗宾或比利·布鲁。我只是一个晚上,一次失误,一个冲动的结果。除此之外我什么都不是。"

"你不能这么想。"

她背过身去,好像在和灰马说话。"我永远都不可能知道我是谁了。"

他望着无垠的冰天雪地,远处的山脚下有成群的麋鹿在活动。"如果你需要我。"

"我知道。"

"可你不会找我。"

"那个老牧师,有一次祷告结束后,他问我们这些孩子生命的意义。他是一个一个问的,大部分的回答都是爱和家庭。"

"那你的回答呢?"

"我什么都没说,因为罗宾在呢。"她咳嗽了一声,"但你知道罗宾是怎么说的吗?"

沃克摇头。

"他说生命的意义在于有一个在乎你的人保护你。"

"他有你。"

"可你看看我们现在的样子。"

"你很清楚这不能怪——"

她用一个闭嘴的手势止住了他。

"他们认为被哈尔打伤的那个人已经死了。"

"我知道。"

"他们不想再搜索了。那人是达克,可他们不相信我。"

两人一起踏雪走向沃克的警车。

"我想到文森特·金了。"

他想找到其中的关联,斯塔尔和达克。可他无能为力。

"这件事不能怪你。"他看出了达奇丝的心思。

"不,沃克。这一次就是怪我。"

他转过身,想抱一抱她,可她却伸出一只手,无奈他也只好伸出手。

"我们以后不会再见面了。"

"我会经常联系你们的。"

"能不联系吗?"她的声音第一次出现了颤抖,虽然不易察觉,但沃克看着她把头扭到了一边,"你走吧,还像从前那样叮嘱我要好好的。从此之后你过你的,我过我的。沃克局长,我们的故事不值一提。虽然很悲伤,但却微不足道。咱们就不要假装惊天动地轰轰烈烈了。"

他们在沉默中驻足片刻,感受着凛冽的寒风吹过树林,吹过田野。

"好吧。"沃克说。

"然后呢?"

"你要好好的,达奇丝。"

二十九

他们的社工涂着紫色的唇膏,看起来格外阴森诡异。

她叫雪莉,头发染了三种颜色,三种在达奇丝看来都不怎么自然的颜色。但她是个热情又充满爱心的姑娘,对姐弟俩的未来牵肠挂肚;而她又十分多愁善感,虽与哈尔素未谋面,却能为他哭得梨花带雨。

他们坐在她那辆破破烂烂的沃尔沃740旅行车后排。车厢地板上丢着可乐罐,烟灰缸里塞满了烟头,但有一点,达奇丝和罗宾在车上时,雪莉从不抽烟。

车子在水塘边拐了个弯,在驶入林间之前,达奇丝最后一次望了望老屋。

"你们两个还好吧?"雪莉嘎吱一声挂上二挡,车子抖了几下。

达奇丝拉着弟弟的小手。他没有抗拒,也没有捏捏姐姐的手作为回应。他只是任由自己的手了无生气地搁在姐姐的手心里。

雪莉在后视镜中冲他们微微一笑。"仪式办得挺好的。"

他们驶过一英里又一英里的茫茫雪地,空气冷飕飕的,冬天的手伸到了各个角落。他们已经想不起秋天的样子。但达奇丝却感到庆幸。尽管让世界封冻吧,让所有的色彩都消失殆尽,只剩下一张洁白无瑕的画布。

他们来到萨德勒镇,这里的每一条车道都清理得干干净净。

普赖斯家所在的那条街,房子都是一样的户型,房龄也都在十年上下。普赖斯家的房子刷成了油灰色,看着格外平平无奇,就好像当初开发者不好意思让一栋房子破坏了本地的风景似的。

"我们到了。你们和普赖斯先生和太太合得来吧?"雪莉经常问这个问题。

"还行。"罗宾说。

"亨利和玛丽露呢?"

她说的是普赖斯家的两个孩子。虽然他们年龄相近,但却来自截然不同的两个世界。在教堂里当着他们父母的面,两人还算礼貌,但达奇丝听见过他们在背后议论哈尔和她,说要离她远一点,因为传说她曾孤身一人拿着枪骑着马去追一个杀人犯,而且还朝那人开了一枪。什么样的女孩儿能干出这种事啊?

温室里的花朵哪知道社会的险恶。

"他们还好。"达奇丝说。

他们互相拥抱、道别。达奇丝拉着罗宾走上通往普赖斯家的小路。雪莉一直等普赖斯先生打开门,而后才挥手离开。

达奇丝要过去帮罗宾脱鞋,但他躲开了,自己脱起来。

普赖斯先生什么也不说,什么也不问,扭头就走。达奇丝不能说他们受到了虐待,也不能说这一家人对他们不闻不问。但他们吃饭用不一样的餐碟,喝水用塑料杯,而不是玻璃杯。他们姐弟俩通常待在有电视的游戏房里,而普赖斯一家则坐在他们自己的房间里。他们同在一个家,很多时候却井水不犯河水。

达奇丝跟着罗宾穿过厨房。白色案台,大理石地面,亨利的成绩单贴在冰箱上,玛丽露的绘画作品加了框挂在餐桌上面。罗宾站在门口向外张望。后院里的雪人高大威武,那是普赖斯先生和亨利的杰作,而且他们依然在忙碌着。

普赖斯太太和玛丽露用棍子滑雪,她们把棍子折成顺手的长度。亨利说了些什么,一家人开怀大笑。

"你想出去吗?"达奇丝问。

这时普赖斯太太一抬头看到了他们,但她却像没看到一样,转身继续玩。她一只手揽住玛丽露,保护的意图不言自明。

他们两人的房间是阁楼改建的。达奇丝随罗宾爬上楼梯。他们有一个独立的小浴室,里面有盆、浴缸,杯子里放着牙刷。一个小书架上摆着一些卷了角的破书,《五伙伴历险记》,苏斯博士作品集。

"你要不要把衣服先换掉?"

罗宾倒在床上,翻了个身,免得姐姐看到他哭鼻子。他的肩膀在微微颤抖,达奇丝靠过去坐在他身旁,当她把手放在弟弟的胳膊上时,他晃晃肩膀拒绝了。

"你今天不该来。你不是讨厌外公吗。他对你好的时候你还对他说那些刻薄的话,你一直都很刻薄。"

他凝视着外面的天空,雪仍在纷纷扬扬地下着,如今的他们只能靠寄人篱下才能获得每日温饱了。

"对不起。"达奇丝说。

"你说了那么多对不起,有什么用?"

她戳了戳弟弟的肋部,可弟弟没笑。

"想不想看书?"

"不想。"

"想不想拿雪球砸玛丽露的脸？我能用冰做雪球哦。"

差一点就笑了。

"我一下子就能搞定普赖斯先生，起码能报销他一颗门牙。普赖斯太太不值一提，一根冰柱就能解决。我们逼亨利吃黄雪。"

"哪有黄雪啊？"

"在雪上撒泡尿不就有了吗？"

罗宾总算笑起来，达奇丝一把抱住他。

"我们以后会好起来吗？"他问。

"会的。"

"怎么会呢？"

"我们——"

"你养活不了咱们两个。而且我觉得普赖斯先生不喜欢我们在他家。"

"照顾咱们，他们每月能拿到一千两百美元呢。"

"这么说，他们为了钱会愿意留下我们。"

"不，这只是寄养，暂时的。你忘了雪莉是怎么说的了吗？她会给我们找一户好人家，我们就可以永远待在那个家了。"

"有农场和牲口的家吗？"

"也许吧。"

"那我们很快就能去撒外公的骨灰了。"

"等他们通知雪莉的时候。"

"那看来我们会好起来的，一切都会好起来的。"

达奇丝亲了亲弟弟的头，她不喜欢对弟弟撒谎。她从浴室里找到一把小剪刀，给弟弟剪了剪指甲。"你这指甲早该剪了。"

罗宾盯着她。"你又像妈妈一样了。你该多吃点饭。"

她翻了个白眼。罗宾笑了笑。

晚饭是土豆泥和香肠,两个人是坐在电视机前吃的。他们依然穿着葬礼上的衣服。

"她起码会做饭。"罗宾边吃边说,"像这样的香肠我能吃两根。"

达奇丝立刻用刀插住自己那根香肠,准备放到弟弟的盘子里,但罗宾推开了她的手。"我不吃你的,你也得吃。"

"我去看看还有没有。"

她端起自己的盘子慢慢来到走廊。房间里剩罗宾一个人,电视里放着动画片。走廊墙上挂着普赖斯一家人的照片,其中一张是在迪士尼乐园,亨利和玛丽露头上戴着老鼠耳朵;一张在肯尼迪艺术中心,还有一张在大峡谷。普赖斯先生和亨利戴着同款鸭舌帽。

此外还有个牌子,上面写着"上帝保佑众生"。一张普赖斯太太站在水边大笑的漫画照,达奇丝可从没见她像画里那样笑过。

在厨房门口她停住脚,里面传出普赖斯一家聊天的声音。他们围坐在餐桌前,普赖斯先生正在询问玛丽露考试的情况,而后又问亨利垒球打得怎么样。达奇丝一直等亨利开始答话才悄悄溜进去。

"达奇丝。"

达奇丝转过身。几双眼睛同时望着她,屋里鸦雀无声。

"我……罗宾挺喜欢吃那个香肠的,我过来看看还有没有。"

"没了。"普赖斯先生说。

"哦。"

她扫了一眼玛丽露的盘子,里面有三根。

达奇丝转身走了,她把自己盘子里的香肠叉起来,回去给了罗宾。

"你的已经吃完了？"他问。

"是啊，挺好吃的。"

"我没骗你吧？"

等全家都睡着了，达奇丝悄无声息地下楼去了普赖斯先生的书房。屋里全是木家具，书架上整整齐齐摆满了金融和货币方面的书。她用电脑查文森特·金的资料，把和案件有关的内容全看了一遍。结果她被搞糊涂了。在罪名那么清楚的情况下，文森特却拒绝认罪。报纸说他依然不说话，提审的时候也保持沉默，而且他至今没有给自己找律师。

地方检察官是个老练的女人，她表示要为斯塔尔·拉德利和她的遗孤做主。那些可怜的孩子。

听到门口有动静，她急忙转身。

"谁让你到爸爸的办公室里来了？"

玛丽露。白白胖胖，美中不足的是皮肤上有许多粉刺。她妈妈每天都给她梳头。她今年十五岁，在达奇丝看来，她这种女孩儿将来很有可能会把贞洁指环戴在手上，不过等她第一次喝酒之后，便会把它丢到九霄云外。

"我得用一下电脑。"达奇丝解释说。

"我要告诉爸爸。"

达奇丝故意装作害怕的样子哀求说："哦，千万别，不要告诉你爸爸。"

"你最好小心点。"

"要不然？"

"你以为我们家是头一回收养别人的小孩儿吗？"

达奇丝不由得瞪了她一眼。

"我听见你和你弟弟说的话了。你以为他们会重新安置你们？"玛丽露幸灾乐祸地笑着说。

"为什么不会？"

"哼，罗宾还有可能。他年纪小，也挺乖。可我听爸爸说你这个人劣迹斑斑，没干过什么好事儿。谁会要你啊？"

达奇丝往前逼近一步。

玛丽露警觉地后退了一步。"你想揍我，对不对？来吧，像你这样的小孩儿不就喜欢打架吗？"

达奇丝紧握着拳头。

"动手啊。"玛丽露笑着挑衅说。

达奇丝感觉到了难以抑制的怒火。但这时她扭头看了一眼电脑。屏幕上是一张事发当晚的现场照片。常春藤路那栋小小的房子，画面中模糊不清的邻居和记者。而在那张照片中的一侧，是面带微笑的沃克。这张脸总能让她想起美好的事情。

她径直从玛丽露身边走过，吸口气，上楼去了。

三十

沃克在办公桌前醒来,阳光照在凌乱不堪的文件上。

他挣扎着坐直身体,却疼得差点叫出声。他从抽屉里拿出药,不用水干吞了两片。

他已经让利亚为他定制了新的裤子、衬衣和外套。尺码的跨度告诉他,最近他起码瘦了二十五磅。

敲门声不知道响了多久,听起来很是紧急。

他踉跄着站起身,试着伸了下腰,结果疼得差点吐出来。他深吸口气,挺起胸膛,走出办公室,看到敲门的是五金店的欧尼·科夫林,他一颗心才放进肚子里。

"早上好。"沃克打开门,但欧尼却不进来。

"那个屠夫呢,他在哪儿?"欧尼双手插在棕色的围裙兜里,大声嚷嚷道。

沃克一时摸不着头脑。

"那个屠夫,"欧尼重复说,"现在都过七点了。他每年都在同一个日子度假回来,怎么他的肉店到现在还没开门?"

"可能去打猎了。也许射箭,或者可能休息了?"

"这个混蛋,又漫山遍野地追火鸡。二十二年了,沃克。从他接手他老爸的肉店开始，二十二年，我每天都从他那儿买早餐香肠，然后拿到对面让罗西帮我做。三个煎饼，配上糖浆，再来两杯浓咖啡。"

"罗西店里也有香肠啊，你就不能先对付一下？"

欧尼一脸嫌弃地看着他。"你看报纸了吗？郊区又开始盖房子了。他们会毁了这里的。我估计你应该也会投反对票吧？"

沃克点头，打了个哈欠，把衬衣塞进裤腰。"我去瞧瞧他。"

欧尼又失望地摇了下头，方才转身离去。

回到办公室，他给米尔顿打电话，无人接听。随后他继续看雪松山庄的监控录像。这是门卫摩西斯给他的，没怎么费劲，摩西斯甚至没问他要证明，若真要问起，他倒要犯难了。

监控画面就像静止的一样，半天不见一点动静，但因为画质太差，他不得不高度集中精神，以免漏掉关键线索。由于没有具体的时间界限，他只能把数天的监控全部看完。一天的时间过去了，画面中只出现过一次邮递员和开着福特车的街坊。

又过了一小时他才看到画面的变化。他放慢播放速度，来回看了三遍。他很熟悉这辆破旧的科曼奇皮卡。他眯起眼睛查看车子保险杠上的贴条，隐约能看出黑尾鹿的轮廓。这是米尔顿的车。

他饶有兴致地看着道闸缓缓升起，而后的监控他搜索得极为仔细。三小时后，车子离开。虽然角度不佳，但可以确定无疑那是同一辆皮卡。

又过了三小时，他在监控中看到一辆轿车，从车辆特征基本可以断定就是找达克的那两个人。

他们十分钟后才离开小区。

沃克用了十九分钟才拨通博伊德的电话，而博伊德只用了两分钟就拒绝了沃克提出的搜查达克家的申请。沃克提到了那两个寻找达克的家伙，可当博伊德问他要车牌号的时候他却哑口无言。这一刻他感觉自己像个菜鸟。

挂上电话，沃克松了松领带，一头扎在桌子上，撞得脑壳生疼。

"看来我不打扰你都不行。"

他抬头看到玛莎，勉强笑了笑。玛莎提着公文包，里面塞满了文件。

"你这儿有酒吗？"她在沃克对面坐下。

他拉开最下一层抽屉，拿出一瓶肯塔基波本威士忌。酒是别人送的，因为他答应对方冬季帮人家查看度假屋。随后他又拿出两个咖啡杯，给自己和玛莎各倒了一杯。

他静静地看着玛莎一饮而尽，胸有成竹地等待着那一抹绯红出现在她脸上。她生气的时候、激动的时候都会脸红，与喝酒时一样。眼前的玛莎·梅，他依然了解她的一切。

"我这儿一无所获。"她大声说道。

"你大老远跑过来就跟我说这个？"

"也许是我想见你呢。"

沃克微微一笑。"真的吗？"

"当然不是。我给你送吃的来了。"她打开提包，掏出一个特百惠的密封盒。

"敢问这里面是什么呀？"

"就是一些剩的意面。"

"然后呢？"

"没了。"

他眨眨眼睛，等待着。

"还有意大利椒,"她终于说道,"煎椒。你得吃东西,沃克。你看你都瘦得皮包骨头了。我很担心你。"

"谢谢。"

她起身来回踱着步,说了些他已经知道的消息,而后重新坐下。接着,沃克把在监控视频中发现的东西告诉了她。

"你的判断是?"玛莎问。

他揉揉脖子。"暂时还没有。我想搜查达克的家,还想知道他把那些钱都付给了什么人。就算不是为了哈尔和斯塔尔,我也想查他。我想让他从镇上消失。"

"如果蒙大拿的那个人真的是他,说不定现在他已经死了。"

"我们可以假定是他,那样就能和斯塔尔联系在一起了。也许罗宾确实听到了什么,达克想杀人灭口。我们可以利用这一点。只是我需要一个突破口。"

"银行的付款凭证?"

"我给银行经理打过电话,可是没有法院指令他拒绝透露任何信息。这很正常。"

"第一联合银行。我觉得你应该从小人物下手,比如出纳员。"

他扬起一侧眉毛。

"怎么,你觉得我手段不行?我可见过不少逃避赡养费的离婚男人,表面上装得身无分文,实际上却隐藏了收入,所以我一向直中要害。"

"效果好吗?"

"不是每次都好,但我会找人帮忙,我也帮他们。律师就是这样。沃克,你对整个小镇了如指掌,总能找到一个帮得上忙的人吧?"

他低头走在主干街上,对任何人的招呼和问候都置之不理,只在抱着狗的爱丽丝·欧文挡住他的路时才停下来。"沃克,你能帮我照看一会儿狗狗吗?我得去——"

"我还有事呢。"

"就一分钟。"她不由分说就把狗塞了过来,然后扭头进了布兰特熟食店。他看着她在店里和柜台后的那个姑娘说话,显然是要订些豆制品,而后又聊起二十块的奶酪。沃克低头看看怀里的狗,小东西龇牙咧嘴,又扭头看看爱丽丝,后者遇见了布里·埃文斯,两人正聊得不亦乐乎。

最后沃克低头看了看自己的警徽,想想他从警以来的日子,忽然发觉自己就是他妈的一具行尸走肉。

他放下狗,解开狗绳丢进旁边的垃圾桶。

那小杂种狗抬起头,一双圆溜溜的狗眼不敢相信地看着他。狗就是狗,被抱得再久,骨子里总残存那么一点野性。它试探性地动动脚,然后迈开步子,沿着大街小跑着远去。

沃克转身离开,他不由得挺直了后背,一边搓手,一边抄近路穿过一个空旷的停车场。这就是现在的沃克,他希望展示给世界的另一面:搓着泥丸,迈着方步,对任何事都心不在焉。

他站在那栋小房子前注视良久。他没见有工人来过,更不知道这里何时已然改建过。他是在玛莎回家一小时后,正看那些已经看了上百遍的访谈记录时才突然想起她的。

迪伊·莱恩。

她在银行见过达克,第一联合银行。她在那里做出纳已经好多年。发现找不到她的最新联系地址时,沃克的心着实沉了一下,不过他打电话给利亚,利亚说迪伊还住在命运大道达克的那栋破房子里,尽管达克已经向她发过搬离告知函。

不过现在来看,这房子可一点不破,新窗户,新门廊,木墙板也粉刷一新,院子里还种了花草,周围扎了篱笆,加了一扇大门。与周围的破败相比,颇有些鹤立鸡群的味道了。

沃克尚未敲门,迪伊已经开门迎客。她面带微笑,侧身让出路,沃克也不多说,抬脚便进了屋。

屋内倒是变化不大。上次来时屋里堆满了纸箱,而今扑面而来的是亲切的生活气息。照片,家具,各归其位。迪伊去煮咖啡,沃克问能不能用一下洗手间,随即便独自上楼。他看到了迪伊大女儿的房间,门上挂着耶鲁大学的三角旗,虽然是很久以前的,但沃克听说迪伊的两个孩子都很聪明。随后是小女儿的房间,粉粉的,床上是崭新的铺盖。此外家里还添了新的电视机和电脑,但都不是太花钱的品牌。以前这两个孩子的名字他都知道,可现在却怎么都想不起来了。

回到楼下,迪伊领他来到院子里,坐在一张小桌子旁。

"我知道你在想什么。"她说。

"我只是很高兴达克让你继续住在这里。我还以为房子早拆了呢,毕竟他后面有几百万的项目。"

迪伊抿了口咖啡,望着远处的大海,仿佛那是今天才出现的景象。

"这里景色很美。"沃克由衷说道。

"是啊。我每天醒来时都不敢相信。现在还早,也许等到五点左右。我喜欢看日落,你见过海上的日落吗,沃克?"

"见过。"

她点上一支烟,深吸了一口,仿佛只有那东西能抑制她的尖叫。沃克知道她做过什么,她也知道沃克知道,可有些过场还是要走,虽然没人喜欢这无聊的表演。

"那天晚上,斯塔尔遇害的那天晚上,你和达克在一起对吧?"

迪伊怔了怔,好像很意外。"我们不是已经谈过了吗?"

"没错。"

"你样子很憔悴,沃克。"

他稳住手,悄悄放在桌下面,随后戴上太阳镜,尽管此时天上飘来了许多云。

"那晚他在这儿。你再跟我说一下,你们干什么了?"

"打炮呗。"她面无表情地说。

不久前的沃克听到这样的回答很可能会脸红。可现在他只是苦笑一下,因为他听出来了,迪伊的话里并没有恨意。

"我拼命工作……"她把烟深深地吸进肺里,"我按时缴税,老实本分地抚养孩子。我老公出轨,可我并没有要他的命。我也从来没有拿过别人什么东西。"

沃克喝了口咖啡,太烫,没品出味道。

"沃克,你知道我一年挣多少钱吗?"

"应该不够花吧。"

"那混蛋不给孩子的赡养费。这公平吗?他把钱全藏起来了,对自己的两个亲生女儿不管不问。"她低下头,"拉德利家的两个孩子,他们——"

"他们的妈妈死了。"

"天哪,沃克。"她一只手理了理头发,她手腕很细,青筋突出,"这叫我情何以堪啊。凶手抓到了吧?"

"你就不想问问达克那天晚上到底去了哪儿吗?"

她仰了仰头，嘴唇微微开启，喷出烟雾。

"你觉得自己一点事儿都没有吗？"

"我不知道你什么意思。"她含泪看着沃克。

"我完全可以传你去做证。你知道做伪证会受到什么惩罚吗？"也许他可以证明达克撒了谎，可那无济于事，他的证据远远不够。

迪伊闭上了眼。"根本不存在什么家庭，只有我和我的女儿们，没有其他人了。"

他不会拆散她们母女，那样代价太大了。这是哈尔、达奇丝和罗宾让他明白的道理。

"我想请你帮个忙，可能最后没什么用，但我很需要。"

她没问帮什么忙，只是点了下头。

沃克拉住她的手，而她紧紧攥着不愿撒开，好像如此便能得到赦免。

三十一

她每晚都睡得很浅,听到动静便立刻翻身起来,穿上毛衣和牛仔裤。罗宾在一旁睡得很沉,和在凡库山医院那晚一样,像个胎儿似的缩成一团。

她走到窗前,做了个噤声的手势,找到运动鞋穿上,而后悄悄下楼,来到外面寒冷的夜里。

他围着围巾,戴着绒线帽,自行车靠在大门上。

"该死的,托马斯,你刚才砸的是玛丽露的窗户。"

"不好意思。"

"你骑了多远啊?"

"我吃过晚饭就出门了,跟我妈说今晚要在朋友家过夜。"

"你哪来的朋友?"

"最近我开始和沃尔特·格尼玩了。"

"那个眼睛有毛病的小子?"

"只有碰了才会传染。"

他的外套厚得要命,身上像包了一摞轮胎。

他们走进狭长的院子。光秃秃的树木后面有个小鱼塘。有次罗宾在塘边坐了一小时,结果普赖斯太太说那里面没鱼。

他们并肩坐在石凳上,头顶半月和星光。

"你应该戴普通的手套,现在就连罗宾都不戴连指手套了。"

托马斯·诺布尔拉过达奇丝的手哈了几口气,随后抖擞精神,达奇丝没说什么。

"你上报纸了。整个事件前前后后全说了。我还留着剪报呢。"

"我都看见了。"

"我希望你能早日返校。"

她看了看沉睡的房子,还有隔壁同样寂静的房子。醒醒吧人们,起来干活挣钱。去度假。操心一下养老金和家长会,想想接下来买什么车,去哪儿过圣诞。

"我喜欢哈尔,我知道他很让人害怕,可我还是喜欢他。真遗憾,达奇丝。"

她在手里攥着雪球,直到双手冻得生疼。"我在想下一步该怎么办。我得振作起来。我只知道我不能搞砸了。玛丽露那个小婊子……我真想宰了她。"

托马斯·诺布尔往下拉了拉帽檐,遮住耳朵。

"我要回黑文角。我答应过罗宾要给我们找个好一点的家。现在对他来说这是最重要的。"

"我问过妈妈,看你们能不能和我们一起过,可是——"

她摆摆手,免去了他难以启齿的尴尬。"就她和邮递员那么个搞法,说不定你很快就会有个弟弟或妹妹了。"

托马斯皱起眉头。

"我不需要任何人……可是我弟弟,他还是个孩子。你相信世界上存在真正无私的行为吗,托马斯·诺布尔?"

"相信啊,比如你跟我去冬季舞会。"

达奇丝微微一笑。

"在所有的季节里,我最喜欢冬天,而且我觉得蒙大拿的冬天比任何一个州的都长。"

"为什么?"

他举起那只残手,连指手套完美遮住了他的缺陷。

"原来你戴连指手套是因为这个。"

"是啊。"

"有一个叫威廉·当斯的亡命徒,枪法一流,被抓之前抢了三家银行。他只有一条胳膊,另一条从肩膀那儿齐刷刷没了。"

"真的吗?"

"是啊。"此刻她真高兴托马斯还不知道她的秘密。

她冷得哆嗦起来。

托马斯脱下外套,披在她肩上。

可他又开始哆嗦起来。

"他们可能会把我们送到很远的地方,如果有人愿意收养我们的话。全国任何一个地方都有可能。"

"在哪儿都无所谓,我照样骑车去看你。"

"我不需要任何人可怜我。"

"我知道,你是我见过的最坚强的女孩子,也是最漂亮的。我知道你听了可能想打我,可我的世界因为有你而变得无限美好了。在你出现之前,我的世界里只有其他小孩儿的嘲笑,只有指指点点和窃窃私语。但现在不一样了,我知道——"

达奇丝突然吻了他。她的初吻,也是他的初吻。托马斯的嘴唇很冰凉,他同样冰凉的鼻尖蹭在她的脸颊上。托马斯受宠若惊,一时竟忘记了回应。达奇丝抽回身子,扭头看着冰封的水塘。

"你闭嘴。"她说。

"我什么都还没说呢。"

"你打算说的。"

他们的嘴巴和鼻孔中喷出阵阵白雾。

"哈尔说,我们总是从结束处开始的。"

"那我们现在在哪儿?"

"我想这不重要。"

"不管在哪儿,反正我希望咱们在这儿能待久一些。"

他们拉手坐了一会儿,随后起身走回院子。春天仍深埋在地下,屋子里有她的行李箱和弟弟,除此之外,她在这个世界上一无所有。此时此刻,她迷茫了。她不知道自己得到的是自由,还是可怕的诅咒。

托马斯·诺布尔从大门口扶起自行车,抹去车座上的雪。

"你怎么找到我的?"把外套还给他时,达奇丝好奇地问。

"我妈妈找过你的社工。"

"原来如此。"

他骑上车子。

"嘿,你今晚来这儿干吗呢?"

"我想见你。"

"还有呢?别骗我,我能读你的心。"

"我在找他,达克。每天放学我都会骑车去你们的老屋农场,在树林里转转。"

"多半只能找到尸体。"

"那样最好。"

他随心所欲地骑到普赖斯家门前车道的尽头,达奇丝跟着他来到街上。路边是一排整齐的信箱,上面印着每家每户的名字。库珀,刘易斯,尼尔森。罗宾喜欢念那些名字。

"托马斯。"

他停下来,一只脚撑着地,扭过头。

达奇丝举起一只手。

他也举起手。

回到屋里时,她发现罗宾蜷缩在墙角,小手捧着脸正嘤嘤地哭。

"怎么了?"

"你去哪儿了?"他抽泣着说。

"托马斯·诺布尔来了。"

"床。"

她望向皱成一团的床单。

"我尿床了。"他既伤心又难为情地说,"我做了个梦,和那天晚上有关。我听到了一些东西。我听到有人说话。"

她把弟弟搂进怀里,亲吻着他的头,随后帮他脱掉短裤和T恤,把他放进浴缸洗了个澡。

洗好之后,她给弟弟穿上干净的睡衣,把他放在她自己的床上。她还没有把湿了的那张床垫掀开,弟弟就已经睡着了。

沃克躺在床上,回顾着他最新掌握的情况。关于斯塔尔被杀那天晚上,迪奇·达克在他的不在场证明上撒了谎。米尔顿去找过达克,也许他们两个确实去打猎了,但沃克不相信。米尔顿如今不见人影,沃克去过他家,屋里黑黢黢的。沃克无从查找他的下落,酒店、汽车旅馆,这些都没用。米尔顿喜欢野营、打猎,喜欢到荒无人烟的地方。

离破晓大约还有一小时,他起身穿衣,喝了杯咖啡,然后驱车前往雪松山庄。

夜里没有门卫值班,所以沃克便把警车停在大树下,穿过车道,从一侧的小门溜了进去。

他感觉像进入了无人区,每栋房子里都死气沉沉的,包括街对面。他满不在乎地仰着头,显然这会被监控拍得一清二楚。他不知道是由于缺乏睡眠还是身体震颤,但这个早上他对自己可能会惹上的麻烦毫不在意。

他沿着房子一侧走到屋后,打开大门进入院子。可没走几步他便突然停住。只见屋子后门上有块玻璃被齐边齐沿地摘了去,看样子是怕闹出动静。拧住门把手时,他想到了找达克的那两个人。

在屋里转了下,沃克没发现什么异常。电视机关着,碗里放着塑料水果。上楼看看卧室,标准幸福之家的布置。

他检查了床底,掀开了床单,还把枕头丢到地板上。这时他看到了一件与整体环境格格不入的东西。床上有件小巧的粉色毛衣。那是件女士毛衣。他想把衣服装起来带走,好让博伊德看看。但转念一想,他没有去碰衣服,而是在便笺本上记下来,免得自己忘记。

房间里忽然闪过亮光。

他急忙弯腰躲到窗边,随后便听到汽车空转的声音。他冒险偷看一眼,不同的轿车,但仍是那两个人。长胡子的那个家伙摇下车窗,嘴里的香烟一明一灭。他注视着房子。

沃克的心狂跳起来。

一直过了十五分钟他们才倒了下车，调头，缓缓开走。还好，沃克看清了车牌号。

来到厨房，他打开灯，搜查每一个橱柜。

他差一点就与重要的线索失之交臂。

他跪在地上查看瓷砖。

显然，那是血迹。

技侦车三小时后才到，这已经很给面子了。沃克打电话的时候，塔娜·勒格罗斯马上就要下班了。不过两人关系非同一般，有一次沃克在福尔布鲁克街巡逻时，在一个派对上逮到她的儿子抽大麻。他根据那孩子的姓氏认出了他，所以就没做笔录直接放他回家了。这件事足以让塔娜感激他一辈子。

门卫摩西斯来到警卫室，沃克本想和他解释，但后来他发现回答那些问题的最简单有效的方式就是给门卫塞上一张二十美元的票子。

沃克来到里屋的一间小办公室。不出所料，电脑是中空的塑料假玩意儿。

塔娜到了，同来的还有另一个年轻家伙，办事有条不紊，充满激情。塔娜拉下口罩时，站在后边的这个小伙子扬起了一侧眉毛。塔娜指了指厨房方向，百叶窗拉了下来，发光氨试剂让地板泛起了红光。

"天啊，"沃克说，"真的是血？"

"对。"塔娜说。

"多吗？"

"多。"

"能化验吗？"

"你来这儿有搜查令吗?"

沃克不作声了。

"看来我没办法挖瓷砖了。"

"对不起。"

"我用拭子采个样吧,你多给我透露点资料,我给你拿个简况报告出来。但如果系统中没有符合的血型资料,那我就无能为力了。"

沃克想起寻找达克的那两个人,而后又想到了米尔顿。

他把警车停在人行道上,跑着穿过米尔顿的前院儿,咣咣咣地砸了一通门。

"米尔顿!"他喊道,随后退到街上观察楼上的窗户。他听到后面有动静,转身一看,布兰登·洛克正给草坪浇水。

"你看见米尔顿了吗?"

"度假去了。"布兰登邋里邋遢,胡子拉碴,头发蓬乱,戴着深色眼镜。

"你没事吧?"沃克问。

"利亚没告诉你吗?"

"告诉我什么?"

"他们俩几乎不说话了。她甚至都可能不知道。"布兰登含糊不清地说。

"知道什么,布兰登?"

"艾德让我走了。"

沃克走近一步,他闻到了酒气。

"我,约翰和迈克尔。"

"很遗憾。"

布兰登摆了摆手,转身蹒跚着走回自己家。"市价下跌,经济萧条。扯淡!是艾德搞砸了。他酗酒,搞女人。以前他去八度空间比我还勤呢,而我已经够夸张的了。"

沃克拖来一个垃圾桶,踩着翻过米尔顿家的侧门,跳进后院。落地的时候,他感觉自己的骨头都震碎了。

他在一块假石头下面找到了钥匙。五年前,米尔顿捡了条瘦得皮包骨头的杂种流浪狗。一年后,等那条狗长得膘肥体壮时,米尔顿就把它杀了,打了好多肉。当年米尔顿的父亲去世之后,沃克答应帮他喂那小东西来着。

到了屋里。

沃克立刻闻到了血腥味儿。米尔顿走到哪儿都散发出这种气息。他看到墙上有个日历,两个星期都做了标记,米尔顿还在他可能开张营业的日子上画了个圈。

"米尔顿!"他再次喊道。万一那小子在洗澡,待会儿突然光着屁股跑出来,那可就是沃克一辈子都别想甩掉的噩梦了。

客厅里没人。

他上楼看了看客房。地板上有个床垫,但没有铺床单。随后他去主卧。

主卧十分整洁,尽管天气很热,但床上依然放着厚毯子。一张旧梳妆台,上面有镜子,可能是米尔顿的妈妈过去用的。墙上有个鹿头,安装在桃花心木上。了无生气的两只鹿眼看得沃克心里发毛。他在想什么样的人会让这么个东西天天盯着自己。

房间里还有个书架,上面摆满了关于打猎、布置陷阱、野外地图方面的书籍,关于天文学的一本都没有。

他走到窗前,看到米尔顿的星特朗天文望远镜,用手指在镜筒上轻轻一摸。上面落了厚厚的一层灰尘,感觉像一年没用过似的。

他俯身趴在望远镜上,只看了一眼便不由得深吸了口气。因为望远镜的角度并没有对准天空,而是对着街对面。

一扇特定的窗户。

斯塔尔·拉德利卧室的窗户。

沃克不由想起米尔顿的种种表现。他总是乐于助人,开着他的科曼奇,帮斯塔尔倒垃圾,送肉给达奇丝让她带回家。沃克一直认为他是个热心肠,虽然有点儿古怪,但大体上还是个正经人。没想到啊。沃克暗骂一声,开始在米尔顿的抽屉中搜索。

他在床底下发现一个手提箱,拖出来放在床垫上。

邻里守望。

箱子上面用马克笔潦草地写着这几个字。箱子里的东西倒是整齐规矩,照片也都分了类。粗略估计,大概有数百张。其中有些是拍立得照片,有些质量相对好些。他拿起一张,照片中的斯塔尔只穿着内衣。而大部分照片都是此类。有些上面她穿着衣服,在院子里干活儿,有些把达奇丝和罗宾也拍了进去,但他们永远只是可有可无的背景。他放下那些半裸的照片,有斯塔尔弯着腰的,有斯塔尔脱衣上床的……

"米尔顿这个混蛋。"

有些照片明显年深月久。十年守望啊。他注意到几张照片的主角是和斯塔尔约会的男人,沃克想不起那人的名字,他估计米尔顿是想拍到他们做爱的场面,可惜每次都是斯塔尔和那人礼貌地亲吻,互道晚安,而后那人便退到了客厅里。

这时他忽然愣住了。

有个文件夹上标着的日期是六月十四日。

那是斯塔尔被害的日子。

他的手哆嗦着翻开文件夹，不由得骂了一句，里面是空的。

沃克最后又搜查了一遍，随后给局里打了电话。接电话的是利亚·泰洛，沃克的话令她大吃一惊。

沃克说，等他找到米尔顿，会立刻逮捕他。

三十二

生活变得支离破碎。

每天早上,玛丽露和她的弟弟与他们的朋友一起走路上学时,达奇丝和罗宾总是安安静静地跟在后面。那群人不时扭头看看,小声嘀咕一阵,而后哄堂大笑。有一次达奇丝在冰上滑了一跤,挂破了牛仔裤,擦伤了膝盖。可他们没有一个人停下来拉一把。她默默忍受着疼痛,背着她自己和弟弟的书包,一瘸一拐地继续走。

普赖斯太太在罗宾的床上加了层塑料隔尿垫。每天晚上罗宾和达奇丝爬上床时,隔尿垫都会发出令人讨厌的窸窸窣窣的声响。

他们和两对夫妻见过面。

第一对是科林先生和太太。达奇丝一看就知道雪莉为了他们是下了大功夫的。他们见面的地点在双榆大道上的公园里。达奇丝带着罗宾荡秋千,科林两口子和雪莉坐在公园长凳上,喝着保温杯里的咖啡,远远注视着他们,就像他们是宠物动物园里的动物。

"他们在看什么?难道他们想让我们玩杂技吗?"达奇丝气愤难平地说。

"小点声,他们会听见的。"

达奇丝从兜里掏出一张纸巾替罗宾擦了擦鼻子,而后继续推着罗宾荡秋千。这时雪莉冲她笑了笑。

"那男的看上去像个图书管理员。"

"为什么?"

"你看他的眼镜。还有他的卫衣没袖子。我估计他们年龄大到已经没办法生小孩儿了,所以才考虑收养。也许是男的种子不行,也许是那女人地不行。"

罗宾迷惑地看着姐姐。"什么地?"

"我是说她的生育能力。"

"她看着挺健康的呀。"

"我都能感觉到她每个毛孔里散发出来的悲哀。她该把卵子冷冻起来。估计她对我们不会多好。"

"可没有别的人来啊。"

"会有的,雪莉不是说了嘛,我们得耐心一点,对不对?"

罗宾低下头。

"对不对?"

"嗯,我想是吧。"

"这些人都是经过考核审查的,还上过育儿课,知道怎么当家长。"

她把罗宾推得越来越高,铁链都要与地面持平了。罗宾激动得又是叫又是笑。达奇丝对弟弟的适应能力感到惊奇。他在见普赖斯先生和太太时总是面带微笑,仿佛在期待他们有朝一日也能有所回应。

她已经保持了极大的克制,玛丽露幸灾乐祸,亨利不愿与罗宾分享玩具时,达奇丝都忍着不去计较。她埋葬了内心深处那个时常想起哈尔及哈尔的死,时常想起妈妈及妈妈的死的自己。她读书,看老西部片。她知道复仇能蒙昧一个人的良心,能抹掉一个人身上所有的优点。

是沃克的存在阻止了她去干傻事。他像一只锚,将她牢牢系在良善的港湾,使她的心时刻想着未来,而非现在。沃克的存在使她相信这个世界上还有好人,使她能控制住自己,没有冲到雪莉和科林夫妇面前让他们滚蛋,告诉他们她会照顾罗宾一辈子。这时科林太太举起一只手,罗宾咧嘴笑着,大力挥舞着胳膊,好像他根本不清楚眼前的状况。这两口子和他们没说几句话,只用浓浓的中西部口音提了几个问题,收养指定没戏。这不过是又一对想通过收养孩子来弥补人生缺憾的夫妻罢了,而拉德利家的这俩孩子显然不符合他们的标准。

"不太合适。"回普赖斯家的路上,雪莉对他们说。

当晚,普赖斯太太对他们很恼火,好像这一切都是他们搞砸的,好像她已经厌倦了他们姐弟,而希望每个星期天都能带着更稚嫩新鲜的面孔去教堂显摆。

第二次碰面更失败。桑福德夫妇。先生是个退休的陆军上校,太太是个守着空房的家庭主妇。

他们和雪莉坐在同一张长凳上,一边打量着孩子们一边窃窃私语。上校不时大笑,情绪高扬时还会拍他妻子的膝盖。达奇丝担心这位太太的腿都被她丈夫拍肿了。

"他会打我们的。"站在秋千旁的达奇丝说。

罗宾看着她。

"说不定还会让你剃头当兵去。"

"也许那位太太会教你烘焙。"罗宾说。

"混账东西。"

"你说得太大声了。"

他们望见上校正盯着他们。达奇丝抬手冲他不伦不类地敬了个礼,雪莉紧张地笑了笑。

三月初,大地开始解冻。

达奇丝每天晚上都会坐在窗前看屋檐上滴下融化的雪水,看色彩渐渐重回蒙大拿。早晨迎来冰冷的太阳,但太阳还是那个太阳。人行道上的雪融化了,雪藏了一个冬天的院子得以重见天日。灰溜溜的唐棣焕然一新,白色的小花朝天怒放。她看到了天地之间的变化,却看不到丝毫的美。

达奇丝在枯燥无聊中过着每一天,她的心如一潭死水,每一种情绪都是机械的,无意识的,以至于有时候她会忘记当天是星期几。她关心罗宾,每天送他去上学。她无视玛丽露及其死党凯莉对她的指指点点。她的鞋子,上衣,牛仔裤的牌子都是她们嘲笑的对象。雪莉每周都来,有时她带他们出去吃冰激凌,有一次甚至带他们去看了电影。罗宾说起一个新的家庭,说男主人会像哈尔,教他钓鱼和打球。他把这个信念捧在小小的手心里,一天天呵护着。

一个周六,雪莉带他们回哈尔曾经的农场看看。遗嘱认证需要好几个月的时间,所以目前这片土地依然属于拉德利家。他们顺道还接上了托马斯·诺布尔。

春天的早上,阳光明媚。罗宾带雪莉去看鸡笼子,并告诉她自己从前都干些什么活儿。达奇丝和托马斯漫步在麦田里,但此刻地里没有作物,只有成片成片茂盛的野草和一堆堆的泥土。触景生情,达奇丝伤心极了,久久说不出话来。她走出每一步时都能想到哈尔,来到门廊下,坐在秋千上,她甚至还能闻到哈尔的雪茄味儿。她往后推了下秋千,铁链发出吱吱呀呀的声音。她想哭,却哭不出来。她去看了小灰马曾经奔跑的场地。她对小灰马的思念几乎和对外公一样。

最后,他们怀着沉重的心情离开了农场。罗宾哭了,达奇丝拉着他的手。回到普赖斯家时,他们失魂落魄地坐在街上,看着邻居的孩子们骑自行车。天气渐渐暖和起来,虽然离夏天还有些日子,但它已经初步露出了狰狞的面目。

"又有申请者了。"雪莉说。

达奇丝从她的声调中听出了别的东西,她感觉到这次不太一样。

"谁啊?"罗宾问。

"这两个人一个叫皮特,一个叫露西。从怀俄明来的,我以前在那里工作过。之前他们只考虑收养一个孩子,但我跟他们说了你们两个有多特别……"

"所以你骗了他们。"达奇丝说。

雪莉微微一笑,举起一只手。"听我说完。他们在小镇上生活,男的是医生,女的是老师,教三年级。"

"哪种医生?"

"真正意义上的医生。"

"心理医生?我可不想让人天天烦我弟弟——"

"普通医生,给人看病的那种。"

"我喜欢这两个人。"罗宾说。

达奇丝轻叹一声。

"如果你们愿意的话,下周末就可以和他们见面。"

罗宾期待地看着达奇丝,直到她点头。

他们开着她的丰田普锐斯行驶在五号公路上,从梅德福前往斯普林菲尔德。

从塞勒姆开出一百英里,便再也看不到大城市的明亮灯火,也难得遇到平坦的柏油路。他们在颠簸中穿过了马里昂和一些只在旧地图中才存在的小镇。

玛莎睡着了。偶尔出现平直的路面,沃克便不失时机地看她一眼。而每当此时他就心痛不已。这心痛,从他重新回到她的生活中的那一天起就伴随着他。她看上去平静安详,美丽动人,有时候沃克需要拼尽全力才能克制住想要吻她的冲动。

他们在卡拉萨德高速公路上迎来了又一个黎明。沃克累坏了,车子不知不觉越过了双黄线,幸亏玛莎伸手过来轻轻拉了下方向盘。

"你该停车休息一会儿。"

"我没事。"

在银瀑高速公路上,他们看着太阳从山顶缓缓升起,田野恢复了生机与活力。而后两人在饭店停车,吃了些鸡蛋和培根,喝了点浓咖啡,沃克瞬间精神抖擞起来。

"已经不远了。"玛莎看着摊在桌子上的地图说。

他们此行的目的地是银瀑一家名为"统一"的私人保健医院。根据迪奇·达克的银行记录,他很早以前就开始向这家医院支付费用。前一天晚上迪伊找过沃克,给了他一张写有接收方名字的纸条。

三杯咖啡下肚,他们继续上路。咖啡因刺激着沃克的血管,不知不觉间,银瀑州立公园已经进入了视野。在玛莎的引导下,参天大树以及岸边高耸的岩石很快便来到了眼前。经过瀑布时,沃克降下车窗,聆听那潺潺的水声。

又拐了一个弯,他们来到大门前。沃克提前打过电话,表明了自己的目的。他通过对讲机报上姓名后,大门缓缓开启。

他们沿着一条长长的路走了片刻才看到医院。医院建筑错落有致,且颇为现代。深色玻璃,灰砂砖,看着像一处藏在林间的豪华公寓。那个站在门口笑容可掬地迎接他们的女人名叫艾切尔。她领二人穿过一个宽敞的大堂,经过处处可见的现代艺术品,还有一尊状如老鹰的雕塑。医院给人的感觉十分平静,医生,护士,闲庭信步似的走来走去,丝毫没有一般医院那种紧张和不安。起初沃克以为这里只是一个休闲之所,类似于退休干部们颐养天年的地方。不过艾切尔随后详细介绍了他们在这里的工作,病人们各种各样的需要和他们提供的不分昼夜的看护。

她大步昂扬,尽管比一般人可能要多出五十磅的重量。她说话有口音,但很难分辨来自哪里,可能是德国,只是掺杂了大量的本地方言。她没问沃克和玛莎此行的目的,沃克只在电话里提到一个亲戚正寻求帮助,他们需要专业的看护。所以艾切尔就让他过来,随便参观一下,毕竟有些事不能草率,适合的才是最好的。

玛莎在一旁始终沉默不语,暗中观察着一个接一个的休息室,一排排的电梯,和厚到几乎能把脚陷进去的地毯。

艾切尔细述着医院的悠久历史,毗邻州立公园的优越位置和安静舒适的生活环境。他们的配套设施和服务团队足以应付各种紧急情况。五名医生随叫随到，三十名护士轮班值守。

她领二人去了花园。花园面积可观，关键是低矮的篱笆后面还有一条小溪缓缓流过。沃克见几个搬运工人在一堆尚未安装的门旁边抽烟，艾切尔瞪了他们一眼，几个人立刻踩灭烟头继续干活。

"我能问问您是怎么找到我们的吗？"她说。

"朋友介绍的。朋友叫迪奇·达克。"

她听了咧嘴一笑，露出雪白的牙齿，可惜门牙中间有道宽宽的缝隙，否则堪称完美。"玛德琳的爸爸。"

沃克没接话。

"她是个很特别的女孩儿。达克先生真够坚强的，一般痛失爱妻的人可做不到像他那样。你们认识凯特吧？"

玛莎上前一步说："不算太熟。"

艾切尔难掩忧伤，就像崭新的门面上出现了裂缝。"她是本地人，从小在克拉克斯格罗夫长大。玛德琳和她简直是一个模子刻出来的。"

随后她又原路把他们领了出去，还送给他们小册子。他们表示会再电话联系。沃克不想操之过急，况且他此行的目的已经达到了。

"拜托你们替我转达问候，祝他早日康复。"艾切尔说。

沃克转过身，她看懂了他的表情。

"哦，不好意思啊，你可能还不知道吧。迪奇出了点意外，一条腿受伤了，说是摔的。"

沃克心里别提多激动了。"这是什么时候的事？"

"可能一周前吧。有些人就是倒霉。"艾切尔礼貌地微微一笑，转身走了。

医院离克拉克斯格罗夫只有十五英里,到了那里他们又沿着一条五彩缤纷的主干街走了走。此处离黑文角很远,但沃克立刻就喜欢上了这里。他们在街尾找到了古老的市图书馆,看着古雅又沉闷,好像那里只会发传单。图书馆里空荡荡的,光线昏暗,却也阴凉,藏书的味道让沃克仿佛回到了波托拉,他在那里度过了两年大学时光。

前台那位老太太专注地盯着电脑屏幕,头都懒得抬一下。他们索性直接去后面的电脑查阅区。玛莎有活儿要干,她坐在沃克旁边,腿挨着沃克的腿。他看着她,眉头紧锁,呼吸时胸部一起一伏。

"你在偷看我吗,局长大人?"

"没,不好意思,没有。"

"那太可惜了。"

沃克笑笑。

她运指如飞地敲着键盘。"凯特·达克。"档案库中检索到十几条匹配链接。他们安安静静地逐一浏览。车祸,凯特当场死亡,玛德琳遭遇灾难性的脑损伤。资料中附有照片,冰天雪地的环境,福特车滑出路面,冲下陡岸,撞到树上,风挡碎裂。后面就是湖。八度空间,画面中唯一的平静。

他们还看到一张全家福。

玛莎放大照片,沃克仔细观察着达克,发现那时的他已经眼神空洞,心不在焉。

"这么说,玛德琳今年应该有十四岁了。"玛莎说。

"嗯。"

"天哪,她在保健院都待了九年了。达克恐怕就是从那时开始一门心思挣钱的,毕竟这是个无底洞。"

沃克找到了另外一篇文章,主要讲的就是玛德琳以及她在统一保健医院里的事儿。文章说了很多,可都没什么用。那女孩儿一直靠机器维持着生命。

达克盼望奇迹出现。

三十三

哈伯湾。

沃克仅用半小时就赶到了那里,而且没开警笛警灯。因为卡布里洛实在荒凉,人少车少,一路畅通无阻。电话是在他从波特兰回来一小时后打进来的。

他把警车停在大门附近,徒步经过在水中飘摇起伏的拖网渔船,闪闪亮亮的贝琳娜游艇,和一排林肯领航员 SUV。栈桥的木板上有缺损的空隙,下面是翻腾的脏水。他看见一位老者把这一天最后的一点鱼饵丢进水中,一群鲇鱼顿时像炸了锅。

狂躁的水面,咸咸的海风,不由得令人心生畏惧。

那是一艘一九七三年的雷诺渔船,但看起来还挺新,重新刷过漆,吃水线是蓝色的。安德鲁·惠勒站在甲板上,双眼盯着船下的碎波。

沃克对他多少知道一点。安德鲁和斯塔尔约过几次会。

远处就是黑文角,悬崖陡立,陆地一直延伸至海滩。文森特·金的房子巍然屹立。安德鲁依然和斯奇普·道格拉斯搭档,后者已经满头白发,垂垂老矣,在旱地上几乎不说一句话。斯奇普跨到栈桥上,冲沃克点了下头,随后便朝停车场走去。显然他是要去拿几瓶啤酒，冲一冲这倒霉的日子。

安德鲁过来同沃克握手。他的胳膊肌肉发达，皮肤黝黑。尽管已是黄昏，他脑袋上依旧架着个太阳眼镜。沃克进入船舱时，船上的灯闪烁着亮起来。

"说说什么情况吧？"沃克说。

"有三个从萨克拉门托来的城里人今天搭我们的船出海，这三个人是发小，约好了去六河游玩。"

龙虾季节从十月一直持续到三月。捕虾对数量、大小和体重都有限制，但大部分游客都是醉翁之意不在酒，他们只是为了出海玩一下。

"我们开得很慢，斯奇普突然叫我，说渔网又被缠住了，这种事儿时有发生，很让人头疼。有时候我得穿上潜水服下水把缠着的地方割开。"

虽然风浪并不大，但沃克还是伸手扶住了船舱壁。

"这次缠得很厉害，里面似乎有重东西。斯奇普累得摘掉了棒球帽不住擦汗，这家伙平时可是极少流汗的。我操纵着拖网绞车，慢慢把网拖上来。网刚一出水，那三个人就吐了，海鸥也围着船飞来飞去，数量比平时多得多，于是我就知道出事了。我大声喊，斯奇普合上了那个死人的眼睛。"

"除了合上他的眼睛，你们没有碰尸体的其他地方吧？"

安德鲁摇摇头，闪身退到一边。

"那几个家伙恶心得厉害，我只好先把它盖起来了。"

沃克拉开尸体上面的毯子，顿时惊讶得喘不过气来。

死者竟是米尔顿。

只见尸体极度膨胀，皮肤上有尸斑，双目暴突。

"你没事吧,沃克?"

"天哪!"

"你认识他?"

沃克点点头。他想起达克家里的血迹,而且他几乎毫不怀疑那就是米尔顿的。他有太多头绪需要厘清,有太多疑团需要解开。

"坐下歇会儿吧,你气色不大好。"

他们坐在甲板上等待法医。安德鲁递给沃克一瓶啤酒,他喝了一口,脸上才缓缓有了血色。

"好点了吗?"

"你好像并不害怕。"沃克说。

"这是我第三次捞到尸体了。"

"是吗?"

"一次是在泽西岛,一次是在基斯。黑文角出过不少事情。"

"太多了。"

沃克把酒瓶抵在头上缓解头痛。喝酒时他的手在哆嗦,但他放弃了掩饰。

"我在葬礼上看见你了。真对不起,我没过去找你聊聊。"沃克说。安德鲁当时站在后面,低着头,待了几分钟便提前走了。

安德鲁摆摆手。"我当时……也挺难受。听说她出事的时候,我想到了孩子们,男孩儿还小,可她女儿已经懂事,以前经常瞪我。"

沃克想到了达奇丝。

"你知道这人是谁杀的吗?"安德鲁问。

"可能吧。"

安德鲁没再问别的。

他们看着一条船缓缓驶入码头,平静的水面掠过一道柔和的光。

安德鲁冲着夕阳举起酒瓶。"我和她有五年没见了,但我偶尔仍会想她。我想的那个她和死去的那个她甚至不像同一个人。当你想救一个人,却又不知道该怎么做时,你知道那种感受吗?"

"你和她处过一段时间。"

"大概几个月吧。我们是在酒吧里认识的,我听她唱歌,然后请她喝东西。她漂亮,风趣,有点沧桑,一看就是有故事的人。在我常去的酒吧里,她那样的女人倒也不少。"

"然后呢?"

"我们开始交往,但又非常克制,像朋友一样。可我想更进一步。"

沃克看着他。

"上床。可惜我们一次也没做过。"

沃克看到一艘快艇,艇身白得亮眼,在众多破旧的渔船当中显得格格不入。显然,这是某个游客把自己的大玩具搬出来了。新与旧如此明显的冲突让沃克感到痛苦。快艇上挂着"待售"的牌子,他希望不管是谁买了这艘艇,都能把它开到远远的别处去。

"她很漂亮。上床是很重要的事情。我知道我们不常谈论这种事,可在一段关系中,没有性的存在,我们还剩下什么呢?"

沃克想到了玛莎,想到了他们的关系,想到了每次见到她时内心奔腾的汹涌暗流总是不由自主地把他的心带到不该去的地方。她已经封锁了曾经属于他的那片区域,她的心随着她曾经失去的那个孩子一起死了。

"她说过原因吗?"沃克问。

"她说每个人都有属于自己的真爱,找到它是你的幸运。其他的全都不值一提。"

沃克想着斯塔尔,她的人生最终以悲剧收场。每一晚他都为她的孩子们祈祷。

约定见面的日子到了,罗宾却紧张起来。

头一天夜里姐弟俩很晚才睡,罗宾喋喋不休地聊着皮特和露西,好像他和他们很熟似的。他说以后他也想当医生,或者老师。达奇丝让他睡觉,不然第二天会没精神,结果他又说了一个小时。

达奇丝拿出他的短裤和T恤,他这才换下了休闲裤和葬礼上穿的衬衣。他试着打领结,但最后放弃了。他用纸巾蘸口水把自己最漂亮的鞋擦得晶晶亮。达奇丝很想给他好好梳梳头,可最终半途而废,只好用手强行压了个分头。

达奇丝本来是背心加牛仔裤,可罗宾死活不答应,不得已只好换了条裙子。他给姐姐挑了个黄色的蝴蝶结扎头发,还问她是不是应该化个妆。罗宾没吃早饭,只是站在窗口喝果汁。

"你放松点儿。"

"万一他们不来呢?"

"会来的。"

去公园的路上罗宾很安静,达奇丝注意到,他一直保持着十指相扣的姿势。他们把车开进停车场,下车。这天阳光正好,微风不燥,小鸟在唱。

皮特个儿不高,偏胖,但不算夸张。露西微笑的样子十分亲和。达奇丝觉得她天生就适合当妈妈或当三年级老师。雪莉冲他们招手后,两边开始往一处走。

这时皮特转过身,吹了声口哨。一只黑色的拉布拉多抬起头,举着一只爪子，随后开始奔跑起来。

"他们养了只狗呢。"罗宾悄声说。

"别激动，淡定。"

罗宾抬头看着她。她等了等，然后才点头，于是罗宾像个小疯子一样飞也似的奔向那只拉布拉多。

"我去！"达奇丝直想捂住脸。

"别担心。"雪莉说。

"他还想把行李箱带来呢，说万一他们立刻就要带我们走。"

"我去！"雪莉说。

这样的见面总是尴尬的，以往都是。小心翼翼的握手，多到令人不适的目光接触，但皮特和露西都是热情开朗的人。他们首先自我介绍，而后说起赶了多远的路。他们带着杰特——他们的拉布拉多——从怀俄明的一个小镇一路开车过来。皮特带着罗宾和杰特去玩儿，他们跑过茂密的草丛，待在其他人看得见的地方。罗宾不停地往回看，还挥舞胳膊，直到达奇丝和他挥手呼应。今天的达奇丝没说什么不合时宜的话。当然，她基本没说话。露西说她喜欢达奇丝的裙子，达奇丝就说谢谢。露西问起学校，达奇丝就说还行。问起他们和普赖斯一家的生活，她的回答依旧是还行。

虽然人在这边，但达奇丝的心却始终在弟弟身上，不时担心地望上几眼。罗宾紧紧拉着皮特的手，轻轻抚摸杰特，随后开心地笑起来。当露西说他们还养了鸡时，达奇丝暗暗祈祷皮特不要把这件事告诉罗宾。

十分钟后，罗宾扭过头，冲她做出一个"还有鸡哟"的口型。达奇丝笑了笑，罗宾顿时乐得直拍手。

他们的谈话一直停留在安全保险的范围之内,没人提到过去,不过露西还是对哈尔的去世以及姐弟俩经历的一切表示了痛心。她说她也是从小就失去了妈妈。

该走的时候,罗宾抱着皮特久久不愿松手,达奇丝不得不强行把他们分开。

回去的路上,罗宾的话匣子再度打开。他说皮特提到过再见面的事,还说下次让他牵住杰特的狗绳。雪莉夸奖他表现得不错,而且说皮特和露西对再次见面确实充满热情。

"那见了之后呢?"罗宾迫不及待地问。

"我们到时候再看。但我觉得这次有戏。"雪莉说。罗宾激动地鼓起了掌,随后跳下车,沿着普赖斯家的门前小道一路跑回去。普赖斯太太给他开了门,并冲雪莉笑了笑。

"你不该那么跟他说,八字还没一撇呢。"

"保持乐观是很重要的。"雪莉说。

达奇丝揉了揉双眼,回想这一年来的经历,她已经找不到乐观的理由。

她不确定自己是否信仰上帝,但这天晚上,她祷告了。

三十四

沃克在教堂找到了她。

他站在门口,一手扶着护墙板,望着大海和坟上的花。

玛莎独自一人坐在前排长凳上,双眼注视着窗户上的彩色玻璃和讲道台。她父亲做牧师时,她每周日的上午都会坐在这同一个位置上。沃克在后面找了个座,安安静静的,不想打扰她。他打了一个上午的电话,先是打给博伊德,通报米尔顿遇害的消息,并告诉他米尔顿与达克之间的关联——两人曾一起去打猎,且米尔顿曾进出过达克的住所。他不能提在达克家发现的血迹,但博伊德说他们会跟进这个案子,尽快拿到搜查令。

随后他又打给克利尔湖城的一名辩护律师,此人名叫卡特,是玛莎的熟人。卡特希望与文森特·金见面,对此沃克却无能为力。准备时间太短了,只剩下几周,根本不够用。

"我需要你。"他的声音在古老的教堂里回荡,玛莎顿住,抬起头,但却依然面朝前方,在沉默中继续说完了自己心中的祈祷词。

他走到前排,和玛莎及其他教徒一同坐在十字架前。

"我需要你出庭。"

"我知道。"

他低头看着自己的领带,金色的领夹,别着星星的领口。他从未感觉如此虚弱,或许他一向虚弱,只是今天才意识到。他又见了一次肯德里克医生,加大了药量,可他心里很清楚,吃再多的药都无济于事。

"我会出错的,很严重的错误。"玛莎说。

"我知道这不公平。"

"不是公平不公平的问题,而是事关生死。我也曾经意气风发,时时想着替人出头,不管结果如何,只求问心无愧。可是,我父亲,他把我这份初心给扼杀了。"

"你依然可以——"

看到她满是泪水的双眼,沃克止住了。

"我不想一辈子活在谎言里。"她说。

"那个肉店老板米尔顿死了。我怀疑是达克干的。而且我怀疑是达克杀了哈尔,而真正的目标是孩子。"

"他是担心罗宾会想起什么。"

沃克点头。"达克如今不会再回镇上,他欠别人钱,那些人不好惹。"他查过车牌,得到了一条重要线索。那辆轿车登记在里弗赛德的一家建筑公司名下,该公司一位董事与某个有名的犯罪家族有瓜葛。达克的问题肯定与此有关。

这时玛莎看着他说:"交给博伊德,他们需要保护。"

"我已经提过了,可他们不相信。"

"因为文森特·金。"

"但如果他是无辜的,如果我们能帮他脱罪……"

"见鬼,沃克,全国最好的辩护律师也没办法为他脱罪。"

"如果文森特无罪，而达克的目标是罗宾而非达奇丝。"颤抖令沃克闭上了眼睛，他揉着脖子。他的脖子僵硬疼痛，连扭头都困难。

"沃克，还不打算告诉我是怎么回事吗？你以为我没注意到？你看起来憔悴极了，也瘦了好多。"

"压力大而已。"

"你就自欺欺人吧。"

"我没有。"

他看着一位老太太走进教堂的门，先是跪下来画了十字，才继续往前走。或许祷告之后她能睡个好觉。

"你心思越来越重了，沃克。以前我总是一眼就能看穿你的心思。"

"我也想变成从前那样。可是……变不回去了。我正一步一步地失去自我。我每天都能感觉到。过去我一直认为周围的一切都在变。我开车在镇上转，难以想象，现在竟然多了那么多住户。"

"人总要找地方生活啊，沃克。"

"第二住所罢了。他们会让这个小镇越来越臃肿。"

"你喜欢一切都是原来的样子。我见过你的家，还有你的办公室。你太恋旧了。"

"我们经历过美好的时光，那时我们青春年少，你还记得吗？我从小就确定了我的人生目标，就是在我土生土长的小镇上当一辈子警察，娶个老婆，生几个孩子，带他们打棒球，出去露营。"

"还有文森特就住在对门，也许你们的老婆还是好朋友。你们一起度假。你一边烧烤一边看着孩子们冲浪。"

"我仍然能看到那样的画面，三十年光景，清清楚楚……感觉伸手就能摸到。可现实……我改变不了。"

"跟我说说你记忆中的那个文森特吧。"

"他为了我可以两肋插刀,对,他就是这么讲义气。他身边不缺女孩子,但只有斯塔尔才是他的菜。他出拳凌厉,但从不欺负别人。有时候他很安静,一连几天寡言少语,我知道那肯定是他和他爸爸闹矛盾了。他很搞笑,可以说他是我的全部。以前我一直把他当兄弟。不,这辈子我都会把他当兄弟。"

他暂时看不到玛莎的眼睛。室外阳光明媚,鸟语花香。"你知道吗,玛莎?我以为我会娶你。"

"我知道。"

"你一直在我心里。早上睁开眼睛的第一件事,是想你。夜里躺在床上,依然想你。"

"打飞机可是犯罪哦。"

"别在教堂里说这种话嘛。"

"你喜欢我是因为我很安全,沃克。我就是镜子里的你。因为我不会变,没那么多事儿。我简单可靠。只可惜,从我们田园牧歌似的童年被打破的那一天起,这一切就结束了。"

"不是这样的。"

"是这样,但这无可厚非。我们帮助别人,沃克,这样的人生不是更有意义吗?"

"这么说你答应了?"

她没有回答。

"如果我们过的是另外一种人生,你觉得我们会在一起吗?"

"眼下的人生还没结束呢,我的局长大人。"她拉住沃克颤抖的手。她的手有一种令人平静的温暖。

皮特和露西亲自到普赖斯家接他们。

雪莉和他们同车，只是她坐在SUV的最后排，路上也一直埋头于她的文件。

皮特和罗宾一路上倒是聊个没完。他们聊到杰特如何怕鸟，聊到皮特的一个病人竟然打了一年的嗝。

"你试过吓吓他吗？"罗宾说。

"皮特那张脸已经够吓人了。"露西冲后视镜中的达奇丝挤了下眼。达奇丝只是嘴角动了动，她还拿不出完整的笑容。这天早上玛丽露对她说，一个优秀的医生和他的妻子是不可能收养一个成绩一塌糊涂还喜欢玩枪的不良少女的。这些话戳中了达奇丝的心，所以当玛丽露在他们正看电视的时候拔掉了电视机的电源线时，达奇丝无动于衷，只是默默吃她的玉米片。

车子忽然在路边停下，皮特和露西从前排转过头。皮特手里拿着一本旅行指南。

"奔向太阳之路①，你们准备好了吗？"

"准备好了。"罗宾说。

皮特看了眼达奇丝，微微一笑。

旁边的罗宾捏了捏她的手。"准备好了。"她也说道。

奔向太阳之路前后绵延五十英里，沿途峰峦叠嶂，崖壁高耸，十分壮观。向东出隧道，两座大山像幕布一样拉开巨大的空隙。

他们行驶在峭壁上，公路弯弯曲曲，像坐过山车。达奇丝不由得闭上了眼睛。

---

① 奔向太阳之路（Going to the Sun Road）位于美国冰川国家公园内，是该公园最为人所熟悉的旅行线路。

他们穿越山谷,旁边是喧闹的瀑布和五颜六色的野花。悬崖之下是波平如镜的湖面,高大的松树把身体倾向山坡,仿佛是为了防止摔倒。

露西掏出一台尼康相机,咔嚓咔嚓拍个不停。

坐在最后的雪莉往前探身,一只手放在达奇丝的肩上轻轻捏了捏,好像她知道达奇丝需要这个。

他们来到杰克逊冰川下。露西从后备厢拿出食篮,在草地上铺了一张毯子。罗宾和皮特坐在一起,吃着三明治、薯片,喝着盒装果汁,望着潟湖上起伏摇晃的光影。

"外公肯定会喜欢这里。"罗宾说。

达奇丝吃着三明治,但她没忘了感谢露西,还努力让自己微笑。有时,对于一个从未去过的地方,她的感觉是那么遥远,就像家在某个地方召唤,而她不知道如何找到它。她用袖子擦了擦眼睛,察觉到露西在看她。也许露西在想,这小姑娘到底有多差劲?我真要让她跟我生活一辈子吗?

"你没事吧,达奇丝?"露西问。

"没事,谢谢。"她希望自己的声音更真诚一些,却不知道该如何控制。她想告诉露西的是,只要他们能够爱她的弟弟,能够关心他照顾他,那么她是可以安安静静地存在于他们的生活中的,不搞破坏,不惹麻烦。

她走到护栏前,俯身看着下面浅浅的水、蓝色的岩石、娇艳欲滴的紫色的花,以及密集繁茂的洛奇波尔松。

露西也走过来,但她没有说话。达奇丝从心里感激。

返程路上,他们开得很慢,以方便欣赏沿途的北美野山羊和大角羚羊。

"它们万一掉下去怎么办？"罗宾问。

"别担心，"皮特说，"我是医生啊。"

露西调皮地翻了个白眼。

达奇丝暗暗观察皮特。他开车小心翼翼，笑起来亲切自然。她想象着一种有条不紊秩序井然的生活，一切都按部就班，刚刚好。他很沉静，干什么都从容不迫。别人有对不住他的时候，他可能都不会注意或根本不会在乎。她觉得皮特对罗宾而言会是一个非常称职的父亲。

回到家，她看着罗宾与皮特拥抱，两只小胳膊紧紧搂着皮特的腰。她还注意到了皮特和露西之间心照不宣的目光交汇。

达奇丝差不多可以肯定。

他们找到新的家了。

三十五

他们一直忙到深夜。半夜时玛莎煮了点咖啡,凌晨两点又煮了一次。

下午他们去费尔蒙特县监狱见了文森特。玛莎录了音,她想方设法鼓励引导文森特,可文森特始终不同意出庭作证,他一句话都没说。所有的努力都徒劳无功,但沃克还是抱有一线希望,也许玛莎亲眼看到文森特的态度之后会转而相信他能找到让文森特开口的理由,从而将那天夜里的真相揭露出来。

见面期间卡迪找过沃克,交给他一个信封。

"这是什么?"他问。

"寄给文森特的信。里面倒没说什么,不过我猜你可能会想看一眼。"

沃克一直等到所有人都离开了等候室才把信纸展开。内容是打印的,但可以确定来自达克。

资金难筹,但我不会放弃。我知道我让你失望了,所以我想到了一个弥补的办法。审讯的时候祝你好运。有些愿望是会成真的。

他反复读了十几遍,仔细品咂字里行间的隐藏意义,努力想找到些蛛丝马迹。也许达克还有一点点良知。但现在已经不重要了。

当他把信转交给文森特时,文森特直接把信装进了口袋,转身面向玛莎时也换了话题。他们中间有条看不见的界限,而显然沃克在界限的另一边。

开庭的日子越来越近,玛莎不分昼夜地准备着,她四处托人,甚至还驱车前往卡梅伦县拜访她的老教授。

她和沃克在他的地下室设置了一个临时办公点,这里的每面墙上都贴满了剪报、照片和地图。她阅读庭审抄报,仅仅一个开庭陈述就练习了无数遍,连沃克都记住了每个字。玛莎知道地方检察官的大名,也知道对方同样准备了数月。事实很有说服力:文森特·金与死者认识,警察到场时他在死者家里,浑身沾满死者的血。

据说法庭也准备传唤迪奇·达克,只是苦于找不到本人。地方检察官已经拿到他的声明,且没有证据证明他到过现场,除非让迪伊·莱恩出庭做证,但沃克又不想如此对她的孩子。可以确定无疑的是,沃克一定会被要求出庭做证。

他们画出了居民们的生活轨迹,并找到他们交会的地方。地方检察官必然会说文森特把枪扔进了海里,但玛莎会证明那样做时间根本不够。这是他们唯一可能小胜的一局。但他们需要。

九点时,沃克正坐在椅子上,他忽然察觉到左手的震颤,接着是右腿。他闭上眼睛,仿佛要凭意志化解震颤。他放慢呼吸节奏,心里咒骂着这该死的身体竟然在这个节骨眼上背叛自己。

"你没事吧,沃克?"

他想开口说话,但他的脸、下颌和嘴唇几乎同时感觉到一种麻麻的刺痛,随之而来的是和身体一样的震颤。会过去的,只是时间会久些。他感觉到了眼泪,滚烫而羞耻。他想在玛莎看到之前抬手擦掉,可他的手却不听使唤。

他闭上眼睛,幻想用意志让自己离开这个房间,离开这座小镇,或者,干脆死掉算了。他想起十岁的时候,他和文森特骑着自行车你追我赶地在路上蛇行。他们脸上洋溢着只有小孩子才有的欢乐的笑容。

这时,一双手搭在他身上,不算重,但很温暖。他睁开眼睛,看到玛莎跪在自己面前,她美丽的双眼同样含满热泪。

"会好起来的。"她说。

沃克摇摇头,不可能了。他已经十几年没有哭过,但此时此刻,当他看着自己的人生正在失败中一点点分崩离析,他伤心地哭了,哭得像十五岁那年得知要失去文森特那一刻。

"你为什么老是放不下文森特?"

"因为是我亲手把他送进牢里的。那天晚上是我首先发现了茜茜的尸体,随后我便去找文森特,我在他家看到了那辆车,当时我就知道茜茜的死和他有关。"

"这我知道,你告诉过我。"

"我本可以劝他,让他去自首,那样性质就不一样了,在法官和陪审团面前也好说话。法官很可能会宽大处理。可我呢,我直接把那辆车交给了杜布瓦局长。谁会这么干啊?谁会对自己的朋友干出这种事?"

玛莎双手捧住沃克的脸。"你做的没错,沃克。你从来就没做错什么。你对斯塔尔几十年如一日的保护也是一样,而且还是在明知道她可能会误会你的情况下,这件事有着特殊的意义,你能那么做也有着特殊的意义。"

"人活着就得学会忍耐，不为别的，就为了我们爱着的那些人。"

"如果世上多一些像你这样的人，那这个世界就会和谐多了。"她说得那么真诚，沃克是完全有理由相信的，可他的目光越过玛莎的肩膀，落在写字板上，落在照片里他的朋友身上。他们剩下的时间已经不多了。

他突然吻了玛莎，毫无征兆，想都没想。

意识到自己的唐突后，他连忙道歉，但玛莎的双唇很快堵住了他的嘴，且她的亲吻有一种难以抑制的狂乱和迫不及待，仿佛这一刻她已经等了三十年。她先是把沃克推倒在椅背上，随后又把他拉起来，牵着他的手向卧室走去。沃克想阻止她，想告诉她她在犯下又一个错误，想告诉她自己配不上她。可当她吻他的时候，他能感觉到，他们又回到十五岁了。

消息来得有点晚。手机把沃克从沉睡中吵醒，他已经很久没有睡得这么香过了。他坐起身，旁边的玛莎动了动。

他静静听着，随后挂了电话重新躺下。

"什么事儿啊？"

他注视着天花板。"米尔顿的尸检报告出来了，溺水死亡。身上没有任何伤，就是单纯的淹死。"

谁知玛莎听了，一骨碌爬起来，尽管外面的天仍是黑的。"太好了，沃克。"

"什么？"

"我们期待已久的突破口终于出现了。"

这天夜里，罗宾哭醒了，把被子哭湿了一大片。噩梦像一双可怕的手死死攫住他,达奇丝抱着他安抚了许久,他仍说不出一句话。

"是妈妈。我被锁在卧室里,听到了妈妈的尖叫。我想皮特和露西。我想妈妈和外公。我想回去,回到噩梦开始之前。"最后他终于说道。

达奇丝轻声抚慰,温柔地亲吻他的额头。

随后她帮罗宾洗了洗,撤掉他床上的隔尿垫,两人依偎着躺在她的床上。她让百叶窗开着,如此他们可以望见夜空中圆盘似的月亮和满天繁星。

"慢慢就会好了。"

"你觉得他们会带我们去怀俄明吗?"

"你的未来还没有固定,罗宾。你可以成为任何你想成为的人。你是个小王子啊。"

"我想当一个像皮特那样的医生。"

"那你肯定能当个好医生。"

罗宾睡着后,达奇丝坐在窗前,掏出课本。她以前所未有的认真完成了历史作业。她的斗志又回来了。

她望着弟弟恬静的脸,坚信他就是她人生中最绚丽的色彩。

第二天上学的路上,玛丽露又和其他孩子咬耳朵。他们听了之后一会儿撇嘴,一会儿皱眉,一会儿偷笑。

"他们在说什么呀?"罗宾问达奇丝。

"没什么,多半又是她看的无聊电视剧。"

这样的状况持续了一路,从希科里街到格罗夫街。其间又有四个孩子加入,分别是威尔逊家的一对双胞胎,以及艾玛·布朗和她弟弟亚当。玛丽露时不时让他们把脑袋聚在一块儿,叽咕一阵,偷笑一阵。

"噫，真恶心。"艾玛说。

罗宾又抬头看着达奇丝。"今天亨利还是不让我和那些大孩子一起走。"

"亨利是个混蛋。"

达奇丝瞪着前面那一群，瞪着不时回头冲他们傻笑的玛丽露、凯莉、艾玛，还有亨利和他那群狐朋狗友。来到学校大门口，玛丽露又和一群同班同学窃窃私语一番，所有人听了她的话都扭头看向达奇丝和罗宾。他们一开始还含蓄地捂嘴偷笑，但很快就放肆地大笑起来，脸上全是厌恶的表情。达奇丝血管中本已冷却的东西再度沸腾起来。

她抬脚便要朝他们走过去，但罗宾死死拉着她的手，把她又拖了回来。

"别。"他用哀求的语气说道。

她在草地上单膝跪下。"罗宾。"

他正要说什么，但达奇丝抬手向后抚了抚他的小发卷儿。

"我是什么人啊？"她问。

他注视着姐姐的眼睛。"法外狂徒？"

"法外狂徒又是什么人？"

"不会忍气吞声的人。"

"谁都别想欺负咱们，谁都别想嘲笑咱们。我为你出头理所应当，因为我们是亲姐弟。"

罗宾眼睛里露出恐惧的神色。

"你去教室吧。"

他轻轻推了一把弟弟，罗宾有些紧张，有些不情愿，但还是转身走进了教学楼。

达奇丝站在原地，放下书包，双眼直勾勾地瞪着玛丽露。随后她径直走过去，其他女生纷纷退开。艾玛、凯莉、艾莉森·迈耶斯，她们都听说过达奇丝的故事。

"我想请问你到底有什么好笑的事。"

男生们聚拢过来，呈扇形将她们围住。

玛丽露毫不畏惧，脸上依旧带着那种欠揍的笑容。"你身上一股尿骚味儿。"

"你说什么？"

"你的床。昨天夜里你尿床了对不对？我看见妈妈洗你的床单了。都这么大了还尿床，真不害臊。"

达奇丝听见上课铃声响起。

可没一个人动。

"就算尿床又怎么样？"

人群窃窃私语，有笑声，还有她听不清的喊叫。

"你承认了？"玛丽露问。

"承认又怎样？"

"你看，我没骗你吧？"玛丽露对凯莉说，随后她便转过身去，其他人也开始移动。

"但你知道我为什么要尿床吗？"

众人停下，纷纷扭头。

玛丽露盯着她，虽然不知道接下来会发生什么，但她警觉起来，做好了准备。

"那样你爸爸就不会碰我了。"

时间好像静止了。

"你撒谎。"玛丽露说。

凯莉和艾玛往旁边撤了撤。

"妈的你说谎！"她大叫着扑向达奇丝。

玛丽露哪里会打架啊，她用的招数除了拉拉扯扯就是拽头发。她没想过会在学校里遇到法外狂徒。

达奇丝只一拳就把她撂翻在地。

玛丽露缩成一团，崩落的牙齿掉在草丛里。她嘴角溅出的血引得其他孩子惊叫连连。

达奇丝若无其事地站在那里看着她的对手。她希望玛丽露能爬起来，继续和她打。

闹剧很快结束，校长和两名老师跑出来。他们查看了玛丽露的伤势，她的嘴上血淋淋的，掉了一颗牙齿，而行凶的女生竟然站在一旁笑。他们把达奇丝拉进办公室，并通知了普赖斯家和雪莉。

达奇丝一个人坐着静静等待，她多希望哈尔能突然出现，摆平所有麻烦。她望着窗外蒙大拿的天空，想到了沃克和黑文角。在这个即将出现重大变故的上午，他们看到的天空是什么样子的呢？

普赖斯太太到了，在她丈夫的怀里哭哭啼啼。"不能再这么下去了。我们受够了。"她喘息不定地说，两只眼睛恨不得把达奇丝瞪死在原地。

普赖斯先生的双眼同样狠毒，所以达奇丝就用中指问候他。

雪莉来了，她先抱了抱达奇丝，而达奇丝一动不动，并没有回应她的拥抱。

大人们聚在校长办公室里。办公室的门上有金色的铭牌，门十分厚重，所以达奇丝听不清里面在说些什么，只偶尔听到几声高调，出自普赖斯太太之口："为了我们孩子的安全，她必须得走，一天都不能留。"

普赖斯两口子出来之后达奇丝才被叫进去。那二人从她身旁经过时看都不看她一眼，好像他们家里从来没有住过她这个人。在办公室里，雪莉问她刚才所说的关于普赖斯先生的事。她如实道来，说那只是为了让玛丽露闭嘴而一时编造的谎话。雪莉竭尽所能地为达奇丝说好话，虽然是亡羊补牢，但起码表明了她支持达奇丝的态度。

校长大为震惊，他对达奇丝的指责极为严厉，声称他的学校不允许暴力行为的存在，因此达奇丝不用再来了。

对此，达奇丝也送了他一根中指。

"你还好吧？"从学校出来时，雪莉问她。

"还活着。"达奇丝不喜欢把罗宾一个人丢下。

她坐上雪莉的车，去普赖斯家的路上一直安安静静。

普赖斯先生带玛丽露去诊所看牙验伤了。普赖斯太太警觉地站在厨房里，免不得发狠赌咒一番，还威胁要告她。达奇丝到阁楼收拾行李，这用不了多少时间，因为她的所有物品从搬来的那天起就全部装在箱子里。

她没和普赖斯太太说一句话便离开了这个家，而后者站在门前的台阶上，还在抹眼泪。

雪莉全程沉默不语，回到她的办公室。电话一直响个不停。达奇丝坐在一把破木椅子上百无聊赖，就这样过了几个钟头。

下午三点雪莉出去，让几个老太太代为照看达奇丝。她们几乎每隔十分钟就朝她笑笑。

不多久，雪莉带着罗宾一起回来了。罗宾明显哭过。

五点时,他们有了落脚的地方。雪莉面无表情,她太累了,经她手的有那么多文件,那么多案子,那么多人。

"你们要去的是教养院。"她说。

三十六

房子挺气派，希腊复古风格，多利安式圆柱高大雄伟，达奇丝都不好意思往它们旁边站。

精修草坪占地足有一英亩，与之接壤的是一片挺拔的美洲山杨，绿油油的，矗立在春日里。达奇丝和罗宾坐在一张长凳上，看着飞机在天空中留下的道道尾迹。雪莉在屋里和一个叫克劳德特的壮硕黑人女子谈话。看来那女人就是这个青少年教养院的负责人。

罗宾安安静静的，来到这里之后就是一副听天由命的样子。不过他还是很紧张，拉着姐姐的手不放。

"对不起。"她难过地说，罗宾的小脑袋在她肩膀上靠了一会儿。

院里有其他孩子，他们正在玩一种奇怪的游戏。一个球，三个筐，一根棒子。达奇丝看了二十分钟也没看明白他们的规则。不过他们的眼神她很熟悉，都是和她一样被生活蹂躏过的样子。他们见人不会微笑，也不点头，只是得过且过地应付着每一天，好像只要这一天过去了就是个奇迹。外面街上有位女士，拉着一个比罗宾大不了多少的小女孩儿，痴痴呆呆地凝视着教养院。那女人的样子一看就是个瘾君子。

半小时后,他们在弥漫着古怪气味的餐厅里一起吃饭。罗宾吃不下,把食物扒来扒去。

教养院有个公共休息室,墙角里的电视机上正在播放电影。几个女孩子坐在一张棕色的沙发上,一边看一边吃着爆米花。她们大部分时间没有交流,好像都把彼此当成空气。

另一个角落里是个放玩具的柜子,积木、拼图,应有尽有。

"去玩儿吧。"达奇丝鼓励弟弟。

罗宾低头走过去,捡起一本幼儿才看的故事书,盘腿坐在地板上,不时翻一下书页。这个时候,他的姐姐,包括这个房间,都被他隔在千里之外了。

达奇丝在走廊里找到了雪莉。

"我知道我都干了些什么,我彻底搞砸了。"

雪莉过来碰她的胳膊,但达奇丝后退了一步。"现在会是什么结果?"

"我不——"

"直说了吧,雪莉。告诉我,我和我弟弟会被怎样?"

"这个教养院只收女孩子。"

达奇丝连连摇头。

雪莉忙抬手示意她冷静。"不过鉴于罗宾年纪还小,克劳德特同意让他留下来陪你。"

达奇丝又能呼吸了。"那皮特和露西呢?"

雪莉咽了下口水,把头扭到一边,看罗宾,看别的,就是不看达奇丝。

"你告诉他们了吗?"

"我必须得告诉。皮特……他是医生。露西是老师。他们……你编造的关于普赖斯先生的那些话,他们不敢冒这个险。"

"我懂了。"

"我们会继续找的,一直找到最适合的为止。"

"哪里都不会适合我。"

雪莉的眼神几乎令她心碎。

罗宾出来了,三人沿着走廊找楼梯上楼。

他们经过许多宿舍,里面都有孩子。一个女孩儿大声念着故事书,她的妹妹听得全神贯注。宿舍的墙壁刷的都是轻淡优美的颜色,比如粉色、黄色。展示板上钉着图画、照片,有些是家庭破碎之前的全家福。

他们的宿舍墙壁是白色的,展示板上光秃秃的。他们的入住时间也尚未填写。宿舍里有两张床,铺着彩虹色条纹床单。稍后达奇丝会把它们并在一起。衣柜和壁橱空空如也,旁边是放脏衣服的柳条筐。地毯是一块儿一块儿拼起来的,看着像拼图,但脏了的话比较方便清洗。

"要我帮忙整理东西吗?"雪莉说。

"不用了,我能行。"

罗宾站在宿舍中间,抬头看看窗户,然后拉下百叶窗遮住光线,接着打开台灯,爬上床,自顾自地缩成一团。

"皮特什么时候过来?"他问。

雪莉看向达奇丝,达奇丝对她说没事的,提醒她该回去了。雪莉说隔天会再来看他们。

达奇丝走到弟弟跟前,一只手摸着他的后背说:"皮特和露西……"

罗宾翻身坐起，盯着姐姐。达奇丝没再说什么，只是摇了摇头。

他立刻转过身去，用他能想到的所有难听的话骂姐姐。他胡乱挥舞胳膊，重重地打在姐姐脸上。达奇丝不躲也不挡，她闭上眼睛，任罗宾大吼大叫，说着那些再也伤害不到她的事实。她早就知道了，她不是一个好姐姐，甚至不是个好人。罗宾哭得浑身哆嗦，他把脸埋在枕头里，叫得撕心裂肺。他在哀悼那曾经近在咫尺却又烟消云散的未来。他伤心欲绝，本来只差短短几周的时间他就能过上崭新的生活了。

达奇丝等他哭够哭累，但这个过程要很久。她能感觉到被弟弟打中的脸颊上火辣辣的。

这天夜里她被走廊对面宿舍里的声音吵醒了。那里住着的和他们一样，也是新来的。那孩子哭得伤心极了，随后她还听到克劳德特轻声慢语的安慰。

她摸到弟弟床边，看着他。她想起了托马斯·诺布尔，现在他再也找不到他们了。她不知道他的地址，没办法写信。她可以问雪莉，但她知道自己张不开这个嘴。在托马斯的人生中她算得了什么呢？包括多莉、沃克，她顶多只是他们人生当中一个不起眼的小注脚。她不会给他们留下长久的印象。她的形象是丑陋的，庆幸的是它也很短命。

"达奇丝。"罗宾忽然坐起来。

"没事了。"她摸着弟弟的头发。

"我做梦了，又是那个梦。我听不清那个声音到底在说什么。"

她扶他重新躺下。

"有时候我都忘了自己在哪儿。"

她的手按在他的胸口上,直到他平静下来。

"但你在这儿。"

"我在。"她说。

罗宾抬手摸了摸她的脸。"这个红印是我打的吗?"

"不是。"

"对不起。"

"你永远都不需要对我说这三个字。"

春天正在慢慢兑现让位给夏天的承诺。在沃克和玛莎紧锣密鼓地准备庭审时,达奇丝和罗宾姐弟俩又开始在新的学校上学了。他们每天和其他小孩子一起搭公车去学校、回家,生活规律但毫无自由,不过他们很快就习惯了。达奇丝依旧像个妈妈一样照顾罗宾,且毫无怨言。她给自己布置了许多任务,仿佛那是她存在的最大意义。她努力在弟弟面前保持微笑,她带他荡秋千,陪他玩游戏,和他一起在宽敞的院子里奔跑,教他爬橡树。但她依然挡不住犯错,而且她有种预感,这些错误不仅会毁了她,还会毁了她的弟弟。

雪莉经常来看他们。她的头发从粉色染成钴蓝色时,罗宾难得地笑过一次。每次见到雪莉,他都会问起皮特和露西,他甚至还问他们的地址,好写信给他们。写信的时候达奇丝是帮了忙的。他在信中对他们说,虽然他和姐姐不适合他们,但那没关系。他还问到杰特,问到怀俄明的天气是不是很热,杰特如何给自己降温。他在署名前加上了"爱你们的"几个字,还画了一幅教养院的画,画上有他和达奇丝。都是简笔人物画,圆脑袋,直嘴巴,心事重重的样子。他还让达奇丝也签上她的名字。于是她在弟弟反对之前便龙飞凤舞地写上了"法外狂徒达奇丝·戴伊·拉德利"。

她收到了一张沃克寄来的明信片。沃克一直和雪莉保持着联系，他们的新地址也是雪莉告诉他的。他写信说没有了她，黑文角变得死气沉沉。他的字好小，达奇丝几乎看不清楚。

明信片的另一面是卡布里洛海滩的风景画。雄伟的比克斯比河大桥，大瑟尔的美丽弧线，下面的海水卷起惊涛，她甚至能从画里听到澎湃的海浪。她把明信片以及一周后收到的皮特和露西的来信都钉在宿舍的展示板上。他们在信上说了很多无关痛痒的话。他们告诉罗宾，哈德斯天气炎热，露西收拾院子的时候都被晒伤了。这封信罗宾让达奇丝给他读了五遍，还问了她许多她根本答不上来的问题。皮特和露西还根据他们的记忆画了罗宾和达奇丝。露西简直是个天才画家，只不过在她画中，姐弟俩的笑容都太灿烂了。随信他们还寄来一张杰特的照片。那天晚上罗宾睡觉的时候就把照片放在床头柜上，而且夜里还醒过好几次，每次都会翻身查看照片是否还在。第二天，达奇丝把照片钉在了展示板上。他们的收藏又增多了一些。

达奇丝终于开始思考未来了，不是她的，而是罗宾的。她的成绩又下降了，已经排在了班级后几名。其他孩子都不怎么和她接触，大概知道她可能不会在这里待太久。

然而有一天，一个叫瑞克·泰德的男生忽然开始找她。结果发现这个瑞克竟是玛丽露的死党凯莉·雷蒙德的表哥。瑞克听说过她的事迹，而后又添油加醋地大肆传播。等到故事再度传回达奇丝的耳朵时，已经完全是另外一个版本。在这个版本中，她搞瞎了玛丽露的一只眼睛。达奇丝倒一副无所谓的样子，即便瑞克在餐厅里将她绊倒，害她把饭洒了一地时也没去计较。

但隔了一天,她就把瑞克打进了医务室。教养院打电话叫来了雪莉,事件很快平息。校长也知道瑞克·泰德是个满嘴跑火车的家伙。

达奇丝请了一天假,雪莉带她去逛街。她们坐在一家汉堡店外面,一边喝奶昔一边看街上缓慢的人潮与车流。路上摆了许多锥形隔离桩,据说这里马上要举办一次盛大的游行,所以街上到处都能看见飘扬的旗帜,隔街的两栋大楼之间还挂了一条横幅。

"浆果游行?这是什么乱七八糟的玩意儿啊?"

雪莉微笑着问:"你知道今天是什么日子吗?"

"我一直在关注。"今天是开庭第一天。达奇丝趁大人睡觉的时候偷用过电脑,查过资料。

"你没事吧?"

"没事。哈尔曾说很快就会过去了。他们会判他死刑。"

雪莉叹了口气,轻轻歪了下头。

"说吧。"达奇丝说。

"什么?"

"你想说什么就说吧。"

雪莉的眼睛藏在墨镜后面。"我从来没有让同一家的兄弟姐妹分开过。他们在一起才是最好的。"

"杰西·詹姆斯和弗兰克·詹姆斯兄弟俩是一对银行劫匪,他们一路从艾奥瓦抢到得克萨斯。警察在诺思菲尔德抓到了他们的同伙,但只有这两兄弟逃脱,因为他们总是互相关照。"

雪莉笑了笑。"我干这一行有二十年了,到过全国各地,在工作中耳闻目睹过各种各样的情况,见识过形形色色的人。经我的手安置的孩子成百上千,但每一次我都会哭。我把工作当成我生活的全部，它本该如此，可是——"

"天底下没有坏到骨子里的小孩子，对吧？"她的声音中掠过一丝恐慌。

"你不坏，达奇丝。"

路边停下一辆皮卡，颜色与哈尔的一样。达奇丝心里一阵难受。

"罗宾六岁。这个年龄刚刚好，真的刚刚好，但它不会持续太久。有些事很难说，想想就更难了。"

达奇丝放下奶昔，盯着杯子发起了呆。

"你明白我的意思吗，达奇丝？"

"我明白。"

雪莉从包里掏出一张纸巾，抬起墨镜擦了擦眼。经年累月的日夜操劳，她的衰老也愈发明显。

"除非我死了，否则我是不会和弟弟分开的。"

"这不是分不分开的问题。"

"这是如何让我相信一个我从没见过的人能照顾好他的问题。我这辈子虽然见过的人不多，但遇到坏人的概率却高得出奇。"

"我明白。"

"这是无私的行为吗？"

雪莉抬头看着她。

"是吗？"达奇丝的目光变得迫切，"这是无私的行为吗？他那么可爱，那么懂事。他理应有一个比我更好的姐姐。这你能给他吗，雪莉？我要失去他了，他的心正在变凉。我不能让这种事发生。他夜里醒来会需要我的。如果他喊姐姐而我不在身边——"

雪莉一把将她搂进怀里，紧紧抱住。

"妈的。"

"没事的。"雪莉轻声说。

"不，怎么会没事？"

"我永远不会这么对你的，达奇丝。不管什么事我都会首先征得你的同意。而且我看得出来这种做法是不对的。兄弟姐妹必须要在一起。我会继续找，我们总会遇到合适的。我保证，我会一直找下去。"

三十七

经历了三天地狱般的折磨,沃克和玛莎开车回到黑文角。他们躺在沃克的床上,醒着,脑子里乱糟糟的,三天里的事情想来想去也想不出个所以然来。那个坐了三十年牢的犯人竟打算报复一个他得不到的女人。

开庭陈述简明扼要,就是把自己的辩护方案摆出来。玛莎七分钟,地方检察官伊莉斯·德尚十八分钟。法庭上的伊莉斯格外引人注目,她资历出众,衣着得体,乌黑的头发像画框一样框着她那苍白的脸。她带着满满的诚意称赞陪审团,并声称她会对他们负责,对加州负责,对斯塔尔·拉德利和她的两个遗孤负责。她会为他们发声,给他们公平和正义。她用海量的证据证明这起犯罪蓄谋已久,且手段极其冷血残忍。文森特·金是个杀人犯,他先是夺去了一个孩子的生命,后来又夺去了一个狱友的生命。杀人对他来说就是这么简单。陪审团的人会发现,除了认定此人有罪,他们别无选择,而接着法院便可顺理成章地判处他死刑。夺去一个人的生命,这个决定不容易下,但死去的斯塔尔需要正义,她的孩子需要正义。

伊莉斯·德尚是耶鲁大学法学院的高才生,经验丰富,水平一流,身边还有两位助手时刻观察法庭反应,不时给她递个纸条或点头提示。

书记员,法警,律师,记者。这样一个小群体将目睹法庭如何决定一个人的生死。

事实是冷酷而又无可争辩的,伊莉斯·德尚以极为专业的技巧从人情和法理等方面做了陈述,她的发言赢得了陪审团的共鸣。除此之外她还请来了州取证实验室的病理学家,此人滔滔不绝地列举了一大堆自己取得的资格证书,玛莎听不下去,主动承认他的专家身份。伊莉斯抗议,但被罗德斯法官轻松化解。沃克对玛莎能够坚持立场很是欣慰。同样坚持立场的还有文森特。

病理学家在随后的陈述中展示了大量照片,陪审员们频频摇头,有一个甚至还哭了。他详细解释了殴打造成的伤害,说死者断了三根肋骨。他提取了弹道轨迹,致命的那一枪正中胸口,受害人极有可能还未倒地便已身亡。他在黑板架上展示了许多图表,还详细说明了解剖结果。

一位指纹鉴定专家讲解了从拉德利家提取到的指纹信息。厨房、走廊和客厅里都有文森特·金的指纹。他们还在前门上提取到一枚。庭审进行一小时后,陪审团开始感到厌倦了。文森特·金在案发现场,这件事本来就毫无疑问。

还有一个弹道学专家,受聘前来做枪械分析。作案凶器虽然无处可寻,但从斯塔尔·拉德利身体中提取的弹头表明,凶手使用的是一把口径为点 357 的马格南枪①。

随后又是伊莉斯·德尚发言。她拿出一沓文件在半空挥舞,仿

---

① 马格南枪为省略说法,实际上不是用来形容枪,而是形容子弹的,一般代指发射大威力马格南子弹的大口径手枪,比如沙漠之鹰手枪。

佛那文件着了火一样。文森特·金的父亲名下曾经登记过一把枪，型号是鲁格黑鹰。她请陪审团猜猜那把枪的口径和它射出的子弹型号。沃克仔细观察了一番陪审员们，发现他们已经完全被伊莉斯·德尚牵住了鼻子。

而反过来，明显落在下风的玛莎也在据理力争，她设法让那位弹道学专家承认，尽管点357口径的马格南枪不太常见，但依然可以从很多地方买到。可惜这扳回不了多少胜算。

伊莉斯·德尚随后又详细描述了斯塔尔的人生。童年艰辛，先失去妹妹，又失去妈妈。她一件一件娓娓道来。文森特坐在那里无动于衷，只是当她说到在林地附近发现小女孩儿的尸体时，他闭上了眼睛。一个小小的身体，冰冷，孤单。随后她说到斯塔尔妈妈的自杀，斯塔尔如何亲眼看到妈妈的尸体，这对一个孩子会造成多么可怕的影响。然而尽管斯塔尔历经苦难与不幸，她对自己的孩子却宠爱有加。达奇丝和罗宾眼下被安置在一家教养院里，生活在一个离家上千英里的陌生小镇，在新的学校继续着他们的学习。最后是一张照片，一家三口在海滩上。这张照片是沃克在一个难得平静的日子里亲自拍的。

沃克是以证人身份出庭的，和他一起做证的还有几个急救人员。作为第一个到案发现场的人，他从容地走上证人席，清了清嗓子，把当晚他在现场看到的所有实情都说了出来。文森特身上的血，他的镇定。沃克在细节上没有任何感情偏向，只是如实陈述。他不时瞥一眼自己的朋友，而文森特则冲他微微一笑，仿佛在说：没关系的，沃克，你履行你的职责就好。

八天后，趁着休庭，沃克和玛莎来到法庭对面的一个酒吧，在后面找个台子坐下,随便吃了点新鲜炸虾。

"文森特怎么样?"沃克问。

"哦,好得很呢。"玛莎说,"我都想把陪审团拉过去看看他有多淡定。坐一辈子牢不把人坐疯才怪。不过那也比死了强,对吧?"

沃克捏起一只虾,端详了片刻,又放回到油乎乎的包装纸上。"你还需要多久?"

"几天吧。我把我该说的全都说了,把能请到的人全都请来,但最后他们会赢,而且会判他死刑。"她呆呆地注视着自己的苏打水。

"你做得很好,玛莎。真的,你在庭上的表现非常出色。"

"只是别老盯着我的屁股看,这便宜占得太大了。"

"我大多数时候都在看你的鞋。你对匡威帆布鞋真是情有独钟啊。"

她从包里掏出一瓶辣椒酱。

"开玩笑吧,你天天带着这个?"

"能吃还能防身,砸一下可不是玩的。"她倒出一大堆,"你应该注意到我戴着十字架吧。"她指了指自己脖子上的项链,"三号、九号和十号陪审员都是经常上教堂的人。"她亲自参与了陪审员的筛选程序,整整两天累得她焦头烂额。曾有两人力主死刑,甚至狂热到愿意亲自去行刑,最后被她提请回避。她提议挑选开明人士,得到了伊莉斯·德尚的赞同。

"那把枪,"她叹了口气,"还有子弹,似乎还有争论的余地。"

沃克吸了口气定住神。"我相信你。"

"你只是想跟我上床罢了。"

第二天上午,沃克注意到了她的焦虑。罗德斯法官在众人的迎接中步入法庭，并在国旗簇拥的法官椅上就座。

文森特穿着一套沃克挑选的便宜西服坐在前面，没打领带，他拒绝得很干脆。

玛莎传了她的医生科恩先生上庭。她曾帮他的女儿脱离苦海，那是另一个悲惨的故事，故事里有另一个好吃懒做且具有暴力倾向的混蛋。所以科恩对玛莎感恩戴德，很乐意利用这个机会报答她。

他们重新查看了斯塔尔·拉德利受伤的照片，且强调了其受伤的严重程度。而后他们又看了文森特·金的双手的照片。右手稍微肿胀，但看着不像新伤，倒更像是文森特数天前与人冲突时留下的。

反过来，伊莉斯·德尚也迫使科恩承认他无法确定文森特手部受伤的准确时间，而一个和文森特体形相当的人也可以徒手对受害人造成同样的伤害。

玛莎把问题转到枪支的火药残留上。她也请了专业人士，不过是由沃克出钱。他一辈子清心寡欲，攒了不少积蓄。这位女法医学家年纪不大，却十分自信，说话时有种掌控全局的强大气场。她详细解释了枪支射击过程中的科学原理、元素组成、连锁反应及烟流影响等。而文森特·金身上并未发现任何火药残留。

但在对方的质问中，玛莎的法医学家也不得不承认，火药残留可以洗掉，毕竟死者家的水龙头是开着的，出汗也能冲掉，或者如果文森特·金开枪之后就马上离开现场，可能现场一开始就不会有残留。

沃克再次上庭，这一次他面带微笑，主动承认说他和文森特是儿时的朋友，但那是很久以前了。实际上正是他亲手把文森特送进了大牢。他的职责是维护法律，所以他不会让任何个人感情影响自己的证词。

随后玛莎走到庭前,深吸口气,祭出了她的杀手锏。

肉店老板米尔顿。

伊莉斯·德尚眯起眼睛,微微坐直了身体。

玛莎让沃克描述了米尔顿早些年的生活经历。他父亲是肉店老板,而他子承父业。沃克说米尔顿从小就没什么人缘儿,其他孩子见了他都会绕着走。伊莉斯抗议,说这些都是无法证实的传闻,但沃克的证词已经达到效果。

那个不招人待见的孩子长大成人后更加孤独,所以他经常邀请一些游客和他一起去打猎。对,米尔顿喜欢打猎。玛莎罗列了他名下登记的枪支,单子很长,沃克注意到了面面相觑的陪审员们。

"你觉得你和米尔顿关系近吗?"玛莎站在陪审团前面问。

"我挺喜欢他的。他的死我很难过。他平时给人的感觉怪怪的,但我猜那应该是因为他很腼腆。他没什么朋友,所以很少去找别人。"

"所以他就找你?"

"有时候会。我们一块儿去打过猎,就一次。我喜欢吃肉,但不喜欢打猎。"

有几个人笑出了声。

"这么说他对武器很在行咯?"

"不仅仅是在行。我亲眼见他在一千码开外打中了一头长耳鹿。这家伙是个神枪手。"沃克回答时看着一号陪审员,此人和米尔顿一样,也到门多西诺打过猎。

玛莎继续,她向法庭说明米尔顿就住在斯塔尔家对面,他以前会把自己的皮卡车借给斯塔尔,还会帮她扔垃圾。

"我觉得他人不错，"沃克说，"起码对斯塔尔来说，有个人照应是好事。"

"除了你之外的人？"

"对。"

沃克与玛莎对视一眼。她表现得很棒，他为她感到骄傲。

玛莎向法庭展示她的 C 号证据。

"你能告诉我这些都是什么吗，沃克局长？"

沃克浏览了一遍，那是他从米尔顿卧室里找到的证物。那些斯塔尔身穿内衣的照片让一些陪审员看了直摇头。

"这样的照片有多少？"

沃克鼓起腮帮。"很多，几百张，而且按照日期分类收藏，时间可以回溯很久。"

"一种迷恋。"

伊莉斯·德尚似乎想反对，但最后忍住了。

"看样子是。"沃克说。

"你说米尔顿有台望远镜对吧。"

"他说他喜欢看星星。"沃克一字一顿地说完，等着陪审员们跟上节奏。

"但它并没有对着天空？"

伊莉斯·德尚霍地站起来，没说什么，又坐了回去。

"那他把它对着哪里？"

"对着斯塔尔·拉德利的卧室。"

"那些照片，有最近一年的吗？"

"一直持续到斯塔尔遇害那天晚上。"

"当天晚上的照片呢？"

"不见了。警方没有找到。"

玛莎扫了一眼陪审团。"那么你问米尔顿的时候他是怎么解释的？"

"我没有机会问他。上个月我们在海里发现了他的尸体。"

陪审团中响起一片惊讶的喘息声，大到罗德斯法官不得不制止他们。

"他是淹死的，"沃克说，"没有他杀痕迹。"

"自杀。"玛莎说完故意停了片刻。伊莉斯站起来大声喊着抗议。玛莎立刻收回了她的推断，但那两个字早已飞进了法庭中每个人的心里。

伊莉斯努力转回话题，她让沃克承认他们没在斯塔尔家发现米尔顿的指纹时，急得脸都涨红了。但米尔顿完全可能戴着手套啊，这一点自然不需要沃克指出来。米尔顿是个卖肉的，那家伙整天都戴着手套，这是众所周知的事。

两人心情大好，当晚去了酒吧。沃克点了汉堡，他们心满意足地默默吃着。玛莎看起来很是疲惫，她承受的压力实在太大了。他们聊了一会儿文森特，让他们奇怪的是，文森特对米尔顿的事毫无反应。他就只是坐在那里，低着头，对任何人愤怒的目光都无动于衷。

"今天值得庆贺。"

玛莎用吸管喝着苏打水。"依然任重道远啊，沃克。"

他抬起头。

"需要解决的问题还多得很，想忽视都不可能。我不想让你抱太大希望。这种案子很少有赢的，但我们已经尽力了。说句不好听的，米尔顿倒算幸运。我们依然有许多事要做，枪的问题、子弹的问题，还有文森特以往的历史，他手上的血。该死的，如果不是我认识他，我也会认为他有罪的。"

"可你认识他，对吧？"

"问题是陪审团不认识他。"

他陪她一块儿出去，来到她的车前时他忽然停下。"你还会回来吗？"

"明天是结案陈词啊，我得早点睡。"

他目送她离开，随后才上了自己的警车，返回警局。夜很深了，利亚已经下班回家，局里黑黢黢的，沃克自从开庭以来就没回来过。他的办公桌上放着一堆公文，他打开灯，一屁股坐进椅子里。他先在信件中扒拉了一阵，随便拆了几封之后才找到感兴趣的。弗莱森电讯。达克的手机通话记录。看来博伊德没闲着。

那是最近一年的通话记录，有好多页。那些号码像蚂蚁一样小，沃克不得不眯起眼睛看。庭审结束后他会仔细瞧瞧。他随便翻了翻，眼睛不觉模糊起来，于是打了个哈欠，伸了个懒腰。他没指望能从这些记录中发现什么。

可这时一个日期引起了他的注意。十二月十九日，哈尔遇害的日子。刚才怎么没看到呢？看来是他的眼睛选择性地忽视了某些数字。

他集中精神，期待能有不同的发现。可随后他便颓然地把文件丢在了桌上。

那个打给达克的电话，出自黑文角警察局。

她哭了。他看着。

他们坐在院子里。整个黑文角都在沉睡。她本来也没睡,两个大黑眼圈说明她最近严重睡眠不足。

她眨着眼睛,滚下几颗混合着睫毛膏的黑色泪滴。

头顶一轮明月增添了凄婉的气氛。利亚·泰洛擦了把眼,鼻子里抽了几口气,又哭了几声。沃克是悄无声息地来到她家的,他原本希望能有点意外收获。

"现在可以说了吧?"

利亚连撒谎的意愿都没有。她盯着草坪,渐渐平静下来,好像这是她等待已久的时刻。"我们纠结了好久。"

沃克深吸了口气,希望以此延缓身体上危险信号的出现,因为现在不是时候。

"都是钱害的,沃克。"

他看着她扭曲的表情。

"艾德,他的生意全完了。"

"完了?"

她抬起头。

"利亚,这个你倒要跟我说说,怎么回事啊?"

她的目光又回到房子上。"泰洛建筑这个公司在艾德他们家族的手里已经有七十年了。他是从他父亲那里接过来的,而他父亲是从他爷爷手里接下的。过去这些年,公司的盈利一直很可观,鼎盛时期镇上一半的人都是公司雇员。唉,现在艾德只剩下十五个人了,大多数时候我们还得靠自己的积蓄付他们薪水。"

"艾德的父亲死后,给我们留下一栋房产,在命运大道上,第二排。房子不小,对我们来说是笔丰厚的遗产,可对公司来说就不值一提了。"

"你们完全可以把公司卖掉啊,那样不就能减少损失了。"

"艾德不愿意。他爱这座小镇,沃克,就像你一样。可我们需要改变,需要盖新房子,需要新的生意,新的钱。结果这条路一直被你挡着,被你和其他人。你们每一次都投反对票。"

"上次我听说不管投票结果如何都会通过的。"

"可那对我们来说已经晚了。你就是我们的掘墓人。"

沃克沉思了片刻,他在思考自己的角色,难道他真的希望这座小镇没了他,没了文森特、斯塔尔和玛莎,就停滞不前?

"达克呢?"他问。

这时利亚吸了口气。"他以低价买下了我们在命运大道的那栋房子,条件是签下一份合同,这栋房子,以及那条街上其他房子的拆除工作由艾德的公司负责。另外艾德还能拿到一批建设项目,这能救活我们,也能救活黑文角,救活土生土长的黑文角居民。"

"可现在这一切都完了,全完了。"

"还没有。"

"我不明白。"

"文森特·金的那栋房子还没定。另外达克的夜总会还有一笔保险金。只是监控录像在达奇丝·拉德利手里。如果她能还给达克,保险公司赔了钱,我们就能把失去的东西拿回来了。"

沃克飞快地转动着脑筋。"能拿回多少?"

利亚咽了下口水。"全部。房子,公司的二次抵押,信用卡,贷款。该死的,我们的亏空太大了,沃克。现在我们连生活都成问题,所以我才会拼命加班啊。"

沃克望着月亮,又看了看利亚的家。"艾德知道你干的这些事情吗?"

"不知道。账目一直都是我负责。艾德是个白痴。他以为我不知道他和多少女人鬼混过,可他身上的女人香水味早就把他出卖了。"

"而你出卖了一个孩子。"

她摇摇头,泪水扑簌簌地滚下来。"他不会伤害达奇丝的,你不了解达克。"

沃克想拉住她的手,不管她做过什么,因为他认识这个女人都快一辈子了。但他稳住自己。"你怎么找到他们的?"

她的脸上顿时没了表情,冷酷的事实一件一件摆了出来。"你接的电话。我知道是从蒙大拿打来的,我保存了你的收据。查到了加油站。哈尔在电话里提到过学校名字,还有湖边的农场。"

"你监听我的电话?"沃克目瞪口呆,惊讶得几乎喘不过气。他揉揉眼睛,捏捏后脖颈,脸上感觉热辣辣的。他站起来,可是两腿发软,不得不又坐下。"利亚,你的手上已经沾了血。你这么做又是为了什么?就为你丈夫的公司?"

"为了他们。"她指了指自己的家,"为了我的孩子。为了被公司养活着的一大堆家庭。那就是一卷录像带,沃克。达奇丝纵火烧了夜总会,大家心知肚明,可你却无动于衷,毫不作为。"

"这不——"

"这是事实,沃克,你自己心里清楚。你和斯塔尔,还有你对文森特偏执的信任。斯塔尔是他的女人,你答应过要替他照顾她。这我知道。你说过为了朋友你愿意做任何事,和中学时一样。如果你能恪尽职守,如果你能把她抓回来——"

"达克现在在哪儿?"

"我不知道。"

他直视着她的眼睛。

"我真不知道,我发誓。"

"他是不是还要去找达奇丝?"

"这关系到钱的事儿,说白了都是为了钱。他不会罢手的,不管我帮不帮他都不会。"

沃克忽然想到玛莎,这会儿她应该在家准备明天的结案陈词吧。

"他杀人了,你脱不了干系。"

利亚哭着嚷道:"我顾不了那么多。"

"利亚,你糊涂!"

"人这一辈子,总会有个人让你愿意为他做任何事。这一点你比谁都清楚。"

那一夜,他走过黑文角的大街小巷,直到东方欲晓,旭日初升。他在斯塔尔家、米尔顿家、主干大街和日落大道上都稍事停留。他站在文森特的房子外面,想象着它被推倒的情景。即便达克没有解决钱的问题,迟早会有别的人买下这里。他回想起小时候,他们在车道上投篮,在陈旧的阁楼里玩捉迷藏,偷看文森特爸爸的《花花公子》。

有一点他们可能猜对了,米尔顿确实干过玛莎说的那些事。也许文森特已经习惯了监狱生活,也许他只是痛恨自己,所以宁死也不愿苟活于世。他们还有许多谜团尚未解开。沃克知道自己可能太固执,无法看清事情的本质。可有些东西是刻在骨子里的。文森特·金是无辜的,他不会听天由命。不会了。他已经走到这一步,断无半途而废的道理。他会走下去,哪怕付出牺牲灵魂的代价。

三十八

早上，沃克站在镜子前刮胡子。

他看着水池渐渐注满了水，自己的面容悄然浮现，苍白，憔悴，病态。他没有多想，用冰凉的水洗了把脸，长长地吸了一口气。随后他开车去拉斯洛马斯，找好自己的座位，对旁人的目光和窃窃私语置之不理。

利亚·泰洛被带了进来。

她很镇静，化过妆，看不出昨夜的倦容，一条简简单单的连衣裙，脚下踩着一双高跟鞋。她经过沃克时看了他一眼，沃克面无表情。

玛莎介绍了利亚的背景：在黑文角警察局做行政工作十五年，偶尔也被派遣到其他部门。和沃克、路安妮一样，利亚是一个职业稳定性极高的人。利亚侃侃而谈，虽然中间结巴了几次，但沃克看得出来陪审团喜欢她。他一大早就给她打电话，告诉她整个庭审过程，她立刻就同意出庭做证。这就像某种意义上的停战协定，虽然影响暂不可知，但庭审不等人。随后沃克又打电话给玛莎，从玛莎的反应他听出了疑虑，他知道如此孤注一掷的做法有可能会让他们这些天的努力付之东流。

"现有的系统……就是一个大笑话。不妨这么说,沃克喜欢所有东西保持原来的样子,而非它们该有的样子。"利亚说。

玛莎对沃克微微一笑,沃克无奈地扬了扬眉毛。七号陪审员看在眼中,也笑了笑。

"所以我尝试改革已经好几年了,我想把档案室重新整理。他们四年前就引进了全新的模板、新的组织形式和编码方式。而沃克坚持的做法……虽然也有一定的条理,但怎么说呢,可以称之为有序的混乱。"

伊莉斯站起来表示抗议,罗德斯提醒证人注意重点,玛莎礼貌地表示了歉意。

"我开始整理档案已经有三个月了,目前整理到一九九三年,然后我就发现了那份档案。"利亚接着说道。

玛莎举起一份档案。伊莉斯表示反对,但法官要求把档案呈上去。沃克从伊莉斯的声音中听出了慌乱,她红着脸转过身,摇了下头,回到自己的座位上。罗德斯法官同意将档案列为物证。

"你能告诉我这份档案是关于什么的吗?"玛莎提问。

"这是一九九三年十一月三日一起入室盗窃案的报告。事发地点是日落大道一号,格雷西·金的住宅。"利亚回答。

"也就是文森特·金的家。他出狱之后的住所。"

"对。"

"报告中有没有提到什么物品失窃?"

"提到了。沃克局长一向严谨。这桩案子就是他亲自处理的。他在询问格雷西·金,也就是文森特的妈妈的时候得知,原来是她本人忘记了锁保险箱,结果丢失了两百美元现金、一个金胸针、若干钻石耳环,还有一把手枪。"

"手枪?"

"对,一把鲁格黑鹰手枪。"

法庭上响起一片议论之声,直至罗德斯法官下令肃静。伊莉斯再次回到庭前和法官争辩,结果罗德斯一怒之下宣布休庭十五分钟。

继续开庭后,沃克走上证人席。他不需要自我介绍,也不必再复述自己的履历。玛莎引导他回顾那桩入室盗窃案,他镇定从容地回答了每一个问题。其间他和文森特没有一次目光接触,尽管他能感觉到后者一直盯着自己。

随后轮到伊莉斯提问。"我有一点不太明白。"她说。

"利亚是昨天晚上才发现的这份报告。她有时候会上夜班,因为晚上她的丈夫可以照看孩子。说到系统问题,可能她觉得不习惯,但我却无所谓,因为我知道每一份档案的位置。"沃克说。

"那我请问,沃克局长,既然你知道每一份档案的位置,为什么早些时候没有拿出这份报告呢?"

"我把这桩案子给忘了。"

"你忘了?"她一脸疑惑地看了看陪审团,"你和文森特·金从小一块儿长大。你对他家很熟悉。他坐牢之后你还去探过监。鉴于你们的关系和感情,我不太相信你会忘记。"

沃克吞了下口水,深吸口气。他知道自己接下来的证词会产生怎样的效果。也许很多事情都将改变。

"我得了病。"

他环顾法庭,后面是一部分记者和旁听人员。他的耳朵里忽然静悄悄的,所有人的目光都集中在他身上。

"我患上了帕金森病,记忆力大不如前了。这件事我还没有告诉过任何人，我想着可以挺过去。可能……可能我太不愿意失去现在的位置。"

他瞥了一眼陪审团，从他们脸上看到了同情。视线扫过文森特，他从老朋友的眼中看到了忧伤。

随后他低头看着那份报告。他知道，如果他们看得再仔细一些，是完全可以看出他字迹间的不自然之处的，仿佛它们出自一只颤抖不停的手。

结案陈词五点开始。罗德斯说他宁可多耽误陪审团一点时间，也不愿意把这个案子再多拖一天了。玛莎首先发言，所有人都注视着她。她没带发言稿，沃克相信她昨天夜里一定很晚才睡。她的发言简洁有力，毫不拖泥带水。首先是陈述事实，她讲到斯塔尔和她的悲剧，讲到斯塔尔的孩子，他们理应得到正义，但这个正义要从真正的凶手身上获得。随后她讲到米尔顿，事实不容否认。她描绘出一幅无比精确的画像，陪审员们完全沉浸在她的讲述中。接着是文森特，她请陪审员们想象一个人十五岁便进了监狱是什么概念。在一个充满了恶人的世界里，这个孩子会害怕成什么样子。她讲到这个孩子的忏悔，讲到他甘愿忍受最残酷的折磨以赎自己的罪。或许他被监狱系统给制度化了，或许他出于自卫杀了人，或许他犯下了你们永远都不可能宽恕的罪过，可这些都不能证明是他杀害了斯塔尔·拉德利。而他的沉默同样不能代表有罪，反倒更像是一种被残酷的负罪感所左右的自我毁灭的倾向。他宁可顶替别人的罪行，接受惩罚，也不愿意在这个他自己可以而那个被他害死的孩子却无法占有一席之地的世界上苟活。

在法庭一千英里之外的地方，罗宾从一堆金花灌木丛中采了一朵黄花带回家。达奇丝帮他把花朵压平,钉在他们的展示板上杰特照片的旁边。她搂着弟弟,却心不在焉。瑞克·泰德又开始找她的麻烦,而且那小子做起事来毫无分寸。他往她后背上吐口水,说是替玛丽露吐的。想到沃克和他的谆谆教诲,她不想再惹麻烦,便自己去洗手间里洗衬衫。

这天吃过晚饭,达奇丝带罗宾到大花园里的秋千上玩。这是只属于他们的快乐时光,所以姐弟俩一直玩到夕阳消失在树梢之后。罗宾笑眯眯的,达奇丝说他是个小王子。

随后达奇丝帮弟弟铺床,督促他刷牙,还给他读了一个章节的故事。故事里讲的是一头名叫威尔伯的小猪和一只名叫夏洛的蜘蛛。

"这头小猪的感情可真丰富。"罗宾说。

"是啊。"

夜里他们一起祷告。罗宾好奇地看着姐姐,姐姐便让他闭上眼睛,双手合十。

"我们今天为什么要祷告啊?"他问。

"算是挂个号。"

罗宾睡着后,达奇丝轻手轻脚地下了床。那些被世界遗忘的孩子们都睡了,这是每天最宝贵的几个小时,他们可以暂时忘记自己的处境,去占领另外一个世界。屋里光线昏暗,只有电视机在一闪一闪。她在频道间调来调去,终于找到她满意的新闻台。她注视着屏幕,法庭外围着众多记者。

她给沃克打过电话,对方付费的那种电话。沃克的声音很疲惫,他说陪审团会考虑,他们姐弟随时可以回去。所以她猜应该要不了多久吧。

她想到了妈妈,想到过去这一年的种种经历。

忽然转身,她看到弟弟站在门口,两眼直勾勾地盯着她。

"我在床上找不到你。"弟弟说。

"抱歉。"

他走过去坐在姐姐旁边,一起看着那些离他们无比遥远又仿佛毫不相干的场景。

他们看到大批记者拥向法庭,随后是广告。沉默中,达奇丝不由得好奇弟弟在想些什么。广告结束,他们一起看了庭审回顾,听到了许多他们知道的和不知道的关于妈妈和文森特·金的事情。当最终裁定以红色的字体打在屏幕上时,达奇丝一下子站起来,心怦怦直跳。

"电视里说什么?"

"他们说妈妈不是他杀的。"

她继续盯着屏幕,紧张得张开了嘴巴。此时记者正在采访一位陪审员。那人看起来疲惫不堪,但对着镜头仍努力保持微笑。他向记者介绍了黑文角警察局长的证词,说警方找到了一份关于一桩入室盗窃案的报告,报告中提到了疑似在本次谋杀案中使用的枪支,那把枪曾经登记在嫌疑人父亲的名下,但根据事实显然不可能为文森特·金所有。此前陪审团一直持中立态度,但目前他们有了改变中立的理由。

达奇丝觉得胸口堵得难受,不得不拿拳头捶上几下。"沃克啊沃克,你都干了些什么呀?"

罗宾依偎过来,她在弟弟头上亲了亲。此时此刻,她对自己对这个世界的所有理解和认知都产生了怀疑。什么是真相,什么是公平,她迷茫了。

这时他们看到了他。

罗宾站起身来。

屏幕上出现一个身材娇小的女人,穿着干净利落的职业装,脚下却踩着一双帆布运动鞋,而赫然站在她身边的人,正是文森特·金。

照相机的闪光灯此起彼伏。那个当庭释放的无辜市民被人领着走向等候已久的车子。

"你怎么了?"达奇丝问弟弟。

罗宾摇摇头,他的整个身体都在颤抖,呼吸也急促起来。

他终于哭了起来,裤子上深色的印迹越来越大。

她跪在弟弟跟前。"罗宾,怎么了?快告诉我。"

他拼命摇头,紧紧闭着眼睛。

"没事的,我在这儿。"

"是他,"罗宾上气不接下气地抽泣着,"我想起来了。"

她温柔地捧住弟弟的脸。"你想起什么了?"

罗宾的目光越过姐姐,落在电视屏幕上。"文森特当时去了我的房间,我想起他说的话了。"

达奇丝替他擦掉眼泪,他终于看着她说:"他对我说,妈妈的事他很抱歉。他还让我保守秘密,什么都别说,否则会让我后悔。"他闭上眼呜咽起来。达奇丝紧紧抱住他。

她把弟弟领回房间,在浴缸里给他冲洗了一遍,换上干净的睡衣,送他回到床上。

他很快便睡着了。

而达奇丝却开始收拾行李。

她在背包里看到斯塔尔和他们姐弟俩为数不多的合影之一。

他们在院子里，光着脚，笑得格外开心。她把这张合影连同一张哈尔的照片都钉在了展示板上。

她拉开百叶窗，露出天上的繁星，而后在弟弟床尾坐下。她坐在那里回忆往事，几个小时的时间匆匆而过。从弟弟呱呱坠地，到蹒跚学步、牙牙学语。她想到弟弟给她带来的快乐，想到他第一天上学，想到她在他们的小院子里教他扔橄榄球。

她一直坐到天色微明，因为弟弟最怕一个人在黑暗中醒来。

她拖着背包来到门口，小心翼翼地打开门，然后又转身回来。她拼命忍住眼泪，伤心得几乎喘不过气。她在心里骂自己，像疯子一样用力揪自己的头发。如果此刻她有一把刀，她定会毫不犹豫地砍向自己。那是她该受的伤，她理应承受所有的痛苦。

她俯身吻了下弟弟的额头，轻声嘱咐他一定要乖，不要恨姐姐像他们曾经的亲人那样离他而去。

三十九

沃克坐在办公桌前,从抽屉里找出那瓶肯塔基波本威士忌,打开盖子,灌了一大口。

他闭着眼睛回味火辣的感觉,却丝毫感受不到庆祝的喜悦。文森特离开法庭后便直接回了家。路上他一言不发,也不笑,只是和玛莎·梅握了握手。沃克称赞她的表现,两人四目相对,心照不宣。他们知道,这个胜利没有太大价值。庭审结束后,地方检察官气冲冲地离开了法庭。

他又喝了点,直到夜色冲淡白昼的光。他的肩膀低垂下来,身体没有找他的麻烦。

他望着文件盒上堆得高高的文件,整整一年的,大部分都是例行程序。这一年来,除了文森特和达克,他对别的事全都漠不关心。有一件事他们在法庭上没有撒谎,那就是他办公室的惨状。

他拿来文件,开始翻阅。路安妮的字真够潦草的。交通违章、破坏财物、非法侵入。他发现自己很难集中精神,甚至连过去的例行程序都辨别不清。他在文件堆里发现几份州里发来的备忘录,还找到一张大卫·尤达医生留的便条,说让他回电话。

沃克抓耳挠腮地想了许久,几乎快要恼羞成怒之时才终于把这个名字和它所代表的人对上号。文森特在费尔蒙特县监狱曾经打死过一个名叫巴克斯特·罗根的人,而这位医生就是给罗根做尸检的法医。

他看了看表,已经很晚了,可还是拨通了号码。铃声只响了一次,电话便接通了。沃克从电话中得知,尤达医生再过一周便要离职,目前正在准备与继任者交接。那个继任者比他小二十岁,可以说毫无经验。他们寒暄了一会儿,沃克说起罗根的案子,尤达只用了一分钟便找到了档案。

"你还想要知道些什么?"尤达问。

"没什么……大概是细节吧。我只是不明白——"

"那时候可不像现在这么严谨。没有DNA资料。我给的死因结论是颅脑外伤。"

沃克抿了一口威士忌,双脚放在陈旧的办公桌上。"所以就是这样了,一拳就——"

"不。从罗根的死状看可不是一拳的事儿。"

沃克凝视着手中的酒杯。

"我记得卡迪打过电话。当然,那时他还年轻,还没有完全接替他老爸。但他对我说不要浪费时间在罗根的案子上。性犯罪者在费尔蒙特县监狱本来就不招人待见。所以我就随便填了死因,接着忙其他的案子了。"

"打得……很惨吗?"

尤达叹了口气。"已经过去很久了,但有些事,有些事就是很难忘记。牙没了,两个眼眶全部碎裂,鼻梁断了,鼻子几乎平摊在脸上。"

"可他们是打架啊,文森特·金也是为了活命嘛。"

"我不知道你想让我说什么,沃克局长。那确实是打架,可罗根是打架结束之后很久又被揍的。"

沃克一下子想到了斯塔尔,三根肋骨骨折。他谢了尤达,挂断电话。

他咽了口唾沫,嘴里依然是威士忌的味道,喉咙又干又痒,心跳也开始加速。他起身离开警局出去散步。入夜时分,什么都看不清楚,但远处有灯光映着起伏的水面,拖船稳稳驶过海湾。

他吸了一口咸咸的海风,一边慢条斯理地走着,一边绞尽脑汁整理思绪,可眼前总是浮现出他不愿看到的画面。布莱斯伍德大道上住着他近几年夏天认识的街坊,那时的小镇还是他的。

走到日落大道尽头他不由得停住,他看见文森特正穿过大街,深色牛仔裤和衬衫,背对着他,步履匆匆。他想喊他一声,结果却只是在安全的距离之外悄悄跟着。他很想知道这家伙刚刚经历过从死到生之后是怎样一种心情。

沿着大街走了两分钟便来到一堵灰色的墙边,墙是用石头垒起来的,路灯下的墙面参差不齐。文森特翻墙而过,一秒钟都没有耽搁便径直朝许愿树走去。他猫着腰,速度很快,但随后又突然直起身,警觉地环顾四周。

从街头驶来一辆轿车,明亮的车头灯把一片光芒打在小山丘上。沃克溜进阴影里,文森特好像也吓了一跳,迅速躲开光束,钻进了黑夜。

沃克看着那辆车过去后才翻过围墙落在高高的草丛里。他在许愿树前摸索了半天,最后掏出手机按亮屏幕。

那个洞紧挨着地面,洞口很小,不仔细看很难发现。

他跪下来,把手伸进洞里,摸出了一把手枪。

四十

"阿波罗号上的宇航员在月球上留下的足迹,"托马斯·诺布尔说,"起码能保存上千万年。"

星空在她眼中不再是广袤无垠的。她知道了灵魂和预言,知道了神圣重聚和来世。她努力不去想罗宾,不去想他那天早上醒来时会有多害怕。她羞愧难当,心里苦得差点哭出来。

"你打算去哪儿?"托马斯问。

"我有事要做。"

"你可以留在这里。"

"不。"

"我可以跟你一起去。"

"不行。"

"我不是胆小鬼,上次为你,我的眼睛都被人打青了。"

"你的大恩大德我没齿难忘。"

他们躺在他家院子的最远一头,后面的林地恰好为他们投下浓浓的树荫。

"你经历的那些事,"托马斯说,"实在不公平。"

"你说话像个孩子,动不动就扯什么公平。"她闭上眼睛。

"你知道这么做不会有什么好结果吧。"

一颗流星划过夜空,她没有许愿。小孩子才对着流星许愿,而达奇丝已经不再是小孩儿了。她甚至怀疑自己是否拥有过童年。

"这些人,"达奇丝说,"他们一辈子仰望天空,寻找答案。可上帝回应过他们吗?既然没有理会,那他们为什么还要祈祷?"

"信仰。抱着会得到回应的希望。"

"不这样,生命就显得太渺小了。"

托马斯再次平静地说:"我担心你回不了头。"

达奇丝望着月亮。

"因为我的手,过去我常问上帝,为什么要这样对我。诸如此类的话。我时常祈祷一觉醒来自己变成了正常人。可是你知道吗,那些都是没用的祈祷。"

"也许所有的祈祷都没用。"

"留在我这儿吧,我可以把你藏起来。"

"我有事要做。"

"我想帮你。"

"你帮不了。"

"你觉得我会就这样让你一个人去?这算是勇敢吗?"

她拉住托马斯的另一只手,与他十指相扣。她很好奇托马斯过着怎样的生活。他的烦恼是那么微不足道。他的妈妈好端端地在屋里睡觉,他没有劣迹,前途无量。

"他们会找你的。"他说。

"找归找,但不会那么卖力。离家出走罢了,这种事在教养院很常见。"

"我希望他们找到你。罗宾怎么办?"

"拜托，"她已经处在崩溃边缘，"他们可能会来找你，我是说警察。他们可能会问你我在哪儿，或者去哪儿了。你要考虑清楚，怎么说最好。"

"如果我告诉他们呢。"

"不能告诉。"

她一直躺到清晨。诺布尔太太出门很早，她穿着一身运动装备。雷克萨斯缓缓驶出车道时，托马斯打开了他们家的后门。

达奇丝进了诺布尔家，梳洗一番后，吃了些麦片粥。

他们家有个保险箱，托马斯从里面拿出五十美元递给她。她极力拒绝，但他把钱硬塞进了她的手中。

"我会还你的。"

她在背包里装了几罐饮料，还有豆子和汤。她行动迅速，但雪莉动作更快，因为电话响了，很快转入机器应答。

他们悄悄听着。

"她听起来很担心。"托马斯说。

"她有上千个像我这样的孩子呢。"

经过门口时，她看见一些准备打包的行李。托马斯·诺布尔再过几天就要外出度假了。他会忘了她。他的生活还将继续。想到这里，她脸上露出微笑。

外面的街道在熹微的晨光中苏醒过来，垃圾车在一头，邮递员在另一头。

托马斯推出他的自行车，靠在大门上。"你骑走吧。"

她想拒绝，但托马斯一只手搭在她的肩膀上说："尽管骑走。那样能跑得快些，免得刚一上路就被他们追上。"

"我会变成谁都找不到的幽灵。我已经是了。"

"我还能再见到你吗?"

"能。"

他们都知道这是骗人的话,但托马斯没有计较。他俯身过去,在达奇丝脸上亲了下。

她骑上自行车,背包在肩上,那是她的全部家当。

"回头见,托马斯·诺布尔。"

他抬起手,目送她骑过车道,来到街上。随后她用力踩下脚蹬,迎着风朝前冲去。她没有回过一次头,明亮的马路很快被甩在身后,她要寻找那昏暗的穷街陋巷。

一小时后,她来到主街。她把自行车往杰克逊霍利斯殡仪馆门外一停,便走了进去。中央空调吹出的风格外冰凉,她瞬间起了一身鸡皮疙瘩。

"达奇丝,"玛格达微笑着同她打招呼,"又见到你真是太高兴了。"玛格达和她丈夫库尔特一起经营着这个殡仪馆。库尔特的脸白得像他们那些待烧的客户。这里刚刚一定有人,因为帘子是拉着的,棺材也藏起来了。

"我来取我外公的骨灰。"

"我还在想你什么时候会来呢。雪莉说等她有空了就帮你带回去。"

"她在车里呢。"达奇丝朝街对面一辆斜停在路边的日产轿车歪了歪脑袋,从这里看不到驾驶位。

玛格达走向殡仪馆后面,一分钟后,她抱着一个骨灰瓮回来了。

达奇丝接过,转身便走。这时帘子拉开,多莉从里面走了出来,后面跟着库尔特。达奇丝匆匆溜出去,拐上人行道,快走到彻丽面包房时，多莉追上了她。

"达奇丝。"

多莉领她进店，让她在角落里坐下，然后自己去柜台点餐。

多莉老了许多，妆没以前精致了，卷发也不像以前那么齐整优雅。但她仍然一身名牌，香奈儿的包和鞋子。

"我想说，看到你回来我很高兴。"

"但是。"

多莉笑笑。

"比尔的事我很遗憾，我不知道。"达奇丝说。

"他走得很坦然，倒是我一时难以接受。"

达奇丝的背包张开了嘴，露出里面的衣服和罐装食品。她不动声色地拉上拉链。

多莉忧伤地看着她。

"你现在有什么打算？"达奇丝问。

"先安葬我丈夫。后面的事我还没考虑过。我们曾经计划去旅行，有很多想去的地方。我不知道我一个人还能不能完成。他这辈子活得很幸福，这就够了，你说对吧？"

"托马斯·诺布尔跟我说起过公平。"

多莉微笑着说："我明白。"

"公平意味着有人在操纵。"

"我听说过那个人。上了新闻的。我想起了你，想起了罗宾。也许托马斯·诺布尔指的就是这个。有的人活着给别人带去痛苦，而有的人只是努力过自己的生活。这两种人似乎总是互相抵触的。"

达奇丝想着多莉，她的人生，她的父亲，印象难以磨灭。"哈尔说那人是我们家的毒瘤。他的手伸得太长了，目标是我和罗宾。

尤其我弟弟。我不能……"

多莉伸过一只手,按在达奇丝的手上。"也许不是你选择要成为什么样的人。也许一切都是命中注定。有些人天生就是法外狂徒。也许我们找到了彼此。"

"也许这一切都毫无意义。没有人在操纵,只是有人愿意去拿回他们想要的东西。"

"你知道什么是正义吗,达奇丝?"

"三指杰克为了替搭档弗兰克·斯泰尔斯报仇,骑马跑了五百英里。"

"可你认为这表达了什么意思呢?我不是要你给它下定义,而是想知道你认为这对那些受到伤害的人意味着什么。"

"意味着了断,意味着从此我可以高枕无忧。但我知道这还不够。"

"那罗宾呢?你觉得他想要什么?"

"他才六岁。他不知道自己想要什么。他对未来一无所知。"

"那你呢?"

"我已经知道得太多了。"

女服务员端着两杯可可饮料和一枚小巧的纸杯蛋糕走过来,蛋糕上插着一根小蜡烛。她放下东西,冲达奇丝挤了下眼,随后又回到柜台后面。

"生日快乐,达奇丝。"

达奇丝盯着蛋糕。"你不用——"

"嘘,十四岁生日可不是每天都有的。你得许个愿。"

意识到多莉不会罢休,达奇丝前倾着身体,闭上眼睛,随后吹熄了蜡烛。

从面包店出来,她们走在街上有阴凉的一边。经过殡仪馆时,达奇丝扶起自行车,推着向前走。

多莉在她的皮卡车前停住脚。"该说的话其实有很多。"

"不用多说了,我都知道。"

"你能回一趟你们的老屋吗?我有东西给你看。"

"不了,我还得赶路。"

"那改天吧。"

"好。"

多莉拉住她的手。"答应我,有时间一定要去找我。"

"我会的。"

"我知道你不会食言。法外狂徒从来都是一言既出,驷马难追。"

多莉看上去是那么弱不禁风。她一脸忧虑,好像照顾达奇丝成了她的问题。

"我会去看罗宾的。"

达奇丝点点头,下嘴唇不易察觉地哆嗦了一下。看来她还需要再坚强一点,否则何以面对即将到来的状况。

"你要保重啊,达奇丝。"

这时多莉从手提包里拿出钱包,在她开始往外掏钱的时候,达奇丝骑上自行车走了。

在主街街尾,达奇丝扭过头。

她挥了挥手,多莉也举起一只手。

下午一点左右,达奇丝来到了外公的老宅。她的两条腿已经累得又酸又疼,T恤全被汗湿,头发也湿漉漉地贴在头皮上。她把自行车藏在大门旁边的草丛里,而后沿着弯曲的车道慢条斯理地走着,走过她曾经在下面祈祷过的大树,走过田间那一汪死水。

她想到了罗宾，他有没有去上学？雪莉有没有陪着他？她几乎用上了全部的力气才克制住自己没有半道拐回去，跪在弟弟面前，把他抱在怀里。她带了一张弟弟的照片，他在照片里笑得很甜。那是一年前拍的，当时他头发更长些。走上老宅的门廊台阶时，她把照片从包里掏出来，拿着它，坐在秋千上。

大门上有块牌子，写着：沙利文房产。将来有一天，他们的老屋会被拍卖，新的主人将搬到这里，照看这片土地，继续重复老哈尔曾经的生活。远处的山脚下，达奇丝看到一群麋鹿，它们似乎从来没有离开过。土地需要照料。她想到在地里忙活的哈尔，一个人，一辈子，孤苦伶仃。

来到红色谷仓，她打开门，看到哈尔的工具依然还在。除了哈尔，没人看得上这些东西。她跨进暗处，来到那块地毯前，掀开。

她拉开地窖的暗门。门很重，费了她很大力气，汗水沿着下巴滴落。她找东西支住门，走下梯子。

这是一个简陋的地下小仓库。架子上摆放着枪支。

地窖里还有一把破旧的皮椅子，这是哈尔独处的地方。

旁边有张小桌，桌上是厚厚的一沓信。她摸了摸，把最后一封抽出来打开，结果从里面滑出两张纸掉在地上。她捡起来看了看，发现是一张撕成两半的支票。她把支票拼起来，惊讶得直咽口水，只是苦于口干舌燥。一百万美元的远期支票[①]。日期为预定开庭日之后两个月。签名很简单，更像印刷体。理查德·达克。背面她看到了文森特的许可，名字就签在哈尔名字的上面。

她把支票塞回信封。他们想拿这个堵住外公的嘴，但外公把

[①] 远期支票又称倒填支票或预开支票，是票载发票日晚于实际发票日的支票，即以将来日期填写为发票日的支票。

它撕了。想到这里，达奇丝心里暖暖的。

她站起身。

对面有一堆盒子。

她走过去，看到五颜六色的包装纸时，不由得单膝跪地。那全是礼物。她查看标签，上面有自己的名字，还有弟弟的名字。每个礼物上都有日期，往前数的每一年都有。她在低矮的梯子上坐下，打开其中一个。玩具娃娃。又打开一个。拼图。属于罗宾的礼物她一个也没打开。

到最后一个盒子时，她愣住了。日期是当天。她小心翼翼地撕开包装纸，打开盖子，看到里面的东西，她的喉头阵阵发紧。

她从盒子里拿起帽子，仔细欣赏。缎带上镶着皮钉，帽顶有褶峰，帽檐宽四英寸。她轻轻摸着标签上复杂的金饰。

约翰·B.斯泰森。

她把帽子慢慢戴在头上，刚刚好。

她拿了两把枪，一把她自己的，一把哈尔的。她还拿了一盒子弹，哈尔让她看过的那种。

做完这些事情，她把所有东西恢复原位。背包已经装满，沉甸甸的。

她把哈尔的骨灰撒进了水塘，就在他们偶尔一起坐过的地方。

随后她挺身肃立，往下拉了拉帽檐。

"再见了，外公。"

四十一

沃克一天都在躲上边的电话。好事不出门，坏事传千里。他们肯定要他去州长霍普金斯的办公室，商量工作变动的问题。想都不用想，不干局长，他只能去坐办公室。这天电话已经打了三次，好像他们认定了他目前的状况已经无法履职。

他坐在办公桌前，面前摊开着一堆卷宗。米尔顿浮肿的脸注视着他。这家伙是孤家寡人，只有一个远房姨妈住在杰克逊市[①]的一家养老院里。沃克打过一次电话，但对方声称不认识米尔顿。

沃克抬头时看见她在门口，他试着笑笑，但很难。

玛莎进来后随手关上了门。

"你在躲我的电话吗，局长大人？"她微笑着说。

"不好意思，我一直在忙。"

她坐下来，头一歪，扬了扬眉毛。"真的？"

"我没脸见你。"

"我被你忽悠了。"

"我不是存心的。"

---

① 杰克逊市是美国密西西比州的首府和最大城市。

她跷起二郎腿。"我不计较。当初咱们这么干是都同意了的。"

"可我更多是从我的立场考虑，而不是你的。"

"我现在也算出名了，生意不停地找上门。有些死刑犯也想让我帮他们上诉。还是算了。我比较擅长对付那些渣男怨女，他们才是我的衣食父母。"她伸手在头发里梳了下，沃克注视着她的每一个动作。

她探身去拉他的手，但他缩了回去。

"跟我聊聊吧。"她说。

"一开始，我只看到了结果。我看见文森特无罪开释，我看见时光倒流。这对我来说已经足够，也算是给我的警察生涯画上了一个圆满的句号。我病了，玛莎。我的细胞正在死去。现在我的情况还只是早期，一切才刚刚开始。"

"这我知道。"

"是吗？我看过相关资料，找医生谈过，在候诊室里见过那些病情比我严重的人。"

"你想说什么？"

"我不想把你变成一个保姆。你对我的意义不只是照顾。你的位置要更高，我一直都这么认为。"

她站起身。"你的口气跟我爸爸一个样。好像我是个连自己的人生都无权掌控的小女孩儿。这是我自己选的……你就是我的选择。我以为我也是你的。"

"你是。"

"鬼才相信。你选择了你自己，选择了你那该死的清高和自以为是。"

他低下了头。

玛莎擦了擦眼睛。"我不难过,我生气。你是个懦夫,沃克,所以一直以来你才回避问题。"

"我觉得你不会想见我。"

"哼,可惜你错了。"

"对不起。"

"别他妈说对不起。这么多年了,你一次也没去找过我,该死的,哪怕打个电话。最终还是文森特让你找的我,你从小就听他的。"

"哪有——"

"在我问你文森特是个什么样的人时,你光拣他好的说,不好的只字不提。难道你忘了他是怎么对待斯塔尔的吗?他交往的那些女孩子,斯塔尔在我肩膀上哭过多少回啊。以前你经常替他打掩护,甚至撒谎骗我。你总是给他打掩护。"

"我没恶意。"

"我知道。我只是想说,过去这三十年你全为别人活了。现在难道还不该停下来吗?"她大步走到门口,忽然站住,转身用一根手指指着沃克,"等你想通了,等你不再自怨自艾,等你什么时候像个男人了,就给我打电话。"

随后她拉开门,从利亚·泰洛旁边擦身而过。利亚扭头看着她远去。

"她没事吧?"

沃克起身把门关上,领着利亚在他办公桌对面的椅子上坐下。她今天没化妆,头发扎起来了,面容很憔悴。

沃克也坐下。

"你确定要这么做吗,沃克?"

"确定。"

他看着利亚用一个一次性手机拨出了号码。

达克没接。利亚等着语音信箱。

"我知道他们在哪儿,给我回电话。"利亚的声音录进了信箱。挂断电话时,她脸上有泪水淌下。

"等他回电的时候你就把地址给他,然后告诉他那个男孩儿是达奇丝的朋友,他可能知道去哪儿能找到达奇丝。"沃克推给她一张纸,上面的字迹勉强可以辨认。

"沃克,别这么干吧。我去找博伊德,我把我知道的全都告诉他。"

他凝视着这个可怜的女人,他想恨她,却恨不起来。

她知道要向南走,南边有个更大的市镇,叫普赖尔堡,那里有个汽车站。她不知道五十块钱能让她搭到哪里,但估计不会太远。也许能到爱达荷,运气好的话,到内华达。她决定只关心眼前的事,比明天多一天都不去想,倘若想了,手头的任务也能立刻把她拉回来。

她专拣小道,骑得不紧不慢。遇到上坡她就下车推着走,遇到下坡则骑上去小心翼翼地滑行,手握车闸,时不时刹一下车。

蒙特斯,彗星公园,那些美不胜收的自然景观被茂密的森林和大山的影子遮住了。漂亮的房屋相距甚远,黄色的广告牌号召人们投票支持楔石管道公司,声称他们会给停滞不前的小镇经济注入活力。杂货店外的几辆卡车不过是小镇濒死前最后的抽搐。

正走着,车胎爆了,砰的一声响,她吓得差点淌下泪来。前不着村后不着店,她硬着头皮继续骑,只是车子沉重不已,每蹬一脚都要花费成倍的力气。

她气得直骂,不得已把托马斯·诺布尔的自行车丢在了杰克逊溪旁边的树林里。

她坐在一棵倒下的树上,吃已经变干变硬的面包,喝剩下的那点水,随后徒步前进。她的运动鞋不太适合这里的地形,很快两个脚踝就磨破了皮。

她经过农舍和错落有致的农田,经过绿地和荒野,三一教堂依然有需要人工敲打的钟。她跟着一对老夫妻走了大约一英里,他们全副徒步装备,挂着长长的手杖,样子十分随和。她听着他们的脚步声,却一次次偏离路线。起码她还有一点方向感。他们肯定要去某个地方。她相信是南方。

可还是跟丢了,她不由得咒骂一通,无力又无助,有种被抛弃的感觉。

她遇到一条又宽又长的路,路上没什么车。她停在路边,仰头望着天。

这时那对老夫妻又出现了。他们一个叫汉克,一个叫比西,来自卡尔加里。两人已经退休,眼下在度假,夜里住汽车旅馆,白天徒步旅行,用老朽的眼睛看新的风景。

达奇丝开始与他们同行,并用编造的故事搪塞他们的问长问短。她说她妈妈病了,她正要去普赖尔堡的医院看望妈妈。老夫妻给了她一些水和一块糖。

比西聊起她的孙辈们,一共七个,分散在世界各地。其中一个在远东从事银行业,还有一个在芝加哥当医生。汉克走在前面,像个侦察地形的童子军,边走边为女士们拨开挡路的树枝。他的脖子被太阳晒得通红。

汉克注意到达奇丝走路有些蹒跚，苦劝半天才终于让她在草地上坐下，而后从包里掏出纱布缠在她的脚踝上。

"可怜的孩子。"

随后他们继续上路。汉克有张地图，他指了指特森湖的方向。

"又一个湖。"比西说着，冲达奇丝挤了下眼睛。

"我小时候住在一个叫作黑文角的小镇上。"

"名字挺好听的。"比西说，她那两条腿简直是为徒步而生，尤其小腿十分粗壮有力，方脸，俊俏，稍微缺了点柔和，"你还记得那里吗？"

这时他们走上了另一条小径。达奇丝赶跑脸上的黑蝇，淡淡地说："不记得了。"

他们穿过七十五号公路，走上一条比卡车还窄的路。达奇丝没有质疑，因为汉克一副胸有成竹的样子。他们住在普赖尔堡外半英里的地方，承诺会把她安全带到那里。她很走运。这是天大的好运气。

"你有兄弟姐妹吗？"比西问。

"有。"

达奇丝看出比西还想再问，但对方一定从她的苦笑和泪汪汪的双眼中读出了什么。于是所有的疑问都在二人的心照不宣中随风而去了。

又走了一小时，他们终于在公路弯曲的地方看到了民居。公路继续延伸，一眼望不到尽头。汉克说他们应该停下来歇会儿，于是三人穿过正在枯萎凋零的金银花和各种野花，向房子走去。

房子气派雄伟，他们走到前脸儿，看着砌墙的那些石块，每一块都比达奇丝的脑袋还要大，房子的窗户也非常华丽漂亮。

汉克四处察看,达奇丝看着他,不由得紧紧抓住背包,隔着布料确认手枪的位置。

"这房子很漂亮。汉克喜欢建筑。"

汉克拿出相机,兴奋地一连拍了十几张照片。

他们绕到屋后,看见一排长长的储水池一直延伸到林地。

"那儿有烟。"比西指着远处说。

烟是从空地上的一处火堆冒出的。然后他们遇到了另一对夫妻,同样的年龄,同样的眼神。就像他们提前十年发现了天堂。双方做了自我介绍。

南希和汤姆来自北达科他州,有一辆房车停在哈特森水坝,但他们想来这儿参观这栋老宅。

他们吃着烤肉汉堡。达奇丝想起罗宾,她看了看表,此时弟弟应该也在吃饭,一个人。她不在,罗宾肯定吃不下饭。她心里忽然一阵难受,不由得捂住胸口。

日落时分,他们来到了汽车旅馆。此处距普赖尔堡只剩十分钟脚程。汉克在达奇丝手中塞了一大堆糖和能量棒之类的东西,还有一瓶水。比西紧紧抱了抱她,还说会为她妈妈祈祷。

达奇丝开始朝城镇里面走,她的脚已经没那么疼了。身后远处的大山被黑暗笼罩,她看到几点灯火,一家餐馆,一家斯托克曼-鲍勃户外用品店。

她在街角找到了汽车站,就在一家车体修理厂对面。那里停了一排光洁如新的汽车,引擎盖反射着路灯的光芒,明晃晃的一片。车站柜台后面坐着个黑人女子。失望的是这里没有达奇丝想象的那么熙熙攘攘。她估计雪莉已经给警方打过电话,他们可能已经去过农场,找过托马斯·诺布尔,但未必有什么发现。

"请问五十美元最远能坐到哪里?"

那位女士从镜框上面瞅了她一眼。"你打算去哪个方向?"

"南边,加利福尼亚。"

"就你自己?你这年龄——"

"我妈妈病了,我得回家看她。"

她注视着达奇丝,仿佛想要从她的脸上看出点什么,也许撒谎的痕迹。但显然她并不在乎那么多,转而扭头看起了电脑。

"能到布法罗,四十块就够了。"

树脂玻璃后面有张地图,达奇丝找到了布法罗的位置,在怀俄明州。

看着挺远,其实很近。

"车要等到明天早上才开。你要再考虑一下吗?"

达奇丝摇摇头,把钱递进柜台。

"我们马上就关门了,"见达奇丝一直拿眼睛瞧候车厅里那些加了衬垫的长凳,卖票的女士说,"你有地方住吗?"

"有。"

她把票递给达奇丝。

"从布法罗接着我该怎么走呢?"

"你是要最快的还是最便宜的路线?"

"你看我身上还像有钱的样子吗?"

女士蹙了下眉,又扭头看了看电脑。"最省钱的办法就是先搭车到丹佛,然后去大章克申①,从那儿再坐车去洛杉矶。这是长途,姑娘,一样要花很多钱。"

---

① 丹佛和大章克申两座城市都在科罗拉多州。

达奇丝离开汽车站，现在她身上只剩下十七块钱，背包里装着两把枪、一点食物和几件换洗衣服。

一个名叫奥沙利文的酒吧外面有部公用电话，摘下听筒的那一刻她才意识到自己根本没有可以打给的人。她想和罗宾说话，哪怕不说话，在他睡觉的时候听一听他的声音也好。她想亲一亲他的脑袋，搂着他，让他睡在自己怀里。

她找到一个公园，不大的一片树林里有个游乐场。她溜进树林，躺在草地上，随后她又从包里拿出一件毛衣盖在身上。

半夜时分，万籁俱寂。趁小镇沉睡，达奇丝挣扎着走了半英里。她的两条腿像灌了铅，每一步都无比沉重，每一步她浑身的肌肉都在抗拒。

汽车旅馆静悄悄的，半天看不见个人影，连前台都没有。大天空标志，彩电，有空房。她走过停车场，每个房间的门前都停着一辆车子。旅馆背靠一片小树林，低矮的黑色屋顶后窜出一棵棵参天大树。门上的玻璃窗里面拉着帘子，达奇丝走到一个房间外面，它的门口停着一辆福特布朗科，卡尔加里牌照。是汉克和比西无疑了，他们的窗户大开着。达奇丝看见了他们，两人毫无戒心。

她放下背包，掏出手枪，默默祈祷几句后，从窗口跳进了房间。

床上躺着一个人，盖着被子，从身形判断应该是汉克。他呼呼大睡，对正在发生的事情浑然不觉。徒步一天的人，累是正常的。屋里的光线刚好能让达奇丝看清椅子的位置，汉克的裤子放在上面。她摸到口袋，掏出钱包，看到一张照片，上面是一群笑得很天真的孩子。从里面往外掏钱的时候，她紧张得连气都不敢喘。

这时她看见了比西，后者睁着双眼，表情十分难过。达奇丝急忙伸手到腰上，摸到插在牛仔裤里的手枪。然而老太太什么都没说。

离开时，达奇丝心如刀割。

管他呢，她有责任提醒他们社会险恶。

四十二

海伍德大道尽头。沃克坐在一辆租来的车里。

沿路是一排独门独院的住宅,气派豪华,造价不菲,每家的入户车道上停的都是德国车。沃克穿着警服,压低身子缩在座位里。他旁边放着不少空了的咖啡杯,但没有吃。他开了上千英里才来到这里。原本他想过坐飞机,直面自己的恐惧,但因为需要带枪就放弃了。

诺布尔家空无一人,托马斯和他的家人都出去度假了。达奇丝曾和沃克说过,他们每年夏天都要去南卡罗来纳的美特尔海滩。沃克把地址给了利亚,因为他知道如果达克认为这条线索能帮他找到达奇丝,他就一定会现身。

沃克车上没有报纸,也没有书,所以没有任何东西能帮他从手头的任务上转移视线。一小时前他吃了几片药。肌肉疼得厉害,时不时抽搐几下。他只想躺下来,熬过这一阵。

这将是他警察生涯的最后一个任务。数十年碌碌无为,算是最后努力画个句号吧。他把玛莎,把文森特以及他即将给黑文角带来的混乱全都置之度外。他这么做是为了拉德利家的孩子,他要拼尽全力护他们周全。为了斯塔尔,也为了哈尔。他不知道达克给利亚回电话的时候已经到了哪里,但估计很接近蒙大拿。达奇丝和那盘录像带是达克拯救他那行将崩溃的帝国的最后机会。

疲倦,像寒夜里一条温暖的毯子,压在他身上,把他的意识拖向混沌深处,他的眼皮越来越沉重。困倦是那些药片众多副作用中的一种,不过他这一年来就没睡过一晚好觉,所以,或许并非全是药的问题。想到这里他便把心放宽了些。可他还是禁不住打了个哈欠,随后慢慢地,慢慢地,合上了眼睛。

停电的时候,托马斯·诺布尔正躺在床上看电视。

他站起身,四周静悄悄的,除了屋里某些东西发出的声音——走廊里时钟的嘀嗒声,烧水壶的嗡嗡声——并没有其他动静。他迈出一步,不料被他的背包绊了一跤。他的所有东西都已经收拾停当,拎起包就能走。他的父母每年都把他丢进夏令营。他们自己去海边的度假屋,而他则在离家八英里的地方堆沙雕,染T恤。所以天黑之后他就溜了出来,一路走回家,抄近路从树林进入自家院子,从车库找到备用钥匙。天一亮夏令营的人们就会发现他不见了,不过到那时他已经在去加利福尼亚的路上了。他要去找她。他要帮她。

此刻他心跳加速,不由得用手捂住胸口让自己平静下来。他竖起耳朵仔细听,却什么都没有听到。他觉得自己好丢脸,什么时候这么怕黑了。他走到窗前,看到邻居家明晃晃的,门廊灯亮得扎眼。他知道电箱在哪儿,知道跳闸后该怎么做。

刚走到楼梯口,他便听到玻璃破碎的声音。他吓了一跳,呆若木鸡地定在原地。他听到门锁转动,门开了。

接着是鞋踩在碎玻璃上的声音。

他知道爸爸有把枪，就锁在他的办公间里。可他也知道自己根本没勇气用那把枪打人，哪怕他有两只健全的手。

脚步声再度响起，起初十分响亮——厨房地板，继而变得柔和——走廊的地毯。他想大声喊叫，让对方知道家里有人，说不定能把他吓跑。他们这里是高档街区，房子都很气派，他妈妈有不少珠宝首饰，说不定就是因为这些才被坏人惦记上了。

他吸了口气，踩着楼梯每一级的边缘，迅速从顶楼来到二楼，钻进父母的卧室。他首先冲向放在床头柜上的电话。

拿起电话，里面却没有声音。

他跑到窗口想喊人，可又忽然听到了脚步声，这一次离得更近，就在一楼的楼梯口。他的脑筋飞转。他看了眼落水管，掉下去起码会摔断腿。

他转过身，环顾四周。床下有空隙，壁橱里也有空间，但最后他决定去客卧。

他一秒钟都不敢耽搁，从主卧出来时，他瞥见楼梯上有个黑影。他不敢回头，一口气溜进客卧，躲在门后，身体紧紧贴在墙上。他想喊叫，可还是竭力忍住了，心想对方一定认为家里没人，拿了想要的东西就会离开。

"托马斯。"

他闭上了眼睛。

"我知道你在家。我在树林里观察很久了。你只要告诉我我想知道的东西，我保证不会把你怎么样。"

他想喊，想问对方到底想知道什么，他告诉便是了，立刻，马上，连眼睛都不会眨一下。这时那人又开口了，他的话让托马斯·诺布尔顿时从头凉到脚。

"达奇丝·拉德利。"

是他,那个开着凯雷德的家伙。达克。

托马斯·诺布尔左右看看,想寻找一件趁手的家伙,可房间里找不到一样钝器或利器,他只能赤手空拳。达克马上就要找到他了。

他想到了达奇丝,想到第一次看见她,想到她的那些经历,他们第一次跳舞,还有他们的初吻。他想到自己生在一个条件优渥的家庭,有一对爱着自己的父母。而她呢?现在怎么样了?也许正一个人走在路上,包里装着枪,而且她绝对有用它的勇气。以前他帮不了她,但现在可以了。他要证明自己,他也可以成为法外狂徒。

他看着那个身影来到门口,高大得像个怪物。等对方靠近时,托马斯·诺布尔深吸口气,突然从黑暗中扑了过去。

一声枪响。

沃克一个激灵醒过来,跳下车就朝房子冲去。

破碎的玻璃,敞开的门。他侧身进屋,举着枪,一个房间一个房间地查看。随后上楼。

孩子坐在地上,背靠着墙,膝盖抱在怀里。

"你受伤了?"

托马斯摇摇头。头顶是撕裂的干板墙,天花板掉了一半。原来开那一枪只是警告。

"人呢?"

"后门。"

沃克冲下楼梯。草坪边是篱笆,他纵身跃过,来到屋后的树林里。他沿着一条痕迹不太明显的小径往前追。大树枝繁叶茂,月亮只能透过枝叶的缝隙洒下斑斑驳驳的银色光点。

"达克!"他大喊一声,发现没有回音便继续追。

他在高可参天的大树中间穿梭着。

这时,他看到正前方有一个身影,就在一棵树旁边,走得很慢。

沃克举起了枪。

他站住,两脚分开,双手握枪瞄准目标。

他开了一枪。

庞大的身影倒下了。他小心翼翼地走过去。

待他走到跟前时,达克已经挣扎着靠在一棵树上,两手空空。沃克看到枪掉在几步开外的地方,于是走过去弯腰捡起。

达克喘着粗气。他肩膀受伤,疼得够呛,但无性命之忧。

沃克侧耳听了听,暂时还没动静。邻居们听到枪声肯定会报警的。

这一刻,沃克并没有感觉到身体的抽搐,他全部的注意力都在任务上。他的任务,他的职责。目前他还没有做好放弃这两样东西的心理准备。

"没想到你会来。"

"该做个了断了吧,达克?"

"好啊,沃克局长。"尽管败局已定,他的声音依旧沉着冷静,毫无感情。

"这段时间你一直躲着。"

"是在疗伤。我欠了别人钱,他们一直在追我。你中过枪吗,局长?我这是第二次了。"

"我有很多疑问。"

达克没有拿手堵住伤口，任由鲜血汩汩流着，顺着胳膊滚滚而下，最后经过手指滴落在地。

"我们找到米尔顿了。他的尸体被渔船的拖网挂住了。"

达克仰头盯着他。

沃克继续。"他和你有什么瓜葛？"

达克一脸迷惑，但也许只是他反应慢。"他喜欢拍照片。"

沃克点了点头，但不冲任何人，而是冲自己。

"他只是想交朋友，找个能和他一块儿去打猎的伙伴，所以我就去了。局长，我们都是比较孤僻的人。仅此而已。"

沃克想到了玛莎。

达克攥起拳头，血流得更快了。"难道这也有罪吗？"

远处传来警笛声。

"我知道玛德琳的事。"

达克咽了下口水，这是他第一次流露出感情。"今年她都十四岁了。"

"和达奇丝·拉德利同龄。"

"我不想去找那孩子的麻烦，可其他办法我都试过了。"

"那哈尔呢？"

"他不给我说话的机会，一见我就举起猎枪。"

"你是个杀人犯。"

"和你那位老伙计一样。"

眩晕的感觉突然袭来，沃克后退了一步。"文森特……"

"悲剧有时能把罪人变成圣人。你相信我，没人比我更清楚。"达克大口喘着气，疼痛让他有些吃不消了，"屋里那个孩子，我没伤害他。"

"我知道。"

"在我看来，人们对我总是带着偏见的。不过这没关系，反倒能帮我完成很多事情。"

"你杀了斯塔尔·拉德利。"

"沃克局长，我看就连你也不会相信吧？我是去请她帮忙的，我想让她找文森特谈谈，让他把房子卖给我。结果我刚一提文森特的名字她就发火了，对我拳打脚踢。那女人太野了。"

"你和文森特达成了某种交易，结果你搞不定，因为你给不了高价。"

"我是个言而有信的人，不信你去问文森特，他会告诉你的。"

"听你的口气好像你很了解他似的。"

"也许我确实了解他。也许因为斯塔尔告诉了我一些事情，她喜欢喝酒，有时也嗑药。告解这种事不是只发生在教堂里。"

"你在说什么？"

"文森特……他不是你想的那样。"

沃克注视着他，想从他的表情中确定这是不是真的，或许他并不希望是真的。

达克的呼吸急促起来。"我买了人寿保险，足够养活玛德琳一辈子。"

"说白了都是钱闹的。"

"他们是不会为自杀赔钱的。相信我，我查过。"

"所以你就借警察的手自杀。"

"看你怎么说了。"

"她不需要你吗？"

达克闭上眼睛，可随后又因为疼痛而睁开。"一个孩子能有大人陪着总是好的,可她情况特殊,现在待的那个地方,那才是她需要的。这也是我唯一能提供给她的。"

"她那个病不容易好。"

"他们也不能确定。或许将来有希望。毕竟每天都有奇迹发生。"

沃克不知道达克是否真的相信奇迹一说,但可以判断那是他的精神动力。

"打死我吧。"

沃克缓缓摇了摇头。

"把我的枪放在我手上,然后开枪打死我。"

沃克后退了一步。

血还在流着,达克身体很壮,又高大又强壮。

"你他妈倒是开枪啊。我求你了,打死我吧。我杀了那个老头儿,我还满世界找那个小姑娘。拜托了,开枪吧。"

沃克听到一阵嘈杂之音,很远,但正在靠近。

"我不能那么干。"

"行行好吧,局长,你的上帝会理解的。"

沃克摇摇头,他糊涂了,什么是对,什么是公平,全都搞不清楚。他想到了玛德琳,一个他不了解的女孩儿;还有达奇丝,一个他很熟悉的女孩儿。

他向达克走近一步。

"给我的女儿一条活路吧,你能做到的,你能。"

沃克又走近一步。"他们会把你关起来。"

"我迟早会出来,到时候我还会去找达奇丝。下一次将是复仇。很简单,我会要她的命。"

沃克一眼就识破了他的激将法。

"妈的，我求你了，沃克。你要是让警察把我抓走，我女儿就完了。我现在已经没有钱了，我一无所有了。夜总会是我的全部财产，现在我没钱保她的命了。"

沃克站在那里，手里的枪重得几乎拿不住。

"你得把你的指纹擦掉。"达克的头靠在树干上，泪水充满了眼眶，"我兜里有把钥匙，是黑文角郊外一个小仓库的，那地方叫西风仓储。我在里面给玛德琳存了些东西。总得让她知道我们吧。"

沃克注视着他，一言不发。

"没时间了。来吧，局长，给我女儿一个机会。"

沃克擦了擦达克的枪，弯腰递给他。

达克举起手枪时，疼得脸部抽动了一下，随后他胡乱对着一个方向，扣动了扳机。

枪声震耳欲聋，听到枪响的一刹那，沃克也举起了自己的枪。

达克冲他点了下头。

沃克扣下扳机。

四十三

达奇丝经过一个个小镇，一座座孤独的高山。天空有时蓝得清透，让她想起黑文角无边无际的大海。

她坐在车轮正上面，每一次颠簸都疼在骨头上。公路像一道伤疤横亘在外公曾无数次走过的土地上，他唯一的快乐被远远甩在了后面。

他们在途经的小镇停车休息。有人上车有人下车。老年人带着各种各样的东西，安静到让人忘记他们的存在。年轻人背着背包，拿着地图和旅行计划。还有些小夫妻小情侣，路上卿卿我我，遍撒狗粮，搞得达奇丝不好意思看，只能把头扭到一边。司机是个黑人，车上的人都睡着时他冲达奇丝笑了笑。整车人也只有他们两个看到了那个笼罩在科罗拉多晨辉中的拦车的旅行者。

她在路上看到一些抛锚的皮卡，引擎盖高高掀起，男人们弯腰查看机器，女人们百无聊赖地看着过往车辆。她还看到路边的用餐者，看到警车，看到许多林肯车，还有一辆基本上哪儿都去不了的加长轿车。

在卡罗加平原停车时，上来一个背着吉他的人。他问大家是否介意他在车上演奏，众人摇摇头。于是他便唱了首《金色梦乡》。他声音粗哑,有种独特的味道,仿佛能把这破旧的巴士车顶掀开,让星光照进车里。

只有到了夜里,当月亮坠入阿塔亚峡谷,司机放慢车速,调暗车内的灯光,这时达奇丝才允许自己想念罗宾。她的心好痛,不是她从别人落在椅背上的杂志中读到的那种矫揉造作、无病呻吟的痛,而是一种心如刀割、回肠百转的痛。她难受得弯下腰大口呼吸,而后从包里拿出水,对着瓶子小口喘息。司机和她对视一眼,他的眼中充满了爱莫能助的关切。她好不了了,她的心从此再也无处安放。

到多塞罗郊外某处时,她的钱快花光了。周围的群山连绵起伏,山体上坑坑洼洼,其中有一座是火山。视野中只零星分布着一些绿色植物,整体上是一片不毛之地。土地呈红色,红得像火,达奇丝情不自禁弯腰摸了摸。

她在七十号公路旁的一个货车停车场找到了一个电话亭。前面不远处是条大河,激流从落基山脉奔腾而出,奔向广袤的新墨西哥州以及更远的地方。她拨了个对方付费的电话,接线员将她与一个感觉无比遥远的世界连在了一起。谢天谢地,她找到了克劳德特。她尽量不谈回去的事,也不谈警察,以及她造成的种种麻烦。她紧紧握着电话,只等克劳德特告诉她说,对,他挺好的。随后克劳德特让她等着,她去叫他。

听到弟弟的声音后她便挂断了电话。转身时她被一块砖头绊了一跤。眼前的大路不知通向何方,像她这样的年龄显然不适合穷游。抬头看天,一场暴风雨在所难免,她躲不掉的。弟弟在电话里说了声"喂",声音很小,像在说悄悄话,而她竟一个字也说不出口,哪怕为自己所做的事和即将去做的事说一句对不起也好啊。

她用两块钱买了盒牛奶和一块干巴巴的百吉饼。

而后她在路边一坐便是四小时。太阳在天上慢吞吞地画了一个弧,钟表的指针推走了上午,带来下午。在加油站柜台后面上班的是个女人,腰里藏着杂志,低垂着头,昏昏欲睡。她戴着大框眼镜,衬衣上有污迹。她把卫生间的钥匙给了达奇丝,且心照不宣地冲她笑了笑,好像她见过许多像达奇丝这样站在十字路口的女孩子一样。

卫生间里又骚又臭,每面墙上都画满了涂鸦,浪漫的声明,比如那个"汤姆和贝蒂·劳雷尔在此打过一炮",还有数不清的招嫖电话。达奇丝小心脱下T恤和牛仔裤,用皂液机里的皂液随便洗了洗,再用纸巾擦干。她用冷水洗脸,驱赶困意。

她观察着外面的卡车司机,试图仅凭并不怎么灵的第六感挑选出最合适的那一个。

一小时后,她看上了一个身穿格子花呢上衣、留着八字胡的大块头。他开的是一辆干干净净的重型铰接卡车,引擎盖上写着"安妮·贝丝",两侧各有一个红心图案。

她主动接近,大块头微笑着打量了她一番。湿漉漉的头发,斯泰森毡帽,小背包,八十磅的身材。

"你要去哪儿?"他问。

"也许去拉斯维加斯吧。"

"哦,拉斯维加斯。"

"对。"

"你是离家出走的?"

"不是。"

"带上你,我可能会惹麻烦的。"

"我不是离家出走的。我十八岁了。"

他笑了笑。

"我要从菲什湖过。"

"菲什湖在哪儿?"

"犹他州。"

"那还好。"

坐在大卡车里,达奇丝居高临下地看着沿途的风景。驾驶室里一股皮革味儿。大块头名叫马尔科姆,听上去他的父母似乎对他寄予厚望。仪表板上有盆绿植,她认为这是好现象。另外还有一张照片,上面是两个女人,其中一个年龄比她大不了多少。

"她就是安妮·贝丝?"达奇丝问。

"我女儿。"

"真漂亮。"

"是啊。那是以前的照片,现在她十九岁了,上大学呢,学的政治学。"他的每一个字里都透着骄傲,"我每天晚上都和她联系。她实在是太聪明了,我们都不知道她是从哪儿来的。真是上帝的恩赐。"

"她旁边的是你老婆?"

"算前妻吧。以前我有酗酒的毛病。"他指了指仪表板上的一枚胸针,"戒酒十八个月纪念。"

"也许她会重新接纳你。"

"不大可能了。我养了个植物,仙人掌,已经养了半年,你看它那样。这也是个接纳的问题,对吧?"

达奇丝瞥了一眼仪表板上的仙人掌,看样子已经死了很久。她不知道马尔科姆是否知道它已经死了,同时她也很惊奇,能把仙人掌养死的确实少见。

马尔科姆也想问她一些私人问题，但她三缄其口，他便识趣地不再多嘴，拉下遮阳板，只管闷头开车。

达奇丝睡了一小会儿，醒来时吃了一惊。马尔科姆忙说不用紧张。她看见红色的岩石，干枯的橙与黄，太阳落山的轨迹与一条又长又直的公路重合，景象蔚为壮观。她一度以为自己在做梦。

在一个货车停靠站，马尔科姆对达奇丝说他只能把她捎到这里了。达奇丝说了些感谢的话，马尔科姆祝她一路顺风。

"回家去吧。"他说。

"我正在回家。"

在一座名字不怎么清晰的小镇近郊，达奇丝走在银灰色的天幕下，两只脚说不出地沉重，几乎每走一步都要拼尽全力。可她除了咬牙向前，没别的办法。路两边的高楼大厦鳞次栉比，五颜六色的涂料仿佛每走一步都在变得明亮。黄色的花盆里栽着瘦弱的苗子，店铺门可罗雀，经营惨淡。耳朵里充满浮动的噪音，街对面的酒吧闪烁着俗丽的霓虹灯，从里面传出的声音告诉她不要进去。她站在那里，困得几乎睁不开眼，背包紧紧勒着肩膀，路灯的灯光令人窒息。她走过大街，晃晃悠悠，踉踉跄跄，呼吸找不到节奏，双手发麻失去知觉。她不知道自己是不是要死了，只是偶尔关于罗宾的记忆会突然在胸中点燃一团火。她愤怒，憎恨，那个人偷走了她从前的生活，却又满不在乎地随手丢掉，就像那风中的垃圾。

明知山有虎，偏向虎山行。她毅然推开酒吧的门，走了进去。男人，和一些女人，纷纷让开，整个酒吧笼罩在一片红色中。

酒保是位老者,达奇丝要了杯可乐,随后却发现自己钱不够。在她手忙脚乱地翻遍所有口袋时,酒保已经倒好了可乐,心照不宣地推到她面前,这份久违的善意是那么遥远,她几乎忘记了世间还存在这种东西。

她在一个墙角放下背包,坐在一把低矮的凳子上,闭上眼睛享受着甜美的饮料。有个抱着吉他的人坐在另一个墙角,他不时招呼那些酒吧里的常客,弹着吉他一起唱歌。其他客人看着他们,不时笑笑。尽管唱歌的人里面没有一个不跑调的,可达奇丝却听得入了神,好像她已经很久很久没听过音乐。

有一会儿她闭上眼睛,擦掉脸上的泥和汗水。妈妈忽然出现在眼前,把罗宾举向星空,好像他是天赐的宝贝,而非另一个错误。

这时她发现自己站了起来,且在移动。人们再次为她分开道路。女人们看着她,好像她是个孩子;男人们看着她,眼神中透着好奇。

她经过台球桌,呼吸着空气中的烟味儿、啤酒味儿和疲惫的男人们的臭味儿。他们彼此依靠,有的随着吉他声左右摇摆。

音乐停下时,她已经走到了墙角。吉他手压了压他的帽檐,她也用同样的动作予以回应。

"想唱歌吗,姑娘?"

她点点头。

"那好。"

她坐下来,环视众人,有的在微笑,有的没有。

她俯身过去,低声说了几句歌词,她不知道歌名,但那人立刻懂了,对她笑笑,仿佛在称赞她的选择。

他拨动吉他开始弹奏，达奇丝安静地坐着。她错过了音乐的节点，但吉他手似乎并不介意。人群窃窃私语，达奇丝无动于衷，仿佛一切都被隔绝在外。悠扬的和弦把她带回到了一年前，那时妈妈还是她触手可及的人，尽管她从未珍惜，但这种感觉很真实。她看到了弟弟，还有外公，他深沉含蓄的爱充满她的胸膛。

她开始唱起来，歌声中饱含着举步维艰时对他们的思念。人群中的议论声渐渐平息，喝酒的人们纷纷转身看着这个小姑娘。她的声音仿佛打开了天堂之门，她炽热的灵魂毫无保留地展现在众人面前。吉他手被深深地感染了，弦声几乎跟不上她的歌唱。

她好似来到了街上，失魂落魄，穷困潦倒。天黑了，痛苦肆意弥漫。

她不抱任何幻想，复仇并不能净化她的心灵，但她必须要做，不能不做。

一曲终了，酒吧里鸦雀无声。老酒保从吧台后走出，递给她一个装着钞票的信封。达奇丝不解地皱了下眉，老者遂指了指一块牌子，上面写着每月奖励最佳演唱者一百美元。

她没有等待人群喝彩，因为喝彩之声终将响彻这寂寞的夜晚。她背着包离开酒吧，朝着汽车站的方向走去。

这是一条毁灭之路。

路上的这个女孩，正决定用行动纠正她一辈子所有的错。

四十四

沃克花了一个晚上加一个白天处理事件的余波。

艾弗县警察局对此事充满疑问,但他不想多说。他们至今还没弄明白达克为什么要闯进诺布尔家。沃克无法提供更多信息,他说自己又累又病,过几天会写一份完整的报告给他们。他当然不会提到达奇丝和那盘录像带。他会找个更合适的理由。

他爬上租来的车,只管往前开,他要找个可以睡觉的地方。终于开了五十英里,他在一个汽车旅馆停了下来。

在一个令人昏昏欲睡的房间里,他躺在床上,想到了流浪在外的达奇丝。他没有理会身体的颤抖,随便吧。他感觉自己的裤子松了,他又得在皮带上凿一个孔,这是第三次了。倘若他照一照镜子,会发现原来总是挂着微笑的脸上只剩下了紧皱的眉头。人们说他永远不会变,他也如此坚持着。

他从旁边的抽屉里找到一本《圣经》、一支钢笔和几张纸。主意已定,他开始秉笔直书。他准备辞职了,他要放弃陪了他一辈子的警徽。这最后一桩案子仍有许多疑问,也许他永远都不会找到答案,但他会继续努力,为了那两个孩子他不会放弃。

他打电话给玛莎,得到的是机器应答,于是他语焉不详地留了条信息，说他很好，说他知道她不会相信，但保证待会儿睡醒之后会再打给她。他还说他很抱歉，这辈子恐怕都无法弥补自己的过错。

九点钟时他的手机响了。

他期待听到玛莎的声音，但来电的是实验室的塔娜·勒格罗斯。上次他本没抱太大希望，只是交代她不要声张。

"我还有些血检结果没告诉你呢。上个月我给你留过几条信息。"塔娜说。

"不好意思，我一直……"

"没关系。之前我也一直把重点放在了枪身上。"

"达克家里的血，是米尔顿的？"

"不是，实际上那根本不是人血，而是动物的。"

沃克有点蒙，一只手梳理着头发，想到米尔顿与达克一块儿去打猎，而后又回到自己家。"是鹿血？"

"有可能。"

"好吧。"

"你没事吧，沃克？"

"那把枪，有没有什么发现？"

"我们提取了指纹。"

"是文森特·金的吗？"他不由得屏住呼吸，房间转动起来，是死是活在此一举了。

"实际上，不是。"

沃克松了口气，可惜他累得没工夫兴奋。

"指纹很小。"

"是女人？"

"孩子。小孩子。"

沃克闭上眼，当所有碎片在头脑中拼凑起来时，电话失手掉落。胸口一阵疼痛。他心力交瘁，几乎连头都直不起来。

他谢了塔娜，随后又打给文森特。

铃声刚响两下文森特就接了，他也是个夜猫子，整晚不怎么睡觉的主儿。

"我知道了。"沃克开门见山地说。

他听见文森特吸了口气。

"你知道什么了？"文森特淡淡地说，他不是在质疑，而是接受。

"罗宾。"孩子的名字在空气中久久回荡，过去这一年他们的种种经历一下子浮现在眼前。沃克挪步来到窗口，高速公路上没有一辆车，天空中没有一颗星星。"我找到那把枪了。"他说。

沉默持续了很久，仿佛全世界只剩他们两个，一如既往。

"不打算跟我说说吗？"

"我背负着两条人命，沃克。但我只能容忍其中的一个。"

"巴克斯特·罗根。他是咎由自取，对吧？"

"你以为我杀了那个畜生，那个被他毁了的女人就能幸福吗？也许吧。我知道自己干了什么。我不后悔。可是茜茜不一样。我活着的每一天，我的每一次呼吸都该属于她。是我从她身上偷走的。"

"告诉我怎么回事。"

"你已经知道了。"

沃克吞了下口水。"是那孩子打死了他妈妈。"

文森特不吭声。

"但他本来要打的是别人。"沃克哀伤地说。

"对，是达克。"

"因为达奇丝烧了他的夜总会,保险公司不愿赔偿。那你怎么会出现?"

"我看见他的车了,所以就过去看看。达克说他在斯塔尔家里找东西,他刚要打开孩子们的卧房门,斯塔尔就情绪失控了。她的儿子从窗户爬了出去,可是听到妈妈的尖叫后又回来了。"

"有种。"沃克说,"像他姐姐。"

"斯塔尔把他推进壁橱,不让他掺和。结果那孩子就发现了手枪。也许他以为自己的妈妈在挨打,他就举枪瞄准,闭上眼睛扣了扳机。我到的时候手枪还在他手里死死攥着呢。"

"达克。"

"他很可能会把孩子弄死,因为他身上沾着斯塔尔的血。孩子又是唯一的目击证人。不管达克怎么说,反正他在现场。他百口莫辩。"

沃克头靠在玻璃上,此时外面下起了小雨。他想到达克,想到他为人处世的一贯作风。也许他会杀了罗宾,只是沃克不太相信。但现场情形确实对他不利。"你跟他是怎么串通的?"

"我说我愿意承担一切,所有的罪名都由我来顶着,警察谁都不会去找。就当他从来没去过斯塔尔家。"

"他答应了?"

"不,他是有条件的。条件就是房子,沃克,他想要我的房子,所以我就让步了。只要他不碰那孩子,我同意把房子卖给他。"

"你在法庭上为什么没有认罪?"

"认罪的话我就要坐一辈子牢。不认罪还有揭开真相的机会。这案子赢不了,很多疑团在那儿摆着,比如枪的去向。"

"你把枪藏起来了。"

"达克拿走了。他怕我改变主意。"

"你帮罗宾从窗户爬回去，然后洗了手。该死的，文森特。"

"在牢里待了三十年，总该学会如何处理犯罪现场吧。"

"你主动顶罪，却又保持沉默。"

"你们的问题不需要回答。我越是保持沉默，看起来就越是有罪。只要我一开口说话，你们就会死死咬住我，枪去哪儿了，这我没办法解释。尽管让他们给我来一针好了，三十年前就该这样。"

"茜茜的死不是谋杀。"

"没什么两样，沃克，你只是不愿接受罢了。我现在已经准备好了。我想回去，回到牢里去。但服完刑期后，哈尔说他很高兴我去坐牢，说我应该受到惩罚。死太便宜我了。"

"达克没钱买你的房子。夜总会被达奇丝烧了之后，他连首付款都拿不出，更不用说还要交税。"沃克说。

"这我倒不知情。可他随后给我写了封信。"

"那封信我看过。"

"是。"

"你一定很生气吧。"

"没错，一开始很生气，不是因为我……而是因为钱的问题。我需要那笔钱。"

"他因为不能兑现诺言，就把枪还给了你。他很守信用，对吧？"

又沉默了许久。

"人是复杂的动物，沃克。你以为你看透一个人的时候……他给了我一个我正好需要的借口。"

"有时候梦想确实可以成真……我想起了那棵许愿树。"沃克仿佛在对自己说，他试着微笑，可离成功却只差一步。

他想象着另一头的文森特,如果有任何一个孩子落到他那样的田地,他的心将承受怎样的折磨。"你把赌注下在那个孩子身上,你指望他想不起当晚的事。"

"我看见他的样子了,神情恍惚,像没了魂儿。我想他应该不知道发生了什么。所以我对他说是我干的。这很简单,他本来就有一点疑惑,有人帮他解开疑惑对他来说是件好事。该死的,总不能让他一辈子背负着杀掉自己妈妈的罪恶感吧。我试过救斯塔尔,按压她的胸口,什么方法都用上了。"

沃克想起斯塔尔断掉的肋骨,又想起达克和他的女儿玛德琳,一时百感交集。这残酷的命运之手啊。

"你为我撒了谎。你戴着你的警徽站在法庭上,结果却做了伪证。沃克,你还认识现在的自己吗?"

"不认识了。"

"一个不想被救的人,你是救不了的。"

电话里安静了好长时间。

"玛莎最近怎么样?"

沃克的表情已经很接近微笑了。"这就是你指定要她来辩护的原因?"

"所有的悲剧都是从那一晚开始的,沃克。大部分我都无法弥补。"

沃克想到罗宾。"以前我总想回到过去让一切重来,可现在我实在太累,太他妈累了。也许你做了件好事。"

"这是我欠拉德利家的。他可能不会记得,毕竟他还小。只要能让他过上正常的生活,我死都愿意。否则后果不堪设想。"

"你把机会给了他,自己却差点搭上性命。"

"我不能让他变成又一个我。"

四十五

剩下最后几段路，走过的每一英里他都不会再重复。沃克一辈子害怕改变。他杀过人。对外没什么不同，这样的结果他早就知道。壮丽的海湾迎面而来，他牢牢盯着公路的中心线。从家里出来他开了二十英里才找到这个西风仓储。只见一水儿红色的小仓库，没有办公室，只留了电话以备需要之时联系。

沃克停下车，一边往前走一边从兜里掏出钥匙。他看了看牌子上的号码，找到一个面积小一点的仓储间。打开锁，里面一片昏暗；找到开关，灯条闪了闪，投下暗淡的黄光。

靠墙一侧有几个塑料收纳箱。他有条不紊地查看起那些代表着昔日幸福时光的物品。结婚相册，达克的样子很年轻，人高马大的，但颜值就一般了，不过他妻子倒挺漂亮。另外还有玛德琳的照片，棕色头发，浅色眼睛，每张照片里都笑靥如花。她和她的妈妈很像。除了照片，他还看到一条洗礼时穿的长袍，一件旧的结婚礼服，都是些可以传给下一代的东西。

沃克会保留这个仓储间，替达克付租金，以便万一将来奇迹出现，他就把这一切交给医院里的那个人。

他转身正想关灯走人，忽然注意到最里边的墙角放着一堆盒子和用垃圾袋装的东西。他走过去，发现是些旧档案，没什么价值，随后他看到一堆邮寄的宣传册，上面的名字和地址引起了他的兴趣。迪伊·莱恩。

他回想起一年前，达克提出在迪伊另寻住处的同时可以代为保存她的家当。只是后来两人达成了某种协议，搬家之事才不了了之。

他把信封丢回去的时候，整堆信都倒塌下来。他骂了一句，弯下腰收拾，就在这时，那东西不知从哪里冒了出来。

一盘录像带。

他驱车赶回黑文角，路上已经顾不得限速规定。他看到一个新的广告牌，铁皮做的，支架高耸。射灯照在上面，宣示着新的住宅和新的商铺即将诞生。建设议案在小镇悄无声息地通过了。沃克心情惆怅，在一个不断变化的世界中，这不过是又一个不起眼的改变罢了。

警局里漆黑一片，他没开灯，独自坐在自己的办公室里查看那盘录像带。画面中出现八度空间时，他皱了下眉，达克的夜总会。随后他记下视频右上角的日期。当他意识到自己在看什么时，他的心不由得怦怦直跳。

监控时间覆盖了一整天，他快进浏览，直到看见斯塔尔出现在酒吧里。她像个幽灵，笑容可掬地和人打情骂俏，小费像下雨一样落在她身上。他快进一点，在一处打架的地方停下来。画面中挤满了人，斯塔尔退到后边，捂着一只眼睛，嘴里嘟嘟囔囔，应该在骂人。她脚步踉跄，看样子酒劲儿上来了。

由于那人背对摄像头，沃克看不清是谁。

但那人往外走时，沃克认出了他跛脚的步态，尽管他试图控制。

布兰登·洛克。

他继续搜索,直到看见她。

画面清晰得犹如白天。她娇小的身姿,金色的头发,做事时满脸的愤怒与怨恨都一览无遗。他看着达奇丝纵起仿佛要吞噬一切的熊熊大火。

看完监控他站起身,摘下警徽放在桌上,随后从机器中取出录像带,走出警局。他沿主街走了一小段,而后将录像带一折为二,扯出里面的带子,丢进了垃圾堆。

文森特·金的家空无一人。

达奇丝站在房前,路边停着一辆破旧的福特金牛座轿车。她在卡马里奥的一间酒吧里从一个玩老虎机的女人身上偷到了钥匙,把人家的车开到了这里。她决定就把车留在路边,钥匙放在车里。此刻她疲惫不堪,连感到抱歉的工夫都没有。

她绕房子转了一圈,随后敲了敲门。尽管千里迢迢赶到这里就是为了这一刻,但对于自己能不能做到,她心里是没底的。

开车从主街上经过时,她曾留意街道两旁的景象,心里好像默默期待着在自己离开的这一年中,没有了她和他们一家的黑文角能有一些改变,不必翻天覆地,只要让她觉得黑文角和从前不一样就行。然而她看着这个沉睡中的小镇,和记忆中并没有多少不同,哪怕一个荒草丛生的庭院也没见到。小镇处处闪耀着光泽,仿佛她妈妈的血已经被清除得干干净净,仿佛她从来没有在这里存在过。

她来到后院,找了块石头,砸烂窗户,阵阵涛声掩盖了玻璃碎裂的声音。

进入文森特的家，她手里拿着枪，穿过好几个房间。墙上挂着照片，文森特和沃克的，他们背对大海，脸上是她从未见过的无忧无虑的笑容。

她来到二楼，逐个房间检查。她不敢开灯，只能借助月光。她看到一个橱柜，里面是文森特的衣服，少得可怜，只有三件衬衣、一条牛仔裤和一双厚皮靴。她在想一个杀人犯是如何诞生的，是否从他们出生之前就已注定，如此她便诅咒其父母的基因，该死的血统。或者，也许杀人犯是慢慢演变而来的，太多磨难、太多伤害的结果。文森特·金或许曾经也是个好人，可他手上永远也洗不掉一个孩子的血。和一群无恶不作的坏人在一起待三十年，恐怕再坚定的人也难免会被同化。

卧室里没有床，只有一张床垫直接铺在地板上。也没有家具，墙上没有画，没有电视，也没有书。

只有孤零零的一张照片，粘在墙上。

这照片让她吃了一惊，因为照片里的女孩儿和她长得很像。金色头发，蓝色眼睛。那是茜茜·拉德利。

她离开文森特的家，徒步走了一英里，沿小径一直爬到可以俯瞰小镇灯火的地方。她在半山腰停下，全身酸痛，气喘吁吁，感觉像要死了一样。

终于爬上山顶，她看到了灯光。深夜依然有人祷告。她去过一次，和五六个人坐在那里，没有特别的原因，纯粹因为睡不着而已。

小布鲁克新教圣公会。

她沿着路边的尖桩篱笆走到门口，听着里面天籁般的音乐。

她放下背包,靠在木板上。漫长的一天快要结束了。反正无处可去,她摸索着走向妈妈的坟。妈妈的坟很小,挨着茜茜的,墓地的那一片区域埋葬的全是枉死之人。把她们姐妹两个埋在一处是达奇丝的要求。

她突然停住,惊讶地盯着那个身影。

朦胧的夜色中,他站在那里,身后是陡峭的悬崖和一望无垠的大海。

常春藤路,沃克径直上前敲门。

布兰登邋里邋遢没个人样,见面一声不吭,往旁边一让,请沃克进了屋。屋里臭烘烘的,到处都是快餐盒、啤酒罐,每个家具的表面都落了厚厚的一层灰尘。尤为显眼的是一堆健身DVD,封面上还有布兰登吸着肚子拍的照片。布兰登坐在厨房案台上,两眼呆滞无神。沃克想到斯塔尔一次又一次地拒绝布兰登,也许这就是那天晚上他失手打她的原因吧。

"我知道你都干了什么。"沃克开口说道,而仅此一句便已足够。

布兰登号啕大哭,或许沃克的话就是压死骆驼的最后一根稻草。他哭得伤心欲绝,肩膀直哆嗦。沃克看着他,竟有点摸不着头脑。

"我不是故意的。对不起。你得相信我,沃克。"

沃克不发一言,默默聆听着他抽抽搭搭地说出实情。

"听了你的建议,我主动去找了他。我说开船带他出去钓个鱼什么的。我就想缓和一下关系,老僵着没意思。可后来我的野马车被人刮了,我知道是他。除了他还会有谁?一开始我想报警,结果出了斯塔尔的事情。我本来是开玩笑的。让他自己游一会儿。

我们离岸边不远。"

沃克恍然大悟，他不再迷惑，只剩下难过。"是你把米尔顿推到水里的。"

布兰登越想越痛心疾首，哭得一阵阵咳嗽干呕。"我在码头等他。我想让他知道那只是个玩笑，我不过是想让他自己游上岸。可他一直没有上来，于是我就回去找，可我怎么都找不到，沃克，我找不到。"

沃克陪他坐等。他给博伊德打了电话，交代布兰登该怎么说。还叮嘱他要诚实，否则这辈子都别想再睡一次安稳觉。

他看着警察带走布兰登，后者走路时低着头，只是不经意抬头看见街对面米尔顿的家时，再度崩溃大哭起来。也许这就是斯塔尔过去常说的因果报应。沃克没时间细想，因为迪伊·莱恩给他打电话说她看见有人闯进了文森特·金的家。

"看清是什么人了吗？"沃克边往回跑边说。

"好像是个小姑娘。"

他一口气跑到日落大道。瘦下来还是有好处的，跑起来又轻又快，像一阵风。不过跑到门口时他还是出了一身大汗。他使劲砸了砸门。

绕到屋后，他看见碎了一地的玻璃。

他追踪着她的足迹。这是她的反击，他知道一切很可能已经晚了。壁炉架上摆着一张合影。他几乎认不出照片中年少的自己，但从文森特和斯塔尔脸上他只看到天真无邪的微笑。多么美好的时光啊，如今不管他多么努力，那都是他永远回不去的曾经了。

他迅速上楼，在卧室里他同样呆住了。他也看到了那张照片。

也许文森特可以忘记牢房，忘记监狱长，忘记牢里那些人渣，以及缠着铁链的栅栏,可他永远都忘不了那个死在他手上的小女孩。

她默默注视了他许久才终于迈步上前。

"我一直在等你。"文森特说。

达奇丝走到他近前,慢慢放下背包,掏出手枪。不知为何,此时此刻手枪变得格外沉重,连举起来都要花费很大的力气。

文森特看见了枪,但却不慌不忙,丝毫没有诧异,反倒得偿所愿似的垂下肩膀,松了口气,好像他等这个结局已经等了一辈子。

达奇丝逼近一步,他后退一步,如此退了数步,直到达奇丝不再向前,她望着他身后如水的月光。

老教堂里传来悠扬的音乐声。

"我喜欢这首歌。"文森特说,"监狱里也有个小教堂。我一直都很喜欢这首歌。地上的欢乐在暗淡,主的光辉在消亡。"

"我看到周围的一切都在变化和衰败。"

"对不起。"

"我不想听你说话。"

"好。"

"我也不想听你解释到底发生了什么,我不想知道。"

"好。"

"人们说这不公平。"

"从来就没有公平。"

"那天你把枪给我的时候,你说是你爸爸的枪。"

"是。"

"我按照你说的方法清理过,以示尊重,对吧?然后我就把枪放在橱柜里,虽然你说过那把枪是要我拿着保护自己的。"

"我不该跟你说——"

"这就是我现在要干的事了。哈尔说你是我们家的毒瘤。只要你一靠近什么东西,那东西就会死。他说你不配活着。"

"他说得对。"

"沃克在法庭上撒谎了。我妈妈曾说他是个大好人。"

"对不起,达奇丝。"

"妈的!"她抬手扶了扶帽子,这一刻她忘记了呼吸,声音颤抖,但她还是稳住手,手指朝扳机摸去,"我是法外狂徒达奇丝·戴伊·拉德利。你是杀人犯文森特·金。"

"你用不着这么做。"他温柔地笑着说。

"我知道我该干什么。正义。复仇。我什么都不怕。"

"达奇丝,你还有大好的前途,可以成为你想成为的任何人。"

她举起枪。

文森特流下两行热泪,但他依然笑着对达奇丝说:"我来这里就是为了告别。这件事不能让你来做,我不能让你把自己搭进去。"

说完他又退了一步,张开双臂,身体腾空。

达奇丝大惊失色,她尖叫着扑到悬崖边上,然而文森特的身体已被黑暗吞噬。

手枪掉在一旁,她跪在地上,伸出去的手徒劳地悬在半空。

身后就是妈妈安息的地方。达奇丝用最后一点力气爬到妈妈的坟前。她把脸颊贴在墓碑上,闭上了眼睛。

第四部分

心归何处

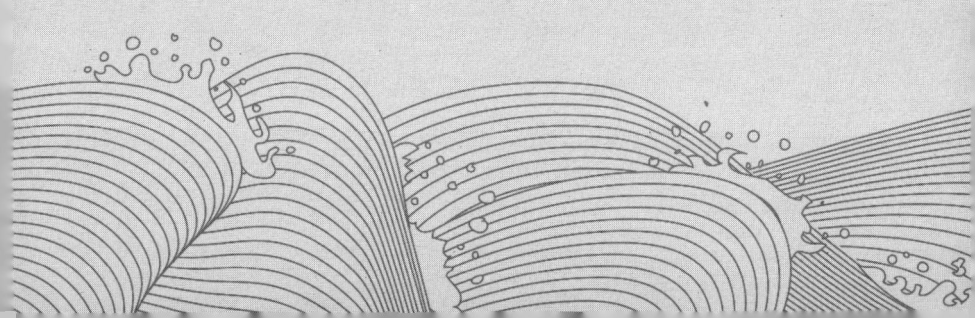

四十六

布莱尔匹克毗邻埃尔克顿三一国家森林公园和怀特福特,沃克喜欢这个景色怡人的小镇。他想哪怕什么都不做,只是坐在那里望着外面广阔无垠的荒野和那仿佛要与上帝握手的参天林木,也能轻松度过一天的时光。

他开车经过一座座贫瘠的荒山,又经过十几个阴森吓人杂草丛生的社区。过去二十年,他曾带着斯塔尔来过这里上百次。她每每坐在旁边,默默数着走过的里程。随后,他会看到一个快乐的斯塔尔。住在她心里的恶魔会被一个名叫科尔滕·希恩的咨询师驱除干净。那人在一家卖二手钢琴的店铺上面有个小小的工作间。

沃克手里拿着骨灰瓮。他刚刚参加过一个极为简单的葬礼。

文森特·金的遗愿既清楚又模糊。这片森林横跨六个县,面积达两百万英亩。沃克觉得没有比这里更好的地方了。

过街下坡,沃克踩着落叶走向一片高可参天的糖松,随后把骨灰撒在林间的土地上。他沉默无言,没有煽情的道别,只是抛撒的同时回想着一段终于开始模糊的记忆。

事后,他走上联合大街,找到了那个店铺。门关着,虽然是白天,但里面亮着灯。他按了下门铃,门开了,他走进局促的门厅，踏上狭窄的楼梯。他只来过这里一次，那次来，主要是怕斯塔尔偷溜掉。

"我是沃克局……"沃克突然顿住，"不好意思，我是沃克，说习惯了，以前我是黑文角警局的局长。"

看到希恩一脸茫然的样子，沃克丝毫没有感到奇怪。他站在沃克面前，身高将近一米八，但已是一位白发苍苍的老者。沃克提到斯塔尔·拉德利的名字后他才伸出手来。

"真不好意思，过去太久了。"希恩说，"我十分钟后还有个客人，所以恐怕只能给你这么多时间。"

两人落座。沃克坐在一把软椅中，对着墙上的一幅风景画微微一笑。他旁边是一面大窗户，从窗口可以眺望茂密的森林公园和远处覆盖着皑皑白雪的山峰。

"坐在这里看一天也不会腻。"沃克说。

希恩笑了笑。"我经常那样。"

"我来是为了斯塔尔的事。"

"你应该知道我不能向你透露客户的信息，我们是有——"

"我知道，"沃克打断他说，"我只是……不好意思，我是偶然到镇上来的，所以就想过来看看。你可能不知道吧……她死了。"

希恩又是微微一笑，但笑容里包含着同情。"我看见了，我一直关注着新闻。这真是一场悲剧。不过话说回来，就算她死了我也——"

"其实我都不知道自己来这儿干什么。"

"你想念你的朋友。"

"我……是啊，我想我的朋友了。"这猛然的发现击中了他内心最柔软的地方。每天被千头万绪的线索和各种各样的推理包围着,他一直没有意识到自己是多么思念死去的朋友。她持续不断的麻烦,她令人垂涎的美貌,这些都很容易成为他关注的焦点,可正因如此,他往往忽视了那个他认识了一辈子的真实又亲切可爱的斯塔尔。

"可能我只是想弄清楚她突然不来这里的原因吧。她之前定期来找你,坚持了很久。后来为什么停了呢?"

"人们回来找我也好,寻找其他办法也罢,总有成千上万种理由。即便我能告诉你,那也是很久以前的事了。而我只见过她一次。"

沃克不由得蹙了下眉。"不好意思,我们现在说的是斯塔尔·拉德利。"

"对,现在我想起你了。被警察送过来的患者并不多见。"

"可我每个月都送她过来啊。"

"对我来说却是另一个故事。不过我确实经常看见她。看风景的时候,我经常坐在窗口。"

沃克探过身。"你在哪儿看见她的?"

希恩起身,沃克随他走到窗前。

"就在那儿。"希恩指着外面说。

出来时,天上多了不少云。沃克站在人行道上。布莱尔匹克只有一趟巴士经过,车站正对着科尔滕·希恩的大玻璃窗。十几年里,斯塔尔每个月都在这里搭一次车。

沃克上了车。他坐在后排,车上人不多,一半座位空着。上山的路很陡,巴士吃力地爬着,驶向山谷。公路两旁的行道树也仿佛在不断上升,在路上投下浓密的阴凉。

没过多久，汽车通过了林地，加利福尼亚横亘在眼前，平原一望无际。他起身来到车头，站在司机旁边向外张望。

直到转过最后一道弯他才看见，他突然意识到自己来到了哪里。

巴士停下，他下了车。车走之后他环顾四野。方圆数英里之内没有别的东西，除了长长的公路和二十英尺来高缠着铁丝网的栅栏，以及一片低矮的建筑。他到了费尔蒙特县监狱。

沃克独自一人在等候室里坐等了一小时。百无聊赖中，他举起一只手，观察它的颤抖。最近他对自己的要求很松懈，连用药都不怎么规律了。他在按照文森特的方式而非自己原来的方式活着。如今的情况不容乐观，有时他痛苦不堪，而恐惧则常伴左右。他把闹钟调前一小时，好给自己预留出充足的斗争时间。他发现这场斗争越来越难以取胜。未来是个可怕的东西，但他立刻开导自己，未来一向如此。

卡迪出来时脸上几乎带着笑。"不戴警徽都差点认不出你来了。我马上就该下班了，要不你陪我走走？"

沃克紧紧跟在这位人高马大的监狱长身后。他们打开一扇扇大门又锁上。这便是监狱的生活。秩序和无序仅有一墙之隔，罪恶关在里面，善良挡在外面。他无法想象这会给身在其中的人造成怎样的影响。

"很抱歉我没去参加葬礼，"卡迪说，"我这个人不习惯告别。"

他们沿着栅栏走，四周的瞭望塔像一座座粮仓。

"有些事情我还不太了解。"沃克说。

卡迪深吸了口气，好像他在等着这一刻。沃克不知道他们在干什么，反正沿着监狱的围墙一直走，也许卡迪只是想呼吸一下新鲜的空气，毕竟他已经上了十个小时的班。

"斯塔尔来过这里。"沃克说。

"对。"

"但她没有登记过，我查过访客记录，能查的我都查过。"

他们经过一座瞭望塔，卡迪朝塔上的守卫抬了抬手。

"我喜欢黄昏，"卡迪说，"白昼终结，太阳落下地平线。有时我让他们在这个时间出来放风，看看日落。五百个犯人，杀人犯、强奸犯、毒贩。他们站在一处看着天空，那是我们唯一不需要操心的时候。"

"为什么？"

"也许因为日落的景象太美了。在那样的氛围下，人若要反抗，难度会增大。"

"或降低。"

"别这么悲观，沃克。要是真如你说的，那才叫悲剧呢。"

"跟我说说斯塔尔的事吧。"

卡迪停住脚，他们此时已经来到监狱最远的一端，位于两座瞭望塔之间。塔上的守卫监视着下面的一切，随时随地都可能结束某个铤而走险之人的生命，且速度不会比陪审团慢。"我挺喜欢她的。这些年我对她也算有所了解。文森特·金是我见过的最正派的人。我见证了他的改变，从恐惧到无所畏惧，再到适应和接受。"

"接受什么？"

"他自己。他的状态一开始并不好，是斯塔尔帮助了他。他给斯塔尔造成了那么巨大的痛苦，也只有他能消除她的痛苦。所以他就重新有了目标。"

沃克望着天上最先探出头的星星，从他的角度看，很美。

"文森特需要斯塔尔，只有她能让他感觉自己还是个人，还有情感，而不是身穿橙色囚服戴着脚镣的行尸走肉。他们的关系就像是一段婚姻，二十多年里，斯塔尔坚持来看他。有时候他们根本不说话，特别是最初，就只是看着彼此。斯塔尔怒气冲冲，恨不得一口咬死他。而在他看来，斯塔尔就好像是专为他而存在。"

"那其他犯人呢？"

"哦，我没有安排他们在普通探监室见面。一开始是这样，但我很快注意到她还是个年轻姑娘，而其他犯人语言粗俗恶毒，充满威胁。文森特事后总是吃苦头，虽然守卫能及时制止，可一旦其他人发现他的软肋，就会拼了命地攻击他。监狱里还有别的地方。我们有个公寓，是专为夫妻设计的。目前只有我们和另外三个州有这样的安排。"

"你让他们单独相处？"

"文森特需要……他需要正常人的感觉。该死的，我需要看着他变回正常人。而斯塔尔，他们两个，也许冥冥中自有安排吧。监狱是隔绝不了他们的。"

沃克会心地笑了。

"但严格来说，这种事是不被允许的，所以他们的见面统统没有记录。我看着她的身材一点点变化，九个月，那种光彩，你应该懂的。两次。绝望中诞生的两个奇迹。"卡迪微笑着说。

"可她从没把孩子们带来过——"

"文森特不会同意的，毕竟他在牢里。他不希望孩子们知道。这不能怪他。他说没有一个孩子希望自己有个关在费尔蒙特的爸爸。我们谈过，他很坚决。为别人活着，这也不算浪费生命。"

沃克闭上眼睛，他想到达奇丝和罗宾，他们并不知道自己身体里流淌的是谁的血。

"他让我不要说出去。我说我不会主动告诉任何人，但我也说过如果有人问起，我不会替他撒谎。我说到做到。"

"嗯。"

卡迪轻声笑笑。"反正我们这里也没多少人离开。"

"我怀疑斯塔尔告诉达克了。"

"何以见得？"

"他最后说的那些话，人不为己之类的，他俩从对方身上看到了这一点。文森特和斯塔尔，仅靠他俩坚持不下去。"

"可后来情况有变，为了给新修的五号公路腾地方，公寓拆了。文森特不想在普通探监室见斯塔尔，尤其有了最后一次的经历之后。有些渣子放出话说，等他们出去了就会去找斯塔尔。虽然大多数时候只是说说而已，可文森特会觉得心痛。为了斯塔尔和他的孩子，他拒绝和斯塔尔在探监室见面。"

"所以他就断绝了和她的来往。"沃克忧伤地说。

"这是我办过的最棘手的事情——把她挡在门外。文森特让她继续自己的生活，另找一个更合适的人过日子。可她还是来。她等了一年，就等着他改变心意。结果她什么都没有等到。我估计她后来找到解开心结的法子了。"

"确实，但不是解开，只是让自己麻木了，不再感觉到它的存在。"

卡迪没说什么，但心里清楚。他见识过各种各样的悲剧及其后果。

"所以这些你都不知道？"卡迪问。

"不知道。斯塔尔知道我会怎么劝她。我会让她注意，说那样做有弊无利，只会让他们纠缠于过去。就像我什么都知道似的。也许他们需要某种专属于他们的东西。他们的小家，虽然破碎，但属于他们。"

走到大门口时，沃克握了握卡迪的手。"谢谢你，卡迪，你做了件好事。"

"我能问一句吗？为什么现在来问这些？你怎么会想到来这儿的？"

"纯属偶然。文森特要我把他的骨灰撒在三一国家森林公园里。我自己都不清楚为什么。"

卡迪笑了笑，扶住沃克的肩膀，指着一个方向说："那个是文森特的牢房，11-3。三十年里，他每天就从那里眺望外面的世界。你看看他能望见什么。"

沃克转身。

在连绵起伏的群山之上，他看到了两百万英亩的自由。

四十七

这是一个美丽的秋天的早晨,明亮的阳光越过后面的大山。

每天,在蒙大拿苏醒之前,达奇丝都会骑着小灰出去溜达。现在她对周围的每一条路都了如指掌。小灰喷着鼻息,走得很慢,它现在已经无法正常地奔跑了。来到孤峰之顶,达奇丝一边抚摸着小灰,一边俯瞰整个牧场。

牧场里的那栋房子很漂亮,全木材建造,屋里生着火,烟囱里冒出袅袅炊烟。此外牧场里还有数间谷仓和一条河。她曾沿着那条河在一片山杨林里穿行三英里,后来因为看到狼的足迹才赶紧逃了回来。她有一把刀,是外公的。周末时她独自外出探险,就用这把刀在灌木林中砍出一条路,蹚过瀑布形成的浅水滩。

最初的几个月漫长而艰辛,但她发现新的环境有助于改善心情。她渐渐缓了过来,虽然过程痛苦,但正如哈尔所说,时间无所不能。

来到马厩,她把小灰牵进去,确保它不缺水也不缺草料,随后拍拍它的马鼻子。

多莉在厨房里看报纸,空气中弥漫着咖啡的芳香。达奇丝没有食言,她确实去看多莉了,只不过是在半夜时分出现在人家门口的。起初她只答应住一晚，但第二天早上多莉把她领到马厩，她看见了小灰。那是在处理完哈尔的遗产之后多莉牵过来的，没花钱。

于是住一天变成了住一个星期，一个星期又变成一个月乃至更久。多莉装作很缺帮手的样子，美其名曰她的土地需要人打理，可实际上她雇着好几个人呢，他们每周都会来干活。达奇丝干活卖力，从不偷懒，每天日出而作，日落而息。一开始两人话很少，但多莉知道达奇丝遍体鳞伤，需要疗愈，她们也需要磨合。

有天早上，两人正在打扫车道上的苦樱桃叶，多莉突然正式提出想收养达奇丝。结果达奇丝连续三天一句话不说，三天之后她问多莉是不是傻了，居然想让她做她的女儿，还建议她去看看医生，如果医生说她没毛病，她就答应留下来。

达奇丝踢掉脚上的靴子。"我得挣点钱。"

正在看报纸的多莉抬起头。

"我欠别人钱，得还。"

"我可以给你——"

"我要自己挣。法外狂徒自己欠债自己还。"她还没想好怎么寻找汉克和比西。不过她会先从汽车旅馆开始，打电话问。总之会有结果的。

达奇丝从多莉身边走过时，多莉举起一封信。

"这是给你的。"

达奇丝接过信，首先看到了黑文角的邮戳，于是连忙回到自己的房间里。她把她的房间刷成了绿色，好与外面的青山相呼应。

进房间后她随手关上门，在靠窗的大椅子上坐下。

她认识信上那小得可怜的字体，心想沃克大概得花一个星期才能写完这封信吧。

她慢慢地一页一页地读。沃克为自己在法庭上撒了谎向她道歉，声称这样的举动辜负了她对他的信任。他说有时候人们出于好心会干一些坏事。

整整二十页，他说到自己的一生，达奇丝妈妈的一生，还有年轻的文森特·金和玛莎·梅。他说他病了，以前怕被人知道，因为怕丢了职位，说到职位他又絮絮叨叨啰唆了一页，随后才说到正题。而他告诉达奇丝的真相犹如晴天霹雳，震得达奇丝手足无措，信纸掉在了地上，她站起来在房间里踱来踱去。

终于平静下来，她把信纸捡起来继续读。沃克说到了文森特，说到她身体里流淌的血。他还安慰达奇丝不要感到悲伤，而应感到自豪。他说斯塔尔一直深爱着文森特，即便在最残酷的条件下也没有放弃。他提到文森特遭受的折磨，还有他的内疚，为他夺去的那个生命。文森特爱她。沃克说这是文森特的原话。她和她弟弟的出生是一场坚不可摧的爱情的结晶。

随信还有一张照片，是在一艘船上拍的，船很破旧，锈迹斑斑，但船舷上的字却很新：黑文角渔政。达奇丝从水中的倒影看出拍照的是一个头发乌黑身材娇小的女人，她脸上的笑容格外灿烂。

除此之外还有一份法律文件。文森特·金的遗嘱。

稍后多莉会告诉她，如今她和弟弟罗宾在黑文角拥有一栋大房子。文森特已经为他们修葺一新，暂时不需要做什么。将来她可以去看看，要么自己住要么卖掉，全凭她的决定。一眨眼工夫，她从一无所有变成拥有一点东西了，未来仍然无法确定，但起码有了奔头。

  这天夜里她躺在床上思来想去。那些已经过去的,她学到的,和将要忘记的。她一直在等待,在自我疗愈,在让自己重新变得坚强。

  第二天早上她对多莉说,她决定了。

四十八

　　小镇很低调，只用一块小小的写着名字的牌子来宣示自己的存在。

　　多莉在雷克斯堡有个朋友，她们连夜开车过去。从那儿达奇丝自己坐巴士继续她的旅程。多莉曾问她需不需要陪同，达奇丝说不用，并感谢了她的好意。

　　巴士很长，银色车身上有红色和蓝色的细微装饰。车子停住时，她抓起背包站起身，走过长长的过道，踏入怀俄明的空气之中。

　　司机大声说了句祝她平安的话后，便关上车门开走了。她最后瞥了一眼车窗，有人面无表情地凝视着她，有人面带微笑。随后便是尾气的味道和发动机的热浪。

　　她低着头走路，从那一天起，她比从前安静了许多。

　　她经过议会大厦酒店。那些有钱游客喜欢光顾的店铺都撑起了遮阳篷。莱西陶器坊、奥尔登古玩店、普莱斯利花店等。

　　过了卡内基图书馆，太阳西垂，大霍恩山脉笼罩在金黄的余晖中，山前面是一望无垠的大平原。达奇丝深吸口气，长时间坐车害得她腰酸背痛。在一座挺漂亮的加油站的卫生间里，她洗漱了一番，让头发老老实实待在帽子下面。

她带了一张地图，目的地标了圆圈，看上去不算远。她走了不到一英里便来到一片宽阔的草坪前，紧挨草坪一边的是一排气派的房子。

又过了一条路，目的地到了。

奥尔克里克小学。

学校的建筑比较低矮，牌子刷成了白色，吊篮里开着鲜艳的花。学校对面又是一片草坪，尽头一棵高大的橡树使她不由得想起了许愿树。她走过去，站在树下，而后坐在一堆落叶上。那叶子橙黄可爱，她捡起一片对着天空欣赏。

包里带了一瓶水，她此时拿出来喝了一小口，剩下的留待渴了的时候再喝。她还带了一块巧克力糖，只是这会儿太紧张，根本没心情吃。

第一辆车到了，接着又一辆，但她注意到大部分人都是徒步来接孩子的。

她一眼便看到了皮特，他的手里牵着杰特，面带微笑地和每个人打招呼。

第一个孩子从校园里走出来时，达奇丝激动地捂住了胸口。她把帽子来回调整了无数遍，然后又把鞋带重系了无数遍。今天她穿了自己最漂亮的裙子，黄色，弟弟最喜欢的颜色。

看见他时，达奇丝屏住了呼吸。

他好像长高了些，头发倒是剪短了。他的笑容纯粹而美丽，达奇丝知道他迟早会变成一个大帅哥。

罗宾旁边是露西，他紧紧拉着她的手，跟着她一起走向小路尽头。这时他看见了皮特，于是松开露西的手一路狂奔过去。皮特一把将他抱起，很久都没有放下。达奇丝注意到弟弟闭着眼睛。

皮特放下罗宾，递给他狗绳。杰特兴奋地蹦起来舔他的脸，罗宾高兴地哈哈大笑。皮特带他们去了隔壁的小公园，他推着罗宾荡秋千，扶着他爬上高高的滑梯，然后又在滑梯最下面接住他。达奇丝站在原地一动不动，双脚好像生了根。

她远远看着他们。罗宾兴高采烈，脸上的笑容自始至终都没有消失过，而他欢快的笑声更是传到了很远的地方。达奇丝感受着他的笑，仿佛那些笑也落在了她的脸上。露西也过去加入了他们。她提着一个书包，里面的书本露了出来。罗宾看见她后，不顾一切地冲过来，好像他们已经分开了很久似的。

达奇丝尾随过去，但保持着一个相对安全的距离。他们不会注意到她。好几次她都想呼喊，可她连弟弟的名字都喊不出来。

他们有栋漂亮的房子，绿色护墙板，白色百叶窗，整洁干净的院子，和她梦想中的家的样子一模一样。

院子门口有个信箱，上面写着"莱顿家"。太阳西沉后，达奇丝漫步在他们的街上，怀俄明的天空以一种难以形容的美展现在她眼前。她查看了一番附近的邻居，看到了小孩、脚踏车，还有棒球棒。

黄昏时分，她开始往回走，并悄悄溜到皮特家的后院。那里有秋千架、烧烤架，还有一个昆虫旅馆[①]。

她站在那里久久不愿离开，直到黑夜携群星彻底取代了白天。

她来到门廊前，走上台阶，站在窗口。屋里亮着灯，灯下是无比温馨的场景。露西陪罗宾读书，皮特在厨房喊他们吃饭，每人一个餐碟。他们坐在一起，电视开着，但达奇丝听不到声音。

[①] 昆虫旅馆是采用自然材料，依照昆虫习性制作，供虫类繁殖、栖息和越冬用的场所，外形像房子。

杰特卧在罗宾身旁，眼神充满期待。

罗宾把碟子里的饭吃得干干净净。

达奇丝不知道在外面偷看了多久，总之最后皮特轻轻吻了下罗宾的小脑袋，露西拿着书，拉着他的手上楼去了。

她不知道弟弟会不会记得他们经历过的那一切。她觉得不会，至少不会记得太清楚。毕竟他年龄还小，仍是白纸一张，将来依旧可以成为他想成为的任何人。世界是他的。他是个小王子，她终于理解了这句话的含义。

达奇丝很少哭，但此时此刻她允许眼泪尽情地流淌。

她为自己失去的一切哭泣，也为弟弟得到的一切哭泣。

达奇丝把手掌按在玻璃上，对弟弟轻声说了句，再见。

四十九

随后的几天,达奇丝把自己关在卧室里不出门。

多莉尽管很担心,但知道要给达奇丝一点时间、一点空间。每到饭点她会把吃的放在达奇丝门口,其间只进去过一次,是问达奇丝早上要不要去喂小灰。进去之后她发现达奇丝正坐在小桌子前写东西,阳光温柔地洒在她脸上。

星期一,达奇丝和托马斯·诺布尔一同走进教室。

"你完成了吗?"托马斯问。

"完成了。"

作业的形式自由发挥,题材不限。她看着其他同学一个个去到台前陈述自己的作业,主题从杰斐逊到足球,从暑假到如何追踪白尾鹿,不一而足。

当老师叫到她的名字时,达奇丝走到同学们面前,将一张纸贴在公示板上,咽下口水压住紧张,双手插兜,自信地站在了她的家族树前。

完整的家族树。

所有人的目光都集中在她身上,她扫了一眼托马斯·诺布尔,后者冲她微微一笑,示意她开始。

达奇丝清了清嗓子,面向大家,开始了她的陈述。

她第一个介绍的,是她的爸爸,一个真正的法外狂徒。

文森特·金。

图书在版编目（CIP）数据

夏日无声 /（英）克里斯·惠特克著；吴超译 . --
北京：北京联合出版公司，2022.7
　ISBN 978-7-5596-6140-1

　Ⅰ . ①夏… Ⅱ . ①克… ②吴… Ⅲ . ①长篇小说 - 英
国 - 现代 Ⅳ . ① I561.45

中国版本图书馆 CIP 数据核字 (2022) 第 059684 号

北京市版权局著作权合同登记 图字：01-2022-2000

Copyright © 2020 by Chris Whitaker
Simplified Chinese edition copyright:
2022 Beijing Guangchen Culture Communication Co., Ltd
All rights reserved.

夏日无声

作　　者：[英] 克里斯·惠特克
译　　者：吴　超
责任编辑：刘　恒
出 品 人：赵红仕
出版统筹：慕云五　马海宽
项目监制：慧　木
产品经理：王　鑫
封面设计：陆璐 @Kominskycraper

北京联合出版公司出版
（北京市西城区德外大街 83 号楼 9 层　100088）
北京联合天畅文化传播公司发行
文畅阁印刷有限公司印刷　新华书店经销
字数 320 千字　880 毫米 ×1230 毫米　1/32　14.25 印张
2022 年 7 月第 1 版　2022 年 7 月第 1 次印刷
ISBN 978-7-5596-6140-1
定价：59.00 元

版权所有，侵权必究
未经许可，不得以任何方式复制或抄袭本书部分或全部内容
本书若有质量问题，请与本公司图书销售中心联系调换。电话：010-64258472-800